特别鸣谢

澳门文化推广协会会长：宋晓冬

澳门中华民族文创学会会长：宋碧琪

澳门中华民族文创学会名誉会长：汪义亮

澳门文化推广协会理事长、澳门中华民族文创学会理事长：丁潇

弯弯的大湾

The Beautiful Guangdong–Hong Kong–Macao Greater Bay Area

李康 潘秋婷——著

咪咕阅读

天地出版社 | TIANDI PRESS

图书在版编目（CIP）数据

弯弯的大湾 / 李康，潘秋婷著. —成都：天地出版社，2019.12
ISBN 978-7-5455-5373-4

Ⅰ. ①弯… Ⅱ. ①李… ②潘… Ⅲ. ①长篇小说－中国－当代 Ⅳ. ①I247.5

中国版本图书馆CIP数据核字（2019）第251578号

WANWAN DE DA WAN
弯弯的大湾

出品人　杨　政
作　者　李　康　潘秋婷
联合策划　咪咕阅读　强高锋　蒋双如
责任编辑　杨永龙　聂俊珍
封面设计　思想工社
内文排版　尚上文化
责任印制　葛红梅

出版发行　天地出版社
（成都市槐树街2号　邮政编码：610014）
（北京市方庄芳群园3区3号　邮政编码：100078）
网　址　http://www.tiandiph.com
电子邮箱　tianditg@163.com
经　销　新华文轩出版传媒股份有限公司

印　刷　河北鹏润印刷有限公司
版　次　2019年12月第1版
印　次　2019年12月第1次印刷
开　本　710mm×1000mm　1/16
印　张　25.5
字　数　415千字
定　价　58.00元
书　号　ISBN 978-7-5455-5373-4

咨询电话：（028）87734639（总编室）
购书热线：（010）67693207（营销中心）

目 录

第一章

一

正午时分，太阳像一个大火球照射着大地。强烈的阳光照向海面，反射出千万点耀眼的闪光，在海面上闪烁跳动。在微风的吹拂下，海水泛起一阵阵浪花，轻轻拍打着岸边的渔船。

一艘渔船的房间里，穿着黄色舞狮队服的女孩正对着镜子做最后的打扮，她长着一对又黑又粗的眉毛，两只大眼睛犹如泉水般清澈明亮，镶嵌在略有些黝黑的脸上，脸上带着天真的掩饰不住的笑容，显得格外好看。这个女孩名叫麦斯钰，是渔民家的女儿。

这时，门被猛地推开，走进来一个身穿同样颜色舞狮队服的男孩。男孩中等个头，脸庞清瘦，长得斯斯文文的。一进门，他就气喘吁吁地大喊道："阿钰，你准备好了吗？"

已经换好舞狮队服的麦斯钰看到了男孩，笑着说："我准备好了，就等今天大显身手了！"

这个男孩名叫黄梓建，和麦斯钰是一起长大的"青梅竹马"，从小就喜欢跟在麦斯钰后面，像个小跟班似的。

二人结伴来到了位于澳门最中央的广场。为了庆祝香港回归，广场上插满了彩旗，人头攒动，巨型电子屏幕上正在转播香港回归的盛况。中国人民解放军驻港部队的汽车行驶在公路上。敞篷汽车的车厢上站满了一排排士兵，各个意气风发，军姿挺拔。紧接着，香港总督府内，英国国旗缓缓从旗杆上降落，激昂的中华人民共和国国歌响起，五星红旗冉冉升起。

几乎同时，广场上出现了万人合唱国歌的场景。随着歌声结束，广场上响起了热烈的欢呼声，震天响的锣鼓声紧随其后。很快，醒狮大赛开始上演。这场大赛的最终胜利者，将成为两年后澳门回归庆典上的醒狮主演。

经过层层选拔，最后只剩下黄黑两只狮子争夺冠军。随着锣鼓声的节奏，黄狮、黑狮由广场两侧进场，踏着鼓点花步来到广场中央，摇头摆尾、扑腾翻滚。鼓钹声突停，鼓钹手齐声吆喝，两狮同时人立而起，原地缓缓转动身子，狮头向围观群众及平台上的贵宾点头为礼。

在欢呼声中，人立的黑狮扑地翻身再起，狮头狮尾掀起，露出舞狮头，竟是一个十分年轻的男孩，他叫欧阳小江。一个漂亮的亮相，围观的人群中立刻响起热烈的掌声。

此时，坐在贵宾席上的中年男人微笑地望着欧阳小江，眼里充满了自豪，他就是欧阳小江的父亲欧阳东江。说起欧阳东江，那可是澳门响当当的人物。欧阳东江是澳门著名企业华明灯饰的老板，年轻的时候，他和哥哥白手起家，一起打下江山，从最初的灯具小作坊到最终的上市公司。久经商场的他，脸上永远带着几分沉着与冷静。

此时，黄狮这边也不服输，鼓手麦斯华愈发用力，擂下大鼓，锣钹齐鸣，在鼓钹手的吆喝声中，黄狮扑地再起，狮头狮尾掀起，露出舞狮头，却是一个头缠红巾的女孩。女孩正是麦斯钰。

原本看热闹的群众没想到舞黄狮头的是女孩，瞬间爆出更为热烈的掌声。人们的热情让黑狮头欧阳小江不满。他斜视着麦斯钰，神色尽显不服。

紧接着，随着一声敲锣声，醒狮采青活动正式开始。锣鼓再次爆响，麦斯华抖擞精神，率领鼓钹队擂起摄人心魄的战鼓。

一时间，黄黑两头狮子在鼓声中扑向广场中央的十米高架，欧阳小江的黑狮为阻止黄狮超越，扭腰斜撞黄狮，操控黄狮头的麦斯钰猝不及防被撞倒在地。好在她身子灵活，借势一个翻滚，狮身与狮头合一弹起，狮尾的黄梓建蹲下马步，托住麦斯钰的腰朝上抛。

麦斯钰很默契地借力跃起，两脚稳踩黄梓建双肩，黄梓建耸肩拱起，麦斯钰腾空一个跟斗扑出，将刚爬上木架的黑狮撞下木架。黑狮一个踉跄，摔了个四脚朝天。

黑狮发怒了，直接扑上木架朝上爬了几步，黄狮让步，由侧方往上爬，这时，黑狮突然仰身倒撞侧方的黄狮。

黄狮头麦斯钰肩膀被重重地撞击，她忍痛扭腰，又凌空翻了个跟斗，落地时狮头一个踉跄，狮尾的黄梓建适时双手扶住麦斯钰后腰，黄狮摇晃着站稳。麦斯钰腾身利用木架横杆借力，两脚落在狮尾的黄梓建肩上，黄梓建脚踩木架横杆，两脚快速交替上行。

黑黄两狮一时不相上下。战鼓声中，黄狮笔直朝上爬，超越扭着身子往上爬的黑狮，黄狮头麦斯钰探出一脚，踹在黑狮欧阳小江的膝盖上，黑狮失重倒栽，头下脚上倒挂在木架子上来回荡悠。

黑黄两狮打得不可开交，最开心的要数观众了，他们看着黄狮黑狮在木架前扑腾缠斗，煞是好看，不时爆发出热烈的欢呼声。

锣鼓喧天中，黄狮盘在架顶，狮头昂起，大眼睛不停地眨着，嘴里吐出“人系中华，心向祖国”的标语，神气极了。

比赛结束，黄狮夺冠，欧阳小江的怒气却丝毫没有随着观众散去而减弱，他直接冲到黄狮头麦斯钰面前，张口就骂：“你个臭鱼婆竟敢踢我！”

“嘴巴放干净点，分明是你先使阴招还好意思恶人先告状。”麦斯钰毫不示弱地反击道。

欧阳小江还要上前理论，肩头突然重重地挨了一巴掌，他正愁找不着人发泄呢，回头一看，父亲欧阳东江板着脸站在自己身后。儿子输了，欧阳东江脸上自然没面子，不过输了就是输了，自己技不如人还不承认，竟给他丢人现眼。

然而，欧阳东江此刻最担心的却并非只有面子的问题。

就在香港回归的第二天，泰国突然宣布放弃固定汇率，实行浮动汇率。所谓浮动利率，就是在借贷期限内利率会随物价或其他因素变化而做相应的调整。一时间，泰铢兑换美元的汇率持续下降，新马地区也遭了殃，亚洲汇市股市哀鸿遍野。

作为澳门中华商会的负责人，欧阳东江感受到了前所未有的压力。他应邀参加澳门商会的讨论会，会议现场，一个理事首先开口："这泰国总理刚刚发表讲话说会稳固泰铢，但话还没凉就又甩耙子了。泰国政府也太让我们失望了。"

"泰国金融市场就是个扶不起的阿斗。"另一个理事也表现出担忧。

欧阳东江面露难色，缓缓说道："国际金融游资只有操作上的游戏规则和图利的最高目标，没有道德不道德的制约。这次，泰铢受到国际游资的攻击，给泰国的整个金融体系、商业体系带来了很大的影响。"

原本颓唐地倒在沙发里的泰商胡庆生突然坐了起来："岂止是影响啊，那是生死存亡！现在，对很多泰国的企业来说，是活不活得下去的问题。我面临的就是这个危机。"曾经精神抖擞的他，一夜之间像老了十岁。

胡庆生是澳门有名的泰商，泰国汇率的震荡让他在泰国工厂的订单出现很大问题：出货的价格没法平仓，后面原材料进货的资金链彻底断了。

欧阳东江看着他，安慰道："庆生大哥，你放心，挺一挺会过去的。泰国政府对国际游资的炒作不可能放任不管的。"

"是，可是国际金融游资来势凶猛，我害怕在被管住之前，我的企业就扛不住了啊，之前填进去那么多资金，现在又变成更大的缺口。"说着，胡庆生眉头皱紧。他的心里就像窝着一只刺猬，说不出的烦躁和郁闷。他清楚，这些国际金融大鳄就像是闻到了血腥味的狼群，杀进泰国疯狂卖空泰铢。泰国的金融业已经被搅成一潭浑水，所有企业都战战兢兢。据他探知的内部消息，泰国政府已经投入了一百多亿美元对抗，问题是效果并不理想。胡庆生久经商场，什么样的血雨腥风没有见过？根据他的经验，泰国目前的金融体系已经受到攻击，过不了多久，范围就会进一步扩大。想到这里，他又颓唐地卧在沙发里，柔软的沙发把他狠狠地包裹在其中，犹如他此刻的处境，完全深陷其中。他看着欧阳东江，露出羡慕的神色。他之所以羡慕，是因为欧阳东江在泰国并没有投资产业，再反观自己，却身处旋涡的中心，不知道自己的企业能不能逃出生天，想到这里，他的眉头又紧了一些。

此刻，欧阳东江的心情比胡庆生好不到哪儿去。他嘴上虽然安抚着大家，但他心里清楚，此次的金融风暴来势汹汹，比他料想的发展得更快，看来国际金融炒手是做了充分准备在这个时机下手。一旦崩盘，他的华明公司怎么可能不受牵连？想到此处，欧阳东江面色沉重。

二

果不出所料，半个月后，国际金融炒家狙击港元，在汇市、股市和期货市场同时采取行动。他们利用金融期货手段，用港元期货合约买入港元，然后迅速抛空，致使港币利率疾升，恒生指数暴跌。

在这次的危机中，受伤最深、损失最大的，不单单是胡庆生这种商业大咖，还有数以万计的小股民。不少股民把全部身家投到了股市中，这下可好，钱没赚到，还赔光了家底，洪俊杰就是其中之一。妻子得知了他把钱赔光的消息，一气之下回了娘家。

洪俊杰一脸沮丧地来到岳父家，一进屋就看到妻子麦斯莲坐在旁边低声哭泣，搅得他心里一阵烦躁。

麦斯莲这会儿哪里还顾得上洪俊杰的心情，她心里委屈着呢。她原本打算在澳门开个旅行社，铺子看好了，租金谈妥了，就连买车的钱也准备好了，就等着开张呢，没承想，洪俊杰把钱全赔光了。

洪俊杰满脸愧疚。“阿莲，我没用，说要带你过安稳日子，现在……”说着，他哽咽了。

“金融风暴、金融风暴，什么时候来不好，偏偏这时候来。”麦斯莲越说越气，冲着洪俊杰大吼道，“当初让你赶紧给抛了，你就是不听我的，现在什么都没了！”她再也遏制不住积压在心口的怨气，号啕大哭起来。

“够了！”一声怒吼从屋外传来，说话的正是麦斯莲的父亲——麦叔。也许是年纪大了，也许是长时间捕鱼的经历让他见惯了大风大浪，当得知女婿赔光了一家所有的积蓄后，麦叔却一直表现得十分平静。他安慰女儿说："金融风暴，海上风暴，都是风暴。只要人在，风暴过了，日子从头开始。你在船上长这么大，这点道理不懂吗？阿杰辛苦赚的钱赔光了，他不比你难受？做人家老婆有钱没钱都要尽本分。钱没了再赚，铺子开不起就不开，车子买不了以后再买。什么都没了，船还在！有船就继续打鱼，养家总能养得起。阿杰是短了你吃还是短了你穿？叽叽歪歪！"他看不惯渔民家的女儿因为一点事情就哭哭啼啼的。

听麦叔这么一说，麦斯莲更委屈了："阿爸，我可不想再靠打鱼过生活了。"

这下，麦叔的脸色刷一下变了，他扔了鱼耙："咱们疍家人打鱼为生，靠海吃饭，既不欠别人的，别人也不欠我们的，踏踏实实的日子怎么不好过了？"他不明白，外面的世界究竟有什么好的。

可麦斯莲并不这么想，她从小在海边长大，自从决定了上岸后，她就没想着再回来："阿爸，我想好了，我准备继续在赌场做荷官，阿杰也可以去酒吧工作，还能拿小费……"

麦叔一听就不乐意了。"你都想好了出路，还来我这里哭哭啼啼做什么？"说着，他就把麦斯莲往外轰，"走走走，回去过你们想要的生活，别来烦我！"

赶走了女儿女婿，麦叔的心情更差了。他不知道，此刻心烦的何止他一人。

三

距离麦叔渔船不远处，有一家开了十几年的海鲜干货店，店铺的老板也是本地人，自从有了儿子之后，大家都"黄妈""黄妈"地叫，她自己倒也习惯了。她的丈夫曾经和麦叔一样，也是渔民，几年前不幸去世，从此之后，她就和儿子黄梓建相依为命。

黄妈平时最喜欢的就是坐在沙发上看电视，可是今天不同，从开店开始，她就一直魂不守舍的，一会儿开柜子一会儿擦柜台，擦了一半，又跑去开风扇，不是柜子门忘了关，就是风扇的盖子忘了合上。全部干完之后，她就坐到角落里发愣。

黄梓建看着家里的电视，有些好奇："妈，怎么不开电视？"一般来说，只要黄妈在店里，电视就一直是开着的，而且播出的频道也很固定——经济频道，黄妈一直很关心股票市场。

黄妈像是没听见儿子的话，继续愣着。一旁的麦斯钰看出端倪，叫道："黄妈，金融危机的消息播了一上午，您一直不对劲。"

一听到"金融危机"四个字，黄妈一下醒了神，赶忙掩饰道："没有没有，我早都抛掉了，还赚了一笔。"

这时，邮差送来信件，黄梓建过去接信。他拆开来，里面是一张通知书，上面写着"澳门大学录取通知书"。

兴奋、激动、喜悦涌上黄梓建心头。

麦斯钰冲过来，兴奋得差点跳起来："呆子，你考上了！黄妈，梓建考上了澳门大学物理系。"

"考上了，考上了好……"黄妈的回应并不热烈，反倒更加心事重重。

看到黄梓建的通知书到了，麦斯钰坐不住了。她和黄梓建一起报的澳门大学，按理说通知书应该一起寄到。想到这里，麦斯钰既紧张，又兴奋，还掺杂着隐隐的不安。她匆匆告了别，撒腿就往家里跑。

还没进屋，她就看到弟弟麦斯华正和父亲争夺着什么，不过，麦斯华丝毫不占优势。看到二姐，麦斯华像是看到了救星似的大声喊着："二姐，澳门大学录取你了，通知书在阿爸手上，他不给我……"他不甘心，试图再去抢父亲手里的通知书。

麦斯钰心头一紧。虽然父亲一直对自己百依百顺，但是她心里清楚，在父亲心中，自己始终是个没有儿子重要的女儿。

饭桌上，麦斯钰小心翼翼地把自己想要上大学的想法告诉了父亲，麦叔听后，没好气地说：“出去了又怎么样？当初你大姐也是这么想的，我遂了她的愿，结果呢？老公赔光了钱，现在还不是只能在赌场当荷官，还欠了一屁股债。”

“那是碰上了金融风暴，是谁也算不到的事情，不能怪他们。”麦斯钰帮姐姐解释着。

麦叔猛地把筷子摔到桌子上，把麦斯钰吓了一跳。他脸上青筋暴起：“那怪我放他们出去闯世界喽？我告诉你，该什么命就是什么命，金融风暴和海上风暴，都是风暴，只要人在，风暴过了日子从头再来。你从小在船上长大，经历的风暴还少吗，难道这点道理都看不明白？你大姐和姐夫辛苦挣的钱赔光了，什么都没了，可人还在、船还在，有船就有希望，饿不死。”

与以往不同，今天的麦斯钰没有反驳麦叔，这反倒让麦叔心里犯起了嘀咕。他的脾气稍微缓和了一点，劝道：“咱们疍家人一辈子打鱼为生，靠海吃饭，不欠别人的，别人也不欠我们的，踏踏实实地过日子，腰杆子挺得直直的，不求人。”

这些话麦斯钰从小听到大，怎么可能不懂？但她就向往着外面的生活，更何况上大学是她一直以来的梦想。当然，她还有一点点私心，那是藏在她心中小小的秘密。

过了好大一会儿，麦斯钰才开口：“可我想读大学，去看看外面的世界，就那么难吗？”她的语气中充满了抱怨。

“你没那个命！你为什么就不认命？！”麦叔回应得毫不留情。

麦斯钰的眼神中充满了坚定：“我不认命。”她告诉自己，这不是她的命，她要上大学。

麦叔看着麦斯钰，这个女儿从小就最不让他省心，没办法，他只好使出了撒手锏：“说这么半天……梓建已经考上了大学，你和他有一个读书不就好了。趁他开学之前，把你们的婚事办了。”

话音一落，麦斯钰的脸一下红了，像是小女孩的心思被猜中一样，她半天没说话。她是喜欢黄梓建，从小就喜欢，她也确信黄梓建对自己的感情。但是她不要做黄梓建背后的女人，她要和他一起读书，一起毕业，共同进步。

“我……我不能这么嫁给他。”

“不这么嫁要怎么嫁？”

“我要上大学，大学毕业再嫁给他。”麦斯钰终于把藏在心底的话说了出来。

麦叔根本不妥协，反而觉得麦斯钰太幼稚：“说什么鬼话，上学跟嫁人有什么关系？反正都是嫁，我明天就去跟梓建妈提亲，梓建开学前把你俩的婚事办了，就这么定了！”

麦斯钰毫不示弱，直接放出狠话：“上不了大学，我一辈子不嫁！”

“嫁不嫁你都得一辈子打鱼，上大学？没门儿！”

麦斯钰看着父亲，气得说不出话，眼泪在眼眶里打转。她哭着跑出门。

四

有人说，澳门是一座充满文艺色彩的城市，既有喧嚣的红，也有静谧的绿，各种颜色和谐地在这座城市中存在着、交融着。走在澳门的街道上，仿佛时间都变得柔和下来。

不过，夜晚的澳门和白天的澳门是两个世界。赌场的灯火将澳门的夜晚点亮，在这里，大大小小的赌场作为澳门最具标志性的建筑，歌舞升平，灯火阑珊处尽显澳门这座不夜城的风采。

麦斯莲从赌场走出来。自从上次和麦叔吵翻了之后，她就再也没回到船上，而是找了一份荷官的工作，继续赚钱，准备从头再来。看到一脸焦虑的妹妹，她有些吃惊。当得知麦斯钰考上大学的消息后，麦斯莲的脸上露出了久违的笑容：“太好了，恭喜你，阿钰！咱们家终于出大学生了……”

“可阿爸不给我录取通知书，他不让我上，我偏要上。”麦斯钰哀求道，“姐，我要自己挣学费，你带我去见老板，我跟你一起上班。”

麦斯莲看着她坚定的眼神，这才明白妹妹找自己的真正原因：“你是咱家的大学生，这里乌烟瘴气，不适合你。”

麦斯钰一副已经打定主意的样子：“开学前我要挣够学费，来不及找合适的工作了，只要能挣钱就行。”

麦斯莲知道自己拗不过妹妹，想了半天，决定让她去找丈夫洪俊杰。

混杂的空气中弥漫着烟酒的味道，舞池中，妖娆性感的女人和年轻疯狂的男人伴随着劲爆的音乐，肆意扭动着身体。麦斯钰走在酒吧里像个异类，不时有人向她投来异样、嘲笑的目光。其中，就有一个她的“熟人”欧阳小江。

麦斯钰没想到欧阳小江会主动跟自己打招呼：“你不是那个老鱼头儿的女儿吗？”

麦斯钰毫不示弱：“你放尊重点，什么叫老鱼头儿？”

自从醒狮大赛输给了麦斯钰之后，欧阳小江心里一直憋着一口气。现在麦斯钰居然跑到了自己的主场，他怎么可能错过这个千载难逢的好机会？他不屑地一笑：“脾气够硬的！怎么，打鱼女开始泡酒吧了，还是靠打鱼生活不下去了，来这儿当服务生？”

欧阳小江的话戳中了麦斯钰的心，她怒视欧阳小江：“不干你事。”

“当然不干我事，现在经济不景气。”说着，他上下打量了麦斯钰一眼，“你这副样子，要是穿上侍应生的衣服，应该还看得过去。”

麦斯钰气得说不出话，狠狠地瞪着欧阳小江。

欧阳小江竟被瞪得心里发毛，他回避着麦斯钰的眼神：“我说说而已，你可别当真，我对你这样的打鱼女没兴趣。”

麦斯钰没心情和他吵，她选择完全无视欧阳小江，但是找了半天连洪俊杰的人影都没见到，最后准备离开。

欧阳小江却不打算放过她。他直接拦在麦斯钰面前，嬉皮笑脸地说：“哎，别生气啊。我忽然想起来了，我家内地有几个工厂，我去看过，里面打工的都像你这样。要不要我跟我爸说说，让你过去打工？我这可是好心哦。”

麦斯钰的脸涨得通红，眼神中掠过一丝恼怒。她一把推开拦在自己面前的欧阳小江，气冲冲地跑出酒吧。

夜晚的澳门街头，霓虹闪耀，灯火辉煌，行色匆匆的人们借着灯光找寻着回家的路，不过麦斯钰却不想回家。人们常说，生气的时候最容易饿，这句话在麦斯钰的身上得到了印证——她的肚子不停地发出一阵阵声响。此刻的麦斯钰只怪自己没有离家出走的经验，居然连最重要的钱都没有带够。看着手里仅剩的一点钱，她买了几包泡面，回到了姐姐麦斯莲的家。

说是家，其实就是一间不足十平方米的出租屋。澳门寸土寸金，能够有个落脚的地方已经不易。

麦斯莲下了班回到出租屋，看到麦斯钰狼吞虎咽在吃东西。

“姐夫通宵上班，反正也不回来，我就在你这儿住一晚。”不等姐姐开口，麦斯钰主动说道。

“你真不回家了？”麦斯莲试探性地问道。

“我生阿爸的气。”麦斯钰态度坚决。

麦斯莲一脸的无奈，只能安慰道：“阿爸也是为你好，就是做法太糊涂。”

一听姐姐居然站在父亲那头，麦斯钰不干了，她把碗推到一边：“你还帮他说话！”

见状，麦斯莲赶忙解释道：“阿钰，澳门大学的学费不便宜，靠你开学前这点时间打工，难啊。现在这情况，你姐夫又把家底赔光了，要不然姐怎么也能帮你交学费。”

这下，麦斯钰更不高兴了。她直言道：“大姐，我不是来跟你要钱的。”

看妹妹正在气头上，麦斯莲也不想再多说什么了，她自己的生活还一团乱麻呢！忙了一天，她也累了，这一夜，姐妹俩再未多说一句话。

第二天一大早，麦斯钰就跑到澳门大学，谎称自己的通知书丢了，这是她来之前想到的主意，想咨询一下学校还能不能补发一份。麦叔不是把她的通知书扣下了嘛，那她就再弄一份。

“有啦，找到你的名字了。”澳门大学招生办的工作人员指了指上面麦斯钰的名字，“麦斯钰，是这个吗？”

麦斯钰心头一喜，看了看，说："是是是，这就是我。"

工作人员合上名单，一脸怀疑地说："你刚才说通知书一直没收到，可能寄丢了？"

"是的，老师，怎么办？学校能补发吗？没有通知书还能上吗？"麦斯钰表现得十分真诚。

工作人员想了一下："是这样，你可以交一下留位费，等开学了这部分钱就自动充在学杂费里。"

"留位费，多少钱？"

"一千。"

"那学费是多少？"

"应该是一学期两万八，报到的时候记得带来。"

麦斯钰的笑容僵在脸上。通知书丢了可以再补办，可是这近三万块钱的学费，她去哪儿凑出来？想到这里，麦斯钰只能先回家。没想到她一进屋就听麦斯华说，麦叔竟然没经过她同意，跑到黄梓建家提亲去了。麦斯钰心说不好，撒腿就往黄家跑。

此时的黄家也没有好到哪里去，黄妈的脸上许久未露笑容。此次金融风暴来势汹汹，已持续一月有余，大有愈演愈烈的趋势，亚洲多个国家受到此次金融风暴冲击，经济面临崩盘式垮塌，黄妈也是受害者之一。

黄妈听着广播里不断播放的消息，心情越来越糟糕。黄梓建丝毫没有注意到母亲心情的变化，他的心里藏着另外一件事情。

自从听说麦叔不让麦斯钰上大学的消息后，他心里就暗暗盘算着一件事情。当然，这件事情只靠他自己根本无法成功。他犹豫着走到母亲面前，试探性地问道："妈，如果麦叔不让阿钰上学，你能不能帮她？"

黄妈一个机灵，谨慎地问道："怎么帮？"

"给阿钰垫上学费啊！"

黄妈的心头猛地一惊，自己的钱全在股票上，她已经是自身难保了，哪里还有钱帮别人？黄妈有气无力地说："我能凑够你的学费就不错了。"

黄妈的反应是黄梓建始料未及的。在他的印象里，从小到大，家里的生活条件还是可以的，别说为麦斯钰垫上学费，就是再给几个人交学费，那也是交得起的！他不理解母亲为什么会这么说。

“妈，你以前不是这样的……你不是一直都很喜欢阿钰的吗？”黄梓建追问道。

“这跟喜欢不喜欢是两回事。我管不了阿钰，能管好你已经不错了，你以后不要再跟我提钱的事。”

二人正说着，就听见门外传来麦叔的声音，只见平日里不修边幅的麦叔特地穿上了西装。这身西装还是麦斯莲结婚的时候穿过的，加上今天，一共就穿过两次。

无事不登三宝殿，有着多年与人打交道经验的黄妈看到麦叔的这副打扮，知道一定有大事，特意支开了黄梓建。

黄妈先是把麦家的孩子都问了一遍好，麦叔却一直冒着汗，应和着，半天插不上话。黄妈的口若悬河和麦叔的沉默寡言形成了鲜明对比，最后麦叔终于鼓足勇气说明了真正来意。之后，黄妈反倒不出声了。

见状，麦叔试探性地问道：“梓建妈，你不是也喜欢阿钰的吗？当年黄大哥去的时候，托付我照顾你们娘儿俩，我觉得他的意思就是愿意我们两家结亲的，怎么我来提亲你又不同意呢？”

“麦大哥，我不是那意思。阿钰我是从小看着长大的，当然喜欢了，只是现在……”黄妈似有难言之隐，“现在不适合谈这事。”

麦叔疑惑地问：“有什么不适合，不就是梓建考上大学了吗？他去上他的学，阿钰正好可以帮你照应家里的生意，这不是一举两得吗？”

“他俩在一起我是没意见，但是也得问一下孩子们的想法。”黄妈吞吞吐吐地说。

这话说得麦叔就更不明白了：“这还用问？阿钰早就注定了要嫁给你家梓建。”

黄妈也不再藏着掖着了。“麦大哥，有些事孩子们的想法也是对的。”她停顿了一下，观察了一下麦叔，试探性地说，“阿钰说过，希望上完大学再结婚，这个观点我是认同的。”

听到这竟是女儿的主意，麦叔的话一下被堵住了，他犹豫了片刻，一拍大腿说道：“不结婚也行，把亲事订下来总行吧？这样阿钰也不会想三想四，安心待在家里，至于上大学就免谈了。”

黄妈一脸为难地说：“麦大哥，要是这样的话，我是不能同意的。”

麦叔一听有点着急了：“梓建妈，你是不是看不上我们阿钰了？你觉得梓建上了大学，要出人头地了，我们疍家女配不上了！”

“麦大哥，你在说什么，我不是这个意思。”

“那你什么意思？”

黄妈试图解释：“我的意思是，你该让阿钰上大学，该听听阿钰的想法。”

这下，麦叔更生气了，自己的家务事，怎么反倒让别人来指手画脚。他站起身，语气坚决地说道：“当年答应黄大哥的话，我是要说到做到的！阿钰她怎么想我不管，我会让她等着。”说完，他气冲冲地走出海鲜干货店。

没想到，一出门，他就看到了麦斯钰。

麦斯钰直接冲到父亲面前，恼羞成怒：“阿爸，你怎么这么不讲道理，真的跑来提亲了。”

“什么道理？你这一晚上不回家跑哪儿去了？”

“我去找大姐了。”

提起大女儿，麦叔更是气不打一处来：“就是你大姐把你们的心都带野了。现在好，欠了一屁股债还不思悔改。”

麦斯钰一听不乐意了，从小到大，姐姐都是她的榜样，谁也不能说姐姐半句不是，哪怕是父亲。她试图为姐姐和姐夫辩解，可是麦叔根本不愿意听。

“阿爸，不管你同不同意，我都要上大学，不上完大学我是不会结婚的。学费我会自己想办法，从今天开始我就去打工。”说完，麦斯钰转身跑了。

这次的对话让麦斯钰更加坚定了自己打工赚学费的决心，她让姐姐把自己带到了澳门一家五星级的豪华酒店，准备先从清洁工做起。她每天六点起床，换床单、换枕套、清洁地毯、打扫浴室、清洁抽水马桶，所有过去自己没有干过的活儿，她都干了，而且一点也不觉得辛苦。

除了在酒店工作，麦斯钰还找了其他工作——为鱼铺卸货。只是她没想到，黄梓建竟然也跑到鱼铺帮她。麦斯钰看着黄梓建傻傻的模样，既觉得好笑，又觉得感动，心里暖暖的。

这时，洪俊杰带着一个身穿花衬衫、紧身皮裤，脖子上还戴着大金链子的人走了过来。这人麦斯钰认识，是当地有名的小混混：迭马猴。他曾经追过她姐姐麦斯莲，又是买花，又是送礼物，最后直接被麦叔给打跑了。

洪俊杰显然对这一历史全然不知，笑呵呵地介绍道："这是猴哥，还记得吧？"

麦斯钰转身继续忙着手里的活儿："我不借高利贷。"

洪俊杰赶忙解释道："不是不是。猴哥想租用一下我们的船，我不是看你在凑学费嘛。"

麦斯钰看着洪俊杰："姐夫，我们什么时候出租过船？"

迭马猴拿出一沓钱在手里拍了拍："我朋友要租船出海野钓，一晚上这个价。"

"对不起，我家的船是打鱼的，不出租。"麦斯钰的态度十分坚决，说完转身走进店里。一旁的洪俊杰欲言又止。黄梓建看着迭马猴手里的钱，若有所思。

待洪俊杰和迭马猴离开后，黄梓建偷偷地找到了麦斯华——他知道麦斯钰既然不答应，估计再劝也没用，所以把目标转向了麦斯华。麦斯华一听，一脸的疑惑："靠谱吗？那么多钱租一晚上船？"

"野钓虽然违法，但现在有钱人就想玩新鲜的，能给你姐挣学费就行了。"黄梓建的脑子里全是麦斯钰的学费。

麦斯华犹豫片刻，回头看了看院里的麦叔，压低了声音："这事要是让阿爸知道了……"他回头看了看黄梓建，突然灵机一动，说有办法了。

两小时之后，黄梓建才知道麦斯华口中所谓的办法是什么。看着自己面前已经喝完的一瓶白酒，黄梓建心里暗暗痛骂了麦斯华几万次，不过想到是为了麦斯钰，他只能硬着头皮继续和麦叔喝下去。坐在对面的麦叔怎么也想不到，当他和自己心中的完美女婿喝酒聊天的时候，自己的儿子正在码头帮麦斯钰"赚学费"。

海面黑沉沉的，海浪撞击着岩石，不停地发出轰鸣声。一艘渔船行驶在海面上，开船的正是麦斯华。他的心情也跟海浪一般，起伏不定、惴惴不安，他有种不祥的预感。

十几分钟之前，他匆匆赶到码头，看到迭马猴身边四五个人各个面相凶狠，其中两个人手里还拿着行李袋，完全不像要野钓的样子。

“姐夫，他们是来钓鱼的吗？我看他们手里拿着的袋子不像渔具。”麦斯华不安地问道。

“应该是吧？”说实话，洪俊杰也有些不确定，“咱们就别管了，反正咱们只知道他们是出来野钓的。”

听姐夫这么说，麦斯华反而更担心了。上厕所的时候，他无意中听到迭马猴和马仔的谈话，才知道原来马仔的袋子里装的竟然是枪支。他早就听过不少渔船帮忙走私枪支的传闻，没想到这次竟被自己给撞上了。

得知真相的他跌跌撞撞回到驾驶舱，直接掉转船头。突然，一个冰冷的家伙抵在他的太阳穴上。这是麦斯华第一次见到真枪，只是没想到会是在这种情况下，他吓得脸色惨白。洪俊杰赶忙冲上去求饶：“猴哥，这使不得。”

迭马猴给马仔使了个眼色，马仔用枪柄朝麦斯华的脑袋砸下去，麦斯华顿时鲜血直流。接着，迭马猴拿枪再次抵在麦斯华头上，对洪俊杰说道：“你来开。”洪俊杰看着原形毕露的迭马猴，迭马猴的眼神里没有可商量的余地。

洪俊杰无奈地看着麦斯华：“看在钱的分上，他们怎么说咱就怎么做吧。我们是送他们出来钓鱼的，他们要干什么，我们不知道。”

“姐夫！”

“就这一次、就这一次，咱们的运气也不至于那么差吧？”洪俊杰看了看迭马猴，又看了看抵在麦斯华脑袋上的手枪，只好走到舵前把住舵，推动发动机杆。

他们的船靠近了另外一条船，很快，货物搬完，渔船开动。整个过程，麦斯华都在默默祈祷，希望不要出事。

远处夜色里突然出现几束灯光，朝麦斯华的这条船射过来。麦斯华擦擦眼睛，仔细一看，真的是不想来什么就来什么，迎面开来的居然是澳门缉私警察的冲锋艇。

不过，他不知道的是，这些警察也是意外得到的消息。原来，麦斯钰一回家就识破了弟弟的小伎俩，黄梓建的演技太差，逼问之下，他说出了事情的缘由。麦斯钰不淡定了，直接跑到警局报了案。

趁迭马猴等人注意力被吸引，麦斯华小声喊了声“姐夫”，并用手比画着让洪俊杰转舵，洪俊杰赶紧驾着渔船转弯。

冲锋艇上的高音喇叭里传出广东话、葡萄牙语的警示音：“1098 号船请注意，请马上泊船接受检查！ 1098 号船请注意，请马上泊船接受检查！”迭马猴一愣神，洪俊杰推了一把迭马猴，拉着麦斯华就往外跑。

迭马猴挣扎起身，与洪俊杰和麦斯华扭打起来。冲锋艇上的澳门警察身着防弹衣，手持冲锋枪，跳上船来，将其抓获。

警察署的办公室房门紧闭，提审警员在询问麦斯钰——虽然是她报的案，他们还是要向她了解一下真实情况。

“船上的人和你什么关系？”警员问道。

麦斯钰十分配合：“开船的是我弟弟，还有我姐夫。”

“船是你家的？”

“是的。”

警员有些不解：“既然是你家的船，为什么还要拉他们出海？你知道他们租船的目的吗？”麦斯钰实话实说，说不知道。

这下，警员一下抓住了漏洞：“不知道为什么会来报警？”

麦斯钰面色平静地告诉警员，这些都是自己的猜测，其实报警的那一刻，连她自己也不能百分之百地确认。她只记得父亲曾经说过，迭马猴不是好人，没想到居然真的歪打正着。

不过，她现在最担心的却是弟弟和姐夫，她是报警者，很好洗脱嫌疑，弟弟和姐夫却是这件事情的直接参与者。她试探着向警员解释：“我弟弟和姐夫真的跟这件事没关系，他们也只是想帮我，因为我需要攒学费上学。我姐夫为了帮我，才四处打听挣钱的办法介绍给我；我弟弟之所以参与这件事，其实也是为了帮我挣钱凑学费。他们之前肯定不知道这是走私，不然是不会去做的。”

警员安抚道：“你放心，事实真相我们一定会调查清楚。”

从警察署出来，麦叔已经等在了门口，不过他不是担心，而是生气。回到家，他质问麦斯钰：“你满意了吧？非要追求你的什么狗屁理想，非要上什么狗屁大学，现在害得你弟弟和你姐夫也一起胡闹。”

一旁的麦斯华看不下去了，明明是自己的错，现在却让姐姐背黑锅。他忍不住说道：“阿爸，真的跟二姐没关系，我和姐夫是自己想去的。”

“你还好意思说？你现在翅膀硬了，也跟着你姐学野了是不是？”

麦斯华有些不以为然：“不是的，阿爸。这次真的是因为迭马猴他们都是坏人。”

“你闭嘴！还不嫌丢人？”看儿子居然不知悔改，麦叔的怒火更大了，“自己做了错事，都被警察抓进了警局。”他把目光转向大女儿，眼神锐利，“谁让你去找会长的？现在整个渔村，谁不知道我们家出了这么丢脸的事，人被关进了警局！”

面对父亲的责问，麦斯莲更是一脸委屈。都这个时候了，父亲还是只顾自己的脸面！她不明白，难道脸面比儿子和女婿的安全更重要吗？如果不是麦斯钰安排她去找会长出面，麦斯华和洪俊杰这会儿还被关在警局受苦。

她看着麦叔，脱口而出：“我们要你这样的阿爸有什么用？怪不得当年阿妈离开你！”

一句话，所有的人都愣住了，空气一下静止。这句话是麦家的禁语，麦叔气得全身直抖，一巴掌打在了女儿的脸上。这是他第一次打女儿，当初麦斯莲不顾他的反对执意要离开渔村，他都没有打过她。

麦斯莲眼眶发红，泪水在眼里打转，但是没有在父亲面前流下一滴，她捂着脸，冲出家门。

洪俊杰也没见过这种场面，一时不知如何是好，匆匆告别后，他赶忙追了出去。

“阿爸，你怎么可以这样，我追求自己的理想难道有错吗？”一旁的麦斯钰终于忍不住了。

麦叔正在气头上，冲着女儿大吼道：“你害得你弟弟和姐夫，差点为了你的理想把命都搭上，你还没错？”

说完，麦叔拉着麦斯华就走，临走前他把麦斯钰的房门拉上，隔着门吼道：“你给我老老实实地在屋里待着，我不发话，你就别想出去！”

大姐被气哭，二姐被关禁闭，麦斯华知道父亲这次是真的生气了。他一句话也不敢说，老老实实地帮着父亲晾晒渔网。

只有吃饭的时候，麦叔才会打开房门，放麦斯钰出来，但是麦斯钰毫不领情。她躲在屋子里，用沉默和绝食发泄着自己的愤怒。

夜已经深了，月光透过小小的窗户射进房内。麦斯钰却无心欣赏，她在思考自己的过去和未来，难道真如父亲所说一切都是命？她要永远被困在这里，结婚、生子，过着父亲口中平凡幸福的生活吗？她不甘心。面对巨大的生活压力，她第一次感觉到了无助、绝望，姐夫和弟弟为了她所谓的理想险些遇险，她不想再有人因为自己而受到牵连。这一夜，麦斯钰想了很多很多。

第三天，麦叔已经不再反锁麦斯钰的房间了。饭点，麦斯钰走出了房间，老老实实地坐在饭桌前。两天两夜没吃东西的她面色憔悴，整个人瘦了一大圈。

她端起饭碗，看着同样憔悴的父亲，开口道：“阿爸，吃饭了。”

麦斯华吃惊地看着她，道：“二姐，你终于开口说话了……”

麦叔却依旧沉默，麦斯钰把碗放下：“阿爸，我知道都是我的错。这些天我想明白了。我知道你一直守着疍家的规矩，一条船一家人，世世代代在海上。你是怕我们都上了岸，船上就没人了。”

麦叔依旧低着头安静地吃饭，没有接话。

麦斯钰继续说道：“我想上大学并不是要离开你、离开家。我只是想去见识更大的世界，我不会忘记自己是疍家的女儿，不会让你丢脸。”

这次，麦叔没有抬头，他不愿在儿女面前流眼泪。他强忍着，语气相比之前也缓和了不少：“你能明白就好，阿爸这么做都是为你们好，祖祖辈辈都是这么过来的，我们为什么就不能呢？”

“阿爸，你放心，我不会再往外跑给你惹祸了。我决定了，我不上大学了。”

麦叔抬起了头，他终于从女儿嘴里听到了自己最想听到的话，泪水在眼眶打转，嘴角却露出了久违的笑容。

黄梓建得知麦斯钰放弃上学的消息是在几天后，他对此表现出了极度的不理解：“你真的打算放弃了吗？这不是你的理想吗？”

说起“理想”二字，麦斯钰重重地叹了一口气：“有时候理想不能坚守的话，我们就得换个方向。我要继续打工，从另一个角度来成全自己。”

看麦斯钰已经下定决心，黄梓建也就不再坚持。从小到大，只要麦斯钰决定的事情，就不会轻易改变。

这次见面，二人的话格外少。

五

烈日炎炎，太阳失去了往日的温柔，毫不吝啬地将它的光芒照向大地。澳门大学又迎来了一年一度的迎新生活动。

校园里，道路两旁的梧桐树叶郁郁葱葱，将刺眼的阳光隔绝，每个学生的脸上都呈现出不同的表情。那种一看就充满欣喜、家长大包小包帮忙拿东西的，一般都是大一的学生；悠然自得地在校园里闲逛的，一般是大二、大三的学生；神色匆匆、穿着正式的，绝对是大四的学生。不过，无论学生的表情如何，他们都为学校带来了勃勃生机。

黄梓建提着行李站在校门口，看着眼前的校园，既激动，又兴奋。这时，一个高挑的女孩看到一直站在校门口的黄梓建，忍不住上前问道：“同学，你怎么站在这里不进去，是在等人吗？”

黄梓建转身，眼前的女孩扎着马尾辫，脸庞白净而秀气，浓浓的眉毛下是一双水汪汪的大眼睛，脸上满是天真的笑容。阳光透过树叶的缝隙照射在她的脸上，把她的皮肤映衬得更加白亮了。

黄梓建一时看得失神，女孩见他呆愣的样子，又叫：“同学？”

黄梓建这才醒过神，忙说：“你好！”

女孩看着他傻傻的模样，觉得既可爱又可笑：“同学，你是在这儿等人吗？”

“是，是啊。”除了和麦斯钰，黄梓建很少和女孩说话，一下有点紧张。

女孩有点纳闷：“你可以先进去。你告诉我她叫什么，我们学生会会一直在这里迎接新生，如果她到了，我会照顾她的。”

“哦，她叫麦斯钰，她不是……”说到一半，黄梓建突然停住了。之前，他特地去找过麦斯钰，想让麦斯钰和自己一起来学校看一下，他内心还抱着侥幸，希望麦斯钰在看到校园之后，能够改变自己的决定。可是，麦斯钰拒绝了。想到这里，黄梓建无奈地叹了一口气：“算了，我想她可能不会来了。”

女孩笑着伸出手，自我介绍道：“我叫梁雯，法学系96级的。”

梁雯，黄梓建在心里记住了这个名字，他也伸出手：“学姐好！我……我是物理系今年的新生……我叫黄梓建。”

二人介绍之后，黄梓建才知道，梁雯的父亲居然是物理系的教授，他惊叹是什么样的教授能教出如此优秀的女儿。

校门外，麦斯钰看着黄梓建走进校园，表情忧伤。她失魂落魄地走在街上，竟来到了黄妈的铺子。她犹豫了一下，走进去。

黄妈还像往常一样，笑着说：“阿钰，你回来了？”

麦斯钰见到黄妈，多日来积攒在心里的委屈一下爆发了，大哭起来。

黄妈一时不知如何是好，她安抚着麦斯钰：“没事没事，黄妈知道你心里难受，可日子总得过不是？”

麦斯钰双目含泪：“我不想一辈子靠船生活。大学上不成我认了，但我不会就这样放弃的，我必须得给自己找个不一样的出路！”

“黄妈相信你，那你以后有什么打算？”

麦斯钰擦干眼泪。“找工作，打工赚钱，我可以上夜校，也能学到东西……”突然，她有一个想法，“黄妈，梓建去上大学，铺子里缺人手吧？我给您打工，您少给一点工钱都可以。”

面对麦斯钰的恳求，黄妈一脸为难。要是平时的话，这都不是事，可是现在……突然，门外传来了一阵骚动。原来是有人把门口的垃圾桶踢翻了，紧接着几个小混混模样的人走进来，打头的竟然是迭马猴。

麦斯钰心说不好，起身挡在黄妈前面——她没想到迭马猴这么快就被放出来了。

看到麦斯钰，迭马猴气不打一处来，正应了那句老话——冤家路窄，就是因为麦斯钰的举报，他损失了一大批货，被老大狠狠地收拾了一顿……这次，让他逮到机会，他可要好好和麦斯钰算算前账。

他看出麦斯钰和黄妈关系不一般，心生一计：“黄婶，托这丫头的福，我在警局待了一阵子，您这利息……”

黄妈立刻明白了迭马猴的意思，赶紧从柜台里拿出一沓钱交给迭马猴：“这是利息。”

看出这不是黄妈第一次给迭马猴钱，麦斯钰问道：“黄妈，您干吗给他钱？”

迭马猴看了看手里的钱，笑道：“不够。”

黄妈一脸惊恐：“说好的呀……”

迭马猴凶狠地说：“利息是按天涨的呀，这叫滚利。还有这死丫头给我造成的损失，也得补回来！”

麦斯钰这才听明白，黄妈是借了高利贷。黄妈赶忙走到柜台前，把所有的钱都拿出来，交给了迭马猴。

临走前，迭马猴还不过瘾，让手下砸了铺面上所有的东西。麦斯钰企图去拦，被迭马猴一把揪住，他大声喊道：“给我狠狠地砸！”

麦斯钰发狠阻止：“你把铺子砸干净了，还怎么做生意，黄妈拿什么还钱？”

迭马猴眼珠子一转，觉得麦斯钰说的有道理，于是冲几个人道："都停下来！"他狠狠地把麦斯钰推到一旁。"咱俩的账还没完，以后慢慢算。"说完，他带着手下离开，留下身后一片狼藉。

第二章

一

夜色越来越浓，整个世界陷入了沉寂，只能听见房间里蚊子的嗡嗡声。床上的麦斯钰辗转难眠，脑子里全是迭马猴走后黄妈痛苦的模样。她没想到黄妈为了供黄梓建读书，竟然去借高利贷。虽然她答应黄妈不把这件事情告诉黄梓建，但是越想越觉得不安，最后决定找黄梓建聊聊，再做打算。

第二天一大早，麦斯钰来到了梦寐以求的澳门大学，一进大门，她就被眼前的景象吸引了。草木是那么茂盛，树叶是那么油亮，就连地上的小野花也是那么光彩动人。她漫步在校园里，看到蝴蝶在飞舞，听到小鸟在歌唱，就连知了的叫声也那么悦耳，她认真地感受着校园里的一切美好与安静，既兴奋，又有些失落。

她身边的黄梓建高兴得合不拢嘴，自从早上接到麦斯钰的电话，他就抑制不住地兴奋。他指着一栋高大的建筑说："阿钰你看，那边是图书馆，还有那边，那边是中文系的教学楼，还有那个实验大楼，你看到了吗？里面好多精密的仪器设备呢……"黄梓建急于向麦斯钰介绍学校的一草一木，生怕她错过些什么。

麦斯钰也有些情不自禁，赞叹道："真漂亮啊！呆子，你每天都在这么好的环境里读书，真羡慕你啊！"

"黄梓建。"一个清脆的女声从二人身后传来。二人同时转头，黄梓建欣喜道："梁雯！"

麦斯钰的笑容僵在脸上，她看着眼前像是从画里走出来的女孩，白皙的脸上嵌着一双水灵灵的大眼睛，两片薄薄的嘴唇，一笑起来，还会生出一对甜甜的酒窝，着实可爱。麦斯钰从没见过长得如此精致的女孩，突然感到有一丝丝的自卑。

麦斯钰的变化黄梓建并未察觉到，他急于向二人做介绍。

听到麦斯钰的名字，梁雯的表情发生了细微的变化。她伸出手，微笑着说："你就是麦斯钰呀？黄梓建一直跟我说你是他最好的朋友。你知不知道，报到的那天，黄梓建站在校门口一直等你，我好不容易才把他劝进学校。后来，我在门口一直等你到报到结束。"

梁雯说的时候，眼睛不时地看向黄梓建，像是与黄梓建是多年的老友，麦斯钰听着心里不是很舒服。还没等她说什么，梁雯看看周围，压低了声音："你的事黄梓建跟我说过，我很想帮你。"说着，她拉起麦斯钰的手。突然，梁雯的表情微微变化，她看着麦斯钰的手，满脸同情道："你一定吃了不少苦。"

麦斯钰看看自己手上斑斑的口子，眼眶红了，梁雯看似无意的言语深深地刺痛了她的自尊心。她知道梁雯是好心，可是她的自尊不允许一丝一毫的同情。她更生黄梓建的气，为什么把自己的事情告诉别人。这一刻，她真想找个地洞钻进去。她缓缓抽回自己的手，婉拒道："谢谢你。我的事还是要靠自己解决。"

梁雯却似乎丝毫没有察觉，继续说道："阿钰，就算不能上澳门大学，以后你也可以经常来。"

麦斯钰抬头看着她，梁雯的目光很清澈，也充满了真诚。

正说着，梁雯突然把目光转向了黄梓建："欧阳东江先生今天的讲座要开始了，我爸让我一定叫你去听。"

黄梓建这才想起讲座的事，他拉起麦斯钰，三人结伴来到了澳门大学的大礼堂。

礼堂里早已坐满了人，幸好有同学已经提前帮他们占好了位置。麦斯钰看着周围的一切，既兴奋激动，又掺杂着稍许的心酸。

讲座很快开始了，主讲人是欧阳东江。这是麦斯钰第二次见到欧阳东江。欧阳东江对着讲台下的学生说起了这次的金融危机，说起了泰国宣布放弃固定汇率制，实行浮动汇率制，引发一场遍及东南亚的金融风暴。在泰铢波动的影响下，菲律宾比索、印度尼西亚盾、马来西亚林吉特相继成为国际炒家的攻击对象。

一个学生问欧阳东江，对此次爆发金融危机的原因有没有分析。

欧阳东江回答道："透支性经济高增长和不良资产的膨胀。保持较高的经济增长速度，是发展中国家的共同愿望。当高速增长的条件变得不够充足时，为了继续保持速度，这些国家转向靠借外债来维护经济增长。在东南亚国家，房地产吹起的泡沫换来的只是银行贷款的坏账和呆账，不良资产的大量存在，又反过来影响了投资者的信心。当经济发展到一定的阶段，生产成本会提高，出口会受到抑制，引起这些国家国际收支的不平衡。当这一出口导向战略成为众多国家的发展战略时，会形成它们之间的相互挤压，仅靠资源的廉价优势是无法保持竞争力的。亚洲这些国家在实现了高速增长之后，没有解决上述问题。"

紧接着，另一个学生又问："欧阳先生，您在这次危机中有没有受到冲击？"

面对学生的追问，欧阳东江解释说："八十年代祖国内地改革开放、招商引资的政策好，扶持力度大，我便决心在内地投资办厂，以技术含量相对不高、原材料需求量大、劳动力密集的生产制造业为主。九十年代后，我把在海外的大部分资金撤回，将企业发展的重心全面转向了内地。"

还没等他说完，台下的麦斯钰情不自禁地问："内地在这次金融危机中没有受到冲击吗？"

欧阳东江看着麦斯钰，觉得这位女学生似曾相识。他答道："目前没有。"

"为什么？"麦斯钰追问。

欧阳东江笑答道："由于内地实行比较谨慎的金融政策，并且前几年采取了一系列防范金融风险的措施……"

这下，讨论的话匣子打开了，学生们接着问道"香港是否受到冲击"……讲着讲着，话题就说到了"一国两制"。

麦斯钰好奇，脱口而出："欧阳先生，您能给我们讲讲'一国两制'的意义吗？还有澳门回归了，我们是不是有机会去内地打工呢？"这下，原本热闹的现场一下安静下来，周围同学投来诧异的目光。

“这位同学问得很好。”大家的目光再次投向主席台，欧阳东江侃侃而谈，“‘一国两制’首先是一国在先。我有一位在新华社澳门分社的记者朋友，我们时常一起讨论内地和澳门的问题。香港回归前，我们就一致认为，‘一国两制’是解决历史遗留的香港、澳门问题的最佳方案，也是香港、澳门回归后，保持长期繁荣稳定的最佳制度，它充分证明了祖国大陆的宽广胸襟，是和平统一的方针……”

听完欧阳东江的话，麦斯钰跟黄梓建对视了一眼，两人露出笑容。

麦斯钰没想到，讲座结束后，欧阳东江叫住了自己，还说记得她。麦斯钰受宠若惊，欧阳东江看着她说："你刚刚关于‘一国两制’的提问很好，想事情能抓住重点，这是一种天分。你要好好读书，将来如果有机会去内地走一走，眼界会更加开阔。”

说到读书，麦斯钰的心里猛地咯噔了一下，她知道欧阳东江肯定把自己当成澳门大学的学生了。她看了眼黄梓建，没有做过多的解释，但是她记住了欧阳东江的话，将来有机会一定要去内地走一走。

告别了欧阳东江，黄梓建一看到饭点了："阿钰，晚上我请你在食堂吃饭吧。”

麦斯钰犹豫了一下："你晚上不是有选修课吗？”

“饭总是要吃的呀。”

“不用了，我还要赶回家……”麦斯钰看着黄梓建，又想起了黄妈，一副欲言又止的样子，“黄妈她一个人在铺子里蛮辛苦的，你花钱要节省些。”

黄梓建看着麦斯钰，觉得今天的她有些怪怪的，但是他又说不上来哪里奇怪。不过，麦斯钰前后表现的变化却被梁雯看在了眼里。她让黄梓建先去吃饭，并且主动提出送送麦斯钰，说要和麦斯钰说点女孩之间的话。黄梓建听得一头雾水，但也不好说什么，只能答应了。

黄梓建走后，梁雯和麦斯钰走在澳门大学的校园里。梁雯是那种自带光芒的女孩，无论走到哪儿都能吸引众人的目光，麦斯钰站在她身边，显得逊色了不少。

“你刚刚是不是有什么话要对黄梓建说？”梁雯冷不防地问道。

麦斯钰被梁雯猜中了心思，忙解释说没有。

梁雯微微一笑，像是麦斯钰肚子里的蛔虫似的。“黄梓建这个人虽然读书很好，但是神经很大条。”她顿了一下，试探性地问道，“是不是家里出了什么事？”

麦斯钰心中一怔，她停下来，看着眼前这个光鲜亮丽的女孩，一看就知道从小没吃过苦。那么，她问这么多到底是为了什么，是真的想帮助黄梓建，还是仅仅为了满足自己高人一等的优越感？

梁雯依旧面带笑容地看着麦斯钰，诚恳地说：“我是不相干的人，你告诉我没关系，多一个人出主意肯定比你自己憋在肚子里要好得多。”

刚刚看到梁雯和讲座主持梁教授站在一起，他们都姓梁，而且之前梁雯也提起是自己的父亲让黄梓建去听讲座，麦斯钰的心里也猜出了大概。梁雯说的没错，对于黄梓建家里的事情，自己是无能为力的，说不定梁雯真的能够帮得上忙，她决定赌一次，告诉梁雯真相。

幸运的是，麦斯钰人生的第一次赌博赢了。梁雯一回到家，就把黄梓建的家庭情况告诉了父亲。梁教授还是很喜欢黄梓建的，听到这个情况后，也有些震惊。“其实他妈妈大可不必这样，向学校申请分期付学费会缓解很大压力。”他停顿了一下，“不过分期付学费需要院方的担保人。”

他抬头看着女儿，女儿眨巴着大眼睛看着他，也不说话，不过眼睛里闪着狡黠的光。

“你是想让我来做黄梓建的担保人？”梁教授这才明白女儿从进门开始，整整缠着自己一小时，到底是为了什么。他笑着摇摇头，一脸无奈道：“就知道你不会白白跟我说上一小时的话。”

梁雯拉起梁教授的胳膊，用上了从小屡试不爽的撒娇术：“爸爸，怎么样吗？……”

梁教授无奈，从小到大，女儿都是非常独立的，她品学兼优，是老师口中的好学生，家长口中的“别人家的孩子”。女儿很少向他要什么，有时候，他反倒羡慕很多人家的孩子，天天缠着父母出去玩，买各种玩具，女儿只有在遇到非常重要的事情的时候，才会对自己撒娇。当然，作为一位“女儿奴”父亲，他对这种撒娇从来都是毫无招架之力，只是他没想到，这次女儿居然会为了黄梓建来求自己。

不过对于黄梓建梁教授倒是真的喜欢，在他眼中，黄梓建是个品学兼优的学生，做事情专注，喜欢钻研，是搞科研的材料。其实他也有意要培养黄梓建将来进入研究所工作。想到这里，梁教授缓缓地点点头。

梁雯激动道："爸爸，这么说您同意了？"

梁教授心说，你都使出撒手锏了，我还能不同意吗？"同意了。"看着女儿兴奋的模样，梁教授心里又有了些其他想法。

二

入夜，点点繁星点缀着夜空。海风轻轻地拂过，像是安抚每一寸它经过的地方。

像往常一样，麦叔坐在屋子里，享受着一天难得的休闲时光。突然，一阵脚步声打断了他的思绪。还没等麦叔反应过来，迭马猴带着人怒冲冲而来，伴随着句"给我砸"，众人不由分说，开始一通乱砸。

麦叔冲上去阻拦，却被几个马仔推倒。由于船上东西本来就不多，这场"破坏"行动很快就结束了。

麦斯钰回到家后，看到满屋的狼藉，大吃一惊。

"阿爸，这是怎么了？"

"是迭马猴。"麦斯华一边给麦叔处理伤口，一边恨恨地说，一抬头就看到父亲正狠狠地瞪着自己。

麦叔原本不打算把事情告诉女儿，他知道，以麦斯钰的性格，她要么报警，要么去找迭马猴算账，但这两个都不是解决问题的好办法。他在海边过了几十年，什么样的鱼匪海霸没见过，迭马猴之前吃了那么大的亏，是不会这么轻易放过他们的。

此刻的麦斯钰内心儿近崩溃，她看着父亲，泪水在眼眶里打转："阿爸，都是我不好，给家里惹出这么大的乱子……"

这一次，麦叔却没有发火。"前两天在海上的时候，我想过了，再大的船也会遇上风浪，我这把骨头该是这个命。你们还年轻……"说着，麦叔哽咽了，他不怕迭马猴，他觉得自己就是一条破船，一条贱命，迭马猴能把他怎么样，三闹两闹，闹不出什么也就不会来了，他放不下的还是儿女。

麦叔从兜里掏出一个已经有些年头的小包，里面放的是他这些年攒下来的钱。他把包交给女儿："阿钰，你带着阿华出去住吧，想干什么就去干，只要别干坏事，我不管你们。你们知道阿爸从来不攒钱，就这点，你们去吧……"

看着年迈的麦叔，麦斯钰有千万般不舍，但是她知道，迭马猴的目标不是父亲，而是自己和弟弟，也许自己离开，父亲才会安全。她拿着父亲的积蓄，带着弟弟，离开了从小生活的渔村。

来到城市，麦斯钰面临的第一个问题就是钱。她要赚钱，才能养活弟弟、养活自己。父亲的一点积蓄，只够他俩生活一段时间，剩下的还是要靠自己。

但是没有文凭、没有技术、没有经验，在澳门这个大城市里，是很难找到工作的。麦斯钰站在街头，望着身边来来往往的行人，满脸的迷茫。

这时，一个人递给她一张传单，麦斯钰接过传单，上面是技工学校的招生广告。麦斯钰心中顿时萌生出一个想法，她要为麦斯华报名。

麦斯钰用仅有的钱给麦斯华交了报名费，这样他还可以住在学校，就省下了一个人租房的费用。她自己则住进了黄妈家，一边给黄妈打零工充当住宿费，一边继续找工作，一边复习考大学。

黄妈看麦斯钰小小年纪就这么拼命，有些心疼，把她安排在了之前黄梓建的房间，让她安心复习。夜晚，麦斯钰躺在黄梓建的床上，翻来覆去睡不着。她想到了之前在澳门大学发生的事，想到了梁雯，想到了欧阳东江，更想到了黄梓建，他们的话不停地在耳边响起。

“有理想、有目标才能让自己的人生有意义。”“想事情能抓住重点，这是一种天分。你要好好读书，将来如果有机会去内地走一走，眼界会更加开阔。”“阿钰，这不像你，你从来不服输……”

想到这些，麦斯钰干脆翻身坐起来。她打开灯，看着黄梓建窄窄的小屋里满书架的书，思绪万千。

在经历了无数次失败之后，麦斯钰终于找到了一份在饭店后厨帮厨的工作。说是帮厨，其实就是打杂，干些男人都不愿意干的活儿——打扫卫生、倒潲水。生活看似辛苦，但也不是没有一点好处，比如，她再也没有失眠的烦恼了，每天白天干活，晚上看书，一觉睡到天亮，生活慢慢步入了正轨。

三

太阳东升西落，周而复始。

麦斯钰每天忙忙碌碌，起早贪黑，可是生活有时候并不会因为人们的努力，而按着他们既定的规划前进。由于经济危机的影响，麦斯钰所在的酒店被迫开始裁员，处于无关紧要岗位的她自然成为第一批被裁员的对象，领了一个半月的工资之后，麦斯钰又变成了半年前刚到城市的情况。

困难并没有到此结束，姐姐麦斯莲和姐夫洪俊杰也几乎同时失业，麦斯钰唯一的欣慰是之前为弟弟报了一所技工学校，她相信有技术傍身，到哪里都不会缺饭碗。

但是，麦斯钰没想到，麦斯华根本没有去学校读书，而是天天在姐姐家待着，每天晚上出去，天不亮不回家，白天却在家里睡大觉。

“大姐，你怎么不早跟我说？”麦斯钰得知这个情况后，冲着麦斯莲大吼道。

“说了有用吗？他也不知道吃了什么迷魂药，每天照镜子打扮，香水喷得呛人……”不等姐姐说完，麦斯钰夺门而出。

这是麦斯钰人生中第二次走进酒吧，她还清楚地记得第一次是为了找姐夫洪俊杰，还碰到了欧阳小江那个家伙。第二次，就是来找弟弟麦斯华。

劲爆的音乐震耳欲聋，空气中弥漫着刺鼻的烟酒的味道，昏暗的灯光下，男男女女在舞池里尽情扭动着自己的腰部和臀部，看得麦斯钰脸红心跳。

她四处搜寻着弟弟，想要赶快离开这个地方。这时，她看到弟弟正端着盘子，一脸迷恋地看着角落里一个浓妆艳抹的女人。麦斯钰上前，一把抓住麦斯华的胳膊：“跟我回去。”

麦斯华还没反应过来，只觉得胳膊被抓得生疼：“二姐，你干什么，我在工作！”

“工作？我不知道什么时候有份工作是看女人。”麦斯钰的声音很大，引来了旁边人的目光，其中也包括麦斯华的领班。

麦斯华有些尴尬：“你能不能声音小点！”

麦斯钰却丝毫不忍让：“我问你，你在技工学校都学了些什么？”

“我压根就不是读书的料！”

这下，麦斯钰彻底被激怒，长时间压抑在心底的委屈涌上心头，自己考上大学，却因为交不起学费无法读书。可弟弟呢，有这么好的机会，却不懂得珍惜。“不是读书的料？你当初怎么跟我说的，读书不行学技术应该没问题吧？把心思净花在……花在追女人上！”她不由分说地抓着麦斯华就往外走，语气也十分坚决，“明天就回船上去。”

一听要回船上，麦斯华不干了，他用力甩开麦斯钰的手：“要上岸的是你，现在让我回去的也是你，你到底想让我怎么样？二姐，你别再管我，我也要过自己想要的生活。”

这是这么多年以来麦斯华第一次反抗自己，麦斯钰一时有些不认识眼前的弟弟了，难道真如父亲所说，只要到了大城市，人都会变吗？

麦斯华的态度依旧坚决：“二姐，你以后不要再来这里。明天我就从大姐家搬出来，我认识了些新朋友，可以照顾自己……”说完，他头也不回地离开了。

麦斯钰呆站在酒吧中央，一动不动。工作没了，姐姐和姐夫也失业了，现在就连弟弟也成了这副样子。她忘了自己是怎么走出酒吧的，只记得震耳的声音让她的头很疼。走出酒吧，麦斯钰抱头痛哭。

有时候，生活总是在你最绝望的时候，给你新的希望。只是麦斯钰没想到，这个希望竟然是梁雯帮她得到的。她从黄妈口中得知，梁雯真的让自己的父亲做担保，为黄梓建申请了学费分期付款。而梁雯竟然也帮她在澳门大学劳工处找了一份校工的工作，这是麦斯钰做梦都不敢想的事情。但是，她有些犹豫，她不想欠梁雯的人情。

黄梓建早就激动得不行了："阿钰，你知道吗？梁雯跟我说，澳门回归在即，先不说这是不是之前历史遗留问题，我们说到底都是一家人，互帮互助是我们的传统嘛。她还说她不是在帮你，而是要帮和你一样的人。梁雯是个有社会责任感的人。"

麦斯钰看着黄梓建，他对梁雯都是赞许，在她的印象中，黄梓建从来都不是善于表达的人，可是一说起梁雯，他总是话特别多。

"阿钰，你在想什么？"看到麦斯钰有些发愣，黄梓建好奇地问。

麦斯钰回过神来，她现在太需要一份工作了，更何况这份工作是她梦寐以求的，她不想错失良机。欠梁雯的，她以后一定会还上。想到这里，她爽快地答应道："好，那我什么时候可以开工？"

第二天一大早，麦斯钰兴致勃勃地来到澳门大学。她打扫教室、办公室、走廊，还借着擦窗户的机会，看教室里面的学生上课，她感到特别知足。

麦斯钰的到来，让黄梓建也忙活了起来，他一有空就过来找麦斯钰，只不过身边总是跟着梁雯，而且经常匆匆告别。麦斯钰看着两人的背影穿梭在校园中，心里多少有些失落。

几天后，麦斯钰无意中看到了欧阳东江又要来澳门大学开讲座的海报，这次讲座的主题是"经济全球化和一体化"。麦斯钰记下了讲座时间，心情格外激动。

讲座当天，报告厅早早就坐满了人，麦斯钰做完手上的工作才赶到，人群中，她一眼就搜寻到了那个熟悉的身影，不出所料，那人身边还坐着另外一个人。只见黄梓建和梁雯坐在靠前的位置，二人有说有笑，麦斯钰心头一紧，有种说不清道不明的滋味。她没有去前排，而是找了一个角落，安静地站着。

讲座开始，欧阳东江向学生们介绍了经济全球化和一体化，他解释说，经济全球化和一体化是当代世界经济的又一重大特征，经济全球化是市场经济超国界发展的最高形式。第二次世界大战后，各国之间商品关系的进一步发展，各国在经济上更加互相依存，商品、服务、资本、技术、知识，国际间的频繁流动，经济的全球化趋势表现得更加鲜明。金融活动的全球化，是当代资源在世界新配置和经济落后国家与地区跃进式发展的重要原因，但国际信贷、投资大爆炸式地发展，其固有矛盾深化，金融危机必然会在那些制度不健全的、最薄弱的环节爆发。在香港的狙击没能得手，国际金融炒家并未罢手，很快，东亚的韩国也爆发金融风暴，韩元危机冲击了在韩国有大量投资的日本金融业……

待他说完，一个学生提问道："从去年 7 月，国际金融炒家狙击港元，在汇市、股市和期货市场同时采取行动。香港金融管理局动用外汇基金，在股票和期货市场投入庞大资金，暂时稳定了汇率。如果金融炒家再次出手，要怎么应对？"

"只有全数买进，独立支撑托盘，最终挽救股市。"欧阳东江答道。不过他也知道这是肉搏战，但是金融保卫战的实质就是经济实力的较量。

欧阳东江的话让学生受益匪浅。他告诉学生们，如果国际炒家再度出手，中央政府的态度将决定香港金融保卫战的结果。除了香港自身拥有的外汇储备，身后还有中央政府外汇储备，两者相加超过日本，居世界第一位。他坚信只要有中央在，就一定能保住香港的经济。

最后，欧阳东江缓缓地说道："作为中国人，我们要对自己的祖国充满信心。而为了帮助亚洲国家摆脱金融危机，中国履行了自己的诺言，不对人民币实行贬值，并通过国际机构和双边援助来支持东南亚国家的经济，充分展现了负责任的大国风范。澳门回归已进入倒计时。我希望到那一刻，我能为回归做出个人的贡献。我们华明打算竞标金莲花广场的亮化工程，要在回归的那天让金莲花照亮广场，用自己的微薄之力点亮澳门的夜。"

欧阳东江说得动情，学生们听得也激动，讲座结束后，报告厅内爆发出了热烈的掌声。

与之前不同，这次麦斯钰没有直接在讲座上提问题，讲座结束后，她单独找到了欧阳东江。

“欧阳先生，您好。”这次，欧阳东江不用回头就知道说话的是谁，经过几次的交流，他已经对这个有想法的小姑娘留下了深刻的印象。

“麦斯钰！我记得没错吧。”欧阳东江笑着说，“我听梁教授的女儿说，你到澳门大学来做了校工。以后啊，有什么困难尽管开口，我会尽力帮助你的。”

麦斯钰有些受宠若惊。“欧阳先生，谢谢您一直记得我，我已经很开心了……”她停顿了一下，有些犹豫地问道，“欧阳先生，我有些问题想问您。”

欧阳东江一下来了兴趣：“你尽管问。”他想听听这次麦斯钰又有什么新的想法。

麦斯钰整理了一下思绪，说：“您一直说您的企业在内地发展得很好，是因为内地的环境好，您能跟我讲具体些吗？”

“我是 1985 年到珠海开办企业的。那时，中国的对外开放已从沿海向内陆发展，形成经济特区、沿海开放城市、沿海经济开放区、内陆这样一个全方位、多层次、宽领域的对外开放格局，实行开放灵活的体制和政策……”欧阳东江顿了顿，继续说道，“内地自改革开放以来真是发生了翻天覆地的变化。老百姓的生活也发生了日新月异的变化。变化之多、之快、之大，令我难以言及其中之万一。”

麦斯钰听着欧阳东江的话，眼前浮现出了对内地的幻想。她感觉世界好大，内地好大，这样的视野是她在澳门无法见识的。

“人要走出去，才能知道更多。老话讲，读万卷书、行万里路，用那万卷书来检验你的路走得是否正确。”

这样的话麦斯钰是第一次听到，她感觉从自己心底涌出一股热流——一种想要走出去的热流。

临走前，欧阳东江给麦斯钰留下了一张名片，麦斯钰接过名片时，仿佛获得了巨大的力量。

与欧阳东江告别后，麦斯钰回到礼堂打扫，在讲桌后面发现了一个文件夹。她打开来，看到里面是一个莲花样灯饰的设计图，右下角写着欧阳东江的名字。

麦斯钰意识到这是欧阳东江落下的，她赶紧拿着文件夹跑出了礼堂，根据名片上的地址，找到了欧阳东江位于澳门郊区的家。

开门的却不是欧阳东江，而是他的儿子欧阳小江。

欧阳小江对麦斯钰的到访十分意外，不过他马上就表现出一种优越感："我当是谁，原来是打鱼妹。你是找扫院子的祥叔还是厨房的花姐？"

"我来找欧阳东江先生。"麦斯钰懒得跟他说太多。

"你找我爸干什么？"欧阳小江好奇道。

"欧阳先生的资料落在学校的礼堂，我来还给他。"说着，麦斯钰从包里小心翼翼地掏出那份资料。

欧阳小江二话不说，直接把文件夹从她手里抢了过去："还资料，给我就好了，我爸不在。"

麦斯钰怎么也想不明白，欧阳东江这么沉稳有深度的人，怎么会有欧阳小江这种儿子。他虽然帅气逼人，但一点都不讨人喜欢。她打心眼里不相信欧阳小江，更不愿和他过多纠缠，哪怕是多说一句话。趁着欧阳小江不注意，麦斯钰抢过他手里的文件夹，狠狠地踹了他一脚，扭头就跑。

"哎，你这个臭丫头，居然敢踹我！"欧阳小江在身后不停地大喊道，麦斯钰根本不搭理他。对敌人最好的武器，就是无视他。听着欧阳小江疼得嗷嗷叫的声音，麦斯钰嘴角露出一丝胜利的笑容。

麦斯钰坐上公交车准备先回家，回头再找欧阳东江。这时窗外闪过一个熟悉的身影，竟是迭马猴。她还没反应过来，公交车一侧突然发生巨响，车子受到冲击，车窗尽碎。麦斯钰下意识地用右手护住头，左手紧紧地抱着文件夹。一时间，她像是失去听力一样，只觉耳边嗡嗡作响，片刻后，尖叫声、哭喊声才传入耳中。这时，她才感觉到胳膊有些疼，同时一股暖流从头上往下流，眼前渐渐模糊了。

四

1998年5月，澳门恶势力向执法部门挑战，司法警察司司长白德安的座驾遭人安放炸弹炸毁。司长曾亲自带队搜赌场，带回警署的人物包括尹某及其胞弟与亲信。其后，这股黑帮势力在练歌房、餐厅、迪厅，甚至对负责重案的特警变本加厉地进行枪械袭击和纵火，使得澳门每天晚上都笼罩在恐怖之中。一位将“三合会”黑帮成员判处有期徒刑的法官，在光天化日之下被当众杀害。黑社会组织还向由澳门警察厅长、情报局长等乘坐的汽车投掷炸弹，致使一人死亡、多名群众受伤，其中一个就是麦斯钰。

醒过来的时候，麦斯钰已经躺在了医院的病房里。

“麦斯钰？”身边传来一个熟悉的男声。

麦斯钰试图将说话的人看清，等真的看清后，她欣喜若狂：“欧阳先生。”

欧阳东江来医院是为了看朋友的，没想到竟意外见到了麦斯钰。

“你怎么受伤了？”欧阳东江关切地问。

麦斯钰忍着疼痛坐起来，把怀中紧紧抱着的文件夹交给欧阳东江：“我去您家给您送文件夹，您不在。”

看着完好无损的文件夹，欧阳东江颇为感动：“我的粗心大意，导致你受了这么重的伤。”他主动承担了麦斯钰所有的医药费，以弥补内心的愧疚。

欧阳东江打开文件夹，将里面的设计稿抽出来展开，突然他问道：“我在讲座上粗略地讲了设计的构想，你有没有自己的想法要补充？”

“我的想法，您愿意听我的想法？”麦斯钰简直不敢相信自己的耳朵。

“你用生命保护了它，当然有权讲自己的想法。”

麦斯钰看着图纸，大胆地说：“您说过莲花是澳门的区花，莲花盛开，亭亭玉立，冉冉升腾，象征澳门永远繁荣昌盛。整个设计象征澳门坐落于中国疆土之内，澳门是中华人民共和国的一部分。”

欧阳东江点头表示认可：“盛世莲花主体部分由花茎、花瓣和花蕊组成，青铜铸造，表面贴金装饰，形似莲叶的基座部分则由三层红色花岗岩相叠组成，寓意澳门三岛。”

麦斯钰提出一个大胆的想法：“欧阳先生，我觉得澳门是海港，大海养育了我们这些以捕鱼为生的人。”

麦斯钰的话一下给了欧阳东江灵感：“你的意思是可以融入海港的元素？”

麦斯钰点头。欧阳东江欣喜若狂：“渔业是澳门的大产业，港口和海岸是澳门历史发展的前提。你说的没错，我们是被大海养育的，这个元素加入设计，它的意义非凡。”

得到欧阳东江的认可，麦斯钰感觉到了前所未有的成就感。

欧阳东江突然问道：“阿钰，你有没有想过离开澳门，去内地发展？”

“去内地？”

“是的，去见识更大的世界，让你的潜力发挥出来。”

“潜力，我有什么潜力？”麦斯钰有些不好意思。

欧阳东江笑了。他看人一向很准，他认定眼前这个文弱的小姑娘将来一定不简单，她缺少的只是一个施展能力的舞台。他看着麦斯钰：“你可能自己都没意识到，你的认识已经超越了你的出身，超越了与你同龄的许多人。”

欧阳东江说的这些，麦斯钰从来没有想过。看出她的犹豫，欧阳东江继续说道：“我知道你的生活面临许多困境，家人的、自身的。可你有没有想过，如果身在其中解绝不了，也许走出去，那些困扰说不定就会迎刃而解，而你的人生也会站上更高的起点。”

麦斯钰愣愣地想了很久，最后终于说出了自己的担心：“欧阳先生，我感谢您对我的邀请，但我对您从事的灯饰行业一无所知。”

欧阳东江欣赏麦斯钰的诚实，和一些动不动就说自己有多大本事的年轻人相比，她身上的品质格外可贵。他笑道：“什么东西不都是一步步学出来的？”

“我记得您说过，人生的更高起点要站在知识的积累上，可是我现在知识不够。”

欧阳东江鼓励道：“你还年轻嘛，现在正是你武装、充实自己的黄金年龄。”

这次见面之后，欧阳东江给麦斯钰推荐了许多关于灯饰行业的书和资料。一有时间，麦斯钰就沉浸在书籍中。她没想到，看似普通的灯饰也有如此多的学问。

此外，其他人也在时间的流逝中慢慢地发生着变化，比如黄梓建。以前从不穿亮色衣服、觉得亮色太女性化的他竟然开始穿亮色衣服了；以前从不看小说、觉得浪费时间的他，也开始看起小说了。这一切都是因为一个人：梁雯。

麦斯钰刚刚来澳门大学的时候，黄梓建没事就来找她，可是慢慢地，她能见到黄梓建的机会变得越来越少。黄梓建几乎每天都和梁雯待在一起，一起去图书馆，一起去自习室，一起吃饭，不知道的人，一定以为他们是情侣，这让麦斯钰心里有些酸酸的。

不过，黄梓建丝毫没有察觉出麦斯钰的心思，反倒越发地陶醉在和梁雯的相处之中。对于麦斯钰的疑问，黄梓建解释说自己的变化是磁场理论。麦斯钰哪有心情听什么磁场吸引相近物体的理论，她看着黄梓建，心情变得复杂。

这天，黄梓建和麦斯钰在校园里漫步，这是麦斯钰来澳门大学后，他们难得的单独在一起的时间，不过黄梓建还是三句话不离梁雯。两人正走着，一支精美的钢笔从本子里掉落。黄梓建满脸紧张，正准备去捡，却被麦斯钰先捡了起来。她仔细看着钢笔，一看就知道价格不菲：“这笔真好看，你什么时候买的？”

“我哪儿买得起啊，过生日的时候梁雯送的。她说工欲善其事，必先利其器。”黄梓建一脸的得意。

“她怎么知道你生日？”

黄梓建毫不避讳地答道：“她说是新生报到的时候看过我填的表。”

麦斯钰心里酸溜溜的，语气中不自觉地流露出一丝嫉妒和不满：“她可真细心啊。”

黄梓建傻乎乎的，真听成了夸奖，一直夸梁雯细心，对人也好。说曹操曹操就到，梁雯突然从旁边走来，直接站到了黄梓建的身边。她笑着说：“你们俩都在啊，一起去吃饭吧？”

阳光下，黄梓建和梁雯犹如一对璧人，完美无瑕。

麦斯钰哪里还有心情吃饭，她告别二人，自己回到了船上。

夜里，麦斯钰看着满是星星的天空，想到半年多来发生的事情，感慨万千。

她没想到，这一夜，船上还迎来了一位不速之客。

因为爆炸事件，迭马猴成了通缉犯，报纸上、电视上全是要抓他的新闻，最后他想到了让麦叔把他送出海，没想到竟遇上了麦斯钰。

迭马猴让马仔用枪抵着麦叔的后背，自己则跑到船舱里喝酒。趁马仔打瞌睡的工夫，麦斯钰低声说：“阿爸，晚上海岸有巡逻警，我改装了船上的报警灯光，海警发现了会过来救我们。”说完，她悄悄离开驾驶舱，去操作报警灯。

报警灯光似乎并不强烈，但灯光四处发散。迭马猴走出船舱，看到只有麦叔一人驾船，麦斯钰不见了。他一脚踢醒马仔：“还能睡着！”

迭马猴拿枪指着麦叔，质问道：“人呢？”

麦叔抬头看向船舱上方，报警灯忽明忽暗。迭马猴心中大骂不好，他冲上去，打烂了报警灯，把麦斯钰推倒在甲板上。

迭马猴眼里充满了怒火，看着越来越近的巡逻艇，他冲着麦斯钰大喊道：“我活不了，你也别想活！”

迭马猴正要扣动扳机的那一刻，枪响了。他手臂中弹，纵身跳进大海。劫后余生的麦斯钰和麦叔紧紧地抱在一起。

五

自从亚洲金融危机爆发以来，国际金融炒家不断投机，仅在 1998 年 8 月 5

日，短短半天就抛出了约300亿港元的沽盘，紧接着，又接连出现了150亿和78亿港元的抛盘。香港出现这么大的市场波动，这让澳门的企业家开始担心自己的产业受到牵连，人心惶惶。

几天后，面对国际金融炒家的猖狂进攻，香港特区政府决定予以反击。香港特区政府顶住了国际金融炒家空前的抛售压力，毅然全数买进，独立支撑托盘，最终挽救了股市，有力地捍卫了港元与美元挂钩的联系汇率制度，保障了香港经济的安全与稳定。在中央政府的帮助下，回归后的香港，是亚洲金融风暴中唯一顶住了国际金融炒家进攻而没有经济崩溃的地区。

在这次香港金融保卫战中，中央政府的正确决策让澳门商人坚定了信心，在外漂流了四百多年，还有一年就要回归祖国怀抱的澳门，更是做好了回归的准备。为了更好地宣传回归，更好地宣传回归后澳门商人的权利和义务，作为澳门商会的负责人，欧阳东江建议商会成员自愿捐款，印制一批《中华人民共和国澳门特别行政区基本法》，发放到更多的澳门市民手中。

与此同时，欧阳东江也拿下了金莲花广场的亮化工程。对于这个项目，欧阳东江是志在必得，因为在投标的时候，他就是抱着不赚钱的心态，底价投标。在他心中，莲花盛开象征澳门永远繁荣昌盛。这个寓意寄托了所有澳门人的希望，也是中央对澳门的期许。为了庆祝澳门主权移交，中央政府将赠送澳门一尊“盛世莲花”的雕塑，为金莲花广场增添别样的风采。

一年后。

1999年12月19日深夜，澳门拱北口岸，欧阳东江和澳门中华商会的代表，等候在这里。这是澳门一年中最冷的时候，大家在寒风中凝望着澳门回归倒计时钟表。

“12、11……8、7……4、3、2、1”众人兴奋地一同喊着倒计时的数字。

随着最后一声数字的发出，远处烟花开始绽放。庄严的国歌响起，电子屏幕上出现了回归盛况的直播：澳门文化中心花园馆，中华人民共和国国旗和澳门特别行政区区旗在激昂的国歌声中升起。

另一边，锣鼓喧天，舞狮场面异常热闹，麦叔的渔会舞狮队和中华商会的舞狮队再次相遇，两队合一庆祝澳门回归。

澳门大学的广场上，何厚铧的讲话声通过大屏幕传来：“在这个欢聚的时刻，我们要铭记，一百多年来，中国人民为了维护国家主权和民族尊严，进行了不懈的追求和奋斗……”

所有人眼含热泪，嘴唇微动，唱起《七子之歌》。

《七子之歌》的旋律缓缓响起，这一刻所有人心潮澎湃。

从这一刻起，澳门的发展进入了一个崭新的时代；从这一刻起，中葡两国人民的友谊和两国的友好合作也将在新的起点上向前发展。

第三章

一

1999 年 12 月 20 日，澳门回归当天，由国务院赠送的大型铸铜贴金雕塑“盛世莲花”在金莲花广场上揭幕。随着红布的缓缓拉开，光洁如镜的花岗岩圆台上，在几盏地灯的映衬下，金光闪闪的盛世莲花出现在众人面前。莲花盛开，亭亭玉立，冉冉升腾，象征澳门永远繁荣昌盛。

麦斯钰在欧阳东江的邀请下，一起见证了这一时刻。

欧阳东江指着圆台上的地灯，略带骄傲地说：“别小看这几盏地灯，工程领导小组在北京、上海、厦门、深圳看了几十家公司才确定用我们的产品，我们安装后也反复调试。现在这个色调、亮度才达到了最佳效果。”

一旁的麦斯钰感觉全身的血液都在沸腾。看了很多关于灯饰的书后，麦斯钰才发现灯饰行业的门道很多，而且光有理论根本不够，她了解得越多，就越想走进实际环境去看看。之前她还有些犹豫，直到看到了澳门回归当晚，金莲花广场大放异彩的灯，她才下定决心，跟着欧阳东江一起去珠海。

梁雯是第一个知道麦斯钰辞职的人，她其实也清楚，做校工有些委屈麦斯钰，课堂才是她应该待的地方。得知麦斯钰要去灯具厂的时候，梁雯心头一颤，她以为自己听错了，再次确认：“灯……灯具厂，澳门的灯具厂？”

“不，是珠海的。”

梁雯收起了笑容：“珠海，怎么要去珠海？你一个人？黄梓建不可能放心你一个人去珠海的。”

麦斯钰没有回答，而是认真地看着梁雯，问道：“你喜欢黄梓建吗？”

梁雯被问得有些蒙，双颊泛红，吞吞吐吐道：“阿钰，你……你怎么突然这么问？”

麦斯钰调笑地看着梁雯：“我只是有些好奇，如果你喜欢，那就大胆地去追求。”

梁雯满脸吃惊：“你们不是要……”

“结婚是吗？那都是小孩的玩笑话，你不用当真。”麦斯钰微笑着说，“我和黄梓建从小一起长大，一起上小学、上初中、上高中，从没分开过，似乎一切都是顺理成章，双方家长也都默认了我们的关系，似乎就是要结婚的。可是……”

“可是什么？”

“可是，那到底是一种什么样的感情，连我自己都说不清。从小到大，他就像我的一个小跟班，对我言听计从，说实话，我也习惯了他的陪伴，干什么都叫着他一起。我从没想过他到底想要什么。这些天，我一直在想，在我身边的黄梓建似乎连一句完整的话都没说过，全是我在说。直到他遇见了你，我才发现他变了。”

梁雯有些吃惊。麦斯钰看着她，十分真诚地说道：“梁雯，你是一个特别优秀的女孩。这些日子你对黄梓建的影响、改变，我都看在眼里。你让他有了更开阔的视野和胸怀，开始懂得表达自己的想法，甚至开始感受学习以外的美好事物，你做的一切都让他变得更好。你还帮助他和他身边的每一个人，你对他来说就是润物细无声般的存在。”

那天，麦斯钰看着黄梓建和梁雯站在阳光里，对着她灿烂地笑，那么美好，当时她就明白了，梁雯才是可以和黄梓建比肩的人。比起习惯，灵魂的契合更加重要——梁雯和黄梓建有共同语言，有无限美好的将来，他们应该在一起！

梁雯听得热泪盈眶，她喜欢黄梓建，从见到他的第一面的时候，就喜欢上了。她欣赏他的才华、智慧，还有他的善良和单纯，甚至连他发呆的样子她都喜欢。可是，从认识黄梓建的第一天，她就知道在自己和黄梓建中间，永远隔着一个女孩。

第一次见到麦斯钰的时候，她根本不明白到底黄梓建喜欢这个女孩什么，直到在欧阳东江的讲座上，她听到了麦斯钰和欧阳东江的对话，才知道这个女孩并非外表展现的那样平凡。如果不是命运的捉弄，她相信，麦斯钰一定会很了不起。有时候她很羡慕麦斯钰，羡慕麦斯钰敢想、敢干、敢说的性格。如果不是麦斯钰今天跟自己说这些，她会把对黄梓建的喜欢一直埋在心底。

看着一脸羞涩的梁雯同平时判若两人，麦斯钰笑着说："那个呆子比我开窍还晚，他就是木头一块。你得主动一点，引导他，把握属于自己的幸福。我会祝福你们的！"

梁雯受到了鼓励，不过她还是有些问题不太明白："阿钰，你为什么要去那么远啊，留在澳门工作不行吗？"

"你们是属于这里，属于这所大学的，而我不是。"麦斯钰看着校园，眼神中流露出向往的神色，"虽然在学校里打工，让我可以身处这个自己梦寐以求的殿堂，但我越是接近，就越是渴望，越是渴望，就越是迷茫。我想，既然一时间无法真正回到这里上学，不如去学一门技术，开辟自己的另一条路，创造属于自己的世界。"

梁雯看着麦斯钰，充满了羡慕，麦斯钰的洒脱，是很多男孩子都比不上的，她虽然有些不放心，但是也尊重麦斯钰的意愿，并祝愿麦斯钰一切顺利。

从澳门大学离开后，麦斯钰回到船上，她一直想要上岸，去外面的世界看看，现在机会来了，却又有些不舍。

"阿爸，大姐可真舍得，跟姐夫跑车就把刚出生的孩子扔给你。"还没进屋，麦斯钰的埋怨声就传到了屋里。

麦叔却乐此不疲。自从有了小外孙，他的生活一下丰富起来，每天围着小外孙转，忙得不亦乐乎，现在真要是麦斯莲把孩子带走，他还不习惯呢。

"我还舍不得阿仔跟她东跑西颠呢。"

麦斯钰感慨时间流逝，仿佛得知姐姐怀孕就在昨天，一晃，都过去一年多了，她笑着说："男孩子不要太宠。"嘴上虽然这么说，最宠阿仔的其实是她。

“我知道，能走路了就跟我下海。”麦叔缓缓地说。他是从电话里得知麦斯钰要去珠海的消息的，并没有阻拦。

“阿钰，上岸也就算了，为什么要去那么远的地方？”麦叔有些不解地问道。

麦斯钰坐到父亲跟前：“阿爸，我要给自己找一个根。”

“根？”

“对，一个可以让自己喜欢的行当，一个可以去发展的事业。”

麦叔无奈地摇头，他知道就算自己再劝，女儿也不会留下来。麦斯钰从小跟麦斯莲和麦斯华不一样，总想着登船头，去掌舵，没个女孩子的样子。女儿大了，已经由不得他了。

麦斯钰看着父亲，鼻子酸酸的。

澳门关闸口岸，人来人往，络绎不绝。

麦斯莲的眼眶红红的，之前不管怎么说，麦斯钰还是在澳门，在自己身边，现在真的要走了，她真舍不得。

麦斯莲红着眼睛说：“你到了那边要照顾好自己，有什么需要就打电话给我啊。”她说话的时候，洪俊杰拿出一点钱递给麦斯钰：“这点钱你带着应个急，安顿好就第一时间告诉我们联系方式。”

麦斯钰也不跟他客气，接过姐夫递过来的钱：“谢谢了，姐夫！”她明白，只有拿了钱，姐姐心里才能好受一些。看着姐姐和姐夫离开的背影，麦斯钰的眼眶也红了，转身准备登船。

“阿钰！”身后突然传来熟悉的声音，麦斯钰脸上的笑容僵住，她转过身，看到黄梓建和梁雯匆匆赶来，惊讶之余又有些失落。

“阿钰，去内地工作这么大的事情为什么不告诉我？”黄梓建板着脸，明显有些生气。他一回到家，黄妈就给他了一大包干鱼，让他给麦斯钰送过来。他没想到，自己竟然是最后一个知道麦斯钰要去珠海的人。

麦斯钰看着黄梓建的模样，竟觉得十分可爱，她从来没见过黄梓建生气，现在想来，才明白是黄梓建从没有跟她生过气。

黄梓建把干鱼交到麦斯钰手上："我妈让我给你的，珠海虽然离得近，但你肯定也没时间老往回跑，缺什么你跟我说，我给你送过去。"每一个字都充满了关切。

麦斯钰有些感动，马上又正色说道："放心吧，我是不会跟你客气的。"然后她看向梁雯，笑着说："这个呆子以后可就交给你了，你可要好好调教。"

黄梓建听得一头雾水。麦斯钰解释道："我的意思就是你这呆子要珍惜眼前人，把握缘分，别满脑子方程式。"

这下，黄梓建更迷糊了。梁雯站在原地，满脸羞涩。

麦斯钰拥抱梁雯："谢谢你们来送我。再见！"

梁雯拍拍麦斯钰："阿钰，照顾好自己。"

"嗯，放心吧，加油！等你胜利的好消息。"说完，麦斯钰朝着闸口走去。黄梓建和梁雯站在原地，目送她融入人群。

麦斯钰回头看着对视的两人，心情复杂，而后轻松一笑，毅然走进闸口。

二

麦斯钰到珠海时已经是深夜了，夜黑如墨，大地沉睡，除了微风轻轻地吹过，偶尔一辆车开过，整个街道寂静无声。麦斯钰站在宿舍里，看着窗外漆黑的夜，告诉自己，从这一刻开始要重新书写自己的未来。

麦斯钰来到华明灯饰公司珠海分公司见到的第一个直属领导，是销售部的李经理。她毕竟是欧阳东江从澳门带来的，人事部门的人不敢怠慢，又是端茶，又是递水，不过销售部的李经理却完全不同。

麦斯钰刚到销售部，还未见人，先闻其声。她还没走进销售部里面，从办公室就传来此起彼伏的电话声。

“我跟生产部门沟通过了，按时交货没问题。好好，下回去山东咱们再好好喝一顿。”这是麦斯钰听到李经理说的第一句话。她心里暗暗感慨，居然还有这么明目张胆要喝酒的人。

“李经理，这是新来的麦斯钰，欧阳总说让她到你们部门实习。”人事经理热情地介绍道。

李经理却爱搭不理的，有些不耐烦。“我们部门有什么好实习的，多跑几个展销会，多去市场看看，门道在酒桌上。”他转身打量了麦斯钰一番，问道，“你酒量怎么样？”

麦斯钰被问蒙了：“我没怎么喝过。”

一听这话，李经理直接摆出一副不愿意搭理的表情：“我忙得很，你去跟小石跑华北区。”

人事经理拍拍麦斯钰，安慰道：“销售部就是这样，你慢慢学吧。”

人事经理走后，麦斯钰看着销售部的情形有点无所适从。她看着周围的人，没有一个人搭理她，都各干各的，最后她索性喊道：“石销售是哪位？”

这一嗓子让部门顿时安静了下来，角落里有个二十七八岁的男人猛地从办公桌上抬起头。这人长得倒是眉清目秀的，可是整个人看上去十分疲惫，两个大黑眼圈挂在原本白皙的脸上，本来很明亮的眸子里也爬满了红色血丝。男人睡眼惺忪地答道：“来，继续喝！”说着，像是骨头被抽掉一样，一下又趴到了桌子上。麦斯钰看着他的模样，瞬间一身冷汗。

经过介绍，麦斯钰才知道自己的师傅叫石学举，主要负责的是华北区的业务。此时的麦斯钰并不知道，自己的后半生将和这个男人有着非常重要的关系。

石学举告诉她，想要跑销售，第一件要学的事情就是喝酒。看麦斯钰有些不太理解，他解释道：“也不全是，客户稳定以后会好些。南方客户没有北方客户彪悍，我们现在在拓展北方市场，自然是辛苦。”说起自己的经历，都是辛酸泪，自从被派去华北区，他已经进了三回医院，最后直接产生了心理阴影，一度见酒就想吐。

“难道就没有其他办法？”麦斯钰问。

石学举不屑地笑了："小妹妹，别天真了。有办法我还会进医院吗？"

"喝酒我倒不怕，就是怕学不到东西。"

石学举不屑地哼了一声，心说：真是个不知天高地厚的小姑娘。他决定好好给麦斯钰上一课："你知道管径大于 T8 的荧光灯启辉点燃电压低还是小于 T8 的电压低？色温高的光线辐射距离长还是色温低的距离长？你懂电路吗？你知道哪种串联方式更省电吗？你知道一个镇流器里有几个焊点吗？"

石学举说的这些，麦斯钰连听都没听说过，只是像个傻子一样，呆呆地站在原地。

石学举微微一笑，露出得意的笑容："你这种什么都不懂的，在销售部能做的就是拉关系和陪喝酒。怎么能把拉到的关系变成客户，那得要看真材实料还有谈判技巧；怎么让利又能保证销售利润，喝酒是锦上添花的事，说不动客户，喝到胃穿孔也没用。"

"石销售，照你这么说，我要学的还很多。"

"别叫我石销售，叫我石学举吧。说实话，销售部没人会教你什么，大家都靠跑订单拿提成，带新人不是抢饭碗吗？要不是华北区苦，没人愿意去，他们也不会硬把你塞给我。"

麦斯钰一直不理解欧阳东江为什么会让自己跑销售，按石学举的理解，应该是因为欧阳东江很看重她。可是自己一没学历，二没姿色，想到这里，麦斯钰觉得心里如一团乱麻。

接下来的几天，麦斯钰在灯饰市场对商铺进行逐一走访，可是收获甚微。她报了夜校，恶补了电器原理的课程，收获也并不理想。经过老师的指点，她明白一线遇到的问题不是在课堂上能够解决的。设备原理这些可以靠书本，但是和实际生产相差太远。最后，她做出了一个决定：上生产线。

她找到欧阳东江，主动申请去车间。欧阳东江先是有些犹豫，但是看麦斯钰一再坚持，也就同意了。

麦斯钰不知道的是，此时的车间，还有一位她的老熟人——欧阳小江。不过，这位老熟人现在的身份是一名普通的车间工人。

说起欧阳小江来珠海的经历，那可真是一波三折，不过一波三折的不是欧阳小江，而是欧阳东江。为了说服儿子来珠海，欧阳东江使出浑身解数，但是欧阳小江就是不从。最后欧阳东江使出撒手锏，答应欧阳小江只要来珠海锻炼一段时间，就让他做澳门总公司的负责人。这么大的诱惑，欧阳小江难以抵抗，自是欣然就范。只是没想到，父亲口中的锻炼居然是让他下车间，当一线工人。更为可气的是，欧阳东江特地交代，隐藏欧阳小江的真实身份，连名字都给他改了，叫欧小江。

当他穿着宽大的工作服，歪戴着安全帽，站在机器前时，欧阳小江才明白过来，姜还是老的辣，自己这是上当了。在这里他不再是澳门的少爷，压根就没人搭理他。

负责教他的是一位资历很深的师傅，名叫郭永旺。郭永旺是个大高个，大脸盘，脸上总是挂着笑容，虽然年纪不大，但业务能力非常强。他还有一项超强的技能，只要听机器发出的声音，就知道哪里出了问题。凭借着精湛的技术，以及过人的交际能力，短短几年的时间，郭永旺就成为生产一线的主管。可是面对着眼前这个穿着工作服的麻烦“少爷”，郭师傅彻底崩溃了。他工作了这么多年，从没见过欧小江这种实习生，迟到早退，他样样都占了，单位不让干什么，他就偏干什么。可奇怪的是，这样的员工，老板却不辞退，还让他多包容。所以，郭永旺得出结论，这个小子背后一定不简单。没办法，他只能小心谨慎，生怕这个欧小江惹出什么麻烦。

这不，还不到两天，欧阳小江就闯祸了。他把模具材料放在台子上，紧接着伸手去按设备的按键。模具成型后，他放到一边，接着又拿起一副模具材料，但是机器怎么都不转，欧阳小江继续按键。

“少爷！少爷！你还按！”郭永旺满脸惊恐地冲了过来。“少爷”这个词是车间工人给欧阳小江起的外号，因为他的行为太像个少爷了，只是大家不知道他是一个真的少爷。

“怎么了？”欧阳小江不耐烦地问道。

“不是跟你说过了吗？如果遇到卡机，按手册上说的，要先关启动开关，然后重启……”郭永旺一边说，一边操作设备，在他的手下，机器很快恢复了运转，“机器动两下没反应，再按操作键可能会出大问题。”郭永旺这才松了口气。

欧阳小江巴不得出大问题呢，这样他就能有机会离开这个地方了：“啰里八嗦的，能出什么大问题！”

“压模桩可能会忽然落下，是要出事故的……”郭永旺神色惊恐，不过欧阳小江并没有怎么听进去。他打着哈欠，对郭永旺说：“设备该休息了，我先回去了。”他转身就走了。

这下，郭永旺彻底傻了眼，气得脸拉得老长，厚嘴唇都发白了。欧阳小江才上班不到一小时，居然又早退，郭永旺正准备发火，看见欧阳东江带着麦斯钰走了进来。

郭永旺立刻换上笑脸，迎了上去，欧阳东江对二人进行着介绍。此时的麦斯钰，头发束起，干净利落，让人眼前一亮。

相互寒暄了片刻，欧阳东江突然看到一个空着的操作台：“这个台子是谁的？”

“是，是一个叫欧小江的新人。”郭永旺故意犹豫了一下，说得既不刻意，也不太过于迟疑。不刻意是他不想让旁人看出自己对“欧小江”厌恶的态度，不迟疑是因为他要向欧阳东江表现出自己对于整个生产线的熟悉程度，连每个操作台的值班人员都了如指掌。他要做到不露声色地赶走“欧小江”，不让欧阳总看出一点破绽。

一旁的麦斯钰没有发现郭永旺眼里的窃喜，却清楚地看到了欧阳东江的眉头越皱越紧。

欧阳东江离开后，郭永旺带着麦斯钰参观车间。他向麦斯钰介绍厂里的材料，麦斯钰把听到的每一个知识点都认真地记了下来。郭永旺看着她认真的样子，竟一时有些失神。

麦斯钰收好笔记本，谦虚地说道：“郭主管，我以后要向您多请教。”

郭永旺的脸上被笑意堆满：“不是什么高技术含量的活儿，严格按流程操作就好，你先熟悉一下操作步骤。”

正说着，身后突然传来一个大嗓门：“郭主管，铸模的活儿简单，我来教她。”麦斯钰转身，看见一个穿着工作服的女孩看着自己。女孩个头不高，声音却不小；长得并不是很漂亮，但是那双眸子十分晶亮。她冲着麦斯钰一笑，眼睛一下弯成了月牙型。不知道为什么，虽然是第一次见面，麦斯钰却对眼前这个亲切的女孩很有好感。

相互介绍之后麦斯钰才知道，这个女孩名叫雷梨花，是四川人。

一旁的郭永旺被插话有点不爽，但是他也知道，自己作为主管，不能直接教麦斯钰。而且，雷梨花毕竟是女人，教起来也方便些，他可不放心把麦斯钰交给男的：“那行，雷梨花，你多关照阿钰。”

离开前，他特地跟麦斯钰说：“有什么不懂的尽管来问我。”说话时，他眼中满是柔情。麦斯钰冲他露出淡淡的笑容，郭永旺的心里像被熨烫了一般，暖烘烘的。

另一边，欧阳小江从车间回到了住处，刚叼上烟就被人从嘴上抢下来，正准备急呢，发现夺他烟的是欧阳东江，这下欧阳小江老实了。

“产区里不许抽烟，你想这个月的薪水都扣光吗？”欧阳东江大吼道。

“我还没抽呢……”欧阳小江一脸不屑，嘴里嘟囔着，“扣也不过是吃一顿海鲜的钱。”

欧阳东江气得半天说不出话：“扣薪水不是目的，要杜绝一切安全隐患，你是不是又想被罚背安全守则了？”

“欧阳总，我人也来了，车间也进了，你到底想我怎么样？”欧阳小江彻底失去了耐性。

“既然来了就好好工作，通过技术考核可以换岗。”

换岗，这对欧阳小江来说，和现在的岗位没有任何区别，他要的不是换岗，是离开，离开工厂，回到澳门，回到自己曾经的生活。

“不稀罕。”这是欧阳小江夺门而出前说的最后三个字。

三

人生处处是围城，有的人拼命想离开，有些人却渴望赶快进去。每次郭永旺组织车间技术培训，麦斯钰都是到得最早的那个，也是听得最认真的那个。不光如此，培训结束后，她还总向他请教各种问题，郭永旺自然是乐此不疲，沉醉其中。

工作结束后，麦斯钰没有回宿舍休息，而是留在车间练习操作。夜已经深了，没有了白天机器的轰隆声，整个车间显得格外安静。

正在这时，一声响亮的金属声响起，吓了麦斯钰一跳。她回头一看，竟是郭永旺。

麦斯钰有些吃惊："郭主管？"

郭永旺笑眯眯地说："我见车间亮着灯，以为是谁忘记关了。"

麦斯钰这才发现时间已经很晚了，赶忙道歉。她知道，车间晚上不许进人。

郭永旺却没有要责怪的意思，满脸的笑容："看你也是个有心的人。正好，白天设备出现卡机，我过来检查一下。"

麦斯钰立刻来了精神，检修设备可是学习的好机会呢！她瞪着一双大眼睛，带着渴望的神情，试探性地问："我可以帮忙吗？"

郭永旺求之不得呢，心里早就乐开了花，脸上却依旧是淡淡的笑容："当然可以！"

麦斯钰一边帮忙，一边问道："旺哥，我知道你是从一线干起的，干活还要负责修设备吗？"

郭永旺把零件一个一个装回机器："之前有个工友在压铸机上把头发卷了进去，幸好当时手边有把剪刀，我把她的头发剪了，人才没出大事。"

回忆起之前的惨案，郭永旺记忆犹新："那个女孩的半边头皮都被扯掉了，我跟着清理机器清理了好几天，就开始对拆设备有兴趣了，每到一个车间就偷偷拆一遍，后来哪儿有问题都叫我去……"

麦斯钰听得毛骨悚然，好奇地问道："后来你就进了维修部？"

"我去夜校考了个文凭，就提成了主管。"说着，郭永旺颇有些得意。

麦斯钰的脸上写满了佩服，她告诉郭永旺，自己也报了夜校，并且她也想学设备维修。

郭永旺听了十分吃惊。一般来说，很多车间的工人巴不得赶快从铸模车间转到有技术的车间，铸模车间枯燥又无聊，什么也学不到，更别说是女孩子了。

麦斯钰笑着解释说："我想了解生产线上的每一根电线、每一个焊点。"

接下来的几天，麦斯钰一有时间就练习，进步神速。她没想到，安稳的日子却因为欧阳小江的出现而被彻底打乱了。

这一天，像往常一样，麦斯钰在生产线上工作。身后突然传来一阵口哨声，麦斯钰没有搭理。紧接着，她的帽子被扯掉了。麦斯钰回头，见是欧阳小江，一脸惊愕。

"你怎么在这儿？"两个人几乎同时出声。

欧阳小江的吃惊程度绝对不亚于麦斯钰："还真奇怪，怎么到哪里都能碰上你！"

麦斯钰懒得搭理他，只想抢回帽子。欧阳小江怎么会给她这个机会，麦斯钰在个头上没有优势，抢了一会儿就气喘吁吁的。

欧阳小江一副得意的样子，他上下打量了麦斯钰一番："别说，你不戴帽子好看点，更能讨男人喜欢。"

麦斯钰生气了："谁要讨男人喜欢！欧阳小江，帽子还我。"

欧阳小江一听，吓了一跳，要是让别人知道他的真实身份，欧阳东江非把他的皮给剥了不行。他一把把麦斯钰拉到一边，又看了眼周围，压低声音威胁道："在这儿我叫欧小江，你记住了，我叫欧小江。"

忽然，欧阳小江感觉到自己的胳膊扭着筋的疼，回头看发现是雷梨花。他疼得直叫唤，挣扎了两下没挣扎动："雷梨花，你个女人怎么这么大劲？"

"我是干农活的，捆的稻子比你的腰还粗。"雷梨花毫不客气地说。

"雷梨花，你把手放开。"正巧经过的郭永旺喊道。雷梨花这才放开手，欧阳小江揉着肩膀瞪着麦斯钰："找到打手了？"

这时麦斯钰才注意到，郭永旺的身边站着一个穿高级定制套装的女人，女人的面庞白净，双颊鲜艳红润，光彩照人。她就是欧阳小江的堂姐，欧阳东江的大哥的女儿，欧阳春。早些年，欧阳东江和大哥一起创业，最终打下了现在的一片江山，但遗憾的是，他大哥身体累垮了，英年早逝，只留下了一个女儿。从小到大，欧阳东江都把欧阳春当亲生女儿对待，欧阳小江也最听欧阳春的话。

欧阳春仔细打量着麦斯钰，她听底下人说，欧阳东江从澳门带过来一个年轻的女人，一直想找机会见见，没想到竟是在这种场合下。为了树立自己的权威，她冲着麦斯钰说："工作时间不戴帽子，违反安全守则。罚背安全守则，扣一个月薪水。"

郭永旺张张嘴，又忍住了，他转身看着欧阳小江和雷梨花："你们俩，在车间打闹，都要扣一个月薪水。"

欧阳小江揉着自己的胳膊，可怜巴巴地看着欧阳春，犹如一个听话的孩子受了多大的委屈："春姐，管管手下人，不分青红皂白，说扣薪水就扣薪水，我可是被打的。"

欧阳春早就见惯了他这副模样，已经免疫了："行了，你的账，待会儿我再跟你算。都散了吧，抓紧时间工作。"

一到办公室，欧阳小江就露出原形，直接躺到了欧阳春舒适的沙发上。

"少爷，你真是我的少爷。不是跟你说了，忍一忍，装装样子总好吧？"

"我讨厌那个麦斯钰。"欧阳小江毫不掩饰。

看到欧阳小江这个态度，欧阳春倒是越来越好奇了："你们在澳门时就认识？"

"碰上她就没有好事情，我看趁早让她回澳门。"

欧阳春试探性地说："欧阳总好像很器重她。"

欧阳小江却没想那么多："一个疍家女，巴巴地要往上爬。"

听到这儿，欧阳春心里大概明白了一些，她能明显感受到欧阳东江对麦斯钰的器重，虽然不知道其中缘由，但是从欧阳小江的话里，以及欧阳小江对麦斯钰的态度，她觉得自己的推测八九不离十。欧阳春从办公室百叶窗的缝隙中看着车间里的麦斯钰，嘴里嘟囔着："一脸单纯，原来都是装的。我倒要看看一个小丫头能翻起什么浪！"

四

麦斯钰从来没想过要在厂里树敌，她只想踏踏实实地学点技术。郭永旺是她在工厂的第一个师傅，而雷梨花更像是家中的大姐，经常照顾她。但是自从上次的事情发生后，雷梨花开始有意疏远她，就连吃饭也不和她一起了。

"梨花，有什么话讲出来，干吗不理我？"麦斯钰端着餐盘直接坐到了雷梨花的旁边，她受够了每天回宿舍看到雷梨花一副爱搭不理的样子。

雷梨花头也没抬，不屑地说："成宿不回宿舍，攀高枝的女人我可不敢理。"

一听这话，麦斯钰笑了。

"你还笑得出来？"

麦斯钰没有回答，直接问道："你想不想通过技术考核？"

这话把雷梨花问蒙了。麦斯钰笑着说："吃完饭跟我去电路车间。"

雷梨花一脸蒙圈地跟着麦斯钰来到了电路车间，在麦斯钰的指导下，雷梨花很快将几个线圈并联，装入套模。她这才知道，原来麦斯钰天天晚上不回宿舍，不是去巴结郭永旺，而是在练习技术。

在麦斯钰的帮助下，雷梨花通过了考核。当然，麦斯钰也毫无意外地以优异的成绩顺利通过。不过，欧阳小江就没有那么好的运气了，没通过考核，他继续留在车间。

郭永旺还没找欧阳小江谈话呢，没想到欧阳小江自己又给自己找了麻烦。原来，欧阳小江在操作的时候，不按规章，导致机器出现故障，幸好雷梨花及时出手，把他救了出来，要不欧阳小江的胳膊，就要常年与机器为伴了。

可欧阳小江根本不领雷梨花的情，反而倒打一耙，指着她大吼道："分明是你操作失误，还好我躲得快，不然手都要让你给报废了。"

雷梨花无语了："我是看你不按操作流程，帮你去按开关键。"

欧阳小江笑道："操作流程有几步，你倒是跟我说说？"

雷梨花张口就来。"开机预热，填料，按操作键，翻模，再……"说着说着，她突然脑子短路，"再按成型开关，再，再……"

"再……再，再放倒膜二次压铸，我说的没问题吧？"欧阳小江故意说道。

雷梨花气急了，冲着欧阳小江大喊道："你就是没按成型开关……"

欧阳小江十分坚定："我按了，是你来指手画脚，去按停机！现在好了，整个车间都停工了……"

听到动静的麦斯钰赶过来，看到了眼前的一幕，她冲着欧阳小江大喊道："雷梨花在铸模车间时间最久，操作步骤跟吃饭一样熟，她不会平白指责你。"

"要你多话！麦斯钰，你从澳门巴巴地跑到珠海，你安的什么心，当我不知道？"

麦斯钰气急了，脱口而出："欧阳小江，你说什么？"

欧阳这个姓氏，在厂里是最为敏感的。麦斯钰话音一落，工友们议论纷纷，欧阳小江却不以为然，一副嚣张跋扈的模样："我就是姓欧阳，欧阳家的少爷怎么了？"

"还真是少爷？""跑到我们这儿混什么？""吊儿郎当的，因为欧阳总是他爸？"大家小声嘀咕着。

欧阳小江不怕别人说他是纨绔子弟，但是不能忍受别人说自己父亲，他气得直接把帽子摘下来摔到地上，一个个人指着，指到麦斯钰："麦斯钰，你是成心跟我作对！我不会让你好过！"说完，他愤然离开。

这下，欧阳小江和麦斯钰的积怨更深了。

今日的中山，古代的香山，在秦汉时期，已经是海上丝绸之路的重要通道，中外商贸往来的枢纽。到了近代，香山地区一度取代广州黄埔港，成为重要的对外口岸。香山建县至今，孕育了众多名扬中外的人物，对广东乃至全国都产生了深远影响。所谓天时地利人和，构建大香山经济区既有优势，又有远景。

2000 年夏天，一场名为“香山县学术座谈会”的活动在中山举办。这次会议，主要讨论打造中国湾区的设想，参与讨论的学者们认为中山、珠海、澳门三地，既历史同源，又文化同根，三地的经济文化交流与合作，资源共享和优势互补，前景可期，最后大家一致认为珠三角是最有条件建设“湾区经济”的地区。

梁教授带着黄梓建和梁雯也参加了这次学术研讨会，不止澳门的专家学者，还有内地来自南京、广州、珠海的几十位专家学者，以及几位清华大学的教授。

会议结束后，梁教授把黄梓建引荐给了自己的老朋友——清华大学的朱教授。朱教授看着一表人才的黄梓建，颇有梁教授当年的风范，感慨道：“年轻人是我们的下一代、接班人，活跃学术氛围，探讨学术自由，百家争鸣，日后全靠他们了。”

说起曾经的事情，朱教授一下回忆起二十世纪六十年代。“我和你们梁教授一起在美国念书，那个时候，纽约湾区进入了工业化后期发展阶段，回国后我仍然关注纽约湾区的发展。几年前，纽约区域规划协会发布第三次区域规划，规划的核心是凭借投资与政策来重建经济、公平的环境。”他停下来，看着黄梓建，问道，“小黄，你生在澳门，见证了澳门回归，你认为目前港珠澳三地之间的联系如何？”

黄梓建想了想，认真地回答道：“香港、澳门相继回归，与内地之间的陆地运输通道虽不断完善，但三地之间的联系仍因伶仃洋的阻隔而受限。”

黄梓建颇有见地的回答让朱教授频频点头：“尤其是亚洲金融危机的影响。我认为如果能建设连接港珠澳三地的跨海通道，发挥港澳优势，便能寻找到新的经济增长点。可惜前些年国务院通过的伶仃洋大桥工程项目已经搁置。”

梁教授顺势说道：“老朱，黄梓建确实是可造之才，我知道你的材料研究所现在有几个国家重点项目，不如让他考你的研究生，跟着你试一试。”

“你舍得割爱？”

“他能去清华，能进你的研究所，那是他的造化。”

朱教授看着黄梓建，说：“研究所的几个项目确实需要人才。你到清华来，可以跟着我做几个项目。”

黄梓建一时没有反应过来，愣住了。

梁教授特别开心，赶紧提醒黄梓建：“朱教授亲自点将，你还不快谢谢朱教授。”

和梁教授的激动相比，黄梓建却表现得有些犹豫：“朱教授，非常感谢，我也非常愿意去考您的研究生，这是我梦寐以求的事情。但是我个人有一点特殊情况，考研的事我还需要时间仔细考虑清楚。”朱教授和梁教授都很意外，面面相觑。

送别了朱教授，方才一直没说话的梁雯把黄梓建单独叫到了咖啡厅，她平时很少生气，尤其是对黄梓建。不过此刻的她真的有些生气了，直接质问道：“梓建，多好的机会啊，你为什么不把握？”

“我还没有想好要不要考研。”黄梓建有些犹豫道。

梁雯听得一头雾水：“这有什么可想的，这不是你之前一直梦寐以求的吗？你知道想考清华的人有多少吗？梓建，我爸爸亲自推荐你，对你报了很大的期望，你明白吗？”

黄梓建一直不说话，这下梁雯急了，她不明白究竟是什么样的特殊原因，让他甘愿放弃自己的前途。

五

忙碌的日子总是过得特别快，一眨眼的工夫，麦斯钰已经来珠海一年多了。这天晚上，麦斯钰突然接到姐姐打来的电话，让她尽快回家一趟，而且姐姐表现得很紧张，说什么在电话里说不清楚。麦斯钰以为家里出了什么事，匆忙向郭永旺请假，第二天一大早就坐车往家赶。

一进屋，麦斯钰就看到姐姐做了一大桌子菜。这下她更疑惑了，一了解才知道，原来是澳门开放了对于旅行社牌照的监管，麦斯莲想让她回家帮忙。

麦斯莲并没有从妹妹脸上看到预期的兴奋，得到的却是她的拒绝："大姐，我现在在工厂有工作。"

"怎么，我们生意小，看不上？"麦斯莲玩笑道。

麦斯钰赶忙解释："不是，不是，只是我现在不能离开。"

从姐姐家出来，麦斯钰走着走着，就来到了黄妈的店铺。站在门口，她犹豫了。这一年，她不知道黄梓建过得好不好，不知道梁雯和黄梓建已经到了哪一步，自己的突然出现会不会让梁雯起疑心。

她转身正准备离开，身后传来梁雯的声音："阿钰，你回来了？"

麦斯钰心头一惊，硬着头皮转身，努力挤出一丝笑容："我姐找我回来有点事，顺道就来看看黄妈。"她十分详细地解释道，生怕梁雯误会。

黄妈赶忙走出来，满脸笑容地跟梁雯说："吃了饭再走吧，难得阿钰也在，我给你们炒几个菜。"

这时，闻声而来的黄梓建也慌忙出来了，一年没见，他看上去健壮了不少。

麦斯钰看着黄梓建，感觉有很多话想说，可是全部堵在喉咙里，说不出来。她看着黄妈："黄妈，我阿爸还在家等我，我就是顺道来看看你，看到你们都挺好的，我就回去了。”

黄梓建似乎有什么想说的，却没说出口。

“正好，我也要走，咱俩一块儿！”说着，梁雯笑着走到麦斯钰身边。

微风徐徐，太阳的光芒渐渐减弱，不一会儿就变成了红色。街道上都是匆匆而过的行人，一看就是家里已经准备好了饭菜。

麦斯钰和梁雯并肩在路上走着。麦斯钰刚刚就觉得梁雯不太对劲，主动问她有什么事情。

梁雯犹豫了一下，说道：“阿钰，我知道你和梓建从小一起长大，很多事他都很听你的，我想让你劝劝他，让他考清华大学继续深造。”

“你说清华大学？”这是麦斯钰想都不敢想的学校。

“是的，我知道梓建一直很努力，他的努力也获得了成果。现在有一个绝好的机会摆在他面前，他有机会去全国第一流的清华大学继续深造，可是他犹豫了。”说起这个，梁雯有些遗憾，她看着麦斯钰，“他是不想让黄阿姨太辛苦，他有孝心，是个好人，可是这种机会如果放弃就太可惜了，不是吗？阿钰，你们从小一起长大，应该是无话不谈的吧。你好好劝劝他，不要放弃大好的前程，不要埋没了自己的才华。”

麦斯钰听着梁雯的话，自己以前和黄梓建在一起的画面浮现在眼前。她知道，黄梓建从小就倔强，所以她才叫他呆子。坚持自己的信念是好事，但放弃这么好的机会，就是真的犯傻了，麦斯钰答应梁雯，有机会一定和黄梓建好好谈谈。

有了麦斯钰的承诺，梁雯的心情瞬间好了不少：“阿钰，我其实非常佩服你。你是一个疍家女孩，一个生活在水上的女孩，但是你冲破了世俗的观念，勇敢地追求自己的理想，你带着阳光般的希望一路从澳门奋斗到内地，梓建有你这样的朋友是他的福气。”

麦斯钰笑了，心说，黄梓建有你这样的红颜知己才是他的福气。

第二天一大早，麦斯钰来到黄妈的店铺，见到了黄梓建。

虽然只有一年多没见，但是黄梓建的变化还是很大的，已经没有了之前的稚嫩，变得成熟稳重了。

“时间过得真快，你毕业后有什么打算？”麦斯钰装作不经意地问道。

黄梓建一愣，回答道：“我……我还没想好。阿钰，你说我是继续考研，还是找工作？”

“这还用多想吗？你就是块读书的料子，如果有机会当然考研继续深造了。”麦斯钰想都没想就说。

黄梓建面露难色。他向麦斯钰坦言，考研对他的诱惑挺大的，但是他想找工作。“阿钰，上个月我和梁教授一起参加香山县学术座谈会，认识了清华大学的朱教授。之前梁教授就向他推荐过我，朱教授和我聊了很多，他说希望我考他的研究生。”

“真的吗？那太好了！我太羡慕你了！可以上这么好的大学，现在又有如此难得的机会。”

“我……我还没考虑好要不要去。”

“这还有什么犹豫的？这么好的机会可不能轻易浪费了。”二人似乎又回到了从前，每当黄梓建没主意的时候，总是麦斯钰帮他拿主意。

黄梓建看上去有些痛苦，犹豫了一会儿说：“阿钰，我就是舍不得我妈，她一个人太辛苦了。这么多年她自己供我读书，我想留在她身边工作，照顾她。”原来，黄梓建无意中听到邻居们聊天，得知黄妈为了供他上学借高利贷的事情，从那时起，他就陷入了深深的自责。

麦斯钰知道黄梓建孝顺，知道他的顾虑，但是她也直接表明了自己的立场：“如果因为这个放弃了你的大好前途，那就太可惜了。我想黄妈也是跟我一样的想法吧。”

听麦斯钰这么说，黄梓建吞吞吐吐地说：“我……还没告诉她。”

麦斯钰看着黄梓建，笑了。她知道，无论过去多少年，黄梓建还是曾经的黄梓建，是她认识的那个傻傻的、憨憨的黄梓建。

她把黄梓建拉到黄妈面前，直接告诉黄妈他被清华大学的教授看上了。黄妈以为自己听错了，险些摔倒。

“太好了，太好了！”黄妈的眼眶红了，“人家教授看上你，你可不能辜负了人家。”

“妈，可是我不想去，我想留在澳门工作，想留在家里好好孝敬您。”

黄妈的表情立刻变了，语气坚决地说道：“我有什么劳累的，看到你能有机会到那么好的学校深造，我比什么都高兴。而且你妈我身体好着呢，妈还年轻，没到需要人贴身照顾的时候。你安心地去好好学习，就是对我最大的孝敬了。”

麦斯钰在一旁笑着说：“听见没？你就好好听黄妈的话。这件事就这么定了。你放心去读书，黄妈这儿不是还有梁雯嘛，而且我也会时不时回来帮忙的。”

黄妈也支持麦斯钰的话：“你就听阿钰的，妈这儿你放心。你先替妈去北京看看，等有时间了妈也去北京转转，你带妈看看天安门。”黄梓建看看麦斯钰又看看妈妈，终于同意考研。

听黄梓建这么说，麦斯钰放下心来。

第四章

一

短短的几天假期很快就结束了，麦斯钰从澳门回到珠海的第一天，厂里就出了事。早上工人们刚开始上班，整个车间突然断电，生产线全部停工，经检查后发现，是设备短路造成的。这件事对生产车间来说，可是重大的事故。经济损失都是小事，如果有人受伤的话，那问题就严重了。欧阳春大发雷霆，要求一定严惩事故责任人。负责调查的事情落到了郭永旺的身上，他没想到，这个责任人竟然会是麦斯钰。

这事要从麦斯钰调到维修部说起，郭永旺清楚地记得自己把她的名字写在了电器部，可是结果一出来，麦斯钰却被安排在了维修部。名单是郭永旺亲手交给欧阳春的，正常来说，欧阳春很少会修改他的安排，签字就是走个流程。但这次欧阳春对麦斯钰的岗位进行了修改，郭永旺原本犹豫着要不要去找她问问情况，可是看麦斯钰都没什么意见，自己也不好再去追问。

麦斯钰到维修部没几天，就接到了麦斯莲的电话，匆忙赶回家了。这件事郭永旺是知道的，所以在排班的时候他特意交代，不给麦斯钰排。可是，到麦斯钰假期结束的前一天，她却临时接到厂里的通知，让她夜里检修。但麦斯钰去黄梓建家耽搁了时间，结果导致错过了车。

麦斯钰到厂里的时候天都亮了，错过了检修时间，说巧不巧，厂里就出了事。

“耽搁了？看到吗，生产线上所有的灯管都烧毁了，没有人员受伤已经是万幸，这个损失是你造成的。”欧阳春冲着麦斯钰大吼。

郭永旺上前求情，直接被欧阳春怒斥：“你护着她也不分时候！事故是因为她检修不及时造成的，你还要为她说话？”

说完，欧阳春直接冲着麦斯钰说道：“不要以为技术上过得去你就自以为是。我是看你上进才把你分到维修部的。刚来几天就心浮气躁，检修期间离开工厂，造成事故，得有人为此负责，你必须离开。”

麦斯钰从没想过要推脱责任，但是她也不能这么糊里糊涂地离开。虽然耽误了检修是她的责任，但上次检修的时候线路明明好好的，按理说不应该出现短路的问题。她申请技术部来彻底检查，在查清楚之前自己绝不会离开工厂。

在这件事情上，麦斯钰不仅仅代表她自己，还代表整个维修部，维修部其他工人都站在她这边。欧阳春敌不过众人的压力，最后只能决定在查清事故原因之前，麦斯钰暂时不再上机工作，停薪到销售部待命，等待调查结果。

回到住处，麦斯钰越想越觉得事情蹊跷。虽然车间的线路存在一定的老化问题，但是这个车间的线路，她之前曾特别注意过，应该不存在高危隐患，而且偏偏是她离开的时候出的事，这一切都过于巧合了。麦斯钰感觉背后有一股力量不停地给她制造麻烦，可究竟是谁，她心里也没底。

欧阳东江一直有个想法，他想要开个新工厂，研发一些新产品。之所以有这个考虑，是因为他发现，随着市场的需求发生变化，他们公司的订单已经从内地二线城市降为三线，海外订单也只有东南亚国家，这么下去只会让公司越来越低端，他想要改变公司的发展战略，走高端市场。他把目光放在了内地的一线城市。不过，如此重大的决定必须要经过董事会的表决才能通过。

董事会现场，华明的董事们围坐在圆桌前，欧阳东江特地把胡庆生也叫来了，目的很简单——给自己拉票，就连欧阳小江也意外出现在会议现场。欧阳东江看到儿子，颇感欣慰。就在开会的前一天，欧阳小江突然找到他，说要参加董事会。欧阳东江以为儿子是来给自己助阵的，一下觉得儿子长大了，考虑问题也成熟了。

这次会议的主题是讨论华明灯饰新增产品线以及配套研发的问题。欧阳春作为发起人，首先表明了自己的立场:“在华明灯饰的未来发展上，我和欧阳总出现重大分歧。”话音一落，现场一下陷入了小小的混乱，待大家安静后，欧阳春开始夸耀自己为公司所做的贡献，“自己在华明的珠海工厂工作了近十年，对内地的发展和市场情况的了解应该是在座各位中最多的”“华明灯饰每年的产值过亿，由于内地加工的优势，利润可观”。不少股东听着她的话，频频点头。

她的话音刚落，欧阳东江就站了起来，言简意赅地说道:“我知道开发这一部分市场要投入大量的资金引进技术，但是，这是灯饰行业未来发展的趋势，我希望董事会通盘考虑国际和国内的形势，为华明灯饰迎来抢滩新市场的机会。”

这下会议现场乱了，一个很有可能是华明公司未来的接班人，一个是华明公司现任的老板，两个人得罪谁都是麻烦。股东们你一言，我一语，整个会议室沸腾了。

会议很快到了举手投票的阶段，不出意外，几位支持欧阳东江的董事都投了赞成票。这时，大家把目光投向一直坐在最后的欧阳小江。

自始至终欧阳小江都在神游，直到这一刻才突然回过神来。他的手抬起来，又放下去，欧阳东江的脸拉得老长，最后欧阳小江犹豫了一下，投了弃权票。

这一刻，冷脸的就变成了欧阳春，是她怂恿欧阳小江参加董事会的，也是她提前跟欧阳小江商量好了，让他投自己一票。现在少了欧阳小江的一票，她一下子处于劣势地位。

最后，欧阳东江靠着胡庆生多出的一票险胜。尽管如此，欧阳东江并没有一丝高兴，欧阳小江在董事会上的做法，让他颜面尽失。

会议结束后，欧阳东江脸色铁青，连拉带拖地把欧阳小江弄到了办公室。

一进办公室，欧阳东江怒斥道:“我已经通知银行，把你的信用卡停掉，你要是还有心继续为企业做事，就回珠海。”

“我不回去！”欧阳小江的态度也十分坚决。

“小江，华明的事你该学着有自己的判断。”

欧阳小江却觉得自己很占理:“我已经判断过了，我本意是要投春姐的票。

春姐是在为华明着想，你要搞什么新产品，根本不切实际，会拖垮华明。下次表决我会站在春姐一边，你不要再对我指手画脚！”说完，他摔门而出。

欧阳小江漫无目的地走在马路边，夜渐渐暗了下来，华灯初上，街道在灯光的映衬下，别有一番风采。

可是欧阳小江的心情越来越糟糕，满肚子都是后悔，后悔当初为什么要听欧阳春的话，去参加这个该死的董事会。一边是自己的亲生父亲，一边是自己信赖的姐姐，自己夹在中间里外不是人。这下可好，连自己的信用卡也被停了。

他走进一间酒吧，一杯一杯地往肚子里灌酒，抬头间，竟看到了麦斯华。

说起麦斯华和欧阳小江的恩怨，还要从澳门回归前说起。那时麦斯华是一间酒吧的服务员，而欧阳小江是酒吧的常客，说巧不巧，两个人看上了同一个女人——葡萄牙姑娘罗曼丽。两个人都以罗曼丽的男朋友自居，事实上根本没有经过女方的同意。

澳门回归后，罗曼丽就回了葡萄牙，麦斯华伤心了很久，一度颓废堕落。为了不再触景伤情，他辞掉了酒吧的工作，听人说珠海有很多机会，他就瞒着家人来到了珠海，准备重新开始。现在，他好不容易从低落的状态中走出来，没想到又遇到了老情敌，曾经的过往再次浮现眼前。

对欧阳小江来说，罗曼丽只是他追过的众多女人中的一个，却是为数不多的没有追到手中的一个。正因如此，欧阳小江才对罗曼丽念念不忘，也正是因为有了罗曼丽，欧阳小江和麦斯华之间，又多了几分牵连，也算是同病相怜。

“阿华，你知不知道我很羡慕你？”欧阳小江明显有了醉意，“我追求了曼丽那么久，她连个机会都不给我。当初曼丽为了你，把我喝到桌子底下，我可是记得的。还有，我被我家那位欧阳总叫去珠海的工厂上班，在车间里做最苦的工，他一点不帮我。你好歹有姐姐帮，你说我是不是该羡慕你？”

麦斯华看着眼前的欧阳大少爷，心中涌出一丝怜悯。每个人都有自己人生中需要承担的责任，而欧阳小江最大的责任，应该也就是欧阳家的“少爷”这一名号，拥有的越多，失去的也就越多。

欧阳小江和麦斯华互相搂着，晃晃悠悠走在街道上。

欧阳小江向麦斯华吐露心中的不快："阿华，我告诉你，我爸要我支持他，春姐也要我支持她，他们都想我支持，我在董事会就是个摆设。"

麦斯华听着，突然想到了自己："我大姐、二姐都想我有出息，我学电脑不是要做修理工。你知道我上门去，那些老板跟我说什么？会换硬盘就好啦。我不要做修理工，不做！我要……我要创业！"

"创业，创业好啊，跟着我干吧。"说着，欧阳小江提高了音量，"我们开餐厅做老板，生意红火，让他们都来咱们餐厅吃……我们开一家、两家，开连锁，全世界的人都来咱们餐厅吃饭……"

"好好，开连锁，开连锁，我给你做程序……"麦斯华也一脸的兴奋。

二人就这么一直走着，麦斯华没想到，两个人的醉话最终变成了现实。

二

事情没调查清楚之前，麦斯钰被临时安排在了销售部，天天坐在办公室，百无聊赖。销售部经理知道她的情况，提醒她，没事可以去跑跑市场，万一有大单子，还能有提成。可是麦斯钰的心思根本不在这儿，看着空荡荡的销售部，她心里也空落落的。最后她索性来到了商场，既可以放松，又可以了解一下灯具市场的情况。

麦斯钰无意间走进一家外国的灯具店铺，满目琳琅的灯饰看得她眼花缭乱。别致的造型，柔和的灯光，让麦斯钰的心头涌上莫名的激动，同时也充满了安全感。她看灯饰上的标签，上面写着：LED 灯。

店里的销售走到麦斯钰面前，用地道的普通话说道："目前中国并不生产这一类产品，我们在中国也是开拓市场阶段。"

麦斯钰看着LED灯，问道："它的优势在哪里？"

"体积小、耗电低、寿命长、无毒环保。"销售介绍道，脸上流露出得意的神色，"目前，应用上涉及民用产品少，主要用于大型建筑室外装饰、企业工程照明，还有大型活动进行定制。"

"国内为什么不能生产？"麦斯钰有些好奇。

销售一听就笑了："核心技术是我们的，高亮外延生长和晶片，还有封装技术都是我们的专利。低端市场我们不可能跟国内的企业竞争，但高端市场，中国的企业也不可能在短期内开发出这些技术，自主研发至少需要十年。"

从灯饰店出来，麦斯钰一直回想着销售的话，她的思路被一下打开了，心中萌发了一个想法。一回到厂里，她直接敲开了欧阳东江办公室的门。

对于麦斯钰的到访，欧阳东江显然有些意外。

麦斯钰直接把自己最近的经历告诉了欧阳东江："我到灯饰市场几次走访了解到，国外的灯饰企业已经面向中国的高端灯饰市场发起攻势，核心技术的开发远远走在我们前面。民用和普通的装饰用灯也许会给华明带来充足的现金流，但大型户外灯光才是华明摆脱灯饰初级加工的突破口。目前最大的困难是材料，如果没有核心技术，只能依赖进口，这样将很难带来高利润和市场占有率。"

"你对开发新型灯饰有什么想法吗？"欧阳东江问道。

麦斯钰想了一下，答道："初期，我们需要进口。但充分利用研发，突破技术壁垒，拥有自己的核心技术，才是长远发展的基础。也许可以考虑先小规模进行试验产品的研发。"

欧阳东江知道麦斯钰正在上夜校，但是没想到她已经学到了这么多的东西。他让麦斯钰把自己的想法和市场的反馈做一份成文的方案。

自从欧阳小江和麦斯华喝过一次酒之后，竟成了形影不离的好兄弟，两人之间原本只是一句玩笑话，欧阳小江竟然当了真，天天带着麦斯华出入各种中低高档餐厅，任务就是吃吃喝喝。

麦斯华也不客气，反正不用自己出钱，不吃白不吃。只是他没想到这个饭还真不是白吃的，从欧阳小江每次仔细观察餐厅的环境到细细品味饭菜的味道，麦斯华看得出，他确实想要好好干出一番事业。但是，开餐厅首先要有本钱，麦斯华啥都有，就是没钱。欧阳小江却十分爽快，直接说启动资金包在自己身上。

自从上次董事会的事情之后，欧阳小江就明白了欧阳春最想要的无非就是董事会多出来的那一票，他用自己手里唯一的筹码和她交换，顺利得到了开餐厅的本钱。

只是欧阳春没有想到，自己帮着欧阳小江开起了餐厅，欧阳小江却失言了，第二次董事会上，他连出现都没出现。

不过，欧阳小江并非言而无信之人，此时的他确实无法参加会议——他正坐在迭马猴和马仔的车上，头上套着麻袋，身上绑着麻绳。原来迭马猴中枪跳水之后，被渔民给救了，逃到了珠海。

可是身无分文的他根本无法生存。无意中在报纸上看到了欧阳小江和麦斯华开海鲜餐厅的宣传广告，他心里萌生出一个想法：绑架欧阳小江。

第一个得知欧阳小江被绑架的人是麦斯华。他像往常一样，一大早就来到了刚刚开业的海鲜餐厅，奇怪的是一个上午都没见到欧阳小江。他拨通了欧阳小江的电话，电话那头传来杂乱的声音，片刻后传来一句："欧阳小江在我们手上，带一千万现金来赎人！不许报警，不然就撕票！"

麦斯华吓傻了，情急之下，他找到了姐姐麦斯钰。麦斯钰知道事情的严重性，第一时间通知了欧阳东江。

得知儿子被绑架的消息，欧阳东江震惊了，他一遍遍拨打欧阳小江的电话，但是一直打不通。他仔细梳理了绑匪的话，最后得出的结论是：求财。

麦斯钰建议先报警，欧阳春则建议给钱，她用了整整一个下午的时间，好不容易凑齐了迭马猴要的一千万现金。

最终的决定权到了欧阳东江的手中。这时，电话响起，欧阳东江赶忙接了。

电话里传来迭马猴的声音："钱准备好了吗？"

"我要先确定我儿子的安全。"欧阳东江紧张道。

电话里传来另一个声音："爸，我没事，不用管我……"

一听到欧阳小江的声音，欧阳东江松了一口气，他刚准备开口，就听见电话那头再次传来迭马猴的声音：“听见了吧？还没死呢。”

欧阳东江努力让自己平静下来，缓缓地说道：“说吧，在哪儿把钱给你？”

一小时后，欧阳东江按照约定好的时间，拿着一千万来到了老码头，方才电话里迭马猴的声音还回荡在他耳边：“记住，只许你一个人来，看到警察我就撕票。”欧阳东江像中了魔咒，“撕票”两个字一直在他耳边萦绕。他听了欧阳春的建议，不报警，独自一人来到码头。

夜晚的码头格外冷清。欧阳东江提着沉重的旅行袋，边走边找。

忽然一束强光照在欧阳东江的脸上，他用手遮挡着，想看清楚来人的样子。

“欧阳老板很守信用啊。”人还没看清楚，欧阳东江就听到了迭马猴的声音。

“我儿子呢？”欧阳东江问。

“钱带来了吗？”

“放了我儿子！你拿着钱走，这事我就不追究了。”欧阳东江说出自己的底线。

迭马猴微微一笑，眼神突然变得凶狠：“欧阳老板好大度啊！但我又不是三岁小孩，我怎么知道你是不是骗我？”

“我欧阳东江说过的话一定算数。你是求财，没必要伤人。”说着，他把钱袋扔在地上。

迭马猴打开袋子确认是钱后，嘴角露出一丝笑容。他冲着欧阳东江说道：“放心！等我安全了，自然会放了欧阳少爷。”说完，他朝岸边的快艇看了一眼。欧阳东江注意到，快艇上有一只麻袋，里面似乎有个人在挣扎。欧阳东江大惊，正要冲上去，但迭马猴比他快一步冲到快艇，而且似乎并没有要放人的意思。

欧阳东江心说不好，知道自己上当了，可为时已晚，拿到钱的迭马猴跳上快艇，扬长而去。

这时，警笛声响起，麦斯钰和麦斯华带着警察匆匆赶来。迭马猴一看这架势，顿时慌了神，发狠道：“把人扔进海里！”

几乎同时，一个大麻袋被扔进了海里，岸边的欧阳东江吓傻了。

见状，麦斯钰直接跳上了身旁的一艘快艇，从小在海边生活的她对快艇自然不陌生。麦斯华也跳了上去，二人冲向欧阳小江被扔下的地方，救出了他。不过，最终还是让迭马猴跑了。

三

厚厚的窗帘过滤了阳光，柔和的米黄色笼罩着室内的一切。几道倔强的阳光透过窗帘的缝隙，射进屋内，正好照在欧阳小江略有些憔悴的脸上，带来一丝温暖。

欧阳小江却无心感受这种温暖，此刻，他的内心十分复杂。他清楚地记得，当麻袋打开的那一刻，他看到的是神色慌张的麦斯钰和全身湿透的麦斯华。

曾经的敌人一下成了自己的救命恩人，让欧阳小江有些不适应。他单独找到麦斯钰，告诉她厂里的事故是自己干的，也是他让欧阳春为难她的。幕后黑手终于浮出了水面，麦斯钰很震惊，但也没多说什么，二人一笑泯恩仇。

生活虽然遇到了很多困难，但是总归是往越来越好的方向发展。误会解除之后，麦斯钰把全部精力都放到了新产品的方案上，经常熬夜。

郭永旺是麦斯钰办公室的常客，他不明白麦斯钰那么拼到底是为了什么。

这天，郭永旺又来到办公室，麦斯钰头都没抬："我答应了欧阳总，做一份华明的新产品方案，这两天我查了好多资料，又跟咱们厂的设计师详细聊了聊，我发现里面的学问太大了，还真有点消化不了，只有加班了，勤能补拙嘛。"

郭永旺看着她有些心疼："新的产品方案是纸上谈兵的事，无非是拿到董事会上忽悠股东，你大可不必如此。说白了，我们是打工的，不求有功，但求无过，就能在厂里吃得开。反而是，做的越多错的越多，费力不讨好，你何必为难自己。"

在这点上，麦斯钰和郭永旺的想法完全不同。她直接反驳道："欧阳总对我有知遇之恩，他相信我，我就不能让他失望。他让我做的事，我就要尽力做好。"

看到麦斯钰的态度，郭永旺虽然有些不太理解，但是也不好再说什么，赶忙转移话题："好了好了，快吃饭吧。"嘴上这么说，郭永旺心里却在犯着嘀咕：这种话应该在老板面前说，在我面前表决心，欧阳总也听不到。

几天后，麦斯钰把自己熬了几个通宵做出来的方案放到了欧阳东江的办公桌上。不过她十分忐忑，毕竟这是自己第一次做方案，到底怎么样，她心里也没底。让麦斯钰意外的是，欧阳东江对她的方案十分满意，直接取消了她的停薪留职。得到了欧阳东江的赞许，麦斯钰对未来充满无限向往。

麦斯钰在华明干得风生水起，短短一年时间就受到了欧阳东江的重用，这引起了欧阳春的不满。欧阳春总是找机会刁难麦斯钰，她绝对不允许任何人威胁到自己在华明的地位。

"这么大批量引进晶片我不同意。"欧阳春看到麦斯钰递交的申请表，直接拒绝道。

麦斯钰上前解释："春总，其他技术材料我们可以通过实验室解析，在现有材料上进行改进只是时间问题，但是晶片在国内的研究还停留在起步阶段，我联系过一些科研单位的实验室，他们也都在研发中，没办法给我们提供可使用的成品。"

欧阳春不屑地一笑："你说得轻松，引进晶片花的是美元，进口关税又是一笔不小的费用，这笔钱是在实验室预算之外的，我没办法同意。"

麦斯钰还是不死心，试探性地问道："能不能从实验室的其他项目暂时挪用一部分经费？"

欧阳春觉得可笑："麦斯钰，建实验室从人员招聘到技术引进、配套设备的购买、配电网的改造、试验生产线的密封隔尘，哪样不需要开支？为了你的一份新产品方案，要占用工厂多少资金和人力资源？"

这下，麦斯钰沉默了。

欧阳春的语气十分坚决："我一直反对成立实验室，就是因为国内 LED 的外延片生长和晶片制造缺乏核心技术和技术人才，工艺难度大，需要的投入也大。在落后的情况下你们该认清现实，为什么不能利用你们的实验室把现有的产品做升级研发，在体现价值的同时带来效益？”

“可这是未来发展的趋势……”

“不要跟我讲大道理。”欧阳春显然已经有些不耐烦了，“搞技术革新该是研究所干的事，新产品研发国有企业的规模也要比我们大，我们是工厂，这种小打小闹的实验室本身就是为企业的增值效益服务。实验室的事我已经最大限度地配合了，麦斯钰，不要以为一份方案、一份报告就能左右企业的发展方向。读了几天夜校，学了点设备维修，看了几份技术报告，就以为自己站在了行业尖端？可笑！”

麦斯钰听出欧阳春的话是带着情绪的，她这是把对欧阳东江的愤怒全部发泄到了自己的身上，但是麦斯钰依旧坚持：“我知道实验室的上马让您费了很多心。我只是希望在现有的条件下，尽量把国外的先进技术进行转化。”

欧阳春却根本不愿意再和麦斯钰多说半句话。欧阳东江的决议她没能阻止通过，在她心里，董事会那帮人就是墙头草，哪边得势往哪边倒，根本不知道工厂的实际难处。而眼前的这个女人，更是让她恨之入骨，就是因为麦斯钰，她被从副总降为生产主管，辛辛苦苦几十年得到的东西，一夜之间就没了。想到这里，欧阳春恨不得把麦斯钰千刀万剐，哪里还顾得上自己的情绪。

麦斯钰被欧阳春噎得说不出话，愤愤然走出办公楼。郭永旺走过来，看了眼麦斯钰的表情，试探性地问：“被春总噎了？”见她没出声，郭永旺知道自己多半是猜对了，便安抚道：“虽然春总现在降为生产主管，但是工厂的事还是她一手把控。欧阳总就是再器重你，在生产和销售上，还是要听春总的意见。”

麦斯钰突然站住：“我当时提交方案的时候，并没有想到真的能通过。既然欧阳总有决心，我也得对得起他的信任。”

郭永旺明白麦斯钰的心思，但是他认为她的步子迈得大了点。他小心翼翼地说出自己的看法：“我在华明干了快十年，对华明的了解比你深。我不是个不上进的人，但是人得着眼现实。在这件事上，我认为春总没错。”

麦斯钰不服气地看着他，看得郭永旺心里直打鼓，他可不想因为欧阳春影响自己在麦斯钰心中的形象。关心则乱，郭永旺现在是深深地体会到了这句话的意思，他的语气缓和下来："你自己好好想想，至少，不要跟春总针尖对麦芒。"

这时，麦斯钰的手机响了，是北京的号码，她接起来，竟然是黄梓建。她心里本就不痛快，黄梓建正好撞到了枪眼上。

"到北京这么久才给我打电话啊，我还以为你忘了我这个朋友了呢。"麦斯钰语气中尽显不悦。

电话那头传来黄梓建紧张的声音："阿钰，你说哪儿去了，怎么会呢？"

麦斯钰一听就乐了，心想，黄梓建还是没变，一个玩笑都能让他紧张半天。于是，她收起小情绪，关心地问道："怎么样，在北京挺好的吧？"

黄梓建也笑了，知道自己又被麦斯钰耍了："阿钰啊，说真的，我刚到的时候还真有点不习惯呢。"

"为什么呀，想家了？"

"想家是有点，但是学习紧张起来就顾不上了。刚来的时候我水土不服，你是不知道这边的空气有多干燥。不过现在好了，已经完全适应了。"

麦斯钰听着电话那头黄梓建的声音，方才的情绪一下烟消云散："真好，真羡慕你啊，可以在祖国的首都继续实现梦想。不知道我的梦想什么时候能实现，我也想有机会去北京，看看天安门，看看长城……"

这一夜，麦斯钰想了很多，她不能再把时间浪费在和欧阳春的争斗上，那样做的结果最后只会是两败俱伤，她不能再停滞不前。

四

自从上了夜校，麦斯钰最大的收获就是认识了老师谭文智。谭文智原本是大学老师，四十多岁，脸上永远挂着一团和气，给人很亲切的感觉。麦斯钰平时最喜欢听谭文智的课，有问题也喜欢向他请教，可是这天晚上，当她又带着问题来到夜校的时候，才得知谭文智已经辞职了。

这下，麦斯钰没了主意。她怀着忐忑的心情，来到了谭文智的单位，把整件事情的经过告诉了他。谭文智略微思考后，提出了一个麦斯钰从没想过的问题：“你有没有想过产品定位？”

“产品定位？”麦斯钰还是第一次听这个词。

“对，产品定位。”谭文智答道，“华明作为最早进入珠海投资发展生产的外资企业，进入内地市场的前提看中的是低价劳动力，企业定位是劳动密集型产品量产。这条路让华明尝到了甜头，在发展中一直沿着这条路走了十几年。”

麦斯钰频频点头：“欧阳总并没有放弃这部分生产，只是希望开辟新的产品线。”

谭文智解释道：“新的产品线开发也要基于企业的定位和发展基础，一味追求高新技术未必能达到效果。”

麦斯钰听出来了，谭文智也觉得她的步子迈得太大了。

谭文智看出她的想法，笑着说：“在国外，LED产品的生产处在概念到应用的转化阶段。从诞生到研发再到应用，经历了几十年的时间，到八十年代才随着材料研究的进展取得技术上的重大突破，应用也仅限于高端制造产品和局部亮化。它对于灯饰行业最大的贡献不是拔高灯饰行业的门槛，而是来自新型环保材料的应用和能源的更有效转化。你不妨从这个角度重新定位你在新产品研发上的思路。”

“您是说用高端技术的思路提升现有产品的节能性和解决材料的环保问题？”

谭文智点头，他告诉麦斯钰，有梦想有追求，但也要立足企业。企业的目标是逐利和占有市场，成本与利润之间虽然不是此消彼长的关系，但这是做企业必须要考虑的。麦斯钰既然身在华明，就必须站在这个角度去考虑问题。

谭文智的话，麦斯钰全部深深刻到了脑子里。她反思自己最近的状态，确实有些太急于求成了。

回到公司之后，麦斯钰调整策略，找到了产品的定位，给研发团队开会，提出了节能灯和吸顶灯的设计方案。

另一边，她让技术团队在车间为灯管做电压耐受测试。很快，新技术车间填充、密封、真空抽压一体完成，跟之前的车间景象大大不同。最终，华明的新型灯具出现在了灯饰展销会上。

欧阳东江看到桌子上不断增加的订单，难掩内心的喜悦，麦斯钰的成功代表着他当初的抉择是正确的。

麦斯钰也很兴奋，在这次灯饰展销会上，虽然接到的订单量都不大，但是她能看出客户对新型节能灯具的兴趣。从展销会上回来后，她还陆续接到一些经销商的电话，希望拿到区域代理。她认为用新型产品吸引经销商的注意力，正是建立华明营销网络的好时机。

欧阳东江对麦斯钰的想法也格外支持。他认为打破传统的销售模式，由各地经销商加盟销售，在部分让利的同时，省去了销售的人员成本、行政支出和时间成本，而且扩大了销售范围，形成网状结构的辐射式营销。

对于欧阳东江的远见，麦斯钰十分佩服："当初建立实验室做新产品研发，您并没有想一步到位攻克高端市场，而是希望把产能做结构性调整，先在企业内部进行改革。"

欧阳东江笑了，这正是自己对麦斯钰的一次考验，结果证明他的眼光没有错："最初我还担心你一直盯着LED灯具的开发，把时间都用在和阿春做资源分配的争论上。我们不是科研单位，不可能把时间用在攻克一个未可知的技术难题上。"

"万一我没有领会您的意图呢？"

欧阳东江笑了。"阿钰，我相信自己不会看错。你难道会停滞不前？"看到麦斯钰不再说话，他转移话题，"订单的生产，新技术车间能跟上吗？"

麦斯钰充满自信："目前小批量生产可能需要加工加点。"

欧阳东江点点头："我去跟阿春协调，辟出一条专门的生产线生产新型灯具。"

一听要去找欧阳春，麦斯钰有些担心："但改造生产线牵扯到厂房和设备的升级、引进技术工人，还有部分材料需要依赖进口，这笔费用不小。”

“看来你最近忙得没怎么看新闻。”欧阳东江笑着解释，“中国已经加入WTO世贸组织，进口关税降低。这对我们来讲，绝对是大好时机。放手去做，我支持你！”

麦斯钰瞪大了眼睛：“让我放手做？可是……可是……”她还没做好心理准备。

欧阳东江却十分肯定。“没有可是！阿钰，你知道当初我为什么邀请你加入华明灯饰吗？”看麦斯钰一脸疑惑，欧阳东江笑着说，“用人不疑，疑人不用。我并不是一时头脑发热，也不是基于你我是否熟悉，而是你身上那股疍家人不畏艰难、勇往直前的精神值得我重用你。你们常年生活在大海上，最懂得根据周围的环境审时度势，这样的人要是放在商海里，照样能如鱼得水。阿钰，我能预感到你将来的成就肯定会超过我。”

麦斯钰惊呆了：“这……这怎么可能？再说了，我也不会跟您抢行作对的呀。”

欧阳东江十分认真地回答她：“你不该局限于待在别人的企业里，将来还是要有属于自己的事业，这怎么能算是抢行呢？一旦你取得了一定的成就，可以自己创业了，我不但不会阻止，反而会非常赞同。这样将来我们才能联手做强做大，我们都富裕了，国家才能更强盛。”

麦斯钰深深地记住了欧阳东江的话。

五

经过一年的时间，新技术车间即将投入使用。麦斯钰一边忙活着新技术车间的建造，一边走访经销商，了解新产品的市场反馈。但是技术的改造并非一朝一夕能够完成的，令麦斯钰没想到的是，还没有进行合格验收的新车间，居然提前投入了生产。

这一切都是欧阳春的决定，她认为老车间并没有这些设施，这么多年不也照样都在安全生产？她觉得麦斯钰太小题大做了。

但麦斯钰知道，自己并不是小题大做。老车间分车间生产和组装，可是新车间是集成操作，一个环节的不慎会影响整条生产线。而她签订单的时候，是预留了技术验收的工期的，就是为了能在一切条件齐备的情况下再开工。她就是害怕设备出现问题。

整整半个月，麦斯钰不知往欧阳春的办公室跑过多少趟，可是最终都无果。一个是公司的前总经理，一个是老总面前的红人，两个人针尖对麦芒，互不相让。

郭永旺看在眼里，急在心里。他不是一个爱多管闲事的人，可是谁让这个人是麦斯钰呢。他不能眼看着喜欢的女人往火坑里跳，自己却置身事外。他提醒麦斯钰再这么和欧阳春争执下去，最终吃亏的一定是她自己，不管怎么说，欧阳春都是欧阳家的人，血浓于水，可是麦斯钰就是不听。

“阿钰，你又要去跟春总吵？”看到麦斯钰气冲冲的样子，郭永旺一脸的焦虑。

麦斯钰最近急得嘴上长了好几个大泡，人也消瘦了不少，但她根本顾不上管自己的身体：“这都开工半个月了，我每天催她把离子风机安装上，她就是拖着不办。”

郭永旺犹豫了一下，吞吞吐吐地说：“阿钰，离子风机……根本没有下单，春总把一部分非生产进货给取消了。”

麦斯钰一听差点跳起来：“你怎么不早跟我说？”

因为如果我早说，你肯定会去找欧阳春——这句话郭永旺没说出口。

果不出所料，麦斯钰说完，匆匆往办公区跑。

郭永旺一把拉住她：“阿钰，你去吵也没有用。”

麦斯钰拿出手机：“我给欧阳总打电话。”

郭永旺赶紧按住麦斯钰：“阿钰，欧阳总和春总是一家人，欧阳总能拿春总怎么样？顶多说上两句，我担心你根本就在两位老总面前插不上嘴。”

“可这是重大安全隐患，真的出了事故……”

郭永旺打断了她，低声道：“我们作为华明的员工，只能尽力把所有的安全隐患降到最低。”

“可是旺哥，光靠人力毕竟是有限的呀。”

“你说的也有道理，但是……但是这件事你是拧不过春总的，她是生产主管。新技术车间总要有产出才有效益，才能在质疑声中生存，是这个道理吧？”

麦斯钰摇摇头，她不明白郭永旺口中的道理，就算明白，她也不会去这么做。在她心里，安全无小事，在这件事上她不会妥协，就算闹上董事会，她也要让安全设施到位！

郭永旺好言相劝，最后反倒是自己落下了埋怨，但是因为面对的是麦斯钰，他还是忍不住多说了几句：“你这么闹会出问题的！我们做好分内的事，能替欧阳总和企业分担多少就分担多少。”

麦斯钰思考了好久，一咬牙，还是坚持自己的看法，必须得让欧阳东江知道这件事。看着麦斯钰固执的样子，郭永旺一脸的无奈。

结果正如郭永旺预料的一样，麦斯钰的这个行为彻底激怒了欧阳春。

“麦斯钰，学会打小报告了？还威胁要董事会表决？我告诉你，华明是我们欧阳家的企业，我是欧阳家的长女，你想拿董事会打压我，做梦！”

麦斯钰试图解释，但欧阳春根本不给她机会，嘴角一扯：“说得冠冕堂皇，想一步步把华明把控在自己手里才是真的吧？我告诉你，我不会让你得逞！”说着，她扔了麦斯钰一身的报表，气急而走。

这时，火警报警响起，新设备厂房上冒起了一团黑乎乎的浓烟，麦斯钰心说不好，直接冲出了办公室。

刹那间，哭喊声、吼叫声在工厂回响，工人们纷纷往厂房外逃。

浓烟不断地从窗户冒出来，火势越来越大，火焰随风四处乱窜，肆无忌惮地吞噬着一切。麦斯钰赶到现场的时候，火势已经难以控制，她突然想到图纸还在厂房里，放下手里拿着的一沓资料就往里冲。

雷梨花大惊，喊道："阿钰，你不要命了！"但是麦斯钰根本不听。

车间的火势越来越大，火焰中夹杂着各种烧焦的味道，热浪扑面。消防车拉着急促的警报声驶来，消防员们迅速跳下车，接起水管开始喷射灭火。工人们围在外面看着，唏嘘议论，一片纷乱。

消防员大声地问着："里面还有人吗？里面还有人吗？"

雷梨花着急地喊着："阿钰，阿钰她说有很重要的设计图纸还在里面，进去抢救图纸了……"

这时，一个工人发现，郭永旺也不见了。

车间里，麦斯钰抱着图纸，拿着灭火器，徒劳地喷射着，被呛得连连咳嗽。不远处，郭永旺披着湿漉漉的毯子跑过来，浓烟弥漫在四周。他一只手拿湿毛巾捂着嘴，一路边寻找边喊："阿钰！阿钰！你在哪儿？"

正在这时，办公室里传来微弱的求救声："有人吗……还有人吗……"郭永旺一脚踢开办公室的门，看到了火场中的麦斯钰，大喊道："阿钰，阿钰！"

麦斯钰紧紧地抱着装图纸的圆筒，已经被浓烟呛得非常虚弱，恍惚中，她看到了郭永旺的脸："救命……"

郭永旺把湿毛巾捂在麦斯钰的口鼻上："阿钰，你坚持住，坚持住！"麦斯钰虚弱地拉住了郭永旺的手。

郭永旺犹豫了一下，背起麦斯钰，刚走了几步，便看到有人跑进来。他大喊："我们在这里，在这里！"

郭永旺冒死相救的事迹很快在厂里传开了，麦斯钰被送到医院，他更是一刻都没有离开过。雷梨花半开玩笑地说："阿钰，今天郭主管太勇敢了，是他冲进火海救你出来的。"

想起厂里的大火，雷梨花还惊魂未定："火这么大，你跑进去干什么呀，就为了设计图纸，连命都不要了？"麦斯钰笑笑不说话。

旁边的郭永旺十分认真地说："阿钰啊，你得答应我，以后千万不要再这么鲁莽了。看到你现在这个样子，我心里真是受不了，我要是能分担你的痛苦该多好。”

雷梨花看着平日里雷厉风行的郭永旺一下变得这么温柔，调侃道：“看不出来啊，咱们的郭主管还有这么柔情的一面？你要是真心疼，就趁现在跟阿钰表白啊！”

麦斯钰有些不好意思：“旺哥，我知道你关心我，今天真的很对不起，连累你也受了伤。”

郭永旺摸摸头。“阿钰，你我之间以后就别再说这些外道的话了，你好好休息。”他的脸上出现了久违的幸福表情，“阿钰，看到你受伤我心疼，我想一直留在你身边照顾你。”看着郭永旺真挚的眼神，麦斯钰内心流过一股暖流。

大火后的车间，一片狼藉。欧阳春站在车间前，眉头紧锁，郭永旺站在一旁。

“欧阳总今天下午就到，你知道该怎么说吧？”欧阳春冷冷地说道。

郭永旺一听，满脸惊恐：“春总，这次火灾事故确实是因为安全设备没到位才引起的，厂里的调查科也出了事故报告。这次损失这么大，车间厂房受损严重，一半的设备都成了废铁，就凭我一张嘴也不能把黑的说成白的呀。”

欧阳春压低了声音：“郭永旺，你是技术主管，车间管理的事情你是直接执行人，出了事故，你认为自己的责任有多大？”

郭永旺一脸委屈：“春总，我就是个小人物，哪里承担得起这么大的责任？再说，我抢救了图纸，还抢救了人，我自己也受了伤，你总不能让我……”

欧阳春打断道：“正是因为你立了功，所以功过才好平衡。欧阳总做事一向最是公平公正。”

“可是万一……”

“我说没有万一，你别忘了，欧阳总是我的叔叔。”

郭永旺看着欧阳春，眼神中全是愤怒。

会议室里，欧阳东江严肃地说道：“大家都说说吧，对这次事故有什么反思？”

欧阳春给郭永旺递了一个眼色，郭永旺根本不看她：“欧阳总，设备采购的清单还在我这里，就因为采购款迟迟没有落实到位，后来部门开会的时候考虑到生产的进度，所以先采购了生产设备，其他一些安全设备就滞后第二批采购。以前车间没有这样操作的，这种防患于未然的工作意识根本就没有牢记在企业工作人员的脑子里，以至于造成了这么大的事故，我认为首要责任人……”

不等他说完，欧阳春直接打断：“够了！”

欧阳东江看了欧阳春一眼，对郭永旺说：“郭永旺，这次你救了人，立了功。虽然事故很严重，但万幸的是人员都是安全的。特别是阿钰，她是为了抢救图纸才受了伤，你们这样的优秀员工是公司的宝贵财富，你和阿钰都应该得到表彰。”郭永旺听完，内心充满了欣喜。

欧阳东江又把目光投向欧阳春：“你该好好反思一下自己。车间在没有经过技术验收的情况下就投产，这个决定是不是你做的？设备采购不到位，你作为主管是不是应该负责？隐患排查工作不得力，你作为主管是不是渎职？”

欧阳春试图解释：“叔……欧阳总，我这么做都是一心为了公司的利益啊！”

欧阳东江却根本不想听她的解释：“出了问题，你还有一大堆理由为自己开脱！你这样的主管怎么带领下面的人工作，怎么能让人信服？我看你这个主管也别做了。”欧阳春大惊失色。

欧阳东江缓和了一下自己的情绪：“我来之前，已经和董事会商量过了。经董事会一致决议，免去欧阳春主管一职，暂调培训部工作，麦斯钰任车间主管一职。郭永旺抢救有功，奖金涨一级。”

欧阳春这下彻底傻了眼：“欧阳总，我也是股东，为什么董事会开会我不知道？”

欧阳东江已经不想再跟她解释太多：“突发紧急事件，我有发起董事会会议的权力，不是所有股东都参加，但是决议是多数票通过，没有什么好争辩的。”

欧阳春花容失色。

第五章

一

火灾之后，一切似乎都没变，一切似乎又都变了。

麦斯钰一进工厂，就感觉气氛怪怪的。工人站成了两排，各个面带笑容。她一只脚刚踏进车间，雷梨花就带头边鼓掌边喊道："祝贺麦主管！"话音一落，其他工人也跟着喊了起来。

麦斯钰一脸疑惑，身边的郭永旺笑着说："这就是给你的惊喜。董事会的决议，欧阳总亲自宣布的，你现在是车间主管了。"

突如其来的惊喜让麦斯钰有些无所适从，但她突然意识到一个问题，如果她成为主管，欧阳春去哪儿呢？

郭永旺像是猜透了她的心思，低声说道："欧阳春调去培训部了，这么大的事故她肯定要承担责任的。"郭永旺并没有从麦斯钰的脸上看到胜利的喜悦，反倒看到了震惊。他不知道，麦斯钰从来没想过和欧阳春起冲突，也一直不明白欧阳春为什么要针对自己，她们都是为华明工作，按理说目标是一致的。现在自己又顶替了之前欧阳春的位置，麦斯钰知道，她和欧阳春的积怨越来越深了。

一旁的雷梨花看着麦斯钰若有所思的样子，以为她是因为郭永旺的事情不好意思，起哄道："郭主管冲进火场，英雄救美，简直太帅了，大家说是不是？"

工人们纷纷起哄。这下雷梨花更兴奋了，她对工人们说："我们必须给郭主管最热烈的掌声。"大家纷纷鼓掌，掌声热烈。

郭永旺既有些得意，又有些不好意思。他转而看着麦斯钰，不过麦斯钰的脸上并未显出过度的兴奋。

欢迎仪式结束之后，麦斯钰来到欧阳东江的办公室，想让他收回对自己的任命。

“阿钰，来来，快坐，快坐。”待麦斯钰坐下后，欧阳东江关切地问，“身体都恢复了吗？”

“谢谢欧阳总关心，基本上没什么大问题了。”

欧阳东江在办公室都听到车间那边的欢呼声了，他说：“新官上任三把火，谈谈接下来你准备怎么做吧。”

麦斯钰的脸上并没有出现欧阳东江预想的激动和兴奋，反而有些不安：“欧阳总，谢谢您这么信任我，我真不知道自己能不能担起这么重的责任。”

欧阳东江这才明白麦斯钰的心思，也怪自己没有考虑周到。不过这说出去的话，就如泼出去的水，收不回来了。任命已经下达了，他希望麦斯钰能够接受，而且他相信麦斯钰能够胜任这个职位。他看似开玩笑地说：“你能冲进火海抢救图纸，那是多大的勇气啊。怎么面对一个车间主管的职位，你反而胆小了？”

听欧阳东江这么说，麦斯钰心里踏实了一些，她觉得自己再推托，反而显得矫情。她把来之前想说的话咽了回去，直言道：“欧阳总，如果您真的让我来当这个车间主管，那我有一个要求——继续研发新技术。”欧阳东江看着她坚定的眼神，仿佛看到了曾经的自己。麦斯钰却没想那么多，而是十分认真地解释道：“我知道这一次公司损失不小，但是新技术的革新不能停下来，这不是一日之功。如果现在停下来，很快我们就会落后，就会被市场淘汰。”

欧阳东江一听，哈哈笑了起来，心说，看来董事会挑选的主管是选对人了。

麦斯钰一脸疑惑地看着欧阳东江，不知道他的这个笑到底意味着什么。“好，我同意。”欧阳东江缓缓地答道。欧阳东江明白，损失只是阶段性的，必须要把眼光放长远一些。在这一点上，欧阳春比不上麦斯钰，而且差得很远。

“未来的 LED 领域，华明必须占领先机，这个投入是值得的。”欧阳东江收起了笑容，认真地说道，“麦斯钰你记住，不管是新的技术，还是优秀的人才，华明都不会吝惜投入，这才是一个企业的核心生命力。”

这句话，刻在了麦斯钰的脑子里，成为她一生的座右铭。

2003年10月17日，中国商务部副部长安民与澳门特区政府经济财政司司长谭伯源分别代表中央政府和澳门特区政府在澳门正式签署了《内地与澳门关于建立更紧密经贸关系的安排》及六个附件文本。这份文件的签署，向全世界发出了一个积极信号，不仅减少了内地与澳门在经贸交流中的体制性障碍，同时还加速了相互间资本、货物、人员等要素的更便利流动，对澳门经济发展起到良好的促进作用。欧阳东江得知这个消息，激动不已，他有强烈的预感，这股东风会给华明带来无限商机。

焕然一新的厂房，崭新的流水线设备，完全看不出这里曾经遭受过火灾的洗礼。

自从恢复生产之后，麦斯钰几乎就没离开过车间，更是大半年没回家。每一批出货的灯具，她都会认真检查，严格把关，她绝不允许从自己手上流出任何有瑕疵的灯具。

麦斯莲知道麦斯钰忙，特地来珠海看她，但是麦斯钰忙得抽不开身，只好让雷梨花去接姐姐。

黑沉沉的夜，连颗星星也没有，仿佛无边的浓墨重重地涂抹在天上。雷梨花图省事，带着麦斯莲来到自己经常走的小巷。巷子里，一片漆黑，而且还寂静无比，连空气似乎都凝固了。突然传来一两声狗吠，原本就胆小的麦斯莲吓得脸都白了，她小心翼翼地跟在雷梨花身后，背后一阵阵冒着凉气。

雷梨花却一副大大咧咧的模样，这条巷子她常走，安全极了。为了缓解麦斯莲的恐惧，她指着巷子的尽头，笑着说："大姐，穿过这个巷子，前面就快到了。这个巷子是条近路，就是有点黑，你注意脚下啊。"

话音刚落，身后巷子口，一个戴口罩的高个男人朝她们走来。

雷梨花隐约感到了不安，轻轻拉了拉麦斯莲的手："大姐，咱们快点走。"麦斯莲早已慌了，跟着雷梨花加快了脚步。

这时，她们的前面又出现一个戴口罩的男人，这个男人倒是不太高，却很壮实。两个男人，一前一后堵住了去路。

“你们干什么？”雷梨花挡在麦斯莲面前，毫不畏惧。

但两个男人似乎对雷梨花并不怎么感兴趣，高个男人一把把她推倒在地：“一边去，不关你的事！”

几乎同时，壮实男人一只手捂住了麦斯莲的嘴，另一只手握着一把匕首抵着她的脖子狠狠地说道：“麦小姐，不许叫，再叫一刀要你的命！”麦斯莲吓得眼泪夺眶而出，两条腿不听使唤地打战。

雷梨花隐隐感觉到这两个人不是抢钱的，他们的目标好像是麦斯莲。她急中生智，举起行李砸向高个男人，没想到他一个闪身，直接躲了过去。雷梨花懊恼，还没反应过来呢，只觉肚子一阵疼痛，原来高个男人冲过来一脚踢在了她的肚子上。雷梨花剧痛难当，摔倒在地，额头撞到了墙角，只感觉一股热流从头上涌了出来，她用手一摸，满手都是血。

雷梨花向来天不怕，地不怕，但是唯独晕血，她吓得脸色惨白，尖叫起来：“啊，救命啊！”两个男人正要上前捂住她的嘴，危急时刻，雷梨花一眼看到巷子尽头出现一个熟悉的身影，她使出了浑身的力气，扯开了嗓子大喊道：“郭主管，救命啊！救命啊！”

不远处的郭永旺闻声过来，看到雷梨花受伤躺在地上，而麦斯莲却被男人用刀抵着脖子。

壮实男人看着郭永旺，怒吼道：“识相的就赶紧滚，少管闲事！”

郭永旺的心一下提到了嗓子眼，浑身紧张得就像弓拉满了弦。他努力让自己镇定一些，拿出手机拨打了报警电话。

他的这个举动直接激怒了两个歹徒，高个男人下意识地冲上来抢手机，郭永旺缓慢往后退着，威胁道：“你别胡来，我已经报警了。”这下，高个男人被激怒，脸上的筋肉不断地抽搐着，突然，他拿着匕首就朝郭永旺刺了过来。

情急之下，麦斯莲用高跟鞋后跟用力踩了威胁着自己的壮实男人，男人吃痛，松开了手。

声音惊动了高个男人，趁他回头的工夫，郭永旺一把夺过他的匕首，大喊道："雷梨花你们快跑，快跑啊！"

两个男人步步紧逼，郭永旺被两人堵在角落里狠狠打了一顿。不久，警车的警笛声传来。

听到警笛声，两个男人惊慌失措，拔腿就跑，片刻的工夫就消失在黑夜中。郭永旺两眼一发黑，耳朵"嗡"一声，直接瘫坐在地上。

二

麦斯钰得知消息的时候，三人已经被送到了医院。她冲进医院，看到护士正在为雷梨花处理伤口，又看到了坐在旁边的姐姐，惊恐、不安在这一刻全部爆发，她冲上去，抱着姐姐大哭起来。

这时，郭永旺也拍完片子回来了，麦斯钰赶忙上前，关切地问："旺哥，你伤得重吗？"

郭永旺极力掩饰着疼痛，说没事，麦斯钰看出端倪："旺哥，你让我看看。"郭永旺拦麦斯钰没拦住，待衣服撩起来，腹部全是瘀青。麦斯钰看着有点心疼："都伤成这样了，还说没事。"

"你大姐和雷梨花不都没事嘛，那就好。"郭永旺收起笑容，看着雷梨花说，"那条巷子太不安全了，以后还是别走了。今天要不是我过来，就出大事了。"

想到今天晚上的经历，雷梨花惊魂未定："你说的有理。大姐今天刚来就遇上这种意外，真是受惊了。"

"这不是什么意外。"其他三个人都震惊地看着麦斯莲，她解释道，"那个拿着刀挟持我的人，我清楚地听到他在我耳边说，麦小姐，不许叫，再叫一刀要你的命。"

麦斯钰的眼睛瞪得老大："麦小姐？"

麦斯莲点头："这里怎么可能有人认识我？"

郭永旺听出了端倪。"等等，你说歹徒叫你麦小姐？"麦斯莲点头，郭永旺打量着麦斯莲，又看了看麦斯钰，突然明白了什么，"我知道了，他们是冲阿钰来的。"

"冲我？"麦斯钰一脸的惊愕。

郭永旺梳理事件的始末，分析道："你想啊，事发地点就在你家附近的巷子，你平时和雷梨花经常走那条近路，他们一早就埋伏在那里了，看到雷梨花和你姐姐，错把你姐姐认作是你了。你们两个身高体形都差不多，而且长得也像，光线那么暗，很容易认错的。"

说起这个，雷梨花也想起一些事情："对了，那个歹徒推我的时候说什么不关我的事，让我一边去。这样说来，他们还真的是冲阿钰来的。"

麦斯莲的脸刷一下变得煞白，此刻她的心情比自己刚刚被劫持的时候更恐惧。如果真如郭永旺和雷梨花所说，是有人故意要报复麦斯钰，这次没有成功，一定还会有下次。想到这里，她的背后一阵发凉："阿钰，你得罪了什么人吗？怎么会有人要这样害你呀！"

麦斯钰想了半天："我想不出来有谁要害我。"

雷梨花也十分好奇，麦斯钰人缘那么好，怎么会有人要害她呢。忽然，一个人影在她眼前闪过，她惊呼道："春总！"话音一落，所有人的目光都投向雷梨花。

雷梨花大胆地推测着："春总几次跟欧阳总发生矛盾都是因为阿钰。火灾之后，春总就更倒霉了。她是怕阿钰抢了她的位置……"

说起这个，郭永旺也觉得欧阳春有些可疑，不过如果真的是她，这件事情就复杂了。想到这里，他倒吸一口凉气："雷梨花，别看你平时大大咧咧的，这次你分析得很有道理。除了春总，阿钰和任何人都没有过矛盾。"

麦斯钰对此却持保留意见，在她看来，欧阳春不应该会用这么下三烂的手段。

可是雷梨花越想越觉得是欧阳春，她提醒麦斯钰："人都是多面的，知人知面不知心。”说这个话的时候，雷梨花给郭永旺使了个眼色。

郭永旺当然明白雷梨花的意思，毕竟害人之心不可有，可防人之心不可无。他说道：“只是咱们现在没有证据的事情最好先不要说出去。你们不要忘了，华明是家族企业，姓欧阳。得罪了欧阳春，没什么好的。不过咱们以后必须得防着她。”

回到住处后，麦斯钰和姐姐并排躺在床上，姐妹俩聊起了这半年多家里发生的事情。麦斯莲犹豫了一下，试探性地问道：“阿钰，你觉得我能进华明上班吗？”闻听此言，麦斯钰惊讶地看着麦斯莲。在麦斯钰看来，姐姐每天的生活并不轻松，带孩子，照顾老公，哪里还有精力出来工作！再说，姐夫洪俊杰的旅行社开得红红火火，她家也不缺钱。

不过麦斯莲没有开玩笑，也不是一时兴起，她十分认真地说道：“我没开玩笑。你姐夫的生意他雇人帮忙就好，我在家里除了带孩子，帮不上他什么。阿钰，你不知道，我现在在家里的地位太低了，那天我们吵架，他还动手推我。我想来想去，还是因为自己经济不独立，在家里就没有地位。这次和你姐夫大吵了一架，我想明白很多事。”

麦斯钰看着姐姐有些心疼，她没想到姐姐竟受了那么多委屈：“大姐，你想清楚，出来工作我是支持你的，但是你真舍得孩子？”

麦斯莲的语气却十分肯定，而且经过了今天的事情，她更加坚定了自己的决心，如果真如雷梨花所说，要害妹妹的人就在公司，有自己在身边，也能多少保护麦斯钰一些：“现在孩子交给公公婆婆带着我放心。这次我出来了就不想回去了。我想好了，我就想进华明工作，趁你现在是主管，给你阿姐安排个工作应该不难。我要是到华明，没准能帮上你的忙。”

看着姐姐坚定的表情，麦斯钰知道麦斯莲是认真的了，但是华明可不好进，她又不懂技术，能做什么呢？关于这点，麦斯莲早就做好了打算，她要从销售做起。

郭永旺对麦斯钰的心思早就尽人皆知，唯独麦斯钰一直揣着明白装糊涂。自从发生了这次的事情之后，郭永旺更加确定了自己对麦斯钰的感情。他不想让麦斯钰再遇到危险，他要成为保护她的男人。想到这里，郭永旺鼓足了勇气，把麦斯钰单独约了出来，准备把话挑明。

“旺哥，干吗这么破费要出来吃？”麦斯钰看着菜单上不菲的价格，有些意外。

郭永旺傻乎乎的就知道乐呵，笑着说：“阿钰，我这还伤着呢，吃点好的补补身子呗。”

说起这个，麦斯钰才发现自己一直都没有正式向郭永旺表示感谢，借着今天的机会，她可以请他吃个饭。

郭永旺一听麦斯钰要请自己吃饭，恨不得狠狠抽自己几个耳刮子，暗骂自己怎么这么不会说话。他这准备要表白加求婚呢，怎么一下成感谢宴了。他赶紧解释：“这事翻篇儿了，而且谁碰上这事不得伸手相救！”说着，他的语气突然变得温柔。他拧开酒瓶，倒了满满一杯，一口闷掉，脸瞬间就红了，借着酒劲，郭永旺鼓足勇气，说出了已经在心里说了不下一万遍的话：“阿钰，打见你第一眼，我就喜欢你。每天见不着你就觉得浑身别扭。你要是生病有点不舒服，我别提多闹心了。上次车间着火，这次你大姐遇险，我心里别提多着急了。我想，我想……你需要一个人来保护你。”

从始至终，郭永旺连麦斯钰的眼睛都不敢看，说完直接又喝了满满的一杯酒。

麦斯钰从来没听郭永旺一口气说过这么多话，有些无所适从。

还没等她开口，郭永旺又喝了一杯壮胆，含情脉脉地看着她：“我想保护你。不是假装的那种保护，是要时时刻刻在你身边的那种，理直气壮地教训那些欺负你的人，告诉他们麦斯钰是我的女人！”

麦斯钰这才明白郭永旺的意思，脸颊泛红：“旺哥，你喝多了。”

郭永旺确实已经迷糊了：“阿钰，这么多年了，你应该知道我对你的心。嫁给我吧，今后的路让我守护你。”麦斯钰看着他，内心泛起一层层涟漪。

回到住处后，麦斯钰把发生的事情告诉了雷梨花和麦斯莲，想让她俩给出出主意。

郭永旺是麦斯莲的救命恩人，麦斯莲自然满是好话：“我觉得郭永旺这个人还是很聪明的，在华明工作也稳定，和阿钰还能相互帮助，最关键的他是真心喜欢阿钰。”

雷梨花也赞同麦斯莲的意见：“你还有什么好犹豫的呢，换了是我，早就答应他了。”

麦斯钰看着雷梨花一副恨嫁的模样，笑了。雷梨花也觉得自己有些过了，不好意思地跟着笑。

不过已婚的麦斯莲倒是很理性，她告诉麦斯钰女人应该找一个适合自己的，对自己好的，能够踏实安稳过日子，有安全感的人。而郭永旺是这样一个值得托付终生的男人。麦斯钰听着姐姐的话，也有了主意。

三

临近春节，有件事情让欧阳东江又犯起了愁：今年的员工福利发什么？这件事说大不大，说小也不小。欧阳东江是个传统的人，他总觉得过年只给员工发奖金，不够有诚意。以往都是水果、干货、米面油之类的，都发十几年了，早就没有了新意。这时，郭永旺给他出了一个主意：发海鲜。

生活在海边的珠海人对海鲜有着别样的情感，海鲜也是每个珠海家庭年夜饭必不可少的一道菜。正因为如此，一到过年，海鲜就特别紧俏，难买不说，还特别难买到新鲜的。这不，郭永旺给欧阳东江出了个主意，去澳门海边的鱼市进货，拉回来直接发给员工，既新鲜，又有新意。

欧阳东江也觉得这个主意不错，既能够给员工发福利，又能够帮助一下渔民，一举两得。于是，他就把这件事情交给郭永旺去办了。

欧阳东江不知道的是，郭永旺这么热衷这件事，其实是有自己的私心的。

就这样，郭永旺作为采购员来到了麦斯钰的家乡，见到了麦叔。疍家人向来好客，麦叔特地办了几桌酒席款待郭永旺。

天上群星灿烂，海风轻拂。远远望去，分不清哪里是天际，哪里是水线。与之对应的是岸边的景象，五彩斑斓的灯光在海面的衬托下，显得格外好看。

灯火摇曳，郭永旺首先举杯："阿钰在厂里就总是说村里的海鲜好、货真价实，今天我一看确实是这样。各位叔叔阿姨、大哥大姐，今天都辛苦了。以后我们厂里如果采购海鲜，我一定建议再来这里买。我敬大家一杯。"话音一落，麦叔和其他几个人都端起酒杯，碰杯畅饮。

这时，麦叔站了起来，他看着郭永旺，有些激动："永旺，其实应该我好好谢谢你。一来，你采购了我们的海鲜，那就是我们的客人。我们疍家人最讲究的就是一个'真'字，任何时候我们做人，我们做的水产品，那都是真诚的；二来，你和阿钰是同事，虽然你们不是一个部门的，但是你们厂能来采购我们的海鲜产品，叔叔心里知道，一定是你和阿钰的同事关系不错。这杯酒，叔叔先干了，谢谢你照顾阿钰，也照顾我们的生意啊。"说完，麦叔一饮而尽。

郭永旺从麦叔的话里，听出麦斯钰还没有把他俩的关系告诉麦叔。他一下子站起来，端起酒杯深深鞠躬，然后一饮而尽，借着酒劲，胆子也变大了。他犹豫了一下，一副豁出去的模样："叔叔，对不起，我之前没有说清楚情况。我和阿钰不只是同事。阿钰刚到厂里的时候吃了不少苦，她一个女孩子来到一个陌生的环境，工作压力又大，我挺心疼她的，所以我能帮就帮，能多照顾就多照顾。慢慢地，我们之间越来越了解……"麦叔越听越觉得不对，直接打断了他，把他叫到自己的房间，二人聊到深夜。

第二天，麦斯钰从珠海赶回家，她没想到郭永旺已经把他们的关系告诉麦叔了，着实吓了一跳："阿爸，你对他印象怎么样？"

"印象嘛，倒也不错，但是毕竟不算太了解。"

"阿爸，我和他，我们想结婚。"

麦叔眉头微微一皱，他感觉二人发展得太快了。"你想好了吗？女人这辈子，结婚是第二次投胎，能找到一个值得一辈子依靠的男人才好啊。我们疍家人讲一个真心，他对你好是自然，那你喜不喜欢他？是报恩，还是想跟他过一辈子？你要是欺骗了别人，欺骗了你自己的心，妈祖会生气的。”麦叔是过来人，知道两个人刚开始接触的时候，看到的全是对方的优点，他也知道，此刻，就算自己跟麦斯钰说再多，她也听不进去，他尊重女儿的决定，“你心里喜欢就行，女生外向，大了留不住啊。从小你就主意正，阿爸也管不住你。你既然已经决定了，阿爸也没有再反对的道理。”

麦斯钰欣喜道：“阿爸，你同意了？”麦叔点头，麦斯钰激动地上前抱住父亲。

正在宿舍看书的黄梓建得知麦斯钰要结婚的消息时，一股说不出的感觉涌上心头。从小到大，黄梓建什么都听麦斯钰的，他从心里认定麦斯钰会是自己的妻子，可是现在听着电话里麦斯钰通知他，要和别人结婚，黄梓建不淡定了，书一下从手中滑落。

“梓建，我把请柬和喜糖都给黄妈了，你要是有时间就来，如果没时间也没关系的。我们就是简单地办一下……梓建，你在听吗？”

黄梓建回过神来，赶忙说：“我在，恭喜你啊阿钰。你结婚这么大的事情，我一定去，一定去的！”说完，他挂上了电话。他慢慢捡起刚刚掉在地上的书，回到小桌子前坐下，随意把书打开，久久没有翻动一页。

婚礼当天，麦斯莲和麦斯钰早早起床。麦斯莲看着眼前的妹妹，感慨颇深。这时，岸上传来锣鼓声，麦斯钰赶紧透过舷窗往岸上看。

不一会儿，汽船开来，穿着新郎服的郭永旺站在船头，英姿飒爽。

紧接着，进行疍家仪式，新娘光脚，伴娘撑伞。咸水歌的歌声里，绑有红布带的红伞下，麦斯钰的脸被遮得严严实实，手拽着红布带。双数的几个戴着插花笠帽的中年妇女，将花艇摇得左摇右晃。花艇朝着新郎的大船而去，麦斯钰被郭永旺接上了船。

码头上，麦叔按响了汽笛，紧接着，海面上的汽笛声此起彼伏。麦叔的船鸣着汽笛，朝大海驶去。

婚礼一切从简，只请了几桌客人。黄梓建特地从北京赶回来，梁雯也跟着一起过来了。

春光满面的郭永旺首先举杯，对大家的到来表示感谢：“我和阿钰从相识到相知相爱，再到今天步入婚姻的殿堂，我们要特别感谢一个人，他就是欧阳总。”

话音一落，作为证婚人的欧阳东江走到郭永旺和麦斯钰身边，面对全场的宾客，说道：“今天能以证婚人的身份参加这场婚礼，我感到特别荣幸。因为郭永旺和麦斯钰是我们华明最出色的员工。不止如此，阿钰还是我从澳门带去内地的，阿钰和永旺的结合，也是澳门人与内地人的结合。我相信在你们年轻一代人的努力下，这种结合会更加紧密融洽，澳门的未来也会更加美好。”宾客们纷纷鼓掌，掌声热烈。

这时，一直没出声的麦叔走到前面，拿出一只银手镯，戴到麦斯钰的手腕上，说：“你奶奶留下来的。你大姐结婚的时候，给了她一只，这只是你的。结了婚，就是大人了，有了自己的家就不能任性了，以后要做一个好妻子、好母亲。”

麦斯钰看着苍老的父亲，流下了眼泪。麦叔替她擦眼泪：“今天是个好日子，不能哭，要笑。”

麦斯钰的眼泪止不住地往下流。虽然她是家里最淘气的孩子，可是她明白，麦叔一个人把他们带大很不容易。她告诉父亲，即使上了岸，自己也是疍家的女儿，这一点永远都不会改变。说着，麦斯钰扑到父亲的怀里。一旁的黄梓建看到这一幕，心里酸酸的。

另外一桌的几个人却没把心思放在婚礼的仪式上。洪俊杰好久都没见到麦斯华了，听麦斯莲说他最近很忙，出于好奇，洪俊杰问道：“阿华，最近在忙什么呢？”

说起自己的事业，麦斯华一下来了精神，吹牛道：“姐夫，我跟朋友谈了几个项目，赚钱绝对靠谱，你有没有兴趣？”

“算了吧，你的事业我可不敢参与。”洪俊杰嗤之以鼻。他看向一旁的欧阳小江，心说，欧阳小江有家底，一个海鲜餐厅，往里面一砸就是几百万，自己的钱可全是血汗钱，哪里有资本和人家一起玩。不过麦斯华毕竟是自己的小舅子，他还是有些不放心，语重心长地说：“阿华，你这样东打一耙、西打一锤的不是办法，投资不能盲目，懂吗？”

这些道理麦斯华都懂，可他现在就是没头苍蝇。他看着姐夫，问道："要不你给我出个主意？"

说起这个，洪俊杰还真有个想法。他对麦斯华说："你在澳门不是经常泡酒吧吗，澳门是不夜城，经营得最好的就是酒吧，你为什么不把澳门酒吧的经验借鉴过来，在珠海开酒吧，既好玩又赚钱。"

他的话音刚落，一旁的欧阳小江眼前一亮，马上靠了过来。"姐夫，咱们俩想到一块了。我跟阿华说在珠海开酒吧，他死活不同意。"说着，他看向麦斯华，"阿华，怎么样？姐夫都认为在珠海开酒吧一定赚钱。别的不行，说到玩，我敢说整个珠海的公子哥，都比不过我。"

麦斯华不屑道："海鲜餐厅开业的时候，你也是这么说的。"

欧阳小江不乐意了："你别不服气，会玩也是一种本事。麦斯华，我决定了，咱们这次好好干，不能再让人看扁了。"

四

连麦斯华自己都没想到，欧阳小江说干就干，一个月后，"南国酒吧"竟真的开起来了。

酒吧内，霓虹灯闪烁，耀眼夺目，变幻莫测，劲爆的音乐在空中弥漫。调酒师扭动着身体，随着音乐节奏调配出一杯杯五彩鸡尾酒，吸引着不少顾客。

为了支持麦斯华的第二次创业，开业当天，麦斯钰和麦斯莲特地来给他捧场。说是捧场，麦斯钰却有另外的目的，她把注意力放在了酒吧的灯饰上面，因为"南国酒吧"的所有灯，都是华明生产的。

麦斯莲却还是有些不放心弟弟，叮嘱道："阿华，这次你一定要好好干，不能再半途而废了。"

麦斯华咧嘴一笑，颇为自信："放心吧，大姐、二姐，我保证海鲜餐厅的悲剧不会再重演了。"

这时，洪俊杰端着一杯酒来到大家身边，品了品，说："味道不错。"

麦斯华举起酒杯："今晚我请客，各位姐姐、姐夫，千万别客气。"

洪俊杰却说："第一次来，单是一定要埋的，今晚我埋单。"

麦斯莲看着丈夫，心里乐开了花。她笑着说："俊杰刚做成几笔内地的大单子，他请客是应该的。"

麦斯钰也为姐姐姐夫高兴。她突然想起一件事："姐夫，内地试点个人港澳自由行政策，我有好几个客户朋友都找我打听澳门的旅行社呢。"

说起这个，洪俊杰一脸的兴奋，这个自由行政策他当然知道，内地推行试点自由行才二十天，澳门已经接待了近两万人次的内地游客。这说明了什么呢？说明国家的政策越来越好，以后来澳门的内地游客会越来越多，他的旅行社再也不愁没生意做了。

他赶紧从包里拿出一沓自己的名片，递过去，说："阿钰，把我的名片给他们，包他们满意。"麦斯钰欣然接过，笑着说："没问题！不过我看新闻上说，中央支持澳门的发展，内地和澳门的联系越来越紧密。姐夫，你有没有想过在事业上更进一步？"

"你的意思是？"

"走出澳门，进军内地。"

麦斯莲一脸惊讶地看着麦斯钰："阿钰，你的意思是要俊杰到内地开公司？"

麦斯钰点头："对啊，大姐，你不觉得内地的环境越来越好了吗？如果只是在澳门，会限制姐夫未来的发展空间。"

洪俊杰觉得麦斯钰说的有道理，这个问题他也考虑过，只是想法归想法，实施起来还没有十足的把握。这时，一旁的麦斯莲开口说："珠海怎么样？"

洪俊杰一脸疑惑地看着妻子，麦斯莲解释道："你要到内地开公司，不如开到珠海。我跟阿钰在珠海的时间不短了，对这边还算了解，而且珠海和澳门这么近，有地理优势。"

听了妻子的话，洪俊杰陷入了思考，他打算回到澳门后，好好筹划一下，再做打算。

自从欧阳春被调到培训部后，往日的风格不再，人也低调了不少，不过，她对麦斯钰的怨恨却与日俱增。她继续找一切机会对付麦斯钰，最后把目光放到了麦斯钰的助理小乔身上。

小乔是麦斯钰的助理，为人单纯、踏实稳重，她在公司干了三年多，从来没有出过任何差错。

得知欧阳春找自己，小乔的心里就犯起了嘀咕，她和欧阳春平时接触不多，顶多就是见面打个招呼，而且多数时候欧阳春连瞧都不会瞧自己一眼。这次，欧阳春竟主动找她，让她有些无所适从。

一见面，欧阳春就跟她唠起了家常："小乔，你来华明多久了？"

"三年多了。"小乔回答得十分谨慎。

"三年多，算公司的老人了，公司的情况你应该清楚。"看小乔没太明白自己的意思，欧阳春故意转移话题，"麦斯钰调到销售部做主管，你觉得她这个人怎么样？"

说起这个，小乔一下打开了话匣子，不停夸赞麦斯钰，什么麦主管人很好，很和气，没有领导架子，工作上对他们很照顾。

这些话让欧阳春很不高兴，她不屑道："麦斯钰很会收买人心，才几个月，就让你们对她死心塌地了。"

这次，小乔听出了欧阳春话里的意思，立刻忐忑起来，感觉自己好像说错话了。

欧阳春暗示道："销售部平常与客户打交道最多，麦斯钰经手的单据账目也多，这其中会不会有不合规矩的操作？"

话音一落，小乔吓得冷汗直冒，这明显就是要找麦斯钰的麻烦，她不知道该说什么了，只能一直装傻。

看到小乔不识趣的模样，欧阳春很不高兴，步步紧逼："你很了解麦斯钰吗？利用单据做文章揩公司油水的事，以前销售部不是没发生过。尤其是麦斯钰这样的人，费尽心思从底层爬上来，没有好处她会那么卖命吗？”

看小乔还不出声，欧阳春只好使出撒手锏：“小乔，你在公司三年多了，难道甘心一直做底层？”

说了这么多，她还是没有说到重点，小乔直接问道：“春总，您要我做什么？”

欧阳春以为小乔终于开了窍，心中窃喜，凑近她，耳语了几句。

小乔听后大惊失色：“您要我陷害麦主管？我不行，春总，我不行的。”

欧阳春不轻不重地说：“小乔，现在我已经把话跟你挑明了，做或者不做，你自己掂量。”

“春总，我真的做不来。”小乔慌了神。

欧阳春没想到小乔胆子这么小，马上换了一副脸孔，威胁道：“好啊，你觉得不合适，明天就递辞职报告另谋高就。”说完，她转身就走。

小乔知道，欧阳春赶走自己就跟踩死一只蚂蚁一样容易，她急了，赶紧跑过去拦住欧阳春，恳求道：“春总，我不能辞职。”

欧阳春背对着小乔，嘴角露出一丝笑容，她转过身：“那就按我说的做。你放心，这件事不会有第三个人知道。”小乔看着欧阳春，半天说不出话。

接下来的几天，小乔都是魂不守舍的。麦斯钰倒没想那么多，反倒是郭永旺觉察出其中的问题。他一直觉得小乔平时挺稳重的，怎么会突然变得马马虎虎的，要么是记错了时间，要么是落下了文件。不过他也没想太多，他最近头疼的是，麦斯钰不顾自己的反对，执意替公司追债。

他们结婚已经一段时间了，可是麦斯钰天天泡在公司，郭永旺心里自然不痛快，可是又没法阻止。这不，麦斯钰直接找来了公司的几笔旧账，准备去广州替公司要债。

郭永旺看着她一脸认真的样子，既意外又惊讶：“新官不理旧政，你刚上任，要稳住脚跟，第一件事就是和这些欠款划清责任和界线，何必给自己找麻烦？”

麦斯钰站起来收拾材料，一边收拾一边说：“现在我是销售部主管，你那一套处世哲学我学不来，我只想把自己的工作做好。”郭永旺看着妻子，一脸的无奈。

第二天中午，麦斯钰一下飞机，就来到了广州一家高级酒店的门口。这时，一辆私人轿车在酒店门口停下，一个大老板装扮的中年男人从车里走下来。

麦斯钰快步上前，拦在了中年老板的面前。她开门见山道："范总，您好，我是华明灯饰的销售主管麦斯钰。"

一听是华明灯饰的，对方脸上立刻露出一丝厌恶的神情："麦主管，不好意思，我今天很忙，请你先跟我的秘书预约。"

麦斯钰看出范总的态度，挡在他前面："范总，我知道，您今天预定了这里的 1202 号包房，和香港华宇的向总见面，是吗？"

范总一脸的惊讶，一副"你怎么知道"的表情。

麦斯钰来之前已经调查清楚了，她胸有成竹地说道："范总，您知道我今天来的目的，拿不到尾款我是不会走的。"

这句话彻底激怒了范总，他的脸色更加阴沉："你调查我？小姑娘，年纪轻轻，手段不错。你想怎么样？"

麦斯钰不卑不亢地说明来意："范总，您刚刚拿下和香港华宇合作的地产项目，外面都在传这个项目的回报率会是天文数字。我想您不会想因为华明的这点尾款，落下不好的名声。"

可让麦斯钰没想到的是，范总不以为然。什么大风大浪是他没见过的？一个小姑娘也敢威胁他，未免打错了如意算盘。"小姑娘，我范某人做事，从来不被任何人威胁。我现在就可以让保安把你请走。"范总说道。

麦斯钰也毫无惧色。她拿出态度："范总，我知道以您的实力，华明的尾款不过是一笔小钱。我有一个疑惑想请教您，您不缺钱，何必因为这笔尾款闹得这么不愉快，是不是对我们华明不满意？"这是麦斯钰的推测，按理说，以范总公司的实力，这点尾款简直就是九牛一毛，他完全犯不着为了这么点钱，把自己公司的声誉都搭进去。

范总看着眼前的小姑娘，目光中有了赞赏："华明终于来了个明白人。小姑娘，你说对了，我不缺钱，也不在乎华明那点小钱，我就是不高兴，不想给你们华明这笔尾款。"

这下麦斯钰肯定了自己之前的推测，她追问到底："范总，华明发错货在先让您不满意，我理解，可后来补发货并没有耽误您的工期。您心里如果还有什么不舒服的不妨明说，我们可以整改。"

范总并没有直接回答麦斯钰的问题，而是反问道："你和欧阳东江是什么关系？他给你开多少工资？你一个小姑娘这么冒失地一个人从珠海跑来广州，不怕我对你不利吗？"

接连三个问题，让麦斯钰有些无所适从，她故作轻松地说："范总是正人君子，我不需要担心。"

范总看着麦斯钰，笑了。他算是看出来了，眼前这个小姑娘比自己还固执。他的语气缓和下来，让麦斯钰和秘书联系，准备跟她好好谈谈。

听范总这么说，麦斯钰十分激动，可没想到的是，第二天，她就接到了范总秘书打来的电话，说范总香港临时有事，改日再约。麦斯钰略感不妙，心中突然闪过一个念头，直接买了一张飞机票，跟着范总坐上了去往香港的飞机。

与此同时，华明公司已经乱成了一锅粥。麦斯钰去香港的这几天，欧阳春让小乔制造了一起麦斯钰贪污公款的假象。

财务部负责人姓唐，他负责调查这件事情，可是麦斯钰不见踪影，打电话没人接，打去入住的酒店，也说她已经退房。麦斯钰就如同人间蒸发了一样，给人以携款潜逃的假象。

一时间，公司流言四起，说麦斯钰携款潜逃，把华明公司的钱全部拿走了。作为丈夫的郭永旺更是被推上了风口浪尖，他急得像热锅上的蚂蚁，在办公室里走来走去。他不停地拨打麦斯钰的电话，可是得到的结果和唐主管一样——没有人接。

此刻，他担心的不是麦斯钰携款潜逃，而是她真的出了什么事情。

就在华明公司闹得沸沸扬扬的时候，故事的主角麦斯钰却全然不知，她正和范总、香港华宇公司的向总坐在一起，推销华明公司的产品。说起这次的临时会议，连麦斯钰自己也没想到，当时她听秘书说范总有急事，竟然临时做了决定，和范总一起坐飞机来到了香港。

在飞机上，她把预先准备好的合作计划交给范总，范总没想到这个小姑娘居然还能追到飞机上，既无奈，又觉得好笑。他打开合作计划一看，一下便被吸引了。下飞机后，范总带着麦斯钰见到了自己原本要见的华宇公司的向总，于是就有了这次的会议。

会议室内，麦斯钰讲得绘声绘色，两位老总听得很满意，频频点头。介绍完，麦斯钰放下计划书，真诚地问道："范总，向总，你们还有什么问题吗？"

范总看着身边的向总："向总，你怎么看？"

向总没有直接回答，华明的新产品确实有创意，总的来说，符合华宇的项目定位。不过他不想草率决定，所以故意卖了个关子："产品是不错，我回公司商量一下，再作决定。"

范总倒是十分爽快。他对麦斯钰说："麦主管，你今天早上给我的那份合作计划我看了，其中有几个方面很有新意，我很感兴趣。"

麦斯钰十分高兴："范总，既然您感兴趣，那我们就有谈判的余地了？"

范总反问："这份合作计划不像欧阳东江的风格，麦主管，欧阳东江知道吗？"

说起这个，麦斯钰摇头，这份合同是她临时起意，还没有向欧阳东江报告。她告诉范总，回去之后会详细向欧阳总报告。

范总一听就笑了："麦主管，我欣赏你的坦率，华明的尾款我会让财务尽快打到你们公司的账上。至于这份合作计划，先留在我这里，等你回去向欧阳东江报告后我们再谈。"

另一边，欧阳东江下午刚刚坐到办公室，就接到了范总的电话，他没想到，消失的麦斯钰竟是跑到了香港，还带回一笔大买卖。

所有的谣言都在麦斯钰回到公司后戛然而止，她一下从嫌疑人变成了公司的功臣，欧阳春最初的阴谋没有得逞，也不敢再造次。不过，她心中对麦斯钰怨恨的火苗，越烧越旺。

这天，欧阳东江把欧阳春和麦斯钰一起叫到办公室，宣布了公司的一项决议，董事会已经决定，公司副总经理的职位，由她们俩公平竞争。

这是欧阳春曾经的职位，从办公室出来后，她趾高气扬地看着麦斯钰：

“麦斯钰，现在我们是公平竞争的关系，不如我们来做一个约定，你敢不敢跟我赌？”

“赌什么？”麦斯钰表示不解。

欧阳春微微一笑：“竞争副总，失败的那个主动离开公司，怎么样？”麦斯钰听后，有些震惊。

欧阳春一副居高临下的模样：“麦斯钰，说跟你争是看得起你。你没来华明前我就是副总，现在重回副总职位只是拿回我应得的。”

麦斯钰看着欧阳春，她不理解欧阳春到底为什么这么讨厌自己，她再次声明：“欧阳主管，我来华明没有任何企图，只想努力做好自己的工作。”

欧阳春却不以为然：“你少在我面前装单纯了，你就是仗着我叔叔欣赏你。麦斯钰，你太高估自己了，我一定会让你离开华明的。”欧阳春的眼神中充满了坚定与凶狠，说完，她扬长而去。

第六章

一

2003年12月23日下午，国家旅游局局长何光昕和澳门社会文化司司长崔世安共同代表签署了《加强内地与澳门更紧密旅游合作协议书》，这份协议书的签署，释放了一个信号，澳门旅游局今后将全面加强与各省、市、自治区的旅游合作，务求达致互惠互利的局面。

洪俊杰成为这份协议的第一批受益者。自从澳门回归后，他的旅行社生意越来越好，一路风生水起。最近，他又在珠海开了分社，真是赚钱赚到手软。为了庆祝珠海分社的成立，洪俊杰特地找了珠海当地一家五星级大酒店举办庆典。酒店的装修非常豪华、气派，富丽堂皇的大厅，优雅舒适的包厢，身穿统一服饰的服务员把每个餐具擦得能当镜子用。

刚刚落座，麦斯莲就伸出手来，手上一个明晃晃的钻戒闪闪发光。看姐姐颇有炫耀之意，麦斯钰也顺势成人之美："大姐，这戒指真漂亮。"

麦斯莲满脸得意："俊杰送我的。"

麦斯钰看着姐姐幸福的笑容，心里开心，故意表现得很羡慕："姐夫好浪漫啊。"洪俊杰被说得不好意思，谦虚道："一个戒指而已，你姐喜欢就好。"

麦斯莲言归正传："俊杰，你赶紧说说，你去参加旅游局的推介会有什么收获？"说起这个，洪俊杰侃侃而谈："阿钰，你们也看了新闻，国家旅游局和澳门社会文化司签的这个合作协议，对澳门的旅游业真的是重大利好。协议上说，今后内地和澳门会继续出台措施，推动两地旅游往来，吸引更多的海外游客。阿钰，之前你向我建议来内地开分社，现在证明真是有前瞻性的决定。”

麦斯钰也很兴奋：“梓建给我的信里也提到了，他一直关注澳门的新闻，还问了他们学校经济学的教授。‘一国两制’，国家支持澳门的全方位发展，以后澳门会迎来更多的利好政策。”

一旁的郭永旺笑容僵在脸上，满嘴醋意：“黄梓建经常给你写信啊？”对于黄梓建，郭永旺一直有些难以释怀，麦斯钰却懒得搭理他。她从自己的包里拿出一张名片，递给洪俊杰，说：“姐夫，我有个内地的客户想趁农历新春的机会去澳门，我向他推荐了你的旅行社。”

洪俊杰看着名片，很高兴，拍着胸脯说：“交给我你就放心吧，保证让你的朋友满意。”

晚上，麦斯钰靠在床上看书。郭永旺洗漱完，钻进被窝，感慨道：“半年前姐夫的旅行社还因为‘非典’的冲击半死不活，没想到才这么几个月，就大不一样了。”

麦斯钰不以为然：“国家的政策好，当然不一样了！”

郭永旺看似无意地说道：“今天吃饭那家，随便一个菜都是三位数，看来姐夫是真发财了。”麦斯钰一直在看书，没有多想。不过，一旁的郭永旺心里暗暗盘算着什么。

这天，麦斯钰像往常一样，关掉了办公室的灯，准备下班回家。她前脚刚走，一个身影就鬼鬼祟祟地溜进了她的办公室。来人似乎有些紧张，蹑手蹑脚地走到麦斯钰的办公桌前，接着拿出一个手电筒，在办公桌上翻找起来。这时，来人注意到有一个抽屉没有关紧，便打开抽屉，很快找到了一份重要材料，脸上露出欣喜的笑容。

这时，办公室的灯被突然打开，几乎同时，麦斯钰的声音传来：“小乔。”

小乔的笑容僵在脸上，一抬头，麦斯钰已经站在了她面前。她无比震惊，手里的材料掉了一地，惊呼道：“麦主管！”

麦斯钰走过去，弯腰捡起地上的文件，看了看，说：“这是我给广州的范总做的计划书，你找这个干什么？”小乔支支吾吾，半天说不出话。

“是欧阳春叫你干的？”

小乔明显一惊，眼泪一下涌出。

其实，之前的账目问题，麦斯钰就怀疑过小乔，只不过没有证据。最近这段时间，麦斯钰故意把文件放在抽屉里，就是想看看自己身边谁有问题。

看小乔吓得满脸惊恐，麦斯钰心软了：“这件事我不想声张。如果传出去，恐怕没有其他公司敢再用你了，你尽快递交辞职报告吧。”用人不疑，疑人不用，她不再信任小乔了，辞职对小乔来说是最好的安排。

小乔心中有愧，两眼泪汪汪：“麦主管，您别再说了，我会尽快递交辞职报告。”

第二天，麦斯钰拿着小乔的辞职报告敲开了欧阳春办公室的门。

“明人不说暗话，现在没有别人，你不用再藏着掖着，小乔的事我已经知道了。”麦斯钰毫不掩饰地说。

欧阳春虽然心虚，还是强装镇定：“小乔，小乔怎么了？”

“你不用装了，我说什么你心里清楚。如果告到欧阳总那里，后果是什么，我想你比我更明白。”

欧阳春勃然大怒：“麦斯钰，你威胁我？”

麦斯钰“哼”了一声：“不管你怎么想，这件事情到此为止，但是我想让你知道，我麦斯钰也不是第一天出来上班，已经不是当初那个傻乎乎的乡下丫头了，职场上的这些钩心斗角，如果真的和你争，你未必就是我的对手。”麦斯钰的意思非常清楚，自己今天所取得的成功，并非偶然。

一股压抑不住的怒火冲上欧阳春的心头，她看着眼前的麦斯钰，半天说不出话。这次的计划没有成功，但是欧阳春并未就此打住，她开始进行自己的第二步计划。

几天后，郭永旺突然接到了欧阳春的电话，让他去见几个经销商。这件事原本不是郭永旺负责，他有些犹豫，但是也不敢违背欧阳春的意思，最后只好答应。

一见面，经销商又是端茶，又是递水，让郭永旺一时有些不知所措。聊着聊着，经销商突然从包里拿出一个鼓鼓的牛皮纸袋，塞给郭永旺。郭永旺有些好奇，打开一看里面竟是一捆捆的百元大钞。

郭永旺从来没见过这么多现金，惊呆了："这是干什么？"

经销商却一副老练的模样："郭主管，这次全靠您，我们才能以这么低的价格拿到货，以后还请郭主管多照顾我们。"

郭永旺吓得脸都白了。这件事非同小可，要是被查到，那可是要丢饭碗的。他忙把纸袋还给经销商："价格是春总定的，我只是负责出货，这可不敢胡来。"

经销商却似乎见惯了这种场面，又把纸袋推回给郭永旺："这怎么能叫胡来，您放心拿着就是。是春总特意告诉我们，她拿您当自己人，让我们真诚对待。看来春总是有意要栽培您的。"

听对方提到欧阳春，郭永旺有些犹豫，但看着眼前的钱，他还是有些动心，吞吞吐吐地说："那么……下不为例。"

见状，经销商露出笑容："好，有钱大家一起赚。"

郭永旺回到家时已是深夜，麦斯钰还没休息。他醉醺醺地坐到沙发上，一脸的得意相。

麦斯钰帮他脱掉外套，担心地问："你喝酒了？"

郭永旺笑呵呵地说："应酬哪有不喝酒的？少喝了点。"他突然感到胃里一阵阵地往上翻，随手把包放在沙发上，冲向卫生间。

麦斯钰赶忙帮他收拾外套，无意间注意到他的包鼓鼓的，出于好奇，她打开一看，惊呆了。

郭永旺从卫生间出来，看到麦斯钰打开了自己的包，很生气地问："你干什么？"

"你哪来的这么多钱？"

郭永旺把包抢过来，说："不用你管。"

麦斯钰想到下班前郭永旺给自己打电话，说要去见客户，她突然闪过一个念头。“你不会是拿公司回扣了吧？”看郭永旺不出声，麦斯钰肯定了自己的推测，“这钱我们不能要，这是犯罪。”

郭永旺却不以为然：“他们自己送上门的，人家送到嘴边的肥肉，我难道不吃啊？”

“你收这种钱，不怕被华明查出来吗？”

郭永旺表现淡然：“现在但凡手里有点权力的，谁不给自己谋利，哪那么容易出事。”

麦斯钰正色道：“我不管别人怎么做，你是我丈夫，就不能这么做。你把钱退回去，这件事就当没发生过，下不为例。”

看到麦斯钰坚持的表情，郭永旺很生气：“好！”说完，他摔门离开。

但是郭永旺并没有听麦斯钰的话把钱还回去，只是他没想到，几天后还真出事了。欧阳春以郭永旺低价出货、索要回扣为由，撤销了他副主管的职位。直到接到人事的电话，郭永旺才明白过来，一切都是欧阳春设的局。他把所有的怒火都发泄到了麦斯钰的身上：“现在你满意了？要不是你跟欧阳春闹得这么僵，她怎么会针对我？都怪你不会做人连累了我。”

麦斯钰无语，这件事明明就是郭永旺自己的错，如果他不拿那些回扣，欧阳春也不可能抓住把柄，看着他不知悔过的样子，麦斯钰真的有些生气了：“你这是胡搅蛮缠，自己做错了还不承认。”

郭永旺气急败坏，却给自己找理由：“华明这么多人，占公司便宜的又不是只有我自己，欧阳春为什么单单针对我？还不是怪你！”说完，他一气之下，再次摔门离开。

夜已经深了，郭永旺迟迟未归，麦斯钰有些担心。这时，门外传来声音，喝得醉醺醺的郭永旺晃晃悠悠地从外面进来。

麦斯钰听到开门声，既心疼，又带着些埋怨：“你怎么才回来？”

郭永旺依旧拉着脸。“我在华明待不下去了，决定出来自己单干，现在需要你表个态，支持我。”看麦斯钰一脸的疑惑，郭永旺用已经有些迷离的眼神看着她，“你辞职，我们一起创业。”

麦斯钰一脸惊愕地看着他，一时不知该说什么。从麦斯钰的犹豫中，郭永旺已经猜到了妻子的答案，他有些失望，但又似乎在意料之中："麦斯钰，我问你，是给人打工强还是自己做老板强？你没看姐夫的生意多好，赚了多少钱啊。我们要是自己干不比他差。"

知道郭永旺此刻正在气头上，麦斯钰耐心地向他解释："我从澳门出来，是欧阳总给了我机会。我现在会的这些都是欧阳总教我的，做人不能忘恩负义。"

郭永旺却不以为然，不屑道："你真以为欧阳东江器重你啊？他就是利用你赚钱，你还真拿自己当个人物了！你以为你在欧阳家算老几啊？"

麦斯钰没想到自己在丈夫心中居然是这种形象，她不想再谈下去了："你喝醉了，满嘴胡话，等你清醒了我们再谈吧。"说完，她转身进屋。郭永旺看着妻子的背影，心凉了半截。

二

整整一天，麦斯钰都有些心神不宁，她的脑子里一直闪过郭永旺的话。下班后，刚出公司大门，她就遇上了范总。范总来珠海办事，顺道来看看麦斯钰。

麦斯钰也没想那么多，就上了范总的车。两人交谈了二十多分钟，麦斯钰还有其他事情，匆匆告别之后，二人相约下次广州见。麦斯钰前脚刚走，郭永旺就走到范总面前，自我介绍道："范总，我叫郭永旺，是麦斯钰的丈夫。有些话麦斯钰不好意思当面跟您谈，由我来说吧。"

范总原本以为郭永旺是个骗子，直到他拿出了和麦斯钰的合影，这才相信。二人找了一间咖啡厅，一落座，郭永旺就直接说明了自己的来意："我和阿钰准备离开华明，自己创业，希望范总的项目能考虑我们的新公司……"范总听后，一脸的疑惑。

一天后，欧阳东江以及华明灯饰公司所有股东的邮箱里都收到了两张照片：一张是麦斯钰和范总见面的照片，另一张是郭永旺和范总在咖啡厅的照片。另外还有一封举报信。

欧阳东江看到眼前确凿的证据，眉头皱起。他内心不相信麦斯钰会出卖自己，但是眼前的照片又那么真实，犹如两根针，刺向他的双眼。他知道范总一直对自己有意见，想从他身边挖人，这并不奇怪。商场如战场，击垮敌人最快的方法，就是砍掉敌人的左右手。

这已经不仅仅是欧阳东江和麦斯钰两个人之间的事，麦斯钰作为公司的中层，掌握着公司太多的机密，一旦泄露，会对华明造成严重的危害。欧阳春要求召开董事会，给欧阳东江施压。

麦斯钰莫名其妙被叫来开会，看到照片，她十分吃惊，隐隐地感到一丝不安。

“阿钰，这些照片你怎么解释？你和范总见面谈了什么？”欧阳东江看似不经意地问。

麦斯钰如实回答：“昨天范总来珠海，顺道来看看我。”

一个股东质问道：“你和范总什么关系，他来珠海还特地看你？”一时间股东们议论纷纷，都把矛头指向了麦斯钰。

欧阳春一副看好戏的姿态，问：“麦斯钰你说清楚，你和范总见面，到底说了些什么？”

麦斯钰懒得理欧阳春。她看着欧阳东江，问道：“欧阳总，到底出什么事了？”

欧阳东江把照片和举报信都摆到麦斯钰面前。“今天早上，大家收到一封举报信，举报你挖华明的客户。”他犹豫了一下，“阿钰，你是不是准备离开华明，和郭永旺开公司？”

欧阳春在一旁添油加醋地说：“郭永旺被撤职，心生不满，报复我们，麦斯钰是他老婆，当然站他的队。麦斯钰，你还有什么好说的？”

麦斯钰百口莫辩。她平静了好一会儿，对在场的人说：“我可以对欧阳总、对华明的每一位股东保证，我没有做对不起华明的事。”说完，麦斯钰不再解释，转身离开。

夜里，麦斯钰一个人坐在阳台上，看着夜空发呆。

她从没想过要离开华明：一来，欧阳东江是自己的恩师，她之所以走上这条路，也是因为他；二来，麦斯钰觉得华明公司的发展平台很符合自己对未来事业的定位。

这时，客厅的电视里播放着采访洪俊杰的新闻。洪俊杰面对记者的镜头，自信地说："CEPA（《关于建立更紧密经贸关系的安排》）的实施，向澳门人打开了内地的大门。我们有期待，也有顾虑，澳门企业不理解内地的经营模式，需要一个适应期。我作为澳门人，更希望内地和澳门的主管机构和行业协会能提供沟通平台，消除分歧，减少误会，令内地和澳门的企业在合作中健康成长。"

麦斯钰看着电视画面，心想，也许真的到了该离开的时候了。

第二天一大早，麦斯钰就向欧阳东江递交了自己的辞职报告。

欧阳东江对此非常惊讶。其实昨天晚上他已经想好，他愿意相信麦斯钰，可是没想到她居然会主动辞职。他问道："阿钰，你决定了吗？"

"是的，欧阳总。"麦斯钰语气坚决。

失去麦斯钰对欧阳东江来说，绝对是损失了一员大将，他挽留道："阿钰，你一个人从澳门来珠海打拼，一步步走过来，经历了多少不容易，我全都看在眼里。之前让你和欧阳春竞争副总这个职位，其实我心里更偏向于让你坐这个位子。"欧阳东江的意思很明显，他希望能用副总的位置留住麦斯钰。

对于欧阳东江的挽留，麦斯钰充满了感激，可她已经下定了决心："欧阳总，我出去做灯饰这一行，未来和华明也许会形成竞争关系，但我保证不会用不正当的手段和华明竞争。"

欧阳东江看出麦斯钰去意已决，知道再勉强也无济于事。他重重地叹了一口气："如果你以后遇到了困难，华明的大门还是向你敞开的。"听着欧阳东江的话，麦斯钰的眼眶红了。

就这样，麦斯钰离开了自己人生中第一份真正的工作，开始了一段新的征程。

很快，麦斯钰和郭永旺的灯饰店就在澳门开张了。灯饰店用郭永旺的名字命名，挂牌那天，麦斯莲、雷梨花都来了。麦斯钰辞职后，雷梨花和麦斯莲也相继辞了职，准备跟着她干。

自从开始准备开店以来，麦斯钰和郭永旺的分歧越来越多。郭永旺想把店铺开在珠海，毕竟各方面都熟悉。麦斯钰却坚持要把店铺开在澳门。她认为，澳门开放的视角和时尚气息，可以给灯饰设计注入更多的国际元素，长远看肯定是有利的。另外，关于产品的定位问题，他们也发生了激烈的冲突。麦斯钰把目光定位在高端市场，但是郭永旺持反对意见，根据他多年的经验，中低端产品比较容易打开市场。

最后郭永旺妥协了，他答应给麦斯钰两个月的时间，如果她能在即将举行的珠海灯饰展销会上拿到足够数量的订单，他就听麦斯钰的，走高端路线。

没有了郭永旺的阻碍，麦斯钰干得越发起劲，她动用自己曾经的人脉关系，在展销会定了一个展台，用来推销永旺灯饰的产品。但是，因为他们是新公司，而且产品的品种比较少，最后只得到了一个最角落、面积最小的展台。

展销会当天，参观的人非常多，不过大多纷纷在大的展台前驻足，根本没有人注意到永旺灯饰的展台。

麦斯钰和雷梨花在永旺灯饰展台前，看着客人们来来往往，却无人停下关注他们的灯饰，二人十分着急。麦斯钰临时起意，拿起一沓宣传资料，朝人流量密集的地方走过去。她走到老板们面前，主动自我介绍："几位老板，你们好，我是永旺灯饰的经理，麦斯钰。"

老板们接过麦斯钰递过来的名片，一副不感兴趣的模样。

麦斯钰连忙解释："永旺灯饰是新品牌，正在拓展市场，如果你们现在和永旺合作，能拿到最优惠的价格，你们可以到我们的展台那里去看看样品。"

老板们跟着麦斯钰走到永旺灯饰的展台前，雷梨花见拉来了客人，热情招呼："这些都是我们最新的产品，很时尚的，你们随便看。"

老板们看着永旺灯饰的样品，纷纷拿起来观察灯的细节和质量。

一个老板问道："样子是挺新颖的，价格怎么样？"

麦斯钰赶紧拿出一份报价单，递上去。老板们看过报价单，纷纷摇头，都表示太贵了。说着，一行人放下永旺的样品，走开了。

雷梨花急了。“老板，别走啊，你们再看看，我们的灯价格好，质量更好啊。”可是老板们已经走远了，这下雷梨花泄了气，“他们都嫌贵，我们的灯是不是真的太贵了？”

麦斯钰的眉头皱了起来，在华明的时候，同等质量的灯，比他们的价位还要高出百分之二十，可是经销商从来没有对价格有疑问。她明白，这是品牌的力量，几十年树立起来的信誉比什么都值钱。她缓缓对雷梨花说道：“也许是我之前太乐观了，一个新品牌想开拓市场，真的不是这么简单。”

郭永旺突然从旁边冒了出来。原来他一早就来到了展销会，只不过没露面，而是一直在一旁关注着麦斯钰展柜的状况。看到老板们走了，郭永旺心中窃喜，得意地说：“我早就说过，你把产品定位拔得太高，行不通，现在信了吧？”

麦斯钰看到郭永旺一副胜券在握的模样，嘴硬道：“我觉得不是我的定位有问题，而是时间问题，高品质的灯肯定是会得到市场认可的，只是时间上没那么快。”

郭永旺看着麦斯钰，得意之色渐渐染上眉梢：“之前你说过两个月的时间，拿订单说话，我给你时间了，现在要反悔吗？”

见麦斯钰不说话，郭永旺心中窃喜。他看着雷梨花。“梨花，你说永旺灯饰现在最重要的是什么？”看雷梨花一脸好奇，郭永旺说道，“当然是拿到足够的订单，活下去。如果连水电物业都交不起了，只能卷铺盖滚蛋，还奢谈什么品质呢？”

麦斯钰一听就不乐意了：“你不能因为一次展销会没打开局面就这么偏激。”

“你说我偏激，难道你不偏激吗？现在的现实是，你的灯打不开市场。”郭永旺也坚持着自己的看法。

“再给我几个月时间。”麦斯钰恳求道。

“我等不起。”说着，郭永旺拿出一沓账单，“你看看，全是催账单，水电物业、材料费、人工费，哪样都不是小数目。没有订单进账，我们拿什么交费？”麦斯钰看着一张张账单，心有不甘。

三

街道上人来人往，永旺灯饰门口挂着“全场灯饰买一送一”的横幅。郭永旺站在门口拿着喇叭招揽顾客：“各位大哥大姐、兄弟姐妹，走过路过，千万不要错过，永旺灯饰年中大促销，全场买一送一，跳楼大甩卖了！”很多路人被吸引，纷纷聚集到店铺门口。

不一会儿的工夫，店铺就被围了个水泄不通，雷梨花和麦斯莲给客人介绍产品，忙得不可开交。郭永旺看着店铺内人气大增，沾沾自喜。

这时，麦斯钰走进店里，发现曾经的灯饰都被撤了下去，转而换上的全是一些品质很低劣的产品。这时，一个老大爷走到她身边，拿起一个灯看着。麦斯钰对老大爷说：“大爷，换个别的吧。”

老大爷却毫不领情：“这个好，买一送一，我就喜欢这个。”

麦斯钰刚要开口说话，郭永旺赶紧过去把她拉到一边：“你干什么呢？”

麦斯钰的脸色都变了，质问道：“这个灯的材料怎么跟我之前选购的不一样？”

郭永旺把灯从麦斯钰手中拿过来，放回原处，说：“你就别管了。”

“不行，我现在就打电话给材料商。材料不对，他们怎么能以次充好呢？”说着，麦斯钰拨通了电话。

郭永旺一把夺过手机，直接给挂了：“别打了，阿钰，材料没错，这批材料是我订的。”

“你订的，什么时候订的？我怎么不知道？”

郭永旺解释说：“你选的那些材料太贵了，再搞促销，我们可就赔大了。”

麦斯钰感到失望，转身看到旁边的一个箱子上印着“赠品”字样，她走过去，拿起箱子里的一个灯，怒斥道：“这样的灯跟外面那些地摊货有什么区别？”

郭永旺低声反驳：“这个灯本来就是免费送的，免费的东西还要什么质量？”

麦斯钰质疑道：“你这么做，不是坑人吗？”

郭永旺却不以为然。“我搞促销，免费送灯，他们本来就是贪便宜，都知道便宜没好货了，这样的灯白送就是他们赚了。再说大众路线，中低端市场就是这样，你以为像华明一样卖高端品牌啊。”郭永旺的语气也不太好，“你要是不习惯，就回家休息几天。”

麦斯钰根本无法赞同他的想法：“你这样做，永旺的牌子永远打不出去了。”

忙碌的一天结束了，雷梨花和麦斯莲在柜台清算账目，清点抽屉里的现金，二人数钱数到手软。麦斯莲看着郭永旺，激动道：“永旺，还是你行，这个月的营业额比上个月翻了两番。”

雷梨花也很激动：“郭总一出手，现在我和大姐每天数钱数到手软了。”

这时，麦斯钰从里面走了出来：“郭永旺，我想跟你谈谈。”

她朝里面的办公室走去，郭永旺跟过去。

郭永旺一脸得意：“阿钰，听见没有？这个月营业额翻了两番。现在你信了吧，打开市场还是得听我的。”

麦斯钰却感到极度失望：“我今天去了一趟仓库，发现材料全被你换了，换成了质量不好的。你薄利多销没有错，但这样下去会出问题的。”

郭永旺无法理解为什么麦斯钰总是给自己泼冷水，在大家都高兴的时候说这些扫兴的话：“这个月公司利润增长了好几倍，人人有钱拿，你看大姐和梨花多开心啊。”

麦斯钰依然坚持自己的态度：“这个月是赚了钱，那下个月、明年、后年呢？产品质量不行，客人上了一次当，还会来第二次吗？”

郭永旺听她这么说，很不高兴：“什么上当？你把我说成什么人了？我卖灯给他们，没偷没抢，是他们自愿，是他们自己贪便宜。”

看着郭永旺满脑子只有钱的样子，麦斯钰极为苦恼：“以前我们在华明，对产品质量把关很严格。”

一说起华明，郭永旺更气了：“你以后不要再提华明。现在我们出来了，不在华明了，情况当然不一样了！”

“有什么不一样？华明做灯，我们也做灯，对质量的把控是一样的。”

郭永旺看着她一脸的天真相，哭笑不得：“华明是一线品牌，跟路边摊能一个档次吗？麦斯钰，你还想不想赚钱？”

“赚钱当然重要，可也不能只认钱啊。”

郭永旺指着麦斯莲和雷梨花：“我们每天起早贪黑，拼死拼活，为的什么，服务社会啊？”

这下，麦斯钰不说话了。郭永旺看着她，也气得说不出话来，转身核对账目去了。麦斯钰看着他的背影，突然感觉很陌生。

两个人就这么怄气好几天，谁也不理谁，弄得店里的气氛很尴尬。最后还是郭永旺先低头，他也知道换灯具材料这件事情上自己理亏，便首先认错说：“阿钰，之前是我不对，不该冲你发火，你别再生气了。”

麦斯钰还是一副冷面孔：“我没有生气，私下我们是夫妻，但来到公司，就是同事，公事公办，应该的。”

郭永旺觉得她的样子很可爱，笑道：“还说没有生气，从昨天到现在，你就没给过我一个笑脸。”

麦斯钰看着他一副笑呵呵的样子，心里更气了，提高了声音：“我没有心情笑！郭总，还有别的事吗？”

郭永旺放低姿态，讨好道：“阿钰，别这样好不好，我努力赚钱，也是为了我们的家。我们结了婚，以后还会有孩子，我当然想给你们更好的物质条件。”麦斯钰依旧不为所动。

郭永旺最后使出撒手锏：“我答应你，现在的策略只是暂时的，等公司情况好一点，有了钱，我一定让你去做高端产品，好不好？”

麦斯钰一听，眼睛立即亮了起来：“真的？”

“当然是真的，我什么时候对你说过假话？”

麦斯钰看着郭永旺，还是有些信不过他："你保证！"

郭永旺也像个孩子似的，举起右手："我保证。"

麦斯钰看到他这副样子，气终于消了，夫妻重归于好。

离开华明之后，麦斯钰很少用到在华明积攒的人脉关系，除了一个人：广东省委政策研究室的主任李国强。

李国强是欧阳东江的好友，之前和麦斯钰有过几面之缘，对她很是欣赏。这天，李国强主动联系麦斯钰，告诉了她一个好消息，广东省委提出要将横琴设立为"泛珠三角横琴经济合作区"，消息一经发出，横琴开发区的领导都鼓足了干劲，准备努力抓好横琴的基础设施建设，什么都计划得差不多了，但因为资金有限，南部旅游区的路灯项目迟迟没有定下来。

麦斯钰听到这个消息后，激动得几天没睡着。横琴的路灯项目工程不小，而且是市政府的工程，这是他们打出品牌的绝佳机会。

她把做好的标书拿给郭永旺看，郭永旺在计算机上计算了一番，质疑道："按你这一套算下来，我们根本不赚钱啊。"

麦斯钰解释说："按这个价格确实赚得很少，但如果中标，这将是我们做的第一笔大单子，赚钱是其次，能打出好的口碑，只要不赔钱就是赚。"

郭永旺不以为然："商人逐利，你没必要这么实诚，更改几个小的数字，我们的利润空间就出来了。"

对于这件事，麦斯钰却格外坚持："不能改，改了质量就不过关了。"

郭永旺不理解麦斯钰坚持的是什么，在他看来，在商言商，商人有利可图，这是天经地义的事情："质量只要达标就行，你所谓的过关是你自己的标准。要求太高，价格就高，怎么可能中标？"

麦斯钰十分坚决，告诉郭永旺，这份标书她改不了。

郭永旺拿过标书："这份标书我来改，你别管了。"他拿起笔，随手在标书上改动了几个数字。

麦斯钰看不惯："你这样改，我不知道接下来该怎么办！"

郭永旺却振振有词：“做生意就是这样，谁有本事把别人口袋里的钱装进自己的口袋，谁就是赢家。”

四

麦斯钰做梦也没有想到，几天后，她竟收到了这次的招标负责人吴主任退回的银行卡。这个吴主任麦斯钰之前接触过几次，是一个刚正不阿的人，二人也算投缘，经过几次合作，有了一些交情。吴主任把卡退给麦斯钰的时候，也没多说什么，只说这卡是麦斯莲给的，拜托麦斯钰把卡退回给她。麦斯钰知道吴主任是给自己留着面子呢。解释肯定是解释不清了，她满怀愤怒，带着卡回到店铺。

“大姐，你糊涂！”麦斯钰把银行卡扔到麦斯莲面前。

麦斯莲心里一惊，表面却故意装傻：“阿钰，这是？”

“这是吴主任退给我的。你这么做是犯法的，要吃官司、坐牢的。”

麦斯莲不以为然：“阿钰，做生意不是什么都摆在明面上的，我们不给别人一点好处，怎么能办成事呢？”

麦斯钰见姐姐完全没有知错的样子，更加生气了：“大姐，你这么做，要换了是别人，我早开除他了。”

麦斯莲震惊了，呆呆地站在原地，半天说不出话。满满的委屈涌上心头，为了支持麦斯钰，自己从华明辞职，跟着她创业。永旺灯饰开业之后，她兢兢业业，尽心尽力地帮着打理店铺，现在就因为一张银行卡，麦斯钰竟然要辞退她。想到这里，一股怒火从她心底燃烧起来，麦斯莲毫不客气地说：“你要开除我？好啊，麦斯钰，你现在做老板了，还真是六亲不认了。好，不用你开除，我自己走。”

看着麦斯莲离开的背影，麦斯钰心里有一种说不清的感觉。她知道，仅凭姐姐，根本就不会想到贿赂这回事。她找到幕后主谋，直接把卡扔到了他面前：“你有这些钱，倒不如多买些好材料，用在正道上。”

郭永旺看着卡，没想到竟然没送出去，但是嘴上并不服输：“羊毛出在羊身上，照我说的做，我们不会少赚。”

麦斯钰真的觉得和郭永旺说不通，一气之下，她摔门走出店铺。

皓月当空，街上依旧灯火辉煌。麦斯钰打开手里已经被郭永旺修改得乱七八糟的标书，眼看截止日期就要到了，她双眼红肿，清秀的脸上浮现出绝望的神色。

她抬起头，看着街道上五光十色的霓虹灯照亮整个城市，每一盏灯都争奇斗艳，绽放着自己的光彩，但是其中没有一盏是永旺灯饰的。麦斯钰又看看手上的标书，这是让永旺灯饰打开市场的头一炮，她不能放弃。思前想后，一个名字进入她的脑海。

石学举看到麦斯钰大半夜站在自己家门口的时候，很是震惊。得知她的来意，他没有推托，赶忙帮着忙活起来，一边翻看标书一边随手标记做出更改。

麦斯钰坐在一旁，一脸紧张：“有没有考虑不周全的地方？还有，这笔账我算得对不对？”

石学举算了一会儿，疑惑道：“这样算下来，这个项目根本不赚钱啊。”

麦斯钰点头：“是不赚钱。公司现在最重要的不是赚钱，而是在市场上站住脚。”

石学举点点头：“你说的有道理，目光短浅，只重眼前利益是走不远的。”

看到石学举的支持，又想到丈夫郭永旺，麦斯钰叹道：“郭永旺如果能像你这么想就好了。”

“郭永旺和你产生了分歧？”

“所以我才晚上过来让你和我一起加班，如果让郭永旺知道了，他肯定不同意。”

石学举摇摇头，之前在华明他就看出来了，郭永旺这个人太重利：“有时候我都奇怪，你们俩的价值观根本不一样，怎么就成了夫妻？”麦斯钰听着他的话，一脸苦笑。

开标的日子，麦斯钰和郭永旺早早来到了开标现场。麦斯钰显得有些紧张，最后吴主任宣布：“经过几轮筛选，现在我宣布，中标的企业是永旺灯饰。”

麦斯钰和郭永旺激动不已，吴主任走过来和他们握手。郭永旺说道：“吴主任，您放心，我们一定好好干，不会让领导失望。”

吴主任赞赏道：“经过这么多家企业的对比，你们永旺灯饰的质量标准高，价格却适中，很难得。好好干，我看好你们。”

按照程序，几天后，吴主任和主要负责人来到了永旺灯饰店铺考察灯饰样品。

麦斯钰向大家一一做着介绍。突然，几个人冲进店铺，气势汹汹地喊道：“老板呢？我们找老板。”

几个人来的时候带着一个蛇皮袋，他们把蛇皮袋打开，放到麦斯钰面前，质问道：“老板，你们卖的灯是次品，才用了几天就坏了，根本就是骗人。”

吴主任等人面面相觑。郭永旺听到动静，从里面走了出来：“怎么回事？”客人看见郭永旺，一下冲到他面前：“就是你卖给我们的灯，都是次品。”

郭永旺看着地上的灯，有点心虚，不过还是嘴硬道：“我卖给你们的时候可是好好的，一点问题都没有。”

一个客人不乐意了：“老板，你要是这么说，那就别怪我们动手了。”说着，几个人纷纷上前拿摆在货架上的灯。麦斯钰终于忍无可忍，拿着锤子走到蛇皮袋前，抡起锤子把里面的灯砸碎了。这下不光郭永旺、吴主任、雷梨花，其他客人也都震惊了。

麦斯钰一下一下地砸下去，一盏又一盏灯被砸碎。她一下接一下地砸着，每一下砸下去，都像在她的心上戳了一下，她既心疼又愤怒，既伤心又失望。

全部砸完之后，麦斯钰气喘吁吁地放下锤子，向客人们保证：“这些灯当初你们花多少钱买的，我照价赔偿。我麦斯钰今天在这里承诺，我们永旺灯饰卖出去的灯，不能有一个残次品。”她看向雷梨花：“梨花，带他们去领钱。”雷梨花赶忙走到柜台前，打开抽屉，拿出钱来。

一旁的郭永旺不高兴地埋怨道："他们是故意找碴儿，你这么容易就答应赔钱，人家肯定欺软怕硬了。"

麦斯钰却十分冷静："你的灯质量怎么样，你比谁都清楚。今天只是几盏坏灯，赔钱就行了。如果哪天因为这样的灯引起安全事故，就不是赔钱这么简单了。"

几个客人从雷梨花那里领到了钱，走了。麦斯钰看着一地狼藉的灯，心彻底凉了。

这时，吴主任走过来。麦斯钰赶忙收起情绪，一脸愧疚："吴主任，不好意思，让您见笑了。"

吴主任却感慨道："麦总，你今天的做法，让我大开眼界。想不到你们这样一个名不见经传的小企业，会有这样的决心。"

得到了吴主任的理解，麦斯钰内心暖暖的："吴主任，对灯饰企业来说，质量问题关系生存，非黑即白，没有中间地带。永旺灯饰卖出去的灯出了问题，是搬起石头砸自己的脚。如果你们因为这件事取消合作，吴主任，我无话可说。"

如果说之前吴主任还对永旺灯饰有些犹豫，看到刚刚那一幕，他反倒觉得这次的选择是正确的。他笑着说："我们签了合同，白纸黑字，这件事已经定下来了。我把工程交给你，如果有一个不合格的产品，我唯你是问。"

麦斯钰感动得眼泪都快下来了，她今天当着吴主任的面把这些残次品砸烂，就是向他表明自己的决心。她向吴主任保证，永旺灯饰会对卖出去的每一盏灯负责到底，就算赔钱，横琴的工程也绝不会因为质量问题出错。

五

几个月后的一个晚上，夜幕已经拉开，几颗星星懒洋洋地挂在天上。横琴的街道上也是黑漆漆的，突然，道路两旁的路灯同时亮起，一片灯火辉煌，宛如白昼。

麦斯钰、雷梨花和吴主任站在路灯下，检测着最后一批路灯的质量。吴主任对这次的工程十分满意，赞许有加。

项目终于完成了，麦斯钰心情大好，准备回家和郭永旺庆祝一番。

一回到家，她就看到郭永旺躺靠在沙发上，满脸不悦。她一边换拖鞋一边问："今天横琴的路灯工程验收，你为什么没来？"

郭永旺头都没抬："赔本赚吆喝的傻事我不干。我今天去仓库查货了，有件事想问你。"

"什么事？

"仓库那批材料怎么回事？我不记得自己批过这笔款。"

麦斯钰这才想起前几天她批了一笔款子。之前办公司的时候，麦斯钰让郭永旺负责公司的财务，但是那天郭永旺不在，厂子里急着用材料，她只好签字。她没想到对这件事情，郭永旺竟会如此生气。毕竟自己有错在先，麦斯钰半开玩笑地说道："我记住了，下次我一定经过你的批准再签字。好吗，郭总？"

"郭总"两个字对郭永旺来说，还是很受用的，他的气自然消了一大半："我们是夫妻，私底下无所谓，但公事公办，我不希望公司管理混乱。"

"好了，我明白了，财务由你管理。从今天开始，没有你的同意，我无权动用公司资金，可以了吗？"麦斯钰再次做出让步，她只希望这个话题尽快终止。

这时手机响了，麦斯钰接起，说了几句，挂上电话就往外走，郭永旺看着她问道："谁的电话？"

看麦斯钰不回答，郭永旺心头突然涌出一个人的名字：黄梓建。强烈的嫉妒像火一样灼烧着他的心，他狠狠地拉着麦斯钰，不让她出去。麦斯钰挣扎，一不小心，头一下子撞上了旁边的柜子，额头瞬间青紫了一大块。麦斯钰满脸委屈，两眼泪汪汪地夺门而出。

郭永旺猜的不错，麦斯钰确实是去见黄梓健的，一进酒吧，黄梓建就看到了她："阿钰，这里。"

麦斯钰勉强露出笑容："你怎么来了？"

黄梓建解释道："我跟朱教授一起来的。港珠澳大桥正在进行工程可行性研究，朱教授作为专家收到邀请来参加会议，带我一起来长长见识。"

麦斯钰听着他的话，有些心不在焉，她下意识地撩了撩头发，无意中露出了额头上青紫的一片伤。

黄梓建一眼就看到了："等会儿，这怎么回事？"

麦斯钰赶紧用头发把额头盖了起来："没什么。"

"你别动，让我看看。"说着，黄梓建撩起麦斯钰的头发，看到她额头上的伤，蹦入他脑海的第一个想法是郭永旺打的。黄梓建顿时火冒三丈，从小到大，他连麦斯钰的一根头发都不曾碰过。

麦斯钰掩饰着说道："没有，我自己不小心撞的。"

"真的？"黄梓建明显不信。

"真的。郭永旺你还不知道吗，他敢跟我动手？"

黄梓建看到麦斯钰的态度，不好再追问下去，但他十分认真地说："阿钰，郭永旺要是敢欺负你，我饶不了他。"

麦斯钰突然感到一阵心酸，眼泪在眼眶里打转，她低下头，不让黄梓建看见。

此时，郭永旺失神地瞪着眼，妒忌的烈火在他胸中延烧，他冲过去，怒喊一声："麦斯钰！"还没等麦斯钰和黄梓建反应过来，黄梓建已经被郭永旺一把推开，他质问道，"麦斯钰，你一个已婚妇女，大半夜的不回家，在这里跟别的男人拉拉扯扯，你想干什么？"

看到郭永旺，麦斯钰也震惊了，她不想在黄梓建面前争吵，上前拉住郭永旺："有什么事我们回家说，别在这里吵。"

郭永旺不依不饶。"你嫌丢人，你还知道丢人？我老婆背着我在外面约会别的男人，我都不怕丢人，你怕什么？"郭永旺拉着麦斯钰，"咱们今天把话说清楚，到底谁是你老公，你心里到底装着谁？"

他的嚷嚷招来了客人们异样的目光，麦斯钰感到十分难堪。

一直没出声的黄梓建终于忍不了了:“郭永旺，你说什么呢？别血口喷人!”

郭永旺怒视着他:“你们俩什么关系啊？你是她什么人啊？”

郭永旺死死拉着麦斯钰的胳膊，麦斯钰挣扎，却没法挣脱。黄梓建见麦斯钰被扯得露出痛苦的表情，忍无可忍，抡起拳头一拳打在郭永旺的脸上。郭永旺的嘴角出血，他擦了一把，急了眼，一头撞向黄梓建，二人扭打在一起。

一出闹剧，因为警察的到来才结束。黄梓建看着麦斯钰，觉得她过得并不幸福。他想带麦斯钰离开，可是他有什么资格呢？自己现在已经是梁雯的男朋友，不能辜负梁雯对他的情感。

经过这次的事情，麦斯钰被郭永旺彻底伤透了心，她开始好好考虑自己和郭永旺之间的感情了。

麦斯钰离开华明之后，就再也没和范总联系过，因为范总是华明的客户，加上之前照片的事情，麦斯钰有意避嫌。没想到，范总竟然主动跟她联系，约她吃饭。

酒店里，舒缓的钢琴曲让谈话的气氛多了几分舒适感。

二人模式化地相互问好后，范总首先开口:“没想到你离开华明，自己做老板了。当初你来找我谈判的时候，我就看出来，你并非池中之物。”

麦斯钰直接问:“范总和华明的项目合作顺利吗？”

范总实话实说:“一期项目已经完工，二期要不要续签合同我还在犹豫。麦总，当初这个项目是你帮华明拿下来的，现在你自立门户了，难道不想挖走我这个客户吗？”

麦斯钰笑了:“范总，您是华明的客户，欧阳董事长对我有知遇之恩，背信弃义的事我不能做。”

范总看着她，十分钦佩。他试探性地问道:“我的项目你不要，别人的项目你要不要？”

麦斯钰有些意外地看着他，范总解释道:“澳门的维加斯酒店，我和他们打过交道，维加斯有个灯饰工程在招标，我可以帮你引荐。”

回到家后，麦斯钰坐在电脑前，搜索维加斯酒店的信息。

维加斯官网上赫然显示着“维加斯国际酒店灯具项目招标公告”的标题。

麦斯钰操作着鼠标，仔细浏览着招标公告的具体内容。

郭永旺走进来：“看什么呢？”

麦斯钰满脸激动：“维加斯准备在澳门再投资一家五星级酒店，灯饰工程正在招标。”

郭永旺走过来，看了看电脑网页上的内容，语气平淡道：“维加斯的工程，华明正在准备竞标资料。”

麦斯钰心中一怔：“是吗，华明也要参与竞标？那我们这次要跟华明正面竞争了。”

郭永旺表示意外：“你想参加维加斯的竞标？我劝你还是放弃吧。不是我给你泼冷水，你现在是被冲昏了头。你好好想想，维加斯那么大的项目，可能选中我们这样的小公司吗？”

麦斯钰却坚持说：“我们公司是小，但维加斯公开竞标，大家公平竞争，去试试，并没有什么损失啊。”

郭永旺瞪大了眼睛，指着电脑屏幕：“怎么没损失？你仔细看看维加斯的招标公告，如果参与竞标，我们不光要准备标书，还要根据他们的要求重新购买相应的设备材料，这可不是一笔小数目。”

麦斯钰又看了看网上维加斯的招标公告，大概计算了一下：“永旺现在的流动资金，应该可以支撑。”

这下郭永旺震惊了，他想麦斯钰这是打算把所有的钱都投进去。之前她接了政府的项目，几乎就没赚钱，加上人力物力，简直赔钱赚吆喝；现在可好，她又想拿现有的钱，去投这个无底洞。郭永旺觉得麦斯钰简直是疯了：“万一没有中标，我们的资金链就断了。以后怎么办？维加斯投资几十亿，多少人盯着这块肥肉，不说别的大公司，就是华明，你竞争得过吗？我们去竞标，就是不自量力，自取其辱。”

麦斯钰却有自己的想法：“投资都是有风险的，你不是想赚钱吗？这个项目可以让你赚钱，为什么不去试试？”

郭永旺瞥了她一眼：“我是想赚钱，但我不会做白日梦。”

这一夜，两个人再没有说一句话。

第七章

一

这天，永旺灯饰的店铺里来了一位特殊的中年客人。这位客人气宇轩昂，举止不凡，一看就不是普通顾客。说他特殊，是因为他走进店里，并没有购买自己需要的灯，而是在几盏灯面前驻足了很久，这几盏恰是店里品质最好的灯。

这位客人看完了店铺内的灯后走到麦斯钰面前，看到她工作牌上的名字，开口道："麦经理，你好，我姓包。"

"包先生，您好！"麦斯钰露出礼貌的笑容。从这位客人进到店里，麦斯钰就一直不动声色地关注着他。

包先生告诉麦斯钰自己目前正在考察一个大项目，本来像他们这样的小店面，他是不会留意的，但刚刚路过的时候，被店里的一款产品吸引了。最后包先生说："能够在你们的店里看到这样高品质的产品，我很惊喜。"

对于包先生的赞美，麦斯钰并没有表现得过度谦虚，自己的产品，她还是很有自信的。她直言道："您说的没错，永旺灯饰只是一个小牌子，在某些方面是没有办法和大品牌比，但这并不代表我们比大品牌差。永旺从小做大，只是时间问题，而且我很自信我的设计不比任何大品牌逊色。"

像麦斯钰这么自信的商人，包先生见过不少，不过如此小的店铺却能有这种自信的，麦斯钰还是第一个。他指着自己看中的灯具："我可以见见这几款灯饰产品的设计师吗？"

麦斯钰看了看他指的那几款灯饰，说道："包先生，这几款产品是我设计的。"

包先生不禁一惊，心说真是人不可貌相啊。他坦言道："麦经理，我这个人是最不喜欢别人走小道的，因为我认为世界上没有捷径可走，所以前几天广州的范总向我推荐你的时候，我真的没抱什么期待，没想到今天你给了我这么大的惊喜。"

麦斯钰一听是范总推荐的，十分意外："您是？"

包先生拿出一张名片，递给她："如果你对我们的项目感兴趣，欢迎你参加竞标，走大道，拿下维加斯的项目。"

麦斯钰低头看着名片，名片上印着"维加斯酒店包成明副总经理"的字样。

临走前，包先生又从包里拿出一张请柬递给麦斯钰，邀请她参加维加斯酒店三十周年庆典的酒会。

酒会现场，宾客云集，这是麦斯钰第一次出席酒会，也是她第一次让更多的人认识永旺灯饰的机会。她特地打扮了一番，穿了一条淡蓝色的裙子，上面镶嵌着五光十色的星星点点，宛如银河在她的身上，飘逸的衣裙与她柔美的身段搭配得非常完美，漂亮而不落俗套。麦斯钰一出场，就引来不少人的目光，其中还包括她的老熟人欧阳春。

麦斯钰离开华明之后，欧阳春如愿恢复了曾经的职位，再次登上华明副总的宝座。麦斯钰偶尔听雷梨花说，少了她，欧阳春在华明更加嚣张跋扈，肆意妄为，无人敢惹。

麦斯钰对欧阳春的事情毫无兴趣，欧阳春过得好，她没觉得嫉妒，欧阳春过得不好，也不可能需要她麦斯钰的帮忙。可以说，她从没把欧阳春列入仇人的行列，曾经在华明是如此，现在自己出来了也是如此。

欧阳春可不这么想。她在人群中看到了麦斯钰，十分意外地问："你怎么来了？"

麦斯钰表现得十分平静："维加斯的项目，我会参与竞标。"

欧阳春满脸不屑："就凭你，也想跟华明争？不自量力！"

麦斯钰没有回应，而是把目光投放在不远处几个西装革履的中年男士身上。

根据她的经验，这些人非富即贵，这种场合，没有几个人是真的来吃饭的，大家的目的都是为了多结交几个朋友，拓展自己的人脉关系网。她走到他们附近，假意挑选菜品，实则侧耳倾听。

中年男人们看似随意地聊着。一个说："港澳自由行刚刚开通一年，来澳门的内地游客已经超过八百万，这些人在澳门的消费不可小视。"

另一个马上接话："国家给了澳门这么多优惠，我们以后要转变思维，该好好思考思考如何与内地更好地合作了。"

最后，站在旁边一直没出声的一个人笑着说："维加斯在这个时候出手，斥巨资兴建新项目，想必也是想借这股东风更进一步吧。"

麦斯钰越听越觉得他们的谈话有意思，鼓起勇气朝他们走过去，主动自我介绍："你们好，我是永旺灯饰的经理麦斯钰。"她边说边把自己的名片一一递上。看着麦斯钰的名片，几人一脸疑惑。

"麦经理，你们永旺灯饰都做过什么项目？产品销往哪些国家啊？"其中一人问道。

麦斯钰坦言："永旺才成立不久，是新品牌，目前正在努力开拓市场。"这些人一听，以为麦斯钰就是个小店铺的老板，有些不屑，直接把她晾在一边，开始了新的话题。麦斯钰十分尴尬。

这时她的身后传来一个声音："小麦，你怎么在这里呀？我找了你好久。"麦斯钰回过头，看到包总正朝着自己走来。

方才的几人也发现了包总，吓了一跳，包总竟然直接叫麦斯钰"小麦"，可见二人的关系不一般，他们马上对麦斯钰露出谄媚的笑容。

其中一个看似无意地问道："没想到包总和这位麦经理很熟。"

包总看了他一眼："当然了，麦总是我邀请的重要客人。"

众人的态度马上转变，纷纷递上自己的名片，谄媚道："麦总，以后常联系。"麦斯钰有些不知所措，连忙接过几个人的名片。

包总把麦斯钰叫到一边，问道："麦总，你说要给我看几份设计样稿，带来了吗？"

这才是麦斯钰此次来的真正目的，她拿出提前画好的灯具的设计图纸，解释道：“包总，我根据维加斯的建筑风格，设计了几款灯，这是初稿，还可以再调整。”

包总看着灯具的设计图纸，表示很满意：“你果然没有让我失望，我希望你能再多设计几款，和你们的标书一起送到维加斯。”

听了包总的话，麦斯钰努力压抑住自己内心的兴奋。

二

酒会结束后，大家纷纷散去，包总和包太太坐在车里，包总突然发现太太的脖子上多了一条珍珠项链，称赞道：“项链很漂亮。”

包太太却有些心神不宁：“你和华明的欧阳春很熟吗？”

对于太太的询问，包总很是意外：“欧阳家的人，你怎么会认识？”

包太太犹豫了片刻，说道：“今天晚上，欧阳春主动接近我，暗示我和她合作，你可以得到不少好处。”包总一听，表情变得严肃起来。

第二天，珍珠项链就到了欧阳东江的办公桌上。欧阳东江看到项链，脸都僵了。他和包总是十几年的老朋友了，可这次，他觉得自己在包总面前丢尽了颜面。他按下电话按键，命令道：“让春总过来一下。”

过了一会儿，欧阳春来到门口敲门：“叔叔，您找我？”

“进来吧，把门关上。”

欧阳春看着欧阳东江的表情，心里直打鼓。她关上门，走到欧阳东江面前，一眼就看到了桌子上的珍珠项链。

“这条项链，阿春，你可以解释吗？”欧阳东江带着质问的语气问道。

欧阳春有些心虚：“叔叔，这是我的个人行为，和公司无关。”

欧阳东江指责道："作为公司副总，你在维加斯酒会上的一举一动都代表华明，你现在说是你的个人行为，不觉得太晚了吗？"

欧阳春却觉得欧阳东江有些大惊小怪，同时也觉得包总太小题大做了："只是一条项链，包总何必不给面子。"

欧阳东江看她完全不知错，怒火一下冲向了脑门："现在是一条项链，明天可能就是一张支票，可以把你送进监狱。包总态度鲜明，如果我再让你继续负责维加斯的项目，华明就会失去这个项目了。"

一听这话，欧阳春顿时慌了神："我去找包总当面解释。"说着，她转身就要走。

"不必了，这件事到此为止。"欧阳东江犹豫片刻，说，"维加斯的项目你不要再参与了。"

欧阳春的脸彻底僵住了，维加斯的项目她已经准备了很长时间，现在说不让自己参与，她不服气。她看着欧阳东江，眼中是抑制不住的怒火。她辛辛苦苦这么多年，才坐到今天的位置，可是欧阳东江一句话就把她给否定了。

欧阳春没再说话，而是生气地摔门而出。欧阳东江也一肚子火无处发泄，维加斯的项目非常重要，公司已经付出了太多的人力物力，不能有任何闪失。他斟酌之后，拨通了欧阳小江的电话，十分严肃地说："小江，不管你现在有多大的事，马上到公司一趟。"

半小时后，欧阳春、欧阳小江以及华明公司的几个负责人都坐在了会议室。

欧阳春拿着一摞材料放到欧阳东江面前，说："维加斯的所有材料。"

欧阳东江直接把材料推到欧阳小江面前，以命令的口吻说："小江，你花两天时间，先把这些材料看透，然后整理一份关于维加斯项目的思路给我。"

欧阳小江满脸的意外："我？"

"没错。"欧阳东江肯定地说，"我已经决定了，这次维加斯的项目由你负责投标。"

这下，换欧阳小江的脸僵住了。

欧阳春没想到欧阳东江竟然会把欧阳小江叫过来。她有错在先，换公司其他人，她也没意见，可是唯独欧阳小江不可以。她缓和了一下自己的情绪："叔叔，小江之前没参与过类似的项目，突然间让他负责这么大的项目，会不会太冒险？"

欧阳春说话时，欧阳小江不停地点头。等欧阳春说完，欧阳小江还是一副吊儿郎当的样子："爸，你一直说我是败家子，只会花钱不会赚钱，这么大的项目交给我，你不怕我乱来吗？"

欧阳东江看着不争气的儿子，严肃地说："项目交给你负责，项目组的其他同事会全力协助你。有他们监督，由不得你乱来。"

看着欧阳小江吊儿郎当的样子，欧阳春心里很不服气。她算是看出来了，无论自己多么努力，为华明付出多少，最终还是为他人做嫁衣，欧阳东江从来没有真正信任过自己。她心里暗暗较劲，准备看看欧阳小江这个花花公子怎么玩转这么大的项目。

欧阳春猜的不错，欧阳小江看到面前堆积如山的资料，简直要崩溃了。

办公室里，所有人都在埋头工作，只有欧阳小江看着一摞摞文件，昏昏欲睡。他看看手表，已经晚上十点多了，接着他偷偷瞄一眼办公室的同事，大家都在认真工作，根本没有要下班的意思。欧阳小江只好装模作样地继续看材料。他看了一会儿，肚子突然发出咕咕的声音，几个同事听到了，忍着笑，也不敢说话。

欧阳小江有些不好意思，最后实在忍不住了，开口问："你们不饿吗？"

一个男同事抬起头，明知故问："欧阳少爷，你饿了？我帮你叫餐。"

欧阳小江站起来，活动了两下，说："坐了一整天，屁股都坐疼了。我跟你们说，这样透支体力是不行的，要学会劳逸结合。我们出去吃饭吧，我请客。"

一个戴眼镜的同事连忙说："董事长吩咐过，今天所有人都要加班。"

这下欧阳小江彻底傻了眼，原来父亲早就安排好了，怪不得这些同事不敢提下班的事情。他想，如果有一天自己当上了华明的董事长，一定先把加班给取消了。他看着堆积如山的资料，吐槽道："这么多工作，哪是一天能做完的。公司付你们一份薪水而已，我爸爸这么压榨你们，你们不懂得反抗啊？"这下，几个同事都乐了。

一个女同事说："欧阳少爷，公司要竞争维加斯这么大的项目，肯定要加班啊，而且拿下了项目，董事长给我们的奖金很丰厚，绝对和我们的付出成正比。"

看着眼前这些人，欧阳小江觉得他们都被父亲给洗脑了，自己必须拯救他们。这么一想，他突然觉得自己像救世主一般。没经过欧阳东江的允许，欧阳小江直接把参与此次项目的人全都叫到了南国酒吧。一进自己的地盘，他瞬间恢复了活力，豪气冲天地宣布："想喝什么随便点，今晚我埋单！"

这些员工，平日里都是在办公室，踏踏实实地工作，哪里见过这种阵势，欧阳小江一起哄，大家也跟着起哄叫好。

一个男同事好奇地问道："欧阳少爷，这就是你那间酒吧？"

"对，你们觉得怎么样？"欧阳小江眼中尽是得意。

几个人环顾四周，发现酒吧的环境很不错，布置得井井有条，不像很多酒吧乌烟瘴气，而且客人很多，如果不是欧阳小江带进来，他们估计连位置都没有。

"酒吧的生意这么好，看来欧阳少爷并不像外面传言的那样。"一个同事原本想巴结巴结欧阳小江，只不过情商不在线，说错了话，引得其他人频频给他使眼色，让他赶快住嘴。

欧阳小江却满不在乎，自嘲道："没事没事，外面怎么传我？说我是纨绔子弟、花花公子、败家子？"

几个同事笑而不语。欧阳小江很淡定，从小这种事情他见得多了，连父亲欧阳东江都觉得他不能成事。他笑着说："没关系，我才不在乎别人怎么说我。"

一个漂亮的女同事说："欧阳少爷，董事长对你寄予厚望，也是一片苦心。"

欧阳小江一听，重重地叹了一口气，心想，没有人愿意被强迫做自己不喜欢的事，欧阳东江喜欢做他的生意，不代表自己就一定要继承这个生意，每个人都有选择的权利。这些话，他并没有说出口。

不过，玩归玩，欧阳小江心里清楚，这次的项目对华明十分重要。他只是爱玩，又不傻，欧阳东江大费周章把他叫到公司肯定不是小事。他专门叫大家出来吃饭，还有个目的，就是表明一下自己的态度。他收起笑脸，露出难得的认真表情："我知道你们很在乎这个项目，你们放心，我不会乱来。我虽然不靠谱，但对朋友仗义。接下来我会和你们一起加班，尽力而为，不拖你们的后腿。好吗？"

说着，他举起酒杯："合作愉快！"

见状，同事们也纷纷举起酒杯和欧阳小江碰杯："谢谢欧阳少爷。"

一回到公司，欧阳小江立马换了一副面孔，所有人也都投入到了紧张的讨论中。

经过整整两天两夜，欧阳小江和项目组的所有同事吃住全在办公室，最后终于完成了欧阳小江人生中的第一份标书。他让其他同事先回家洗漱、吃饭，自己则直接去卫生间刷牙、洗脸。

欧阳小江前脚刚离开办公室，欧阳春后脚就走了进来。欧阳小江没休息这两天，她也几乎没休息，就是等待一个机会。

她来到欧阳小江的电脑前，看到电脑屏幕上"维加斯酒店标书"的文档，脸上露出笑容。她立刻操作鼠标，把标书用邮件的形式发送了出去。

郭永旺是个务实的人，从来没想过天上会有掉馅饼这种好事，可今天，偏偏让他给碰上了。他像往常一样打开邮箱，查看邮件，突然看到一封匿名邮件，标题写着"维加斯酒店标书"。郭永旺起初还好奇，以为是骗子或者恶作剧。认真看过后，他震惊了，迅速浏览着标书里面的内容，赶紧把标书下载到了电脑桌面上。

紧接着，郭永旺打开了华明的标书，在电脑上修改起来，删掉了标书里有关华明的字样，又修改了里面的一些数据。

他把标书打印好，拿给麦斯钰，说："这次去维加斯竞标，我有很多自己的想法，这是我做的标书，你看看。"

郭永旺之前根本不想参与维加斯的项目，现在这么短的时间，居然做出了详尽的标书，简直就是奇迹。她惊讶地问："你做的，你什么时候做的，我怎么不知道？"麦斯钰翻看着标书，越看越惊喜。

郭永旺有些心虚，但极力掩饰："我在华明干了那么多年，灯饰这行比你的经验多多了。你照我这个做，肯定能中标。"

麦斯钰觉得难以置信，但是白纸黑字在她手上。她半信半疑地说："我仔细看看，晚一点过来找你商量。"

晚上，麦斯钰打开办公桌上的电脑，正准备查找资料，一封邮件弹了出来，她点了进去，不小心直接进入了郭永旺的邮箱，看到了他最近的一封邮件，正是华明的标书。麦斯钰打开标书，匆匆浏览里面的内容，发现和郭永旺给自己的那份一模一样，她震惊得说不出话。

麦斯钰一气之下删掉了邮件，把手边的标书撕得粉碎，连夜在自己之前做的标书上重新修改起来……

三

很快就到了开标的日子，华明和永旺从众多的竞标企业中脱颖而出。维加斯的董事觉得他们两家都很出色，很难取舍。

维加斯的董事会上，每位董事面前都放着永旺灯饰和华明灯饰两家公司的标书。这下，董事们犯了难。支持华明的董事认为"华明是几十年的老厂，产品远销海内外，在市场上的信誉一直不错，是大品牌，这次的工程交给它更为稳妥"。支持永旺的董事则认为"永旺的设计风格大胆时尚，给人更多的惊喜；华明的设计风格太过保守，稳妥但创新不足"。

董事们交头接耳，议论纷纷。

包总和董事长交换了一个眼神，建议道："董事长，既然如此，不如大家投票表决。"

可令所有人没想到的是，投票结果还是一半一半。最后董事长决定，让华明和永旺先赶制一批样品出来，通过产品定胜负。

欧阳东江没想到，就在竞标的关键时刻，欧阳小江竟然出事了。原来，欧阳小江带着员工去酒吧那天，和一个漂亮的女员工合照，动作有些亲密，恰好被一个记者看到，结果记者大做文章。一时间，欧阳小江被推上了舆论的风口浪尖。

欧阳东江看着杂志，面色难看。欧阳小江站在一边，解释道："我只是觉得大家压力太大，带他们放松一下，谁知道我喝多后说的话，他们断章取义，明摆着是要搞我。"

"苍蝇不叮没缝的蛋！是你让人抓了把柄。"

这下欧阳小江无话可说。他突然想到了个点子："我能不能发声明澄清？"欧阳小江经常看到明星声明之类的。

欧阳东江摇摇头："现在我们是有嘴说不清，人人都认定你是个败家子，再让你负责维加斯的项目不合适。"

欧阳小江一脸的委屈，这次他真的是被冤枉的："爸，我已经很久没有出去混了，就多喝了两杯，是有人使坏。"

欧阳东江看着欧阳小江诚恳的模样，估计他说的不是假话。他叹了一口气，看着儿子，说："商场如战场，你现在知道厉害了？"

欧阳东江心里明白，欧阳小江的负面消息早不出，晚不出，偏偏在和维加斯做生意的节骨眼出，肯定是被别人给算计了。就当是给他个教训吧，欧阳东江心想。他眉头紧皱，觉得这次维加斯的项目凶多吉少。

很快，欧阳小江登上娱乐杂志封面的消息就传到了维加斯董事们的耳中。维加斯酒店就此事临时召开董事会议，不少董事都对欧阳小江的生活作风问题产生了怀疑，担心如果他接管华明，华明势必要走下坡路，而且现在和华明合作，也是要承担风险的。这下，大家都把目光聚焦到了永旺灯饰上。包总临危受命，特地来到永旺的生产车间，实地考察一下生产情况。

麦斯钰得知这个消息，既惊又喜，带着包总考察车间环境。包总看到几台新设备，惊讶道："这么快就购置了新设备，看来麦总很有诚意。"

麦斯钰坦言："包总，永旺在生产规模上确实不能跟华明比，华明的经验更丰富，财力也更雄厚，但我们的诚意和华明是一样的。”

包总指着刚刚组装出来的灯具，问：“这是样品吗？”

“对，是样品。包总，这些样品可以全部交给维加斯保管，作为以后交货的参照物，如果永旺有一个偷工减料的产品，我愿意承担一切违约责任。”麦斯钰保证道。

包总十分欣赏她的直率，满意地点点头。

几天后，维加斯的官方网站上公布信息，不出意外，永旺灯饰在这次竞标中最终胜出。麦斯钰看着结果，脸上绽开了笑容，那是喜悦的笑、激动的笑。这是永旺灯饰第一次接到这么大的项目，而且还是从众多实力强大的公司中脱颖而出。看着网站上的通知，麦斯钰心花怒放，喜上眉梢，就连两只大眼睛都眯成了小月牙。

大学毕业后，黄梓建去北京继续深造，梁雯则留在澳门，成了一名律师，不过没事的时候，她也做做义工，经常在社区帮助老街坊修房屋、建街道，生活忙碌而充实。她和黄梓建的恋爱几乎全靠信件和电话维持，一年难得见上几面，每次见面的时间也十分有限，所以，两个人都格外珍惜。

这天，梁雯正帮着老街坊统计要修缮的房屋，一转身，竟看到黄梓建站在自己身后。

梁雯满脸惊喜：“回来也不告诉我，我好去接你。”

“你天天扎根在社区，我找你更方便。”黄梓建的话中满是爱意。

梁雯的笑容依旧如大学时那般甜美：“我爸爸前几天看到你发表的学术论文还说起你，怕你是爱上内地的学术氛围，不想回澳门了。”

黄梓建看着她，十分认真地说：“梁雯，我的家在澳门，不管走到哪里我的心都在这里。我妈妈跟我说了你对她的照顾，还有你为老街坊做的一切，我很感激。”

“我不要你感激我。”

“我要说的也不是感激……”

梁雯看着黄梓建，她感觉今天的黄梓建有些不一样。

黄梓建努力让自己平静了一下，片刻后，他温柔地说："我要说的是，想到你，我的心就好像是回到了家。梁雯，我们结婚吧。"

梁雯不敢相信自己的耳朵，她惊喜地看着黄梓建："梓建，你说什么？"

黄梓建笑了。他单膝跪地，拉着梁雯的手："梁雯，我们结婚吧！你愿意吗？"

幸福来得太突然，梁雯愣了好一会儿，终于郑重点头。

这天，横琴经济开发区的吴主任来到了永旺灯饰。原来，几天前珠海市委书记方旋在珠海横琴开发区召开的专题座谈会上强调说："横琴正面临着设立'泛珠三角横琴经济合作区'的重大战略机遇，我们一定要按照中央和省里的战略部署，把握机遇，确定目标，拓展思路，强化措施，密切配合，全面推进，全力加快横琴的发展。"这次的座谈会，让吴主任更加坚定了引澳资企业进横琴的决心。他想从麦斯钰开始，分批邀请澳资企业进驻横琴。

吴主任不请自来，让麦斯钰有些受宠若惊，她赶忙上前迎接："吴主任，是什么风把您给吹来了？"

吴主任是带着任务来的。他笑着说："麦总，我是来跟你谈合作的。"原来他这次特地来珠海，是想向麦斯钰发出一个邀请，希望永旺灯饰可以到横琴建工厂。

听到这个消息，麦斯钰颇为意外。永旺的生产销售已经进入正轨，她确实有扩大规模的想法，而且她也明白一个好的灯饰品牌，肯定要有自己的生产工厂，只是工厂的选址一直没有确定。

吴主任看到麦斯钰有些犹豫，开始推荐起来。"横琴开发区成立十多年了，目前基础设施和配套服务初具规模，而且粤澳合作加深，横琴具备了加快发展的条件。如果你到横琴建厂，对你们厂的成长肯定是有利的。"看她面露难色，吴主任问，"麦总有什么顾虑，不妨直说。"

听他这么说，麦斯钰直言道："永旺刚刚走上正轨，在资金方面不是特别宽裕，所以资金投入是我顾虑最大的一方面。"

麦斯钰的担心吴主任提前就想到了，他这次是有备而来。“麦总，我今天来，就是要告诉你一个好消息，横琴刚刚出台政策，根据项目投资的规模和预期收益，我们在土地价格方面给出了最大力度的优惠。”吴主任边说边从包里拿出一份文件，递给麦斯钰，“你看，这是我们刚刚公布的文件，具体的优惠政策，你可以到横琴来，我们具体谈。”

趁着麦斯钰认真看文件的工夫，吴主任补充道：“横琴未来的发展要更多地和香港、澳门合作，这些优惠政策只是我们吸引港澳资金和项目的一部分。日后，我们还会出台更多的政策，争取给你们港澳企业最大的实惠。”

听吴主任这么说，麦斯钰的心里犹如吃了一颗定心丸，爽快地答应了下来。

这之后，麦斯钰往返于珠海和横琴两地，安排新工厂的建设工作，常常深夜才回到珠海。不过，她没想到的是，自从拿下了维加斯的单子之后，郭永旺简直像变了一个人，自己每次回家，他都是端茶倒水揉肩，对自己呵护备至，这让麦斯钰疲惫的心灵有了一丝慰藉。

“永旺，我正想跟你商量，公司的业务扩大了，我想再多租几个档口，开发几家经销商。订单的需求上来了，加工量增加，没有自己的工厂是不行的。我这次去横琴，就是和横琴开发区谈合作，建工厂。”麦斯钰一边享受着郭永旺的按摩，一边说道。

郭永旺缓缓地说：“维加斯这么大的单子你都能拿下来，以后公司的决策我当然听你的。”

郭永旺的反应让麦斯钰十分意外：“永旺，你真愿意听我的？”郭永旺的表现和她之前预想的不太一样，竟然显得格外大度，不仅夸赞麦斯钰能干，还说家里以后的大事都听她的，这让麦斯钰很是受宠若惊。

麦斯钰心里刚刚有了一丝安慰，郭永旺便拐弯抹角地说：“维加斯的回款不是小数目，现在公司有钱了，我们是不是该考虑为自己投资一笔呢？”

麦斯钰一听这话，就知道郭永旺今天之所以这么顺着自己，其实是带着目的的。

“说吧，什么事？”麦斯钰心情也不错，开口问道。

郭永旺一下来了精神，他坐到麦斯面前，又是递水，又是捶腿，殷勤地说：“我有个朋友有个铺子，这两天正转手呢，要不咱们给盘下来？”

麦斯钰知道那个铺子，生意一直挺好的，无论价格还是位置都不错，可是她还是有顾虑，因为那个铺子的正对面是华明灯饰，她曾经承诺过欧阳东江，绝对不会和华明作对，所以没有答应。

这下，郭永旺不乐意了，有钱不赚那不成傻子了，考虑再三，他还是决定瞒着麦斯钰，接下了这个铺子。

第二天，麦斯钰就发现了事情不太对劲，银行卡上一下少了一大笔钱，想到昨天晚上郭永旺的话，她心头一惊。

黑沉沉的夜，一颗星星也没有。麦斯钰面色阴沉地坐在沙发上，看着时间一点一点过去，等来的却是一身酒气的郭永旺。

她也没想太多，直接问道：“卡上的钱怎么少了，你知不知道这笔钱去哪儿了？”

郭永旺笑呵呵地看着妻子，伸手去拉她，麦斯钰却本能地躲开了。他冷笑一声：“嫌弃我？麦斯钰，你终于露出你的真面目了，你嫁给我就是不情不愿，不是真心的，是吧？你现在长本事了，更看不上我了，是不是？”

“郭永旺，你胡说什么呢？”

“你不是问我那笔钱去哪儿了吗，告诉你，我花了，买店铺了。”

麦斯钰吃了一惊：“不是说了，不要那个店铺吗？”

郭永旺却理直气壮：“老子的钱，想怎么花就怎么花。我还告诉你，我不光要买店铺，还要开新店！”

“郭永旺，你又要干什么？”

郭永旺不理麦斯钰，倒在沙发上睡着了。麦斯钰看着他，既生气又失望。

四

在一阵阵鞭炮声中，永旺灯饰新店开业，但麦斯钰迟迟没有来，郭永旺似乎也习惯了。他站在职工前训话。“雷梨花，你是这个店的店长，以后这个店就交给你了。”说着，他看着其他员工，“你们以后要听雷店长的，好好干活。”

正说着，麦斯钰从外面走了进来。见状，雷梨花带着店员散开了。

郭永旺朝麦斯钰炫耀：“这家新店位置好，生意肯定不会差，多亏我下手及时，不然我朋友就转给别人了。”

麦斯钰却一直板着脸，看着对面的华明灯饰：“对面就是华明的店，你不觉得不妥吗？”

郭永旺不以为然：“华明做灯，我们也做灯，在市场上相遇，是早晚的事。上次维加斯竞标，你不是也把华明竞争下去了吗？”

麦斯钰感觉和郭永旺无话可说。而此时，欧阳春正带着秘书在对面华明的店铺内检查工作，检查完，欧阳春和秘书一起走出来。

郭永旺看见了欧阳春，大摇大摆地走出店铺，想在她面前炫耀一下。欧阳春看看郭永旺，又看看永旺的店铺，说：“郭总，恭喜了。”

郭永旺露出一脸假笑：“大家挨得这么近，以后永旺免不了和华明竞争，春总千万不要介意。”

欧阳春看着郭永旺一副小人得志的模样，心生厌恶。“郭总言重了，我怎么会介意呢。听说永旺虽然挂了你的名字，实际上却是麦斯钰一手遮天。郭总，我真是佩服你，吃软饭也能吃得理直气壮。”看郭永旺的脸色顿时变了，欧阳春心中窃喜，接着又说，“郭总，我今天不是来跟你吵架的，我想跟你谈一笔交易，包你稳赚不赔，感兴趣吗？”

郭永旺一脸疑惑地跟着欧阳春来到了店铺的杂物间："你要跟我做交易，不会是耍我吧？"

欧阳春背对着郭永旺，压低了声音："郭总，上次发到你邮箱的标书，还有印象吗？"

郭永旺很震惊，这才知道华明的标书，原来是欧阳春发给自己的。他觉得难以置信："你是华明的副总，这么做对你有什么好处？"

欧阳春不以为然："一个副总算什么，不过是寄人篱下替人打工，处处看欧阳东江的脸色，我早就受够了。我也是欧阳家的人，我爸爸是家里的老大，要不是因为我是女人，华明本来就应该是我的，是欧阳东江夺走了本该属于我的东西。敌人的敌人就是朋友。郭总，我冒着那么大风险把华明的标书给你，你不会还怀疑我的诚意吧？现在给你一个机会，成王败寇，你敢赌吗？"

"你想让我怎么做？"

欧阳春的嘴角露出不易察觉的笑容："我们合作，扳倒欧阳东江。等华明到了我的手里，好处自然少不了你的。"

郭永旺眉头微皱，问道："我有什么好处？"

欧阳春知道自己的推测没错，郭永旺就是一个见利忘义的人。她笑着说："华明这么大的企业，每年随便给你几笔单子，够你一辈子花的。到时候你不用再看麦斯钰的脸色，甚至还能让她对你言听计从。"

麦斯钰没想到，短短几年时间，曾经的夜校老师谭文智竟然成了珠海开发区的副主任。

"谭老师，您老说我突飞猛进，现在您是放了卫星啊！"

谭文智被麦斯钰说得有些不好意思。这时，麦斯钰的手机响了，她接起来，电话那头传来麦斯华激动的声音："二姐，我考上大学了，澳门科技大学。"

麦斯钰惊喜道："祝贺你呀，阿华，真是太好了！"

麦斯钰挂掉电话，难掩兴奋："我小弟考上澳门科技大学了！"

谭文智也替她高兴，感慨道："你家一条小小渔船上，出了不少了不起的人物啊！”

“谭老师，您净拿我打趣。”麦斯钰有些不好意思，“您从学校调任开发区，这才是人生飞跃，我怎么都没想到。”

“我也是享受了产学研结合的福利……”看麦斯钰不太理解，谭文智解释道，“你按字面意思来理解，‘产’指产业，‘学’指学校，‘研’指研究机构。”

麦斯钰还是不太理解，这些词对她来说太陌生了。她眨巴眨巴眼睛，问道：“可是它们之间怎么结合？”

谭文智仿佛又回到了过去在夜校的时光，当时麦斯钰就像现在一样，坐在讲台下，不断地问自己各种问题。他告诉麦斯钰，其实产学研合作已经不是一个新概念了，美国是最早实现产学研合作的国家，同时美国也盛行最具代表性的产学研合作模式。一种是企业资助大学搞科研，一些实力雄厚的大公司，通过向大学提供资金援助，同大学建立永久合作，为进一步开展研究打下基础；还有一种是大学参加企业科研，具体形式有大学教授去公司咨询、授课、做学术报告，或者公司科研人员到大学进修。

听谭文智这么说，麦斯钰恍然，感到受益匪浅，没想到原来大学和企业之间还能这样合作。

“未来，具有核心知识产权的企业，才具备核心技术专利竞争力。像你们公司这样的下游企业，在未来 LED 通用照明领域必然要面临更大的挑战，如果没有自主研发、自主创新的能力，企业真的有很大可能会被淘汰。”谭文智缓缓说道。

谭文智的这番话让麦斯钰有些着急：“那您说，我们企业该怎么办？”

看到麦斯钰俨然又成了一副商人的模样，谭文智笑着说：“国家的政策和态度都已经给到了，作为企业，具体的实施，你们可要自己多动动脑筋，切忌只盯着眼前利益，而忽视了技术发展。”麦斯钰眉头微微皱起，不断思考着谭文智的话。

告别了谭文智，麦斯钰来到北京，见到了黄梓建。之前她让黄梓建在他们学校打听 LED 领域的专家，黄梓建打听到了，他们学校的张教授的实验室正在做一个关于LED新材料的研发课题，是国家重点项目。

一听说黄梓建联系上了张教授，麦斯钰马上放下手头的工作，直接来了北京。“张教授的那个实验室，你再跟我仔细说说。”一下飞机，麦斯钰就有些急不可待。

前来接机的黄梓建告诉麦斯钰，张教授做的LED新材料课题是一个国家重点项目，而且张教授可以说是国内半导体照明领域的顶级专家。最后他还特别强调：“对了，他的实验室还是国家半导体照明工程研发及产业联盟的成员单位呢。”

麦斯钰很兴奋：“你说的那个联盟我知道，国内从事半导体照明的骨干企业和科研院所都和这个联盟有关系，我对这个联盟是仰慕已久。”

黄梓建看着她的样子，有些好奇：“你对LED领域的新动态这么感兴趣，是有什么想法吗？”

麦斯钰解释道：“国内现在的市场，我觉得开发LED产品是一个很好的机遇，可惜门槛太高，像我们这种小规模的公司，只能做最下游的组装生产工作，上游研发这种高科技领域，我们根本没有进场的机会，所以我现在面对的挑战挺多的。”

黄梓建点点头：“虽然目前你的公司是没有资格，但以后也说不准啊。等明天你见了张教授，可以好好向他请教一下。”

第二天，黄梓建带着麦斯钰参加了“十一五”国家半导体照明工程基地工作交流会。这个会可不是一般人能参加的，与会人员全是国内从事半导体照明行业的骨干企业代表和科研院所代表，必须持参会证才能进入会场。黄梓建找了好多关系，才弄到两张参会证，他和麦斯钰坐在角落里，静静地听着。

专家学者依次上台演讲，麦斯钰印象最深的就是清华大学半导体专家张教授的发言。在发言中，张教授介绍了当前LED投资的现状，很多地区已经有了多条LED生产线，尤其提到了几个“国家半导体照明工程产业化基地”在半导体发光材料与器件科研和产业化方面取得了长足进步。此外，说起接下来的工作重点，他认为应该在研发方面集中突破，包括上游外延材料、中游芯片制造、下游器件封装及应用产品，都应该实现大规模生产和向高档产品发展。

麦斯钰听得十分认真，一边做笔记，一边录音，生怕落下什么。

散会后，黄梓建向张教授引荐麦斯钰。黄梓建笑着说：“张教授，我们科研小组正在做一个电子材料的实验，您刚才的发言让我受益匪浅。”

张教授点头：“你们的实验我也有所耳闻，上个礼拜我和朱教授一起去开会，他就跟我提起过，说你们后生可畏啊。”

黄梓建高兴地说：“张教授，这是我跟您提过的我的好朋友麦斯钰，做照明企业的。”

虽然已经在商界打拼多年，但是面对张教授，麦斯钰还是有些紧张：“张教授，今天能听到您的发言，真是太荣幸了，就是好多内容我都听不太懂。其实我接触 LED 比较早，您刚才提到的国内芯片制造业和封装技术产业与国际先进水平还有很大差距，对此我深有体会。我们公司的产品，芯片采用的是国产芯片，封装技术现在是我们企业要攻克的目标。”

张教授赞许道：“你们是摸着石头过河，不简单啊。”

得到了张教授的赞许，麦斯钰的胆子也大起来，她说出了自己的担忧：“虽然我们目前生产的产品没有问题，但也有致命的弱点，因为这些进口设备其实都是发达国家淘汰的产品，在市场上没有技术优势，所以不可能长期占据市场。不过没办法，像我们这样的企业，资金和技术力量都有限，发展也很受制约。”

张教授点点头，国内相比国外起步晚，功率型芯片的产能还比较低。他告诉麦斯钰，一些芯片制造企业正在努力追赶国外先进技术，有挑战才有机遇。而麦斯钰的公司现在还属于下游企业，如果能占领上游，搞技术和研发，产学研结合，那局面可就完全不一样了。

黄梓建在一旁提醒：“张教授，麦斯钰的企业是小型企业，目前还不具备产学研结合的硬件条件。”

“小不怕，要用发展的眼光看问题嘛。”张教授看着麦斯钰，“麦女士，你很好学，这在商人中很难得。”

麦斯钰颇为感激地说：“谢谢教授，我有好多东西都不懂，以后可能还要多多向教授请教呢。”

张教授欣然道：“好啊，我们的实验室也很希望和一线的生产企业有实测的合作，有机会，我们可以多多交流啊。”

麦斯钰点头，内心早已翻江倒海。

第八章

一

清晨，雾气弥漫，像一层薄纱，把校园给围了起来。清凉湿润的空气，宁静祥和的环境，让早晨的校园更多了一分温馨与幽美。麦斯钰和黄梓建走在校园里，享受着这难得的空闲。

他们边走边聊，聊到了小时候，聊到了现在的生活，最后又聊到了工作。黄梓建告诉麦斯钰，除了美国，英国、日本的产学研合作也取得了很大的成功。

麦斯钰在思考另外一个问题，黄梓建说的这些国家和中国的国情并不一样，是不是能借鉴他们的发展模式。

“国情不一样，肯定不能照搬，要变通着用。”黄梓建耐心地解释道，“但核心道理都是一样的，对我们国家来说，这是一个从上而下的变革过程，必然无法一蹴而就，到目前为止，我也只是纸上谈兵。”麦斯钰当即追问：“那张教授呢，他也是纸上谈兵吗？”

说起张教授，黄梓建脸上写满了崇拜。“张教授的实验室正在做一个新材料课题，是国家 863 计划的重点项目，如果这个项目成功了，将会带来 LED 领域的一场革命。”说着，黄梓建微微叹了一口气，“但是现在恰恰在最关键的地方遭遇了瓶颈，做不下去了。”

“为什么？”麦斯钰好奇地问道。

黄梓建告诉她，产学研结合，光有研究机构的一腔热情不行，最终的研究都要在实践中去检验，所以最终的落实点是在企业。“刚才张教授不是说了吗，很希望和一线的企业有合作。可惜啊，张教授现在的困难就是他的新材料找不到合适的企业做应用测试。”他说。

这下麦斯钰更听不懂了，这么好的新材料，怎么会找不到企业呢？黄梓建看出她的疑惑，笑着说：“主要还是牵扯到金钱利益。你今大的问题够多了，先参观参观我们的实验室，再慢慢思考这些问题吧。”

虽然是一大早，但丁晓建和张一乐早早就到了实验室。他们是黄梓建的同学，看黄梓建没来，两个人先开始了准备工作。谁说研究生过得很清闲，对理科生来说，读研的日子可比本科辛苦多了，熬夜是家常便饭，想要睡个懒觉，那简直就是奢望。

这时，黄梓建和麦斯钰走了进来。一进实验室，麦斯钰就被眼前的景象震撼到了，实验室宽敞明亮，各种精密的仪器设备摆在其中，好多实验仪器她连见都没见过。

这还是黄梓建第一次带女孩来实验室，丁晓建把麦斯钰当成了他的妻子梁雯，还以为黄梓建舍不得梁雯，特地把她带到了北京。不过，换个角度一想，黄梓建结婚不过一个多月，还在新婚期，也情有可原。

张一乐却发现不太对，他认真打量了麦斯钰一番，一本正经地说：“这位好朋友，比大嫂好像瘦一点，还高一点……漂亮程度差不多。”他之前在照片上见过梁雯，感觉眼前的人和照片上的不太一样。

一听就知道他们误会了，麦斯钰笑着解释道：“你说的是梁雯吧，我和黄梓建、梁雯都是朋友。不过，黄梓建是我阿爸的干儿子，所以也是我的哥哥。”

一旁的张一乐一巴掌拍在丁晓建的手臂上：“咱俩别瞎猜了，你这个情商还不及人家的十分之一呢。”

丁晓建猝不及防，手一松，实验液体瓶滑落。黄梓建大惊失色，本能地一把将麦斯钰拉到怀里，用自己的身体护住了她。

与此同时，玻璃瓶在地上摔得粉碎，里面的溶液飞溅出来，直接溅到了黄梓建的身上，裸露在外的胳膊顿时变得通红，疼得他发出低沉的呻吟。

麦斯钰大惊失色。她从没想过，一个小小的实验室竟然如此危机四伏，在她的印象中，黄梓建从来没向自己说过实验室的危险，他从来都是报喜不报忧。透过诊室的玻璃窗，麦斯钰看着正在里面接受检查治疗的黄梓建，心一揪一揪地疼。

这时，黄梓建的手机响了，是梁雯打来的。麦斯钰犹豫了一下，按下了接听键。

电话那头的梁雯一听黄梓建受伤了，急得都快哭了，麦斯钰安慰了她好一会儿，梁雯才放下心。

麦斯钰刚挂上电话，黄梓建就从诊室走了出来，事件制造者丁晓建赶忙上前小心翼翼地搀着他往病房走。

黄梓建知道他被吓得不轻，笑着说："老丁，我自己能走，你不用这样。"

一旁的张一乐赶紧接话："别，梓建，你就由着他吧！你不知道，老丁刚才都吓傻了。"

丁晓建有些不好意思，反击道："你还说我，你刚才一句话都不说，我是被你吓得不轻。"

一进病房，丁晓建就把黄梓建的书包放到床头上，一脸愧疚的他主动要求承担黄梓建一个学期的打水打饭任务，甘愿做黄梓建的保姆，替他干所有的杂活。

黄梓建看着丁晓建一本正经的模样，还有些不适应。他们这些理科男，心眼直，想啥说啥。知道丁晓建是认真的，他于是开玩笑地说道："行了，老丁，别婆婆妈妈的，没事了。我觉得自己已经够幸运了，幸亏没弄到脸上，不然就毁容了。"一直心里愧疚的丁晓建听他这么说，安心了不少。

这时，麦斯钰从外面走进来："我已经缴过费了，一会儿护士会过来通知你做进一步的检查。"

丁晓建立刻拿出自己的钱包，说："梓建是因为我受的伤，多少钱，我来付。"

麦斯钰把丁晓建的钱包抢过去，装回他的兜里，微笑着说："这件事我也有责任，我不该去实验室打扰你们做实验。你们还是学生呢，还得向家里要钱花，就别跟我客气了。"

因为约了客户开会，麦斯钰向三人告别。她刚走了两步，又掉头返回来，提醒黄梓建："对了，梁雯刚才打电话找你，你赶紧给她回个电话，别让她担心。"

黄梓建原本不打算跟梁雯说的，怕她担心，没想到她还是知道了，他无奈地拿出手机，拨了过去，梁雯的手机却关机了。

晨曦徐徐拉开了帷幕，又是美好的一天，宁静淡雅的阳光照进病房，让人心平气和。湿润的风从窗户飘入病房，微微拂着一切，令人心旷神怡。

这时，门被打开，黄梓建原以为是麦斯钰来了，没想到竟看到妻子梁雯一脸憔悴地站在门口。

梁雯一见黄梓建，眼泪就夺眶而出，直接上前抱住了他。黄梓建见到梁雯，更是满心的意外。原来梁雯挂了电话，一直担心，最后索性请假，坐了好几小时的飞机，过来看黄梓建。黄梓建看着疲惫的妻子，心中有愧，他连婚假都没休完，就赶着回北京了，留下梁雯自己在澳门。自己这一受伤，梁雯立刻丢下工作，跑到几千里之外的陌生城市照顾自己，想到这里，黄梓建的胳膊抱得更紧了。

二

眼看离开学的日子越来越近，麦斯华的大学学费着实让麦叔有些头疼。他虽然没提，但是麦斯钰知道这笔开销父亲很难负担得起。她现在手上还算宽裕，就跟郭永旺商量，想由他们负担阿华的学费，等他毕业后赚了钱，再还回来。

不过郭永旺并不怎么乐意，他看似不经意地说："阿华上大学，是你们家的大事，这件事你还是跟大姐商量一下吧。"

麦斯钰看穿了他的小心思，直接说："你的意思是要大姐也出一份吗？"

郭永旺一看麦斯钰已经猜出来了，也不再掩饰：“阿华又不是只有你一个姐姐。”

麦斯钰懒得再跟他说，转移话题：“这个周末，阿爸要在渔船办宴，请了亲朋好友，我们一起回去吧。”

郭永旺不屑地一笑：“难怪你着急说钱的事情。”

麦斯钰最讨厌郭永旺这副表情，她感觉自己越来越不认识眼前这个男人了：“阿旺，我就这么一个弟弟，也是家里唯一的大学生，你知道的，没能上大学是我这辈子最大的遗憾，现在弟弟考上了，我真的很高兴，学费的事情我已经决定了。”

郭永旺不乐意了：“你都决定了还和我商量什么？我同不同意，又有什么关系？”

“你这么说到底什么意思？公司的事情我每一件都是和你商量着来的。”

“是，你是在和我商量，不过到最后不都是按你的意思办吗？公司上下都说你麦斯钰是大能人，我这个老板是摆设。”郭永旺终于把憋在心里许久的话说了出来，说完，还觉得不过瘾，又讽刺道，“你多能耐啊，一个疍家女能上岸打工，居然还开了公司当了老板，你确实本事大。当初在华明，是谁手把手地教你，是谁在大家都欺负你的时候保护你，这些你都忘了？我是希望你能有个女人的样子！”

最后郭永旺撂下一句话：“公司的钱、家里的钱，你赚的不比我少，你当然有权利自由支配。周末你自己回去吧，我有别的安排了。”说完，他就进了书房。听着重重的摔门声，看着空荡荡的客厅，麦斯钰感到身心疲惫。

周末，几条疍舟连成一片，渔船上灯光闪烁。一张张桌子上摆满了全鱼宴，疍家人聚在一起庆贺，热闹异常。

黄妈走到麦叔面前，笑着说：“麦大哥，阿华有出息，你这下放心了吧。”

麦叔轻轻叹了一口气：“去了学校还不知道他怎么折腾呢，放心不了啊！”

黄妈懂麦叔，这么多年，他又当爹又当妈，已经习惯了为儿女操心。她笑着说：“学校有老师、有同学，自然有人能管得了他，你就别瞎操心了。”

说起这个，麦叔就有些伤感：“唉，我这两个女儿呢，早早地都上了岸，指望不上喽。我就指望阿华将来能继承我这条船……”

黄妈看他还是老思想，说：“阿华人家是大学生了，你的船怕是捆不住他了。”

麦叔马上变得严肃起来：“船是我们的家，他就是学历再高，飞得再远，也得回家。”在麦叔看来，疍家文化总得有年轻人传下去，两个女儿都上了岸，他现在只能指望儿子了。

麦斯莲坐在麦斯钰的对面，看了她一眼，没有说话。自从之前因为给吴主任送卡的事情姐妹俩发生冲突之后，麦斯莲就从永旺公司辞职了，也没再和妹妹说过一句话。想到这里，麦斯莲觉得心里堵得慌。这时，手机响了，她一看是陌生号码，也没多想就接了起来，没想到竟然是迭马猴打来的。电话里迭马猴说要和她单独聊聊，好好叙叙旧。麦斯莲脸色大变。之前迭马猴找过麦斯莲还威胁她，逼着她写下了一份欠款收据，现在还不到还款的日子，迭马猴怎么又要找她？麦斯莲隐隐感到不安，提前离席。

她来到和迭马猴约定的地方，迭马猴一见她，就开始动手动脚，伸手想搭麦斯莲的肩膀：“阿莲，有没有想我啊？”

麦斯莲感到厌恶，下意识地退了一步：“迭马猴，有什么话赶紧说吧。”

迭马猴笑着拿出字据，在麦斯莲面前展开：“这可是你自己写的，现在想不认账了？我告诉你阿莲，过去呢我是喜欢过你，所以给你几分面子，可是你，还有你那个妹妹麦斯钰，你们是怎么对待我的？我坐牢就是拜你那个妹妹所赐。”

麦斯莲一脸无语：“迭马猴，你坐牢是因为绑架，和我们有什么关系？”

迭马猴不服气：“这个钱你也敢说和你没关系吗？”

麦斯莲有些慌了，赶忙说道：“这个字据也是受了你的威胁才写的，当时我如果不答应给你钱，你就不会放过阿华，你这是敲诈！”

迭马猴露出凶相：“你看清楚，这白纸黑字清清楚楚写的是欠款，你现在说我敲诈，证据呢？”

麦斯莲看得出来，今天迭马猴如果得不到他想要的，肯定不会善罢甘休。她问道："你想怎么样？"

迭马猴看麦斯莲软了下来，知道她妥协了。他微微一笑："下个礼拜三下午，把钱准备好，在你儿子的学校门口见。如果我拿不到钱，你也别想见到你儿子了。"

听到迭马猴的威胁，麦斯莲脸上露出惊恐的神色。给钱，她觉得太便宜迭马猴了，不给，又怕儿子有危险。

这时，她身后传来麦斯钰的声音："迭马猴，你刚才的行为已经构成了勒索，我随时可以报警。"

迭马猴一看是麦斯钰，脸沉了下来，心说不好，但还是嘴硬道："报警是吧，你现在就报！要不要我把手机借给你！"

见迭马猴不知悔改，麦斯钰按下播放按钮，录音里是迭马猴刚刚说的话："下个礼拜三下午，把钱准备好，在你儿子的学校门口见。如果我拿不到钱，你也别想见到你儿子了。"

一瞬间的工夫，迭马猴的脸都绿了，他没想到麦斯钰竟然敢和自己玩这套把戏，从来只有他威胁别人，这次竟被麦斯钰给抓住了把柄。迭马猴怒火中烧，上前要抢手机，麦斯钰见状转身就跑。

两个人就这么一前一后地跑着，麦斯钰体力不支，眼看着就要被追上了。突然，她看到前面出现了一群渔民，便使出最后的力气，大声呼叫。闻声而来的渔民围拢上来，把麦斯钰保护起来。

有了渔民的保护，麦斯钰便有了底气："迭马猴，我跟你做个交易，用你手里的字据换我手里的录音，否则我保证今天晚上这段录音就会送到警察手里。"

迭马猴心慌了，手心也出汗了，但嘴上还是不服："你把录音交给警察又怎么样，就算上了法庭录音也不是什么直接证据。何况，我现在什么都没做，警察根本不能把我怎么样。"

麦斯钰微微一笑，语气中尽显威胁："像你这样有前科的人，我一旦报警，警察一定会好好调查，说不定还能查出其他事情！你出狱还不到一个月，这么快就被查出犯了什么事的话，不怕再被送进去吗？"

迭马猴气得两颊的肌肉都颤抖起来，整个人犹如困在笼子中的野兽。他冲着麦斯钰恶狠狠地说："算你狠！麦斯钰，你给我小心点，咱们走着瞧！"

说着，他把字据扔到了麦斯莲的面前，麦斯莲赶紧上前捡起，将字据撕得粉碎。

处理完迭马猴的事情，麦斯莲和麦斯钰马上赶回宴会，幸好麦叔喝得高兴，完全没有注意到她俩的离开。

夜渐渐深了，喧闹慢慢散去，麦叔心里高兴，喝了不少酒，摇摇晃晃地进了船舱。麦斯钰则和麦斯莲躺在一起，自从上次的争执之后，姐妹俩好久没像现在这样了。

麦斯钰感慨道："大姐，今晚可真热闹，上次这么热闹，还是你结婚的时候。"

麦斯莲也感慨时间的流逝。之前因为送卡的事情，她和麦斯钰彻底吵翻了，一直都没说话，可是她心里知道，一旦有事，妹妹还是自己最大的依靠。她看着麦斯钰，心中有些愧疚："对不起，阿钰，之前大姐误会过你，没想到关键时刻还是你来帮我。"

听姐姐这么说，麦斯钰笑了。她一直想找个机会跟姐姐好好谈谈，她也知道之前吴主任的事，是郭永旺让姐姐做的，只是一直没找到机会说开。"你不也是一样吗？为什么跟迭马猴签那样的字据，还不是为了保护阿华和我。大姐，以后不管发生什么事，都不要一个人去面对，你告诉我，我们是一家人，一起来想办法。"她说。

听妹妹这么说，麦斯莲的眼眶红了，她感慨道："自从我跟俊杰结了婚，我们俩再没像这样躺在一起说过悄悄话了。记得那个时候你跟我说你最大的愿望就是上岸生活，有自己的房间，不想和我挤在一起呢。"麦斯钰笑起来，记忆一下回到了小时候。那个时候她什么都是用姐姐用过的，衣服、玩具，就连鱼竿也是。还记得有一次，父亲说要教她钓鱼，一看鱼竿上面贴着麦斯莲的名字，她当场就哇哇大哭起来，弄得麦叔一脸迷茫。曾经的一切，真是太美好了。

"现在你不但上了岸，还去了珠海、办了企业，真是了不起。"麦斯莲看着妹妹，两眼放光，“你知道吗，阿钰，我有时候真的很羡慕你，甚至有点嫉妒你。”

麦斯钰没想过姐姐会说出这样的话：“大姐，我其实也挺内疚的。我太忙了，阿爸和家里都是你在照顾。以后我可能会更忙，阿爸和阿华都要大姐你多操心多照顾了。”

“刚才还说姐妹俩不要见外，你又来了。”说着，姐妹俩抱在一起。这一夜，月亮是那么亮、那么圆，麦斯钰已经好久没有睡得这么香了。

三

华明公司在欧阳东江的带领下越来越好，他调整企业的战略布局，在珠海建立了新的华明车间。开工当天，华明特地邀请了谭文智给新车间剪彩，很快，珠海各大新闻媒体的头版头条都刊登了这条消息。新闻标题是“澳资企业在珠海大放光彩，珠澳合作跨上新台阶”。上面写着对谭文智的采访：“现在全国上下都在争建创新型城市，这不仅仅是个口号，更要落实到行动上来。我们缺的不是‘中国制造’，而是‘中国创造’，华明这样的大企业，不能满足于引进国外的生产设备，而要在自主研发上多下功夫……”

麦斯钰看着报纸，心里替欧阳东江高兴。郭永旺走进来，瞥了一眼报纸，却不太高兴：“又是华明的新闻。”

“华明代表的是澳资企业，澳资企业在珠海大放光彩，是所有澳门人的骄傲。”麦斯钰自豪地说。

郭永旺却不以为然：“那只能是欧阳东江的骄傲，是欧阳家的骄傲，跟我们有什么关系？又不能帮我们赚到一毛钱！”

麦斯钰感觉自己是对牛弹琴，欲言又止。突然她脑子里闪过一个想法，之前她听黄梓建说，张教授正在找合适的企业合作，要资本雄厚的大企业才行，她觉得华明就很合适。跟黄梓建打了个招呼，麦斯钰准备亲自跟欧阳东江谈谈。

欧阳东江再次见到麦斯钰有些意外，但也十分高兴。他看着眼前的麦斯钰，干练、稳重，全身上下充满了干劲，回想起第一次在澳大大礼堂见到她的情形，感慨颇多。

麦斯钰直接说明来意。“董事长，我今天来要跟您谈一件大事。”说着，她递上一沓材料，“您先看看这个。”

欧阳东江接过材料一看，上面写着：国家高技术研究发展计划（863 计划）新材料技术领域重大项目“半导体照明工程”。

他匆匆扫了几眼就把材料放下了，说：“这么多材料我这会儿也看不完，还是你说说吧。”

“董事长，您在灯饰行业做了几十年，资格老、经验多，自然比我们这些年轻人看得长远，您觉得现在国内的 LED 产业发展得怎么样？”麦斯钰先抛砖引玉。

欧阳东江没想到她如此开门见山：“LED 是朝阳产业，我很看好。华明去年刚刚从美国引进了一套先进的生产设备，效果立竿见影，仅仅是去年一年，华明国内的市场份额就提高了五个百分点，利润增加了百分之二十。如果不出意外，我今年年底准备再引进两套生产设备，继续扩大生产。”

麦斯钰好奇道：“华明这么大的企业，在应对 LED 新产业的发展战略上，除了从国外引进生产设备，还有别的计划吗？”

欧阳东江听出她话中有话，直接问道：“你想说什么？”

麦斯钰顿了顿，说出了今天的来意：“现在国家提倡产学研结合，就是要整合社会资源，促进技术创新上、中、下游的对接与耦合。企业如果愿意和高校的科研所合作，完全可以达到双赢。”

欧阳东江没想到麦斯钰离开了华明，进步还是这么快。麦斯钰的离开，对华明来说，真是人才流失啊！想到这里，他觉得十分遗憾，缓缓地说：“真是士别三日，当刮目相看啊！”

麦斯钰解释道：“董事长，您别看我的公司规模小、不起眼，可我对国家政策、相关产业动态一直是密切关注的，虽然我入行晚，但对LED行业的了解不一定比您少。远的不说，就说离咱们最近的深圳，深圳现在是国家半导体照明工程产业化基地。据我掌握的资料，深圳目前汇集了超过七百家LED企业，已经形成了完整的产业链，产品市场份额很高。这种情况下，如果您仅仅是想通过引进国外生产设备扩大生产规模来抢占市场份额，我认为效益只是暂时的，不会走得很长远。”

欧阳东江看得出麦斯钰今天是有备而来。麦斯钰的话确实有一定的道理，他也认同，但是她的建议与华明的发展思路差异比较大。

看出欧阳东江的疑虑，麦斯钰劝道：“董事长，现在不只是国内的公司，还有国外先进技术的挤压，过去的老思路不行了，只有创新才能突破。”

欧阳东江立刻听出了她的话外之音，问：“你今天说话怎么拐起弯来了？阿钰，有什么话你就直说吧。”

听他这么说，麦斯钰直言道：“我刚才给您看的材料里提到的北京的那位专家，他的实验室正在进行一个国家‘十一五’863计划‘半导体照明工程’的重大项目，已经完成了前期科研，马上就要进入应用测试阶段，正在寻找企业合作。华明有先进的生产设备和车间，如果你们能合作就是最好的呀。董事长，您觉得呢？”

欧阳东江也说出了自己的顾虑：“搞技术研发，是一项长期投资，周期长、见效慢，要慎重啊。”

麦斯钰急了：“董事长，机会难得，错过了，这样的机会可能就再也没有了。”

欧阳东江看着麦斯钰，不禁笑了。这才是他认识的麦斯钰，有一说一，看到机会就会毫不顾忌地冲上去，牢牢地抓住。“你呀，还是这么沉不住气。有时候好的机会未必有看上去的那么好。”说着，欧阳东江犹豫了一下，“这样吧，你可以帮我邀请那位专家到华明来看看，我们深入交流交流，如果都觉得合适再谈合作也不迟嘛。”看欧阳东江有了意向，麦斯钰兴奋地说好。

麦斯钰刚从华明公司出来，就接到了姐姐麦斯莲打来的电话，说父亲住院了。她脸上的表情一下僵住了，挂上电话就往澳门赶。

医院里，只有麦斯莲一个人在照顾父亲。麦叔身体虚弱，完全没有胃口，这可急坏了麦斯莲，她软的硬的都用了，麦叔就是不吃饭。

“阿爸，医生说了，要吃点东西你才有体力，有了体力恢复得才快。”麦斯莲苦言相劝，麦叔就是不张嘴。

时间一分一秒地过去，麦斯莲不停地看表，洪俊杰旅行社有事，儿子阿仔自己一个人在家，可是这边麦叔一口饭也不吃。她真的急了：“你这是在和自己生气，还是生我的气啊？”

麦斯钰人还没进屋，声音就先传了进来：“阿爸是在生我的气吧，气我有一段时间没回来了。”

麦斯莲一看麦斯钰来了，宛如看到了救星一般：“阿钰，你可来了。你姐夫出差了，我晚上得回去照顾孩子，你就留在这里陪阿爸吧。”

麦斯钰接过粥碗：“好，大姐，你快回去，这里有我，你放心。”

“叫阿华来。”半天没出声的麦叔突然开口，声音里满是怨气。

麦斯莲一看麦叔又闹脾气，无奈道：“阿爸，我都跟你说过了，阿华和同学出去郊游了，联系不上。”

“继续给他打电话，让他马上回来。”麦叔把对儿子的愤怒都发泄到了麦斯莲身上。

“阿爸，你别闹脾气，这里可是医院。”麦斯莲哄着他，“我真得走了啊，阿钰在这儿，有什么事你就让她做。明天早晨，我给你们带早餐来。”

麦斯莲走后，麦斯钰坐在床边，舀了一勺粥，轻轻吹了吹，送到麦叔嘴边，可麦叔依旧不张嘴。

麦斯钰了解父亲的性格，根本不吃姐姐那一套，她把碗勺放到桌子上，故意说道：“不想吃那就不吃，反正呢病不好，就在医院住着。阿爸，我们不着急，正好啊，你那个渔业协会的工作也放一放，渔船呢也多停些日子，你就安安心心在医院住着，休养休养，什么时候康复了，我们什么时候出院。”

麦斯钰的话戳中了麦叔的心，他的眉头一下皱了起来：“你是来照顾我的，还是来咒我的，啊？”麦斯钰只是笑眯眯地看着他，也不说话，再次把勺子送到了麦叔嘴边。麦叔不情愿地吃了一口。

麦斯钰笑了。“这就对了，多吃才恢复得快呢。”她边喂边说，“阿爸，你看啊，大姐呢，有大姐的家；阿华呢，住校；我呢，又在珠海，没人陪你住总是不太方便。你看这次，你突然晕倒了，要不是遇到海叔来找你，那就太危险了。”

“你想说什么就直接说。”麦叔最讨厌别人磨磨唧唧不说重点，尤其是自己的儿女。

“我想你还是跟我去珠海住一段时间，一来休养一下身体，二来我也尽尽孝心。”麦斯钰试探道，说完，还不忘观察麦叔的反应。

果不出所料，麦叔眉头一皱，摇头拒绝道：“不去，不去，我还没有老，不需要你们照顾。”

麦斯钰看麦叔还嘴硬，好好跟他解释：“阿爸，人不服老不行的，以前你出海打鱼，什么风浪没见过，那时候你连个感冒都不得。可现在呢，尤其是最近这一年多，你都晕倒两次了，医生说你是脑血管狭窄，要特别注意的。你就去我那儿住一段时间，等养好了我再送你回来，行不行？”

“我哪儿都不去，离开我那条船，我吃不好睡不好，死得更快。你们要想让我多活几年，劝我下船的事情就别再提了。”说完，他直接躺倒在床上。麦斯钰看着麦叔的态度，无奈地叹了一口气，也不再多说什么。

直到麦叔渐渐睡着了，麦斯钰才敢走出病房，拿出手机。手机上显示着几十个未接来电，麦斯钰一个个打回去。整整一夜，她的手机就没停过。

清晨，暖暖的阳光照进病房，麦斯钰一夜未眠，两个大大的黑眼圈挂在脸上。麦斯莲一大早就来了，顺便带了早餐。

“阿爸怎么样啊？”麦斯莲关切道。

麦斯钰笑着说：“昨晚睡得还好。”

“好什么呀？一个晚上都没怎么睡着。”麦叔看着麦斯钰，没好气地说，“你一个晚上，一会儿一个电话，一会儿一个电话，这哪是来照顾我呀，你是把病房当办公室了。”

麦斯钰也是一肚子委屈，她的手机明明静了音，有电话也是在走廊里接听的，没想到还是吵到麦叔了。

看着女儿脸上的表情有了变化，麦叔也觉得自己的语气有些重，赶忙解释道："我是病人，睡觉轻，你一会儿进一会儿出的，我能不知道吗？算了算了，你忙就赶紧回公司去，省得我心烦，你也不踏实。"

麦叔明明是心疼女儿，麦斯钰却听出了埋怨，她的眼眶一下红了，心里也堵得慌。她才离开一天，公司那边已经乱成一锅粥，郭永旺根本指望不上。可是，麦叔这边她又放心不下，最让她感到伤心的是，父亲根本就不理解自己。"这么多年了，阿爸还是不能理解我，我上岸工作，去珠海打拼，和郭永旺结婚，在他心里都是心结，解不开的心结。"麦斯钰红着眼说。

麦斯莲安慰道："阿钰，你别这么想，时间长了会好的。阿爸就是刀子嘴豆腐心，他表面对你严厉，其实是心疼你，怕累着你呢。阿爸的身体也没有大碍，我觉得再过几天就能出院，要不你先回去吧。"

麦斯钰看着姐姐，充满了感激。她没回家，直接去了公司。看到麦斯钰回来了，原本正在接电话的郭永旺赶忙挂掉，站起来问道："回来了，那个……爸怎么样了？"

麦斯钰感到身心疲惫："没什么大事，过几天就出院了。"

郭永旺一副早就猜到的模样："我就说嘛……你还着急跑回去……"

"你什么意思啊？"麦斯钰的表情一下变了。

郭永旺也感觉自己的话有点不合适，赶忙解释："我没什么意思，你别多想。"

正在这时，麦斯钰的手机响了。一看是黄梓建打来的，她赶忙接了。黄梓建在电话里说，他和张教授明天到珠海，麦斯钰回应说马上给欧阳东江打电话，并答应明天去接他们。她没注意到，身边郭永旺的脸色越来越难看。麦斯钰挂上电话，郭永旺没好气地说："麦斯钰，什么大事啊？欧阳董事长和黄梓建又扯上什么关系了？"

麦斯钰看了他一眼，懒得解释太多："不是我们的事，是我给他们牵了牵线，能不能合作成还不知道呢。"

这下郭永旺更气了，一股愤怒的火苗在心底燃烧起来。他眉头紧皱，提高了音量："你可真行啊，麦斯钰，自己家的事情不着急，黄梓建的事情你倒是不少操心啊。"

"郭永旺，你别阴阳怪气的。"

郭永旺脸色涨红，脖子上的青筋像是要爆炸一般，他冲着麦斯钰吼道："我阴阳怪气，我看是你心虚吧！"

麦斯钰懒得再跟他多说半句话。她提醒郭永旺，这里是她的办公室，要吵架的话就出去。郭永旺这才发现，办公室外同事们纷纷侧目。他压下心中的小火苗，转身走了出去，重重关上了办公室的门。麦斯钰身心俱疲，瘫坐在椅子上。

四

第二天一大早，麦斯钰就来到了机场，接到黄梓建和张教授后，载着他们前往华明公司。

华明多功能厅里，欧阳东江早就让人准备好了一切，并且让公司所有高层出席，一起听听张教授的科研成果。张教授走到台上，配合大屏幕上的 PPT 演示，给大家讲解 LED 新材料的技术细节。

听完张教授的演讲，欧阳东江难以抑制内心的激动，他看着众人说道："大家都说说吧，你们有什么看法？"

出乎他意料的是，所有的人都闷着头不说话，会议室里的气氛一下变得很严肃。欧阳东江颇感意外："张教授的项目是国家高技术研究发展计划、863 计划、'半导体照明工程'、新材料技术领域的重大项目。这在我们国家，在 LED 领域是一项突破性的研发，怎么你们都不感兴趣吗？"

欧阳春看看其他股东，所有人都刻意回避她的目光。见状，她站起来，第一个发言:“董事长，我们虽然引进了国外的LED生产设备，在LED市场上占有一定的份额，但在上游研发方面，说实话，我们是外行。而且研发的水很深，贸然和张教授合作，是不是有点激进冒险了?”

话音一落，其他股东纷纷应和:“春总说的有道理。”

欧阳春看到其他股东的态度，受到鼓舞，变得自信起来。她继续说:“刚刚张教授自己也说了，这项新材料研发，仅仅是前期实验就花费了将近十年的时间。现在进入企业应用测试阶段，乐观估计至少也要三到五年。我们先不说三到五年以后，这个实验能不能成功，就算成功了，几年以后国内的市场是什么形式，国际发达国家的技术发展到了什么水平，这些都是不可预期的。如果三到五年之后，实验没有成功，又或者实验成功了，但国外的水平已经远远超过了这项技术，那我们前期的巨额投资不是都打水漂了吗?”

股东们纷纷点头:“春总说的对啊……搞研发投资大、周期长，前景却难以预测，太冒险了。”

欧阳东江沉住气。“各位，我希望和北京的张教授谈合作，不是一时冲动，而是经过深思熟虑的。”他让秘书把一份报告传给在座的各位，“你们先看看这份调研报告。我让市场部整理了近五年全球LED的产业格局发展情况，到今年为止，全球初步形成了以亚洲、北美、欧洲三大区域为中心的LED产业格局，其中，日本的日亚、丰田合成，美国的Cree、Lumileds，还有欧洲的Osram，掌握着核心专利技术。今年，发展LED照明已经成为全球产业的焦点。按这个趋势发展下去，芯片技术还会迎来新一轮的突破。”看不少股东的态度开始动摇，欧阳东江接着说，“各位，现在我们面临的国际国内竞争环境已经十分激烈了，未来产业竞争将取决于两个方面，一是技术，二是规模，要形成完整的LED生产产业链，就不能只满足于下游生产，更要占领上游技术和研发领域。”

欧阳东江话音刚落，欧阳春立刻发言:“董事长，我有不同看法。”

欧阳东江有些意外:“你说。”

“董事长，之前我们也做过尝试，寄希望于研发领域，但几年下来，投资不少，收益嘛……”她边说边故意看看其他股东，其他股东纷纷露出不看好的神态，“董事长，研发部的账面不好看，这是事实，您应该比谁都清楚。既然我们之前已经走了弯路，接下来就应该吸取教训，避免再吃亏了。”

欧阳春说了这么一大堆话，无疑就是要表明一个意思——她不同意在研发上增加投入。欧阳东江看看其他股东，问：“你们呢，是什么看法？”

其他股东全都沉默。欧阳东江有些失望，转而看着欧阳小江，问：“小江，你呢，你怎么看？”

欧阳小江一副吊儿郎当的样子，刚才根本没有认真听欧阳东江讲话。欧阳东江突然问他，他一下蒙了，赶紧端正坐好，看看欧阳东江，又看看欧阳春，说不出话来。

见状，欧阳春开口道：“董事长，我们用进口芯片有几年的时间了，市场反响一直很好。而且上次股东会议，我们已经表决通过了，今年再从美国引进两套生产设备。既然这样，就没有多余的钱投入科研了。”

股东们显然更赞成欧阳春的意见，不停点头。欧阳春顺势继续说道：“投入大量资金在科研上，我觉得是在赌博，可能十几二十年都赌不出一个结果。但如果把这些资金用来购买国外的先进生产设备，局面就不一样了，我们能在最短的时间内扩大生产规模，抢占市场，这样才是利益最大化。”话音一落，股东们纷纷说是。

看到股东们的反应，欧阳东江很痛心、很失望。这些股东中的许多人都是当年和自己一起打江山的老人，没想到，到了今天他们的目光还是这么短浅，只盯着眼前这点利益，商业眼光还停留在上个世纪，竟然还比不上年轻的麦斯钰。尤其是欧阳春，明明年纪差不多，而且论学历也比麦斯钰高多了，可是眼光太短浅了。

欧阳东江感到心灰意冷，最后他说道：“各位的态度我已经清楚了，但我还是希望大家再慎重考虑一下，不要草率否决这个项目。这样吧，下个星期我要去上海出差一趟，等我从上海回来，我们再重新开会表决张教授的项目。”

2007 年 3 月 15 日，“2007 亚洲显示（AD’07）”国际会议中文分会 LED 及

OLED 应用趋势研讨会在上海召开。这个会议是由国家半导体照明工程研发及产业联盟和香港光电协会、香港应用科技研究院共同承办的，作为“2007 亚洲显示（AD’07）”国际会议唯一的中文分会，吸引了不少相关领域的企业和专家代表。会议的主要议题是关于 LED 产业在中国及世界的发展现状和趋势、LED 背光源的产业化和发展前景、OLED 国际标准的制定与进展。麦斯钰、欧阳东江、张教授、黄梓建作为代表，也来到上海参加这次的会议。

会议结束后，欧阳东江感慨颇多。这场研讨会真是让他大开眼界，他切实感到一步落后步步落后，或者说，时代在进步，而他却一直停滞不前，等同于落后。

张教授安慰道：“芯片受制于研发和知识产权，而且不可能跨代研发，所以需要一步步来。”

麦斯钰提醒欧阳东江：“董事长，华明和张教授研发项目的合作真的应该尽快进行。”

说起这个，欧阳东江眉头微微一皱，掩饰着：“你们说的对，这次回去以后，我一定要说服董事会支持我的决议。”

晚饭过后，欧阳东江和张教授回房间休息了，麦斯钰和黄梓建在酒店外的花园散步，他们没有注意到，一双眼睛一直远远地盯着他们。

“麦斯钰！”郭永旺从树后出来，双眼充满了怒火。

看到郭永旺，麦斯钰和黄梓建同时露出惊讶的表情。

原来欧阳春得知麦斯钰也来参加这次会议，直接将这个消息告诉给郭永旺。郭永旺一听妻子竟然和黄梓建一起参加会议，醋意大发，丢下公司里的一切，直接赶到上海，恰好看到了刚刚那一幕。

“郭永旺，你怎么来了？”麦斯钰惊讶道。

郭永旺两眼充血：“我来得不是时候吧？”

麦斯钰一看郭永旺的模样，就知道他又要发神经，赶忙上前拉住他：“走，我们去房间说。”

郭永旺一把甩开麦斯钰，冲着她大吼道：“走什么走，就在这里把话说清楚！来上海你为什么不告诉我？是不是因为他！”麦斯钰看他无理取闹的样子，说不出话来。

郭永旺却以为麦斯钰是理亏，更气了，眼里闪着一股无法遏制的怒火，他挥起拳头一拳打在黄梓建脸上，黄梓建连退两步摔倒在地。

麦斯钰冲上去，一把推开郭永旺，惊呼道：“你是不是疯了？”

郭永旺嘶吼着：“我疯了，也是你逼的！”

麦斯钰彻底绝望了，泪水止不住地往下流。她扶起黄梓建：“我们走！”

此时此刻，往事一幕幕在眼前闪过。麦斯钰知道一直以来，她都是在欺骗自己，骗自己郭永旺会变，可是她忘了，她和郭永旺原本就是两个世界的人，他们的观念不同，为人处世的态度不同。一直以来，她的迁就，郭永旺的隐忍，并没有让他们的婚姻变得更好，反而埋下了一颗定时炸弹。这一刻，这颗炸弹爆炸了，也让麦斯钰看清了真相。她要终结这种状态，她太累了，累得没有心思再去伪装。也就是这一刻，她做出了决定：她要和郭永旺离婚。

另一边，郭永旺冷静下来之后就后悔了，他在上海机场的入口一遍遍地拨打麦斯钰的电话，却只听到对方已关机的提示。

黄梓建从柜台咨询完，走过来告诉郭永旺：“我查了航班信息，阿钰改签了昨天半夜的机票，回珠海了。”

郭永旺有些懊恼。他买到最近的飞机票，也赶回了珠海。

天蒙蒙亮，麦斯钰拖着疲惫的身体来到公司。雷梨花看见她，一脸惊讶：“阿钰，你从上海回来了？”

麦斯钰语气虚弱：“我改签了昨晚的航班，连夜赶回来了。”

突然，麦斯钰感到一阵眩晕，摇摇晃晃，晕了过去。当她睁开眼的时候，最先看到的是满脸惊喜的雷梨花和顶着两个大黑眼圈的郭永旺。

“阿钰，你现在感觉怎么样，有没有不舒服？医生说，你要好好休息，千万别乱动。”郭永旺一脸关切道。

他的行为反而让麦斯钰有些不适应。郭永旺特别高兴地说：“阿钰，你怀孕了。你看，这是化验单。”雷梨花也在一旁应和：“阿钰，你真是糊涂，要做妈妈了都不知道。”

麦斯钰看着化验单上的怀孕信息，难以置信。她轻轻抚摩着自己的腹部，似乎想要感受那未出生的小生命。

郭永旺却格外兴奋：“我要做爸爸了！”他高兴得合不拢嘴，拿出手机，跑出去报喜了。

看着郭永旺的背影，麦斯钰心情复杂。

第九章

一

麦斯钰怀孕，最开心的要数麦叔了。麦斯钰结婚的时间也不短了，麦叔一直盼着她能有个孩子。他是老思想，总觉得女人有了孩子，才算是完整。另外呢，也正好和麦斯莲的儿子有个伴。之前麦斯钰请了多少次他都不来珠海，现在，郭永旺一个电话，麦叔立马丢下船上的事，自己主动提出要来珠海看麦斯钰。

麦斯钰每次回家，麦叔总是说她爱买东西，可是自己来珠海了，却也是大包小包带了一大堆。麦斯钰看着一包包的东西，好奇道："阿爸，这是什么啊？"

麦叔一边将自己带来的海货从包里拿出来，一边说："这是你黄妈托我给她的一个朋友带的海货。你黄妈受伤了，来不了。"

一听说黄妈受了伤，麦斯钰有些担心，麦叔赶忙解释："脚扭伤了，不要紧。"

麦斯钰有些好奇，按说黄妈的朋友都在澳门，在珠海会有什么朋友："黄妈的什么朋友啊？"

麦叔想了想，说："一个警察，姓王。"

"王警官？"麦斯钰隐约记得这个王警官，人特别好。

麦叔感觉奇怪，便问女儿："你黄妈跟那位王警官很熟吗？你黄妈受伤，王警官还去澳门看她了。你黄妈打电话给我，要我到珠海来的时候务必把海货给他带过来。"

麦斯钰心里已经明白了，笑着说："阿爸，黄妈要苦尽甘来了。"麦叔还没有明白，一头雾水地说："你在说什么啊？"麦斯钰故意卖了个关子："你以后就知道了。”

麦斯钰之前就觉得王警官这个人挺好的，而且她能看出王警官对黄妈很上心，是个贴心的人，只是一直顾虑黄妈的想法。现在黄妈也主动和王警官联系了，这就说明她对王警官并不是完全没有感觉。想到这里，麦斯钰的嘴角露出一丝笑容。

说起郭永旺，麦斯钰略感欣慰，自己怀孕后，他一百八十度大转弯，主动承担起公司的事情，让她在家安心养胎。雷梨花也是没事就往麦斯钰家跑，跑着跑着竟成了习惯，一下班就来，只不过今天开门的是麦叔。

雷梨花满脸笑容，两个深深的酒窝挂在脸上：“麦叔好，您来珠海了，是来看阿钰和小外孙的吧？”说着，她拿着大包小包的礼品走了进来。

她的话麦叔听着高兴：“是啊是啊，阿钰和阿旺真是能干，这么快就给我添了外孙，我本来还以为他们一心扑在公司上不想要孩子呢。”

雷梨花把礼品放在桌子上。她没生过小孩，不知道该买些什么，最后索性多跑了几家店，让店员拿出最贵最好的，没想到买着买着，就买了一大堆。麦斯钰看着眼前的吃的，估计够自己吃上几个月了。

雷梨花却没想那么多，而是认真地跟她说着每种东西怎么吃。麦斯钰看着她一副比自己怀孕还上心的模样，觉得好笑。雷梨花却十分严肃地说：“咱们说好了，不管你生几个孩子，他们以后都要叫我干妈。”

麦斯钰应和着：“好啊，你这个干妈以后可要帮我一起照顾孩子。”

“没问题！不知道是男孩还是女孩？”雷梨花有些好奇。

麦斯钰笑着说：“现在还太小，看不出来呢。这个孩子来得太突然了，我一点准备都没有。”说着，整个人有些走神。

雷梨花比较粗心，没看出麦斯钰的变化。自从知道麦斯钰怀孕的消息后，她就忙活起来，天天在网上查信息，帮着麦斯钰规划：“首先应该收拾一间婴儿房出来，再买一张婴儿床，还有小孩子的被褥、衣服、鞋袜……反正很多东西要买，不着急，我们慢慢挑。阿钰，你前段时间太忙，把自己逼得太紧，正好趁现在好好放松放松。”

说起这个，麦斯钰轻轻叹了一口气，一副心事重重的样子："可是现在公司的事那么多，让我突然闲下来，我哪闲得住啊！"

"麦总，钱是永远赚不完的，再说了，赚钱哪有生小宝宝好玩啊，养育一个新生命才有成就感呢。"雷梨花十分严肃地说。

麦斯钰笑了："说得好像你生过一样。"

"没吃过猪肉，我还没见过猪跑啊。"说完，雷梨花发现这个比方很不合适，赶忙改口，"哎呀！我是不是打错比喻了？呸呸呸，狗嘴里吐不出象牙。"

麦斯钰又被逗笑了："快吃水果，堵上你这张嘴。"

就这样，麦斯钰过起了保胎的日子。雷梨花说的没错，之前她把自己逼得太紧了，每天工作十几小时，脑子几乎就没停过，现在一下子没事可做，只能看看育儿方面的书，麦斯钰反倒有些不适应。然而，这一切，在黄梓建的一个电话后被彻底打破。

原来华明公司董事会最终决定，放弃与张教授的研究室建立合作关系。这个结果令欧阳东江大失所望，可是董事会的决定，他一个人也无法逆转。

黄梓建一听说这个消息，马上打电话告诉麦斯钰，麦斯钰听完，直接来到了华明公司。不巧的是，欧阳东江没见到，却见到了最不想见到的欧阳春。

仇人见面分外眼红，欧阳春一见麦斯钰，就知道她因何而来。在这次的事情上，她一直持否定的态度，最终也得到了董事会的支持。她走到麦斯钰面前，摆出一副胜利者的姿态，阴阳怪气地说："麦斯钰，你对我们华明的内部事还真是关心啊，华明的股东会议，和你一个外人有什么关系？"

麦斯钰不想和她纠缠太多："春总，我找董事长有很重要的事。"

"董事长不在。"欧阳春说得毫不客气。

麦斯钰却依旧坚持："那我在这里等董事长，等他回来了，我再跟他谈。"

欧阳春充满敌意地说："麦斯钰，你别死缠烂打了，董事长去国外考察购买新的生产线，短时间内回不来。董事会已经否决了与张教授的合作，你以后别打我们华明的歪主意了。"

看到她的态度，麦斯钰彻底地失望了。她没有回家，而是去了公司。

郭永旺恰巧从办公室门口经过，看到麦斯钰在里面，他满脸紧张，赶紧走进去问："阿钰，你不在家保胎，怎么又回来上班了？"

麦斯钰头也没抬，而是认真地看着电脑上的材料。

郭永旺走过去挡住电脑："电脑有辐射，你现在是孕妇，最好离远点。"

郭永旺正好挡住了麦斯钰的视线，麦斯钰推开他："你别挡着我呀，我马上看完了。"

郭永旺拗不过麦斯钰，只好让开，只见电脑上写着"863 计划""新材料技术领域重大项目""半导体照明工程 2007 年度课题申请指南"之类的。他好奇道："阿钰，你看这些文件干什么？"

"我刚刚得到消息，华明和张教授的合作没有通过董事会的决议。"麦斯钰的语气里略带遗憾。

郭永旺却一副不以为然的样子："华明的决议，跟我们有什么关系？"

"张教授的项目真的很有市场前景，我在想，华明不愿意做，是不是冥冥之中在给我们一个机会，我们为什么不抓住机会争取和张教授合作呢？"麦斯钰的话让郭永旺大惊失色。他震惊了，感觉麦斯钰疯了："这个项目华明都不要，你却上赶着赔钱，你是不是傻啊？再说了，你哪来那么多钱投资啊？"

麦斯钰想了想："我想再去一趟北京，找张教授具体谈一谈，看看他对企业的要求，需要什么样的车间、什么样的设备，然后再回来想办法解决钱的问题。"

郭永旺心头一颤，瞬间出了一身冷汗。麦斯钰自己瞎折腾也就算了，现在还要带上他的儿子一起折腾，郭永旺不干了："去北京？那么远，还要坐飞机，阿钰，你现在可是孕妇啊，怎么能坐飞机来回奔波呢。"

麦斯钰摸摸肚子，犹豫了一下："我会咨询医生的，如果医生说不可以坐飞机，那我再想别的办法。"

郭永旺彻底无语了，催促道："好了，你今天已经够操劳了。快，回家去，让爸多给你做点好吃的，好好补补。"说着，他强行关了麦斯钰的电脑。

二

2008 年年初，街道上贴满了“欢度春节”的春联，繁华热闹，人们穿着节日盛装，各个喜气洋洋，到处洋溢着欢乐的气氛。

因为即将过年，珠海市政府特地召开了一次“2008 年新春珠澳企业座谈会”，麦斯钰、欧阳东江、欧阳春作为企业代表应邀参加。

会上，作为会议主持人的谭文智作了讲话。他说道：“过去的一年是‘十一五’开局之年，也是我市全面落实科学发展观，社会主义现代化建设取得新的重大成绩的一年。昨天的省政府工作报告会上，黄省长也重点谈了这个问题，在新的国际国内环境下，现在全球对企业的自主创新能力有了更高的要求。改革开放以来，中国及时抓住经济全球化机遇，逐步发展成为全球制造业大国和‘世界工厂’，但现在我们不能仅仅满足于中国制造了，从制造到创造的转变势在必行。由中国制造转变成中国创造的过程，实际上是市场升级的一个重要过程，因为在未来的国际竞争中，‘中国制造’想战胜‘外国制造’，最终的取胜之道是‘中国创造’，只有‘创造’才能让中国经济发展突破瓶颈。”

最后，谭文智告诉与会者：“对很多外国人来说，中国是山寨、抄袭、生产低成本替代品的代名词，中国制造在过去意味着廉价劳动力、生产成本低和质量差。所以，政府新一年的工作重点，就是大力推进自主创新，加快创新型城市建设。新的一年，政府一定会为企业营造自主创新的良好环境，推动重点领域、重大项目技术创新！”话音一落，台下的众人纷纷鼓掌。

散会后，麦斯钰特地找到了谭文智，她心里有一个大胆的想法，想让永旺灯饰和张教授合作，可是永旺灯饰的规模太小，麦斯钰怕无法支撑起这么大的实验项目，所以想要听听谭文智的意见。

谭文智告诉她，有心才能做大事："如果你的公司能和张教授的实验室哪怕达成一个意向性的合作，对你公司的定位和发展都会大有裨益。再说，横琴新区的建设规划本来就是要鼓励支持新科技、新技术的企业。"他的意思很明白，希望麦斯钰的眼光放长远一些。

听了谭文智的话，麦斯钰感受到一股力量，心里也有了最后的决定。第二天，她只身来到北京，找到了张教授。

不过得到的结果和她预想的一样，张教授对麦斯钰对科研的热情给予了肯定，更表示很感动，但是他也直言道，麦斯钰的公司并不适合和实验室合作，毕竟测试是有可能失败的，他担心她的公司承担不了这种风险。

张教授说的这些，麦斯钰之前都考虑过。她十分真诚地对张教授说："做新材料的应用测试，需要相应的先期投入，需要新设备、新车间，这些硬件上的不足，我正在想办法解决。现阶段我的公司不是张教授的最佳选择，但大家都是摸着石头过河，我认为除了公司实力，彼此信任才是最重要的合作基础。如果您跟我合作，我愿意无条件地信任您，支持您去完成测试。"

张教授看着麦斯钰眼中的坚定，佩服之余更多的是感慨。麦斯钰都不怕，他还有什么可担心的呢，他能做的就是尽量把失误率降到最低，不辜负麦斯钰对自己的信任。于是，犹豫片刻，他坚定地说："麦总，既然这样，我愿意试试。"

麦斯钰没想到这么顺利就拿到了张教授的合作意向书，有了这份合作意向书，下一步，她打算去找谭文智，争取政府的扶持。她相信有政府给自己做后盾，应用测试一定能做起来。

看到麦斯钰激动得像个孩子，她身边的黄梓建隐隐感到不安，他本身是做科研的，知道其中的风险。他理智分析道："阿钰，我还是要提醒你一句，做研发难度非常大，而且成本非常高，需要持续投入，周期也非常长，所以很少有企业能做到持续投入，我想这应该也是华明拒绝张教授的原因。"

他说的这些，麦斯钰来之前已经考虑过了。她告诉黄梓建："张教授这么信任我，研发项目我是一定要做的。"

拿着张教授的合作意向书，麦斯钰马不停蹄地来到珠海市政府，找到了谭文智。

谭文智没想到麦斯钰这么快就搞定了意向书，他也不能拖麦斯钰后腿啊，当天就带着市政府工作组到永旺公司进行视察。作为陪同，麦斯钰给大家介绍了工厂内的生产线和最新产品。

之后，麦斯钰和谭文智一起走进办公室。她拿出和张教授签订的合作意向书，递给谭文智，直言不讳道："谭主任，目前最大的困难，还是资金。"

"需要多少钱？"

"我算了一下，第一期的投资，大概在五百万元。"

谭文智想了一下，说："政府有扶持高新技术产业的政策，你准备一下相关材料交上来，我们工作组审议一下，如果符合扶持条件，政府拨款，加上银行贷款，可以帮你们解决一部分资金。当然，还是需要你们自筹一部分。"

麦斯钰激动道："谢谢谭主任。"

谭文智看着她，赞赏道："你能把产学研结合落实，这个构想很不错，头脑很灵活。"

麦斯钰被夸得有些不好意思，何况这件事本身也不是自己想到的。她实话实说："谭主任，其实这个构想不是我最先想出来的，是我的好朋友给我的启发。"

谭文智猜测："是黄梓建吧？"

"就是他。"

此时，郭永旺从外面回来，正好走到办公室门口，听到黄梓建的名字，心里很不是滋味。

谭文智赞赏道："黄梓建是个人才。麦总，你应该利用好你手上的人才资源。当然了，这是一个漫长的过程，需要一个品牌在成长的过程中慢慢积累，不是一日可以完成的事情，不能搞大跃进。麦总，加油吧，我看好你们公司的发展前景。"

待谭文智走后，郭永旺走进来，张口就质问道："麦斯钰，你那个项目，上次我不是已经否决了吗，你怎么还是跟谭主任说了？"

麦斯钰一听就知道他又在外面偷听了。她也不隐瞒，直言道："现在全国都提倡创新，做研发是势在必行，是公司未来的出路，你阻挡不了的。”

郭永旺听后，眼里直冒火。自从麦斯钰上次去了北京，就跟中了邪一样，天天做白日梦，想什么研发中心的事情。但是，以他们公司现在的资金实力，根本不可能做科研。华明那么大的公司，资金那么雄厚，他们的产品还不是采用进口芯片，麦斯钰凭什么就能做自主研发？他怀疑麦斯钰是受了黄梓建的怂恿。

郭永旺强压下怒火，带着哀求的语气说：“阿钰，你现在怀孕了，我不想跟你吵架。我希望你能尽力做好一个母亲，别整天只想着你的事业，好吗？”

麦斯钰努力冷静下来，平静地说：“郭永旺，我们俩的私事等回家再说，现在是在公司，只谈公事。”郭永旺欲言又止，气呼呼地离开了。

看着他离开的背影，麦斯钰心头涌上一种陌生的感觉。突然感到肚子有些疼，她捂着肚子坐了下来。不一会儿，豆大的汗珠从额头上冒了出来。麦斯钰强忍着疼痛独自一人来到了医院。

结果出来后，麦斯钰一个人站在医院的走廊里，悲痛哽咽住了她的喉咙，她半天说不出话。她的心口一阵阵疼，两眼立刻被眼泪蒙住，耳边回响着产科医生的话：“一般七八周就有胎心了，慢点的十周左右。虽然这样说可能有点残忍，但是你现在怀孕三个月了，突然没有了胎心，从B超结果来看，胎儿停止发育了，就是说这个胎儿已经没有生命迹象了。”麦斯钰难以接受这个事实，此刻，她不想看到郭永旺，她想阿爸，想姐姐。从医院出来，她给麦斯莲打了个电话，直接回了澳门。

一回到家，麦斯钰就发现父亲有些奇怪，说什么“当初我让你嫁给黄梓建，你是怎么说的？现在你们都是有家庭的人了，你到底做了什么？”说得她一头雾水。最后麦叔说出了真相：“郭永旺跑到这里来，在我面前都不留情面地说你啊。”

麦斯钰这才知道，原来一天前郭永旺来过，还对麦叔说了很多不中听的话，麦叔没有把他们谈话的具体内容告诉她，只说了一句：“好好地回到家里去，给郭永旺道个歉，公司的事情他负责，你就做好一个女人，行不行啊？”

麦斯钰从父亲的语气判断，郭永旺的话肯定不怎么好听。父亲是顾忌她的身体，怕她生气，才挑着说了些不太难听的话。可是麦斯钰心理还是很不舒服，父亲让她给郭永旺道歉，不就代表了他也不相信自己吗？想到这里，麦斯钰心如刀绞。她强忍着眼泪，一口气把这么多年的委屈全部说了出来："阿爸，我努力了这么多年，是为了什么啊？我是要为我们疍家的女人争口气，我不想让别人说，我们疍家的女人没受过什么教育，什么都不会，只能在海上和大风大浪争生活！阿爸，我下了船，从澳门到了珠海，从工厂车间的小工到了现在，我有了自己的公司，不能放弃。如果我放弃了，那些疍家的姐妹就更看不到希望了，她们都在看着我啊，你能理解吗？"

麦叔多要面子的人，现在却被女儿这么说，心中猛地一颤："麦斯钰，你要当女强人是吧，你非要闹得家里鸡飞狗跳是吧？我这个当阿爸的，现在是管不了你了，你爱怎么折腾怎么折腾，一切的后果你自己负责！"说完，他气得夺门而出。

看着麦叔的背影，麦斯钰的眼泪再也忍不住了，吧嗒吧嗒地往下掉。麦斯莲看着妹妹，心疼得不行，她轻轻把妹妹拥进怀里，叹了口气："阿钰，你……怎么不告诉阿爸……"

"我不想说，一切的后果我自己承受吧。"说完，麦斯钰伤心的朝外面走去。看着妹妹瘦弱的背影，麦斯莲心里憋得慌，她拿出手机，拨通了郭永旺的电话。

郭永旺一听是关于自己孩子的事情，立即来了澳门。麦斯莲把孩子的事情告诉了他，郭永旺无法接受这个事实，整个人像是疯了一样，他找到麦斯钰，不顾麦斯钰的身体，非要带着她换医院重新检查。麦斯钰拗不过他，只能跟着他折腾，结果出来后，郭永旺还是不信，拉着她要再去找医院。

麦斯钰感到身心疲惫，她用力甩开他，绝望地说："郭永旺，你别闹了，没用的。"

郭永旺顿时火了："我的孩子好好的，怎么会胎停了？麦斯钰，你给我解释清楚，到底怎么回事，你都干了什么？"麦斯钰瞪着他，无言地流泪。在郭永旺的心中，只有孩子。

看到麦斯钰流泪，郭永旺更生气了。"你别哭了，听见没有，哭对孩子不好。麦斯钰，你听见没有！”他痛苦地咆哮，把所有的责任都推到了麦斯钰身上，“我早就跟你说让你别去公司上班，在家里保胎，你就是不听，老往公司跑，还坐飞机飞来飞去的，你这么折腾，孩子能好吗？麦斯钰，你就是凶手，是害死我孩子的凶手。”

麦斯钰很自责、很痛苦，也不想再面对郭永旺。她站起来，向外面走去。郭永旺一把抓住她，质问道：“你去哪儿？”

麦斯钰想甩开郭永旺，郭永旺却死死拉着她，二人拉扯之间，麦斯钰意外摔倒了。

一股热流顺着麦斯钰的双腿之间流出来，一个路过的护士看到地上的血，立刻大喊道：“快，快送手术室！”

三

麦叔到医院的时候，麦斯钰已经被推进了手术室。麦叔气得脸通红，走路都有些不稳，看到郭永旺后，上去就是一拳，痛骂道：“你个混账东西！”

麦斯莲赶紧拉开麦叔：“阿爸，冷静，阿钰还在里面做手术呢。”

郭永旺却十分冷漠，他的心里只有麦斯钰肚子里的孩子：“行，你女儿把我的儿子弄没了，你还打我，你们全家都欺负我。好，你们等着，等着！”

就在麦斯钰还在手术室的时候，郭永旺找了一名精算师来到永旺公司，清算他俩的资产。孩子没了，他可不能让自己的钱也没了。

麦斯钰出手术室的第二天，郭永旺就把一份离婚协议递到了她面前。

麦斯钰似乎并不意外，她表情平静，一行一行、一页一页地看着离婚协议。翻到最后一页，她看到了郭永旺的签名。

郭永旺振振有词：“我这么做都是你逼的，我是被你逼得没办法了。如果你现在放弃搞科研中心的项目，我们就可以不离婚；如果你还是一意孤行，那我也只能这样做了。”

麦斯钰记得自己在书上看过一句话：痛过之后就不会觉得痛了，有的只会是一颗冷漠的心。此刻的她，正如书中描述的那样，看着郭永旺，内心没有一丝波澜，只是觉得可笑，没想到提出离婚的会是他。她平静地说：“也好，离了就解脱了。”

郭永旺看到麦斯钰的态度，心里有种说不出的滋味：“我就知道，你心里巴不得离婚。”说着，他督促麦斯钰赶快签字。

麦斯钰正准备签字，突然注意到离婚协议上的财产分割条款，说：“你想把你手里的股份溢价卖给我，可现在这些股份根本不值这么多钱，你这样太过分了吧？”

“我已经找精算师算过了，你不想闹得太难看的话，就按我开出的价格回购我手里的股份。否则，咱们就法庭上见。”郭永旺威胁道。

麦斯钰苦笑，只要不再和他纠缠，倾家荡产也无所谓：“好吧，我答应。”她在离婚协议上签了字，摘下结婚戒指，放在离婚协议旁边。

最后，麦斯钰看着郭永旺，善意地提醒道：“郭永旺，我们夫妻一场，我想最后再跟你说一句忠告。我知道你不想听，但我还是要说：做企业，首先是做人，如果为了利益失去了底线，到最后是不可能成功的。希望你好自为之。”

郭永旺不以为然，拿起离婚协议说道：“明天早上八点，民政局见。”

几年的夫妻，终以离婚收场，麦斯钰想想自己的婚姻，觉得既可悲又可笑。走出民政局的那一刻，她突然有种前所未有的轻松。

她把房子、车子卖了，所有的钱都给了郭永旺。一切重回最初的原点，她再次回到和麦斯莲之前住过的出租屋，不过这里已经被麦斯莲买了下来，而且里外都彻彻底底地装修了一番，完全看不出曾经的样子。

麦叔早就在厨房里忙活起来了，见麦斯钰回来，一脸温和地说：“你们先去看电视，一会儿就开饭。这都是最新鲜的海鲜，你在外面买不到。”

“阿爸，我帮你。”说着，麦斯钰就套上了围裙。

麦叔直把她往外轰：“不用不用，你和你大姐都别插手，去外面坐着，一会儿就开饭。”

麦斯钰只好站在厨房门口，看着父亲在里面忙碌。

很快，一桌子菜就做好了，麦叔特地拿出一瓶珍藏的白酒，给麦斯莲和麦斯钰都倒上。父女三人好久没像现在这样坐在一起。麦斯钰突然看见父亲的头顶上多了好多白头发，意识到他真的老了，鼻子一酸，又怕父亲看见自己的眼泪，赶紧低下头吃菜。

麦叔看着麦斯钰，和郭永旺结婚的这几年，她没过几天好日子，现在搞得整个人这么憔悴，短短几天，脸颊明显地陷了下去。他十分心疼，不停地往麦斯钰的碗里夹菜：“多吃一点，你好久没吃过我做的海鲜了。”麦斯钰的眼前已经模糊了，她一直低着头吃菜，不敢看父亲的眼睛。

“人这一辈子，跟出海是一样的，会碰到各种各样的风浪。有时候你以为自己过不去了，可最后总有办法撑下来，等风浪过去以后，你重新站起来，会发现一个不一样的世界，还有一个不一样的自己。”说着，他拍拍麦斯钰的肩膀，安慰道，“阿钰，阿爸知道，你肯定能挺过去。”麦斯钰不敢抬头，但早已是泪流满面。

吃过饭，麦斯钰独自倚靠在床头，手里拿着一双精美的婴儿鞋，轻轻抚摩着，泪水一滴滴地滑落脸颊。

自从和麦斯钰离婚后，郭永旺的小日子过得着实舒坦了一阵子，他也很少来永旺灯饰。这天，他一大早就带着几个小混混来到工厂车间，霸占着机器，硬逼着车间停工。

雷梨花闻声走了过来。“一大早嚷嚷什么？”看到郭永旺，她先是愣了一下，接着笑呵呵地说，“原来是郭总啊，什么风把您给吹回来了？您忘了，现在公司已经不姓郭了。”语气听似温和，实则充满了讽刺味道。

对于雷梨花的冷嘲热讽，郭永旺毫不在意。在他看来，公司姓什么不要紧，关键是麦斯钰欠了他的钱。他威胁道:“要实在没钱还，我就把这些设备拿去卖了抵债算了。”说着，他就让几个小混混上前搬机器。

见状，雷梨花厉声道:“放下，都给我放下!”几个小混混根本不听她的，直接动手搬机器。

雷梨花愤怒了，她环顾左右，突然想到了什么，一溜烟跑了。过了一会儿，她举着一把拖把回来，对着几个小混混劈头盖脸一阵狂打，小混混被打得很狼狈，四处逃窜。雷梨花扛着拖把护在机器前面，说:“我看看谁敢动我们厂的机器!”

小混混看到雷梨花这个架势，简直比男人还厉害，他们原本也不是真正的混混，就是吃饭喝酒的时候认识了郭永旺，郭永旺让他们来帮忙，一个人给两百块钱，这才滥竽充数，没想到竟遇到雷梨花这么个厉害角色。几个人一下㞞了，留下一句“郭哥，我们帮不了你了”，撒腿就跑了。

郭永旺心里暗骂几个人窝囊。小混混走后，雷梨花拿着拖把直指郭永旺。郭永旺条件反射地往后退了一步，警惕地问道:“你想干吗?你还敢打我啊?”

雷梨花毫不客气:“郭总，哦，不对，郭永旺，识相的赶紧滚蛋，否则别怪我这根打狗棒不长眼。”说着，她就要动手赶人。

“梨花，把拖把放下。”麦斯钰的声音传来。雷梨花闻听此言，跑到她身边，小声说:“他就是来闹事的，你别跟他客气，让我帮你出出气。”

麦斯钰低声道:“行了，别添乱了，快带着大伙开工吧。”说完，她转身对着郭永旺:“我们去办公室谈。”

一进办公室，郭永旺立马趾高气扬，丝毫不见刚刚的㞞样。他坐在沙发上，跷起二郎腿，一副大爷模样。他指着茶几上放着的自己和麦斯钰签的离婚协议说:“白纸黑字，写得清清楚楚，所有的钱一个月之内付清。我不管你有什么理由，反正今天拿不到钱，我就不走了。”

“我答应给你的钱，一分都不会少，你现在赖在这里也没有用，等我凑够了，会联系你。”麦斯钰说。

“你让我等，那我等到猴年马月啊?”郭永旺根本不买账，“你现在把钱都投到张教授那个项目上了，万一赔了，我不是跟着倒霉吗？”他这才说出了此次前来的真实原因。

麦斯钰觉得他简直是不可理喻。她说：“郭永旺，我现在正在想办法筹钱，何况还没到一个月呢。我保证到时候一分不少地把钱打到你的账户上。你要是再在这里胡搅蛮缠，影响我工作，到时候拿不到钱，你自己负责。”

郭永旺一听，感觉麦斯钰说的好像有些道理。他拿着离婚协议灰溜溜地走了，临走前，说自己三天以后再来。

四

送走了郭永旺，麦斯钰一个人坐在办公室里，看着眼前堆积如山的资料，感受到了前所未有的压力。从小到大，很多人都看不起疍家女人，说疍家女人是脚上没鞋、无根的人，一辈子只能在海上漂着，上不了岸，就算上了岸也走不好路，做不好事。似乎所有人都觉得疍家女人就该一辈子待在船上，在家里相夫教子，做男人的附属品。可麦斯钰不想要那样的人生，从小就不想，她靠自己的奋斗，不偷不抢，靠本事挣钱吃饭，她就是要让大家看看，疍家女人能上岸，能闯出一番天地。可是这一刻，她感觉到了无力。和郭永旺婚姻的结束已经不是他们两个人的事情了，严重影响到永旺灯饰的经营。她有些迷茫，不知道自己下一步要怎么走下去。

就在这时，一个熟悉的身影出现在麦斯钰的办公室门口，这个人就是石学举。麦斯钰和郭永旺离婚后，资金链出现了缺口。她找到了石学举，希望他能介绍几个金融界的朋友，看有没有可以投资的。可是由于市场环境不好，大家投资都很谨慎。麦斯钰理解石学举的难处，毕竟张教授的这个项目大家现在都持怀疑态度，有顾虑很正常。

不过今天石学举是带着一个新想法来的。他对麦斯钰说："我认为你不能把鸡蛋都放在一个篮子里，必须分散风险，才能保证公司未来的盈利空间。"

麦斯钰一听就来了精神："目前我们除了争取银行贷款，就是想办法寻找新的合作伙伴。"

"你这个项目属于高新技术。政府现在有扶持高新技术的专项资金，还有优惠的贷款政策，你应该充分利用起来。"

麦斯钰明白石学举的意思。其实这段时间她也在思考，虽然她的公司更新了设备，但和那些大公司竞争，还是有很大差距，而且国产芯片在产品稳定性等方面还有待提升。她告诉石学举，本来自己的想法是，如果能和他的朋友谈成合作，争取到注资，今年就上马一套新的改良设备，现在看来这个计划还要再搁置一段时间。

"未必。"看麦斯钰有些纳闷，他解释道："今天我本来约我这个朋友一起来跟你谈合作，可是他临阵打了退堂鼓，所以现在只有我自己来了。阿钰，我们是多年的朋友，我这个老朋友带资入股，你欢迎吗？"

对麦斯钰来说，这简直是喜从天降，这是这么久以来她听到的最好的消息，石学举简直就是雪中送炭。

石学举笑了："你可别把我想得那么高尚，我这不是做善事，是看中了你们公司的发展前景才决定入股的。LED 未来的市场空间那么大，我当然也想分一杯羹啊。"

麦斯钰十分感动，她知道，石学举是为了帮自己。现在公司正是困难的时候，她和郭永旺离婚，公司受到的影响很大，人心不稳，资金困难，石学举这个时候过来，对永旺公司而言就是一根救命稻草。

石学举知道麦斯钰此时的处境，笑着说："阿钰，我就是欣赏你的为人和胆识，我相信你的能力，也相信自己的眼光。未来，我们一定能有一番作为。"

听他这么说，麦斯钰满脸兴奋。"好啊，那我们就加油干吧。你快再帮我看看这些材料。"说着，她拿出一份新材料递给石学举，"石哥，我最近关注到一个新的领域，低温照明现在发展很快，美国、日本，还有中国台湾大卖场都有采用

LED低温照明的产品，但是这个项目内地还没有人做，我认为这种产品未来有广阔的市场发展前景。我想抓住机会，占领这个市场空白。”

麦斯钰和石学举认真地讨论着，不知不觉到了深夜。

就在麦斯钰刚刚看到起色的时候，华明公司却遇到了有史以来最大的一次危机：因为欧阳小江的失误，整个华明遭受重大损失，欧阳东江一气之下，急血攻心，被送进了医院。

欧阳小江这时才知道自己错了，既内疚又自责。

欧阳东江住院后，华明公司乱成了一锅粥。要知道，欧阳东江是华明的精神支柱，现在精神支柱倒下了，所有的股东都不淡定了。

欧阳春一进会议室，就看到刘总和王总已经坐在里面，满脸焦虑。看到欧阳春，两个人几乎同时开口：“董事长怎么样了？”

欧阳春装出一副很难过的模样：“刘叔，王叔，我也不想瞒着你们，董事长虽然度过了危险期，但是身体很虚弱，必须卧床休息。别说出院的时间遥遥无期，就是出院之后恐怕也难再像以前那样承受公司繁重的工作了。”

这下，两个董事更加不淡定了。王总说：“那华明怎么办？外面那些人早就对华明虎视眈眈，这个消息一旦泄露出去，华明可就危险了。”

欧阳春假模假式，硬是挤出两滴眼泪：“我知道，公司现在遇到了危机。叔叔卧床不起，不知道什么时候才能康复，这是我们都不愿意看到的，但事情已经发生了，我们必须积极面对。公司的事情很多，但我真的不忍心去打扰叔叔，他的身体已经非常虚弱了。昨天我去医院，医生告诉我他再也经不起任何刺激。刘叔，王叔，我真的不知道该怎么办了。”

“那欧阳小江呢，他什么态度？”刘总问道。

王总十分不屑地说：“他能有什么态度，就是他把董事长气病的，他还敢来吗？”说着，王总不经意地给欧阳春使了个眼色。

刘总哪里顾得上什么眼色，忙问：“什么意思？这次华明遭受重大损失，直接责任人就是欧阳小江。他不敢来公司，难道就这么躲着不见我们了？”

王总装作一脸无奈："董事长只有这么一个儿子，从小就惯着，出再大的娄子也就是停两天信用卡，没收跑车钥匙，还能怎么样呢？春总，如果再让欧阳小江这么胡闹下去，华明早晚要断送在他手里。"

刘总感慨道："小江少爷要是有春总一半能干就好了。"

看刘总态度松动，王总赶忙说："是啊，刘总，我有个建议，董事长的病情对外一定要封锁消息，这段时间公司的事情尽量不要再打扰董事长，毕竟他的身体支撑不住。公司不如就先交给阿春来负责，你觉得怎么样？"刘总听后若有所思。

这时，一直没出声的欧阳春开口了："刘叔，王叔，我是欧阳家族的人，当年我父亲和叔叔创立华明的艰难我是最清楚的，我父亲为了华明……现在叔叔又躺在了医院……"说着，她有些动情，眼睛里闪着泪光。

王总顺势说道："阿春啊，欧阳家对华明那是鞠躬尽瘁、尽心尽力，这些我们都是知道的。"

欧阳春两眼泪汪汪地看着二人："在叔叔住院期间，我有责任继续守护好华明，但是我毕竟年轻，还需要二位叔叔的支持。"

王总立马表明态度："阿春，我们当然是支持你的，不然我们还能支持欧阳小江那个不争气的小子吗？"

看王总这么说，刘总也说道："是啊，春总，这段时间就要辛苦你了。"他没注意到，欧阳春和王总又一次交换了眼神。

虽然欧阳东江暂时不能理事，但是欧阳春知道他的股份加上欧阳小江手里的股份足以撼动董事会，如果处理不好和两个人的关系，即便她现在坐上了董事长的位子，这个位子也坐不稳。所以，她把目标放到了欧阳小江的身上。

特护病房外，欧阳小江正在和父亲的主治医生崔医生交谈。崔医生告诉他："小江少爷，欧阳先生这几天没有出现并发症的情况，可以说生命危险期已经平安渡过。不过，欧阳先生这次心梗，并发脑出血的面积较大，身体的康复周期会非常长。"

欧阳小江的脸色瞬间变了，忙问："要多久？"

崔医生眉头微微一皱，解释道："说不好。可能一年两年，也可能三年五年。小江少爷，你要有这个心理准备，欧阳先生不能再受任何刺激，更不可以劳累。康复期间如果再出现危险，恐怕我也无能为力了。"

欧阳小江的心猛地一揪，他目光呆滞，自言自语道："怎么会这样，怎么会这样……"

崔医生安慰道："你也别太担心，虽然欧阳先生的康复周期很长，但是只要配合医院精心照顾，就不会有太大的问题。"

医生走后，欧阳小江走进病房，看着父亲。

欧阳春站在一旁："小江，叔叔刚睡着，我们还是不要打搅他了。走吧，有些事我想和你聊聊。"

咖啡馆内，欧阳小江垂着脑袋，无精打采。在他的印象中，父亲的身体一直很好，好像连生病都很少，可是现在……想到这里，欧阳小江感到一种无形的压力压在身上，他不知道自己接下来该怎么办。

欧阳春看着欧阳小江说道："小江，现在公司的董事会已经炸开锅了，大家对你意见都很大。你也知道，叔叔这样一病不起，公司很多事情都瘫痪了。我虽然在负责一部分事，但毕竟是名不正言不顺。以前叔叔在，有人给你撑腰，但是现在只有我能护着你了。"

"姐，你什么意思啊？"欧阳小江不解。

"我们是一家人，我就直说了。"说着，欧阳春清了清嗓子，"叔叔需要静养，今天医生的话你也听到了，如果现在公司乱起来，叔叔恐怕很难承受这个刺激。所以，我现在必须接管董事会，替叔叔、替我们欧阳家族守护华明。"

"姐，你要……当董事长？"欧阳小江惊愕地看着欧阳春。

欧阳春解释道："不是我要当，是我不得不承担起这个责任。如果叔叔康复得快，我不过是稳定一下局面；但如果叔叔康复周期很漫长，甚至不能再像以前那样操劳了，你说华明怎么办？华明未来的董事长谁能担任？现在的公司董事会，除了我，任何一个股东如果坐上这个位置，华明都要改姓。而你，很有可能被扫地出门。”欧阳小江越听越害怕，脸色变得惨白。

欧阳春伸手握住他的手：“所以，小江，我们必须团结，你必须支持我啊！”

欧阳小江看着欧阳春，心中有种说不清的感觉。

第十章

一

为了不再与郭永旺有什么牵扯，重新开始，麦斯钰把公司改名为“国兰”，取自蕙质兰心之意。

为了庆祝新公司的成立，也为了庆祝新材料应用测试车间的启动，麦斯钰邀请了不少好友，在维加斯酒店举办了一场庆祝仪式。之所以选择在维加斯，因为当初在创业最艰难的时候，是维加斯的订单让她迎来了事业上的转折，让她在灯饰行业站稳了脚跟。

仪式当天，站在话筒前的麦斯钰感慨颇多。她特地感谢了欧阳东江，是他让自己从一开始对灯饰的一无所知，到后来能够自立门户，同时也是华明教会了她很多东西。

此外，她还特地感谢了维加斯的包总，正是因为包总的信任，才让她渡过难关。台上麦斯钰说得动情，台下的人也为之动容。

正说着，一个人从外面走进来，站在了人群后面。他明显瘦了很多，西装在身上显得十分宽大，头发像是特意打理过，但眼眶深陷，皮肤也暗淡无光。如果不仔细看，也许很多人都认不出来，眼前的这个人竟然是曾经的永旺灯饰的总经理郭永旺。离婚之后，郭永旺干什么都不顺，投资失败，股票赔钱。今天，他听说麦斯钰的新公司开张，专门跑来凑热闹。

郭永旺原本想悄无声息地来，不声不响地走，但没想到从自己一进门，他就被好多双眼睛给盯上了，其中就有麦叔。想到女儿受到的伤害，麦叔气不打一处来："这种人，我真是见一次想打一次。"

一旁的洪俊杰也注意到了郭永旺，他听说了郭永旺到工厂闹事的事情，打心底里瞧不起这种男人。估计郭永旺是看麦斯钰的新公司开张，眼红得不行，他提醒麦斯钰："他要是回来求你，你可千万不能心软。"

听了洪俊杰的话，麦斯钰的心里竟没有一丝波澜，她和郭永旺已经离婚了，该给的自己都给了，他们两不相欠。听麦斯钰这么说，洪俊杰也就不说什么了。

2008 年 5 月 3 日，北京奥运圣火在澳门传递，这是北京奥运圣火传递的重要一站，也是澳门开埠以来首次迎接奥运圣火。

澳门道路的隔离带上、街道两旁的灯柱上，中英文字样的北京奥运彩旗、摆满了手持"祥云"火炬的福娃宣传板以及"点燃激情、传递梦想"的条幅，将本已极具魅力的澳门装点得更加喜庆和欢乐。近乎疯狂甚至是声嘶力竭的加油声回响在澳门上空。

麦斯钰站在人群中，手拿五星红旗，跟着人群一起欢呼。黄梓建和梁雯在她旁边，也拿着五星红旗走在人群里。梁雯有些激动，但是黄梓建看上去十分紧张。八个月前，梁雯查出怀孕，黄梓建高兴得几天都没睡着。今天，原本他不同意梁雯参加圣火的传递，可是她非要参加。她希望能够和黄梓建一起见证这个伟大的时刻，奥运圣火见证他们爱情的结晶，也见证他们迎接美好的未来，将成为他们人生中最美好的回忆。

这不，挺着大肚子的她走在人群中，显得有些笨重，黄梓建心惊胆战地在一旁小心翼翼地呵护着。梁雯却跟没事人一样，跟着人群一起呐喊："加油奥运！""加油北京！"她每喊一句，黄梓建的心就跟着揪一下。

喊着喊着，梁雯突然停下了脚步，下意识地捂住了肚子，眉头也跟着皱了起来，声音显得很急促："梓建，我、我肚子有点疼。"

黄梓建一听，瞬间有些手足无措。旁边的麦斯钰上前帮忙："是不是要生了？"霎时间，黄梓建全身紧张得如同石头一般，呆在原地。麦斯钰喊道："赶紧给医院打电话啊！”

医院里，梁雯被推进了产房，他在外面焦急地等待着。第一次经历这种情况，时间仿佛在这一刻停止了，黄梓建坐在椅子上，一动不动，只能听到自己的心怦怦跳动的声音。时间一分一秒地过去，他不停地看表：“都进去两小时了，怎么还没有动静？”

一旁的黄妈倒是很淡定，她安慰道：“阿雯是第一胎，没有那么快的。”

可是黄梓建并没有因为黄妈的话而安心，梁雯的预产期还没到，加上她的身体本来就不好，现在又早产，想到这里，黄梓建直懊悔，他为什么要听梁雯的，听任她去大街上。

这时，产房里传出婴儿洪亮的啼哭声，黄梓建一脸兴奋。产房门打开，护士抱着小婴儿走出来说：“恭喜，母女平安。”

大家都围上去看孩子：小婴儿五官精致，耳朵白里透红，耳轮分明，外圈和里圈很匀称，虽然是半眯着眼睛，但是也明显能够看出是个大眼睛的姑娘，俨然就是一件精心雕刻出来的艺术品。

黄妈看着小孩，笑着说：“长得和梓建小时候一模一样。”

麦斯钰看着眼前的这个小小人，也很兴奋：“小宝宝真是懂事，着急出来为北京奥运加油呢。”

“今天是北京奥运圣火在澳门传递的好日子，宝宝知道我笨，怕以后忘了纪念日，所以今天出生，对吧。”黄梓建笑着说。他感觉自己被幸福包围着，初为人父的他感到了一种前所未有的使命感，他要保护这个小生命。之前他和梁雯给孩子想过不少名字，都觉得不太满意，此刻，他的脑海中突然蹦出了一个：“就叫黄旎奥吧。”“旎”字寓意柔美，“奥”字则是为了纪念奥运会。

黄妈一听就觉得这个名字好。“好听，又有纪念意义！”她边说边逗着刚出生的小婴儿，“旎奥，宝贝，咱们有名字了。”

二

仅用了一年时间，麦斯钰和张教授合作的新材料应用测试车间，超出预期提前完成测试阶段，接下来就要进入生产阶段了。这意味着，过不了多久，国兰灯饰的新产品就可以投放市场。

惊喜接踵而至，石学举也带来了好消息。国兰灯饰生产的低温照明产品得到了市场的认可，有好多厂家主动联系他们，订单源源不断，不少公司更是想来工厂参观，签订长期合作协议。国兰灯饰用了一年的时间，已然成为珠海灯饰的后起之秀。

一切都向着越来越好的方向发展，麦斯钰很满足，也很欣慰。她每天早出晚归，几乎把所有的时间都投入到了工作上，充实而忙碌——直到一个人的出现，让她的生活再次掀起了波澜。

离开了麦斯钰的郭永旺过得并不如意，小单位他看不上，大公司看不上他。他投资了不少项目，多数都赔了，直到把钱花光，又开始惦记上麦斯钰了。

这天，郭永旺来国兰公司的时候，麦斯钰刚刚开完会。他眼疾手快，赶紧端起一杯茶，殷勤备至道："听秘书说你在开会，说了不少话吧？快喝口茶润润嗓子。"

麦斯钰见到郭永旺，有些意外，不知道他又想搞什么事情。她把茶杯放回桌子上，说："郭永旺，你的钱早就付清了，你怎么……"

不等她把话说完，郭永旺赶紧解释。"不是，不是钱的事。你放心，我不是不讲道理的人。"说完，连他自己都觉得不太好意思，见麦斯钰没怼他，郭永旺放开胆子，开始打亲情牌，"阿钰，今天一走进国兰，我就想起你刚到华明上班的时候，那时候你真是什么都不懂，可是你愿意下功夫学，我当时就觉得你与众不同。”

麦斯钰回忆起往事，语气也缓和了一些，再次追问：“你来到底是什么事啊？”

显然没想到麦斯钰会是这种态度，郭永旺饶了一大圈的弯子，说些“其实，这一年多，我挺后悔的。要是我当初对你好一点，可能就不会……”的话，麦斯钰听着有些烦，打断他说：“过去的事就别提了，大家还是向前看吧。”

郭永旺等的就是这句话。“对，对，向前看，未来还有无限的可能。”他顿了顿，终于说出了这次来的真正目的，“阿钰，你能再给我一次机会吗？”

郭永旺突然冒出这么一句话，让麦斯钰措手不及，她不假思索地回答道：“郭永旺，我刚才已经说得很清楚了，过去的事就别提了，我们之间是不可能有再一次的。”

郭永旺赶紧摆手。“阿钰，你别多心，我不是想占你便宜。”说着，他摆出一副追悔莫及的表情，“我知道都怪我自己不争气，我不是做生意的料，没你有眼光。但是，一日夫妻百日恩，你就当可怜可怜我，能不能让我再回公司上班？”

这下，麦斯钰更加震惊了，原来郭永旺说了这么一大堆，竟是想来国兰上班。看到郭永旺期待的眼神，麦斯钰知道他不是在开玩笑，直言道：“现在公司没有适合你的位置。”

郭永旺看麦斯钰并没有直接拒绝，觉得还有希望，赶忙说：“我不要高薪职位，哪怕让我来给你端茶倒水我也情愿。阿钰，我真的是知道自己错了，我一定改。”

这下，麦斯钰犹豫了。郭永旺这一年的情况她也听别人说过，他确实过得不太好。想到她刚到华明的时候，郭永旺对自己尽心尽力的帮助，麦斯钰有些心软。她陷入了两难。

就在国兰公司逐步进入正轨的时候，华明公司却大变天。欧阳东江住院后，欧阳春独揽大权，买通了几个股东，一跃成为华明公司的董事长，得到了她梦寐以求的权力。而欧阳小江却被董事会排挤，哪怕开董事会，他也永远坐在最后一排的角落，形同空气。

欧阳春上位的第一件事就是开拓华明公司的海外市场，借着美国斯诺达酒店的第一期工程完结的契机，她特地召开了一次临时董事会，说是庆贺华明的第一批海外订单顺利完成，事实上是向董事们炫耀一下自己的能力。

坐在董事长位置上的欧阳春春风得意，她说："美国斯诺达酒店的第一期工程已经完结，我们的海外市场即将一炮打响！"话音一落，会议室爆发出热烈的掌声。欧阳春十分得意，继续说道："华明一直以来的目标都不只是国内市场，而是要走出国门，打造世界级的灯饰品牌！所以，第二个好消息，就是在我的极力争取之下，斯诺达酒店同意让我们继续进行第二批的灯饰生产！"

会议室再次沸腾了，只有角落的欧阳小江一脸愁容，想说又不敢说的模样。欧阳东江出事之后，他就像变了一个人，天天按时上班，却很少按时下班。所有的项目合同他都仔细琢磨，就是想多学点东西。没想到还真让他发现了不太对的地方。待掌声散去，欧阳小江鼓起勇气站了起来，开口道："我看了第二批次灯饰的合同。这次的订单量足足增加了三倍之多，可是甲方要求分三期付款，第一期款项只有百分之十，我们却要在三个月内生产出六成的货，哪有这样的霸王条款？"这些股东压根就没看过条款，听他这么一说，这才看起了合同。

欧阳小江的举动让欧阳春面子上有些挂不住，这明显是在说她的决策有失误嘛。欧阳春正要巩固自己在华明的地位，不允许有不和谐的声音出现，于是她对欧阳小江说："你根本不知道，有多少我们的同行挤破脑袋想参与这次竞标合作，要不是有第一次合作成功的契机，他们根本不会选择我们。如果我们在这个时候表现得太苛刻，只会让斯诺达认为我们诚意不足，唯利是图。"

欧阳小江却坚持自己的看法，他认为，企业本就是要逐利，没有利益，企业还赚什么钱？

这句话明显得到了董事们的认可，同时也彻底激怒了欧阳春。她忍着内心的愤怒，表面还露出微笑，犹如教导主任一般说道："小江啊，所以说你不懂什么叫管理，什么叫发展，什么叫企业文化。我们不是不赚钱，而是要放长线钓大鱼。斯诺达现在承受着金融危机的压力，要求分三期付款也是合情合理的，我们一手交钱、一手交货，风险并不大。”

“就像你说的，美国爆发了第二次次贷危机，无数实业危在旦夕，华尔街的投资银行也接二连三地倒下。就在上个月，美联储宣布把仅剩的最后两家投资银行，也就是高盛集团和摩根士丹利改为商业银行。他们都只能靠收取存款来渡过危机，我们又何必铤而走险，选择在这个时候继续和斯诺达酒店合作？”欧阳小江的态度也十分坚决，就是不同意！

股东们从没见过这样的欧阳小江，他的分析句句在理。会议室里的气氛突然变得微妙，大家都看着欧阳春，又看看欧阳小江，也陷入了纠结。

欧阳春脸色暗沉，半天没开口，心中掀起一阵波澜。直到此刻，她才意识到，自己小瞧了欧阳小江。欧阳小江已经不是当初的那个鲁莽少年了，如果再这么下去，他总有一天会威胁到自己的地位。想到这里，她马上换了一副脸孔，笑着说：“我真是误会小江总了，看来做了不少功课啊。可是你只知其一，不知其二，斯诺达酒店的背后是华尔街几大财团资本，受影响是肯定的，但瘦死的骆驼比马大，如果这单签成，我们就能赚上千万的利润。”股东们一听“千万的利润”几个字，眼睛都亮了。

和欧阳春比起来，欧阳小江稍显稚嫩。他刚站起来想要反驳，就被一旁的王总打断。“那这样，既然是董事会，我们还是举手表决。”说着，他故意看着欧阳春，提高了音量，“您说呢，董事长？”

欧阳春一摊手，一脸的轻松，微笑着看着大家：“当然，每一位股东的票都很重要，我尊重大家的决定。”

投票正式开始，股东们全部站在欧阳春这边。欧阳小江看着欧阳春，突然觉得很不是滋味。

欧阳小江的担心终成现实。仅仅几个月后，全球爆发了金融危机，从华尔街到全世界，从金融界到实体经济，各国都面临着严重的经济危机。这下，华明的董事们坐不住了，欧阳小江的推测成真，这等于一巴掌一巴掌地打在了欧阳春的脸上。

与之前不同，这次的董事会现场，一片骚乱，没有人再支持欧阳春，更多的是指责。欧阳春看着眼前的丑恶嘴脸，这些人对她来说简直就是穿着西装的野兽，平时衣冠楚楚，一遇到事情，比谁都凶险。但是，她依旧维持着自己标志性的笑容，说：“大家不要太紧张，我们的海外计划只是放缓，况且国内市场并没有受到大的影响。”

不过有些股东却并不这么想，刘总就是其中之一。“我今天下午刚刚收到消息，斯诺达在中国的投资项目全部宣告停工，无限期延后。”话音一落，股东们纷纷交头接耳地低声议论起来，气氛更加慌乱，待现场稍微安静了，刘总继续说，“我们的国内供应商，诚泰光电的情况也不太好，听说他们正在研发的新技术，现在因为资金问题被迫停止了，研发团队正闹呢，公司内部很不太平。”

一听到“诚泰”两个字，欧阳春的表情有些不自然，因为眼下就有一批灯具是诚泰光电的。她看了王总一眼，嘴上却问道：“诚泰公司是谁负责的？”

欧阳小江接话，说和诚泰的合作是自己负责的，除了从诚泰公司进原材料，还向他们出售灯具。他让欧阳春放心，诚泰的材料质量一向稳定，虽然诚泰公司有自己的研发中心，但还是要依靠进口原材料，就算他们的研发团队集体辞职，也不会影响和华明的合同。

刘总却觉得欧阳小江想得太简单了。他正要开口，却被王总直接打断：“刘总，诚泰也算是和我们合作多年，再说了有小江总负责，我们就不要多插手了。”

听王总这么说，刘总也不好再说什么。欧阳春对欧阳小江露出久违的姐姐的笑容：“小江总，你多费心。”欧阳小江怎么也不会想到这个笑容背后，竟隐藏着天大的阴谋。

三

夜渐渐深了，街道旁的一间仓库突然燃起了小小的火苗，火苗随风四处乱窜，越烧越旺，片刻的工夫，就变成了熊熊烈火，肆无忌惮地吞噬着周围的一切，相邻的数家商铺成了大火的囊中之物。短短半小时，漆黑的夜空亮了，火焰把整条街道照得通红。

发生火灾的地方正是诚泰公司用于储存货物的仓库，这场火灾造成两百余万元的商品被烧。调查后发现，火灾的真正原因就是诚泰公司使用了劣质灯具，而这些灯具出自华明公司，负责人正是欧阳小江。

欧阳小江得知这个消息的时候，好似晴天霹雳，给了他当头一击。仓库里安装的确实是华明公司的灯，可是这批灯一直是自己和助手刘涛亲自把关，怎么可能出问题？

他不知道，问题恰恰就出在这个刘涛身上。原来，在火灾前，欧阳春的亲信王总找到刘涛，给了他一笔钱。刘涛犹豫之间，收下了这笔钱，承担下所有的责任。然而，这起事故的最终责任人并不是他，而是欧阳小江。

一时间，华明公司成为社会的焦点，引发了社会各界的普遍关注。

华明公司门外被记者围得水泄不通，见欧阳小江和欧阳春从公司出来，记者们一拥而上，不停地发问："建材市场的火灾，是华明的产品问题吗？华明打算如何补救？华明的其他产品是否还存在质量问题？"

面对记者的诸多问题，欧阳春镇定自若，她向记者保证，华明公司作为一个负责任的大企业，绝不会逃避问题，华明已经决定召回所有问题产品，彻查根源，杜绝后患。

欧阳春绕了这么大一圈，不惜牺牲华明公司的声誉和经济利益，目的无非是一个，弄到欧阳小江手里的股份。欧阳春原本打算等地位稳固了再收拾欧阳小江，可是她发现，欧阳东江的病倒反而让欧阳小江开始上进了，这对她来说，是太大的威胁。她得到现在的一切太不容易了，她不敢冒险，与其让欧阳小江继续成长，不如早绝后患。只要欧阳小江交出股份，哪怕欧阳东江出院，她也是最大的股东。

她找到欧阳小江，动之以情，晓之以理，说自己绝对是信任他的，可董事会那帮股东不信。欧阳春一脸惋惜地说："小江，我虽然名义上是董事长，可咱们华明是正规企业，很多事我也不能一手遮天啊。”

“春姐，董事会怎么说？”欧阳小江迫切地想知道答案。

欧阳春并没有直接回答，而是叹了一口气：“小江，你也知道，那些股东是最不好糊弄的。你几次捅了娄子，要不是我和叔叔帮你遮掩，你早就被踢出公司了。这次，恐怕我也帮不了你了。董事会要求将你撤职，还要求你个人填补这次诚泰事件给公司造成的损失。”

这下，欧阳小江慌了：“这……我哪有这么多钱啊。春姐，你不能见死不救啊。”

“小江，你放心，我一直是站在你这边的。你要是信得过我，我倒是有一个办法。”欧阳春顿了顿，见欧阳小江不出声，说道，“与其让别人把你踢出局，不如你主动退出，至少体面。”

欧阳小江只觉得头“嗡”的一声，整个人都僵掉了。他问道：“春姐，你这是什么意思？”

欧阳春也不再藏着掖着，直言道：“小江，事情闹到这个地步，我就直说了。你在公司肯定是待不下去了，那些股东是铁了心要把你赶出公司，而且你要承担公司这次的损失，那可是几百万啊，你去哪儿弄这么多钱？要是告诉叔叔，叔叔还不被你气死？所以，我想来想去，只有一个办法，就是你手里的股份。”

欧阳小江听出欧阳春是让他卖股份，直接拒绝道：“不行，不行，要是让我爸知道了，他饶不了我。”

他的反应欧阳春早就料到了。欧阳春缓缓地说：“当然了，你的股份，绝对不能被外人抢走。但是我可以收购啊，这样股份还是在咱们欧阳家手里，可以减少你的损失，也可以减少欧阳家的损失。”

直到此刻，欧阳小江才终于明白欧阳春绕了这么大一圈，真正的目的是什么。他看着欧阳春，突然感觉不认识眼前这个从小一起长大的姐姐。他告诉她，自己一定会尽最大的努力弥补，挽回公司的损失，但是股份，他坚绝不会卖。

麦斯钰从新闻上看到了欧阳小江的事情。她倒是不担心他，不过有些担心欧阳东江。没想到欧阳东江主动打电话，说想见她一面。

麦斯钰在管家的带领下来到了书房，欧阳东江正坐在轮椅上看向窗外，整个人显得苍老无力。

麦斯钰一阵心酸，勉强挤出一丝笑容："董事长，好久不见，您身体还好吧？"

见麦斯钰来了，欧阳东江露出久违的笑容："别叫我董事长，现在华明的董事长是欧阳春。"

麦斯钰微微一笑，转移话题："我听说小江总出事了？"

说起儿子，欧阳东江重重地叹了一口气："是啊，经此一劫，但愿他能吸取点教训，将来做事多动动脑子。"

对欧阳小江这次发生的事情，欧阳东江并不意外。知子莫若父，欧阳小江任性自负、容易冲动，在生意上早晚要栽跟头，只是这次可能栽得有点狠了，不过欧阳东江觉得这未必是坏事。这也是他此次找麦斯钰来的原因之一。"阿钰，我想请你帮我个忙。"说着，欧阳东江顿了顿，视线转向窗外，"我想让小江跟着你磨炼磨炼，你会不会嫌弃啊？"

看麦斯钰一脸惊讶，欧阳东江赶忙解释："你不要误会，我不是要把这个败家子推到你国兰里面去。这一次他是直接责任人，董事会不会轻饶了他。"

"可他是华明的股东、您的独生子，难道董事会还会把他赶出华明吗？"麦斯钰好奇道。

欧阳东江倒真的希望如此，置之死地而后生，说不定是好事。他缓缓地说："如果他真的离开华明，我希望你能多教教他。"

麦斯钰看着欧阳东江，谁能想到，眼前这个坐着轮椅、头发花白的老人竟是曾经叱咤风云的华明董事长。想到这里，她心里有些难过。欧阳东江对自己有知遇之恩，他既然开口了，麦斯钰不可能坐视不理。于是，她一口答应下来，并让欧阳东江放心，自己会找欧阳小江好好谈谈。

听麦斯钰这么说，欧阳东江心里的一块石头算是落了地。他果真没看错人，公司出了这么大的事，他竟找不出能够帮助欧阳小江的人，思前想后，只有麦斯钰值得信任。只不过他没想到麦斯钰答应得如此痛快，他心中充满了感激："阿钰，这么多年你一直踏实勤奋，不像欧阳小江和欧阳春，他们一个急功近利，一个自负自私。如果你是我的女儿，我真的会把华明交到你手里。”

麦斯钰笑了：“您对我有知遇之恩。要不是董事长您，我可能都不敢踏出第一步，也就不会有今天。任何时候董事长需要我，我都会无条件地支持您。”

“好，好！”欧阳东江笑起来，“你能这样说我很感动，不过我告诉你，就算当初没有认识我，你还是会下船上岸，奋斗出属于自己的天空的！你是我见过的最特别的疍家女！”

麦斯钰笑起来，心说如果我阿爸能这么想，我就太开心了。

麦斯钰是在酒吧附近找到欧阳小江的，当时他喝得醉醺醺的，走路都不稳了。欧阳春的话一直在他耳边环绕，什么“你的股份，绝对不能被外人抢走，但是我可以收购啊！这样股份还是在咱们欧阳家手里，可以减少你的损失，也可以减少欧阳家的损失”……

想到这里，欧阳小江不屑地一笑。他是爱玩，但是他不傻，他知道欧阳春这是在算计他，算计他手里的股份。他不明白，为什么从小最信任的姐姐，现在要来害自己。

欧阳小江漫无目的地走在街道上，突然身后传来一个令他熟悉又讨厌的声音：“欧阳小江！”

欧阳小江以为自己出现了幻听，转过身，竟看到麦斯钰站在眼前。他冷笑了一声：“真的是你呀，你怎么来了？也是来喝酒的？对对，我想起来了，你是来看我笑话来了，对吧？”

麦斯钰看他一副颓废的模样，故意说道：“对，华明走下坡路，国兰少了一个竞争对手，我应该高兴啊。”

欧阳小江一听，脸一下拉下来：“恭喜你，麦斯钰。”他边说边深深鞠躬，一不小心栽倒在地上。

欧阳小江醒来的时候，发现自己躺在一个陌生房间的沙发上，身边传来麦斯钰的声音：“醒了？”

“我怎么会在这儿？”欧阳小江捂着头问。

“你喝得不省人事，要不是我，你就睡在大街上了。”

欧阳小江有些尴尬，站起来就要走。

“你等等，我昨天见过欧阳董事长。”

欧阳小江呆站在原地，麦斯钰解释道：“他知道你出了事，我想你还是需要回家好好跟他解释一下。”

欧阳小江嘴里嘀咕着：“这不关你的事。”

“欧阳小江，你有没有想过如果被踢出了局，你该怎么办？”

“我们欧阳家的事什么时候轮到你来管了？”

麦斯钰看他还在嘴硬，便缓和了一下语气。“我劝你还是好好想想，现在坐在董事长位置上的已经不是你爸了。说起来这也和你有关系，难道你不应该反省吗？”说着，她拿出一份材料递给他，“你的家事我不说了，我们谈谈公事。”

欧阳小江将信将疑地接过材料，麦斯钰解释道：“诚泰光电从五年前开始进入 LED 领域，相关技术一直是行业内的领先水平，尤其是他们公司做技术研发的青年团队，里面有个年轻人叫戴天宇，非常有能力。这是他们团队的资料，我建议你看看。”

“这和我有什么关系？”

麦斯钰看着欧阳小江，问道：“你还不知道吗？我听到的消息是，华明董事会已经把你撤职了！”

欧阳小江的脸瞬间变成了灰色，他大吼道：“我被撤职了？这不可能！”

麦斯钰看出他并不知道这件事。“欧阳小江，我也希望那只是传闻。”她停顿了一下，“如果是真的，你就应该好好看看我给你的资料，也许这会是你的一次机会。”

欧阳小江的心像被什么东西狠狠地压着，脸色愈发难看，他拿着资料转身离去。

四

就在此时，戴天宇正拿着文件袋，坐在华明公司大堂的沙发上。诚泰公司出事之后，他主动辞职，准备自己创业，但首先遇到的就是资金问题。

说起来连他自己也奇怪，竟是麦斯钰主动找到他，让他找华明公司。没想到他来到华明公司，欧阳春的态度却并不怎么好，她说愿意花二十万，买下他手里的技术。

戴天宇懵了，他的项目，光是启动资金就花了两百万，欧阳春出的二十万，和抢劫没什么区别。再者说，他来华明是来融资的，不是卖技术的，别说是二十万，就是两百万、两千万他都不卖。

话不投机半句多，戴天宇和欧阳春谈不拢，带着企划书准备离开，一推门，竟撞上了欧阳小江。

欧阳小江看是陌生面孔，就问欧阳春，欧阳春也没多想，直接说了："那个人是从诚泰出来的，叫戴天宇，一个小技术工作室的负责人。对了，诚泰现在濒临破产，戴天宇出来创业，这多少和你有关系啊。"

欧阳小江眼前一亮，这个名字他早上听麦斯钰说过。不过，想到戴天宇也是由于自己的原因才失去了工作，他还是有些愧疚。

欧阳春却没想到那么多，眼下她最关心的是欧阳小江手里的股份，她殷勤地问："小江，我上次跟你说的股份的事，你考虑得怎么样了？"

看欧阳小江不说话，欧阳春又说道："董事会那帮元老非常生气，一定要重重处罚你，我也没办法。这几天董事会开了好几次紧急会议，我给你打电话也打不通，你知不知道我很为难啊。"

欧阳小江没想到真被麦斯钰说中，自己确实被撤了职。他看着欧阳春伪善的面孔，质问道：“你买我的股份，是不是早就算计好了？”

欧阳春一听这话，不乐意了：“你这是什么意思？”

欧阳小江不再说话，他只觉得自己太傻，一直以来太过于信任欧阳春，竟然相信她是真心帮自己。许久后他说：“你当初把我留在公司，是不是就是为了这些股份？”

欧阳春的表情发生了变化，她知道，欧阳小江已经猜到了所有的事情。既然这样，她也就不再伪装，她威胁欧阳小江，如果不能填上公司的窟窿，就只能上法庭了。

不过，她没想到的是，欧阳小江的态度十分坚决，就算坐牢，他也不会把股份卖给自己。这下，二人的关系彻底决裂。

另一边，在华明公司遭到拒绝的戴天宇回到了风行芯片的工作室。虽然在欧阳春面前，戴天宇表现得十分强势，可是他也明白，综观整个珠海，能够给他们投资的企业寥寥无几，更重要的是摆在眼前的全球金融危机，直接导致各行各业都不景气，眼下银行贷款限额和审核也比以前严多了。没有资金，他们拿什么搞开发？想到这里，戴天宇陷入了沉思。

突然，“你好，欢迎光临”的门铃声响了起来，戴天宇抬头，竟看到麦斯钰走进来。她手里拿着一个LED灯泡问：“这个LED灯泡是你们这里出的吗？”

戴天宇认出了她：“麦总？”

办公室里，戴天宇给麦斯钰拿了一瓶矿泉水，两人坐在隔间里的沙发上聊着。

麦斯钰这次是来跟戴天宇谈合作的，之前她向戴天宇建议，让他去华明公司试一试，原本是出于好心，想要还欧阳东江一个人情，没想到欧阳春竟直接给拒绝了。得知这个消息后，她亲自上门，准备与戴天宇谈谈合作的事情。

一听又要合作，有了前车之鉴，戴天宇紧张道：“你们想要跟我们合作？可是我们不卖技术。”

麦斯钰笑了，虽然戴天宇没说，但她已经大概猜到他在欧阳春那儿经历了什么。她解释道，国兰不会夺走他们的专利技术，只是想要借助他们的风行芯片研发新一代的灯饰产品，这个产品属于国兰和风行共同所有。一旦新产品问世，风行将得到百分之四十的利润分红。

戴天宇很惊讶，他告诉麦斯钰目前LED灯泡的价格一直在下调，但是前期研发的费用根本节省不了，所以现在很多灯饰公司都不愿意花钱投资技术，宁愿用进口芯片。最后戴天宇直接开出价格。“你如果请我们研发新产品，需要五百万。”此外，他强调，“我的团队并不想再加入其他企业的研发部。加入别人的企业受限不说，也违背了我们创业的初衷。”

麦斯钰没有同意，也没有拒绝，而是故意卖了个关子，带着戴天宇来到了一栋高档别墅。

鸟鸣声从枝头传来，院子里蜡梅花开，随着寒风轻轻抖擞着。欧阳家宅中式与现代结合，是城市里少有的精致别院。

麦斯钰和戴天宇坐在院子的藤椅上，他们的对面是欧阳东江和欧阳小江。

简单介绍后，欧阳东江开门见山：“其实你们风行主要是制作半导体芯片的，前身也算是跟华明有些渊源。今天，我让麦总请你来，是想听听你对工作室未来的发展计划。”

戴天宇原本有些紧张，但是一说起自己工作室的发展计划，他立刻就变了一副模样，侃侃而谈。他告诉在座的人，风行芯片目前已经研发出了风行一代芯片，这一款芯片很好地改良了传统LED芯片发光效率低、电流分散不稳定的情况，但因为他们的下游渠道不通，没有大面积地推广和运用，也没有生产商，只能单方面地做一些零售型的实验品，而他们的风行二代会在一代的基础上继续改良。他介绍说：“现在很多大功率LED芯片器件发光效率低，大量光线会被器件内部吸收，这些被吸收的光线在器件内部转换成热能，从而造成LED芯片结温的升高，结温的升高不但会造成光衰，还严重影响LED芯片的寿命，同时温度的升高将导致芯片的蓝光波峰向长波方向偏移，造成芯片的发光波长和荧光粉的激发波长不匹配，进而造成显色性的降低。而我们的风行二代会在光电特性的不稳定上下功夫，从而带来LED芯片的技术革新。”

麦斯钰在旁边补充道："欧阳先生，我们国兰对风行芯片二代很有兴趣，可是我们和张教授的合作还在初期，资金实在是有限，所以，我只能忍痛割爱。如果欧阳先生能帮助我们解决研发资金问题，国兰愿意与风行合作。"

欧阳东江笑起来："我个人出资五百万，让欧阳小江代替我成为风行芯片的股东。换句话说，欧阳小江就是风行的天使投资人。"

欧阳小江震惊地看着父亲："爸，您这是什么意思？"

欧阳东江和麦斯钰对视一笑，两人心照不宣。

欧阳东江看着欧阳小江："要跟师傅学习，总得交些学费，这一次，你不能再给我搞砸了。风行芯片如今只是一个工作室，但小微企业拥有大能量，还有国兰的合作，这次将是你重回华明最后的机会。"

欧阳小江看着父亲，仿佛明白了其中的深层含义。他犹豫了一下，终于鼓起勇气开口："爸，还有一件事，欧阳春想收购我在华明的股份。"

欧阳东江似乎并不意外，平静地说："她终于要动手了。"

欧阳小江脱口而出："华明的股份，我是不会卖的。"

欧阳东江瞪了儿子一眼，说："你这个时候有骨气了？欧阳春要你赔公司的损失，你不卖股份，拿什么赔？"

欧阳小江顿时泄了气。

欧阳东江无奈，儿子还是太幼稚了。论心计，欧阳小江连欧阳春的一半都比不上。从头到尾，欧阳小江都被欧阳春算计得死死的，最后还是得自己帮他善后。

就这样，欧阳小江以天使投资人的身份，加入了风行公司，同时成为国兰公司的合作人。

这天，戴天宇和欧阳小江带着改良后的风行一代来到国兰公司，麦斯钰接过芯片和灯泡样品，连忙换在一旁的立式台灯上。看着发光的LED灯泡光源柔和，直视也不刺眼，她很是激动。

戴天宇在一旁解释道："这款芯片采用了直径较大的通孔和金属填充塞，很好地提高了衬底的散热效率。而且我们是在封装前对芯片进行了新的技术处理，降低了一部分生产成本，目前可以用于屋内照明和汽车车灯等。”

一旁的欧阳小江也说出了自己的看法：“今年我们华明还没有推出新的灯饰产品，倒是全在赶制斯诺达酒店的工程，如果这个时候国兰的新产品问世，我想对于占领珠海市场会是一个很好的机会。”

麦斯钰也很兴奋，风行芯片没有辜负自己的期望，她决定立刻投入生产。麦斯钰明白半导体照明的更新换代很快，芯片的创新才是重中之重，未来国兰和风行将会是密不可分的合作伙伴。

五

另一边，华明公司出现了一个大问题：欧阳春之前引以为傲的斯诺达酒店，因为涉嫌违规操作，被美国政府勒令停工。

欧阳春得知这个消息后，头皮一阵发麻，她问秘书：“他们背后的埃尔林集团近期股票一直涨停，斯诺达怎么会被勒令停工，是不是资金出了什么问题？”

秘书解释道：“埃尔林集团涉嫌违规操作，已经被美国证交会调查。因为受到金融危机的影响，埃尔林集团其实早已亏空，却利用打造全球连锁的斯诺达酒店不断融资，空手套白狼。他们早在一年前就把斯诺达酒店的地皮抵押给了银行，银行又……您也知道，次贷危机爆发，多家银行都破产了。”

欧阳春简直不敢相信自己的耳朵，惊讶道：“可是我们的合同呢？我们是签了合同的！这是违约，他们要赔违约金的！”

秘书一脸为难：“董事长，他们现在所有资产都被冻结了，亏空无数。如果我们打跨洋官司，周期会很长。”

欧阳春瘫软地坐在皮椅上，脸色惨白，如同遭了雷轰电击一般。斯诺达酒店被勒令停工，可是公司已经给他们生产了一大批货，光是材料费就花了一千多万，还不算所有的人工费、制作费。而华明目前只收到百分之十的定金，远远不及所支出成本的一半。想到这里，她只觉得后背一阵阵冒冷汗。

不幸中的万幸，货品还在她的手上。可是难题出现了，斯诺达酒店定制的灯饰插销以及灯泡型号跟国内的完全不一样，这些海外规格的灯饰，在国内就算赔本也很难卖出去。

面对着一群董事的质疑，欧阳春的头都大了。她突然想到了一个人，这个人或许能够帮自己。

奔驰停在了欧阳家宅门外，宅子里的管家立刻出来迎接，一看是欧阳春从车上下来，管家惊讶不已，却又不得不毕恭毕敬地招呼："小姐回来了。"

欧阳春问道："叔叔在家吧？"

"在，在的。"

欧阳春径直走进书房，看到欧阳东江正坐在轮椅上，静静地看着窗外的风景。她立刻换上一副伪善的表情："叔叔，我今天是专门来看您的，这段时间公司事情太多，一直抽不出身来。"

欧阳东江转过身，倒是很淡然："是啊，春董很忙，我现在倒是闲来自在。"

欧阳春赶忙说："叔叔这么说我担不起，等您的身体恢复了，华明董事长的位置还是您的。"

"我这个样子得慢慢调养。医生不是说了吗，让我别操心，每天就是吃了睡，睡了吃，最多去院子里呼吸一下新鲜空气。"说着，欧阳东江顿了顿，"说吧，是不是华明出了什么事啊？"

欧阳春心想，姜还是老的辣。她推测欧阳东江已经知道了华明的事情，不过还是试探性地问："叔叔，斯诺达的事，小江跟您说了吧？"

"你是无事不登三宝殿。"欧阳东江重重地叹了口气，"可惜啊，我好久都不过问公司的事情了。你现在是华明的董事长，那些烦心的事啊，还是你们年轻人去解决吧。"说完，他转过身，继续看窗外的风景，一副送客的姿态。

欧阳春慌了，赶紧解释道："叔叔，我做的一切都是为了华明好，我没有半点私心啊。华明不只是您的心血，也是我爸爸的心血，您就算看在我去世的父亲、您的哥哥的分上，帮帮我吧。"

看欧阳东江沉默，欧阳春急得眼泪都快出来了，一口一个"叔叔"地叫着。欧阳东江叹口气，欧阳春就算再坏，华明却是自己一手创办起来的，不能眼看着它跨了。他再次转过身，停顿了一下，说道："这次的事我真的帮不了你，有一个人倒是能帮得上忙。"

欧阳春万万没想到，欧阳东江说的这个人竟是麦斯钰！之后，麦斯钰也万万没有想到，欧阳春竟然会出现在自己的办公室，还是专门来谈合作的。

欧阳春一进麦斯钰的办公室，直接坐在了会客沙发上，一副趾高气扬、盛气凌人的模样："麦斯钰，我就开门见山了，我们华明现在有一批货，高端的！海外规格！如果你能改装好在国内卖，我愿意出资一百万。"

雷梨花听不下去了，插嘴道："改装费你不该听我们的报价吗？"

欧阳春连看都没看雷梨花，在她心里，雷梨花根本就没资格跟她谈。她看着麦斯钰："听说你们签了一个技术团队，能力到底几斤几两，我还不知道。"

雷梨花故意说："技术团队就是曾经被你拒绝过的风行芯片喽！华明瞧不上的小石子儿，被我们麦总签了，还点石成金了，你说气不气人？"

欧阳春的脸都绿了。

见状，麦斯钰让雷梨花先出去。照雷梨花和欧阳春的斗法，这次的会面估计一天一夜也结束不了。雷梨花有些担心麦斯钰，麦斯钰给她使了个眼色，雷梨花这才离开。

"你签了风行芯片？你买了他们的风行一代？"欧阳春震惊道。

麦斯钰没有直接回答，而是说："做生意，你有你的想法，我有我的思路，我们不是一类人。"

欧阳春却不以为然："我现在要说的是改装费的事，一百万，行不行？"

麦斯钰态度坚决："两百万，保证帮你把这批货改装到符合国内规格。不过，我有一个条件，这批货的经销商，必须是国兰。”

欧阳春眯着眼睛：“麦斯钰，你还真是斤斤计较。这摆明是变着法地压榨我，一份合同还要赚华明两次钱吗？”

麦斯钰微笑着说：“你可以好好考虑一下。不过，我敢说除了国兰和风行，你在整个珠海找不到其他公司能帮你改装和分销这批货。”

欧阳春盯着麦斯钰久久没有说出话来。从国兰出来，欧阳春气得几天没吃下饭，她可是堂堂的华明董事长，竟然要低声下气地去和麦斯钰合作，她心里憋得慌。

可是憋屈归憋屈，她也知道，如果不尽快把眼下这批货物销售出去，就要受到董事会那帮老家伙的威胁。那些人，有钱拿的时候一个个满嘴抹油、趋炎附势，出了问题，全部的责任都推到别人头上。他们只看结果，最害怕的就是赚不到钱、分不到红。

最令她奇怪的是，虽然当初王总打通了医院的关系，故意拖延时间，让欧阳东江在医院困了两个月，好给自己夺取并坐稳董事长的位置赢得时间，可是欧阳东江出院之后，就一直在家里休养，并没有干涉公司的事情，难道他真的觉得自己老了？

想到这里，欧阳春的心里感到了一丝不安。她告诉自己，眼下火烧眉毛，等渡过危机，再从长计议。

第十一章

一

麦斯钰有个习惯，在珠海每次请客户吃饭，总是喜欢去一些疍家人做大厨的饭店，一来可以解解相思之苦，二来可以宣传一下疍家菜，她俨然就是一个疍家文化宣传大使。

这天，麦斯钰约着戴天宇和欧阳小江一起吃疍家饭。她一边给戴天宇和欧阳小江盛上鱼汤，一边说："我们疍家有句话，叫出海三分命，上岸低头行。这也是我多年来的座右铭，做事还是要尽人事听天命，做人要懂得谦卑低头。"

说者无意，听者有心。欧阳小江被触动，连忙接过鱼汤喝了一口，因为喝得太急，舌头一下被烫到了，他疼得直皱眉头，赶紧喝了几大口冰水，这才缓解。

戴天宇被欧阳小江的模样逗乐了。他看着麦斯钰："麦总，你是我最佩服的女企业家。"

麦斯钰笑道："我哪算什么企业家，只不过是一个不甘在渔船上过一辈子，要拼命留在岸上的人。如果我不好好努力，可就得被我阿爸抓回去开渔船了。"

说起父亲，欧阳小江感慨道："从前我最不服我爸对我的管教，他让我往西，我偏要往东！现在，我非常后悔当初没有听他的，如果听他的也就不至于让华明落在欧阳春的手里了。"

麦斯钰安慰道："现在一切都来得及，要拿回华明，你要变得更强大。"欧阳小江喝了一口酒，没有说话。

三个人言归正传，在这次给华明公司改造灯具的时候，戴天宇突发奇想，带着团队设计出一款转换插头。麦斯钰看到后十分惊讶，让他单独做了几个转换插头的样品。戴天宇在之前转换头的基础上，又加了几个功能，有了一个最终的样品。他把样品递给麦斯钰，介绍道："麦总，我们新设计的这一款转换插头，可以说是万能转换。你看啊，这里有一个小的卡扣，切换不同的插头，既可以把美式插头转换成国标，按住这一卡扣，还可以把国标插头转换成美式，里面的功率也能随之转换。这里还有一个 USB 的插口，可以连接电脑以及供手机充电。"

麦斯钰玩转着手里这个小小的玩意，觉得这个设计太棒了，不仅可以随身携带，还能把一些美式电器转换成国内标准。她惊叹戴天宇团队的创造力。

欧阳小江却有另外的担心："可能我们每款灯饰的价格会因为这个转换插头而上涨。否则从成本上来说，我们的利润不大。"

关于这个，麦斯钰早就想过，她的想法是把转换插头和灯饰包装在一起，做成标配。

她的话音一落，戴天宇和欧阳小江同时露出惊讶的表情，如果按照麦斯钰的说法，那就意味着价格不上涨，必然会影响利润。两个人对视了一下，但出于对麦斯钰的信任，也没有多问。

另一边，华明公司因为麦斯钰的帮助，顺利渡过了危机，货物一售而空，在珠海也引起了不小的轰动。欧阳春心里的一块石头虽然落了地，心情却并不怎么好，因为包装上注明了是风行芯片技术提供，国兰公司为指定经销商，这直接导致外界不少人都以为是国兰的产品，自己等于是花钱给国兰做广告。想到这里，她气不打一处来。

不过，她也有意外的惊喜，经过这次的事情，不少经销商特地来定他们的这批转换插头。这让欧阳春看到了新的商机，但是这批转换插头是风行芯片设计的，涉及知识产权和专利的问题，她准备好好跟戴天宇谈谈，拿下转换插头的授权。

国兰公司顺利帮助华明渡过了危机，自己也成为受益者，不仅在珠海引起了不小的轰动，而且，仅仅一个月，营业额就上涨了百分之三十，这在金融危机下的市场环境中，实属不易。麦斯钰组织了一次庆功会，和全体员工共同庆祝。

会上最高兴的要数雷梨花了，她闭着眼都能想到欧阳春生气的样子，兴奋地说："麦总，这次你真是太厉害了！简直把中间商赚差价这一手段发挥得淋漓尽致！"

石学举故意咳嗽了一声，提醒雷梨花："你这夸赞听着怎么像骂人呢？"

雷梨花连忙解释："麦总，我不是那个意思……我是说……"

麦斯钰早就习惯了她的这种口无遮拦，挥手笑着道："我们本来就是经销商，当然得赚差价了。华明的这批货质量好，改装得也好，能一售而空是意料之中的事。"

"不过，这次你让转换插头成为标配，相当于送给顾客，这中间可少赚了不少。"说起这个，石学举还是不太明白麦斯钰这么做的真正理由。

麦斯钰解释道，这批转换插头本来就是为了弥补灯饰美式标准的漏洞，他们没有在原来的基础上直接改装，而是用了这个转换插头，已经省了很多改装成本，而且转换插头具有很多功能，就算是为了它，大家也会来争相购买这些灯饰。可一旦单独给转换插头提价，就会显得我们是为了打发掉这批货，而又赚了顾客两次钱，这样大家难免会有抵触心理。

石学举听着，不由得露出敬佩的眼神。雷梨花倒没想那么多，而是开心地说："这改装费，也就是转换插头的钱是华明出的，我们相当于不出钱，却又提高了自己的销售优势，简直就是空手套白狼！"一句话，逗得大家跟着笑了起来。

石学举听着雷梨花的表述，有些不习惯，笑着说："梨花，你能不能注意一下措辞啊，你说话真是能把语文老师给气死。"

麦斯钰看看手机，已经是下午五点，连忙说："我还要回趟澳门参加一个庆典，得先走了。这几天我都不在珠海，梨花、石哥，有什么事给我打电话。"她没注意到，庆功会上，只有郭永旺有些尴尬，跟热闹的氛围格格不入。

庆功会结束，麦斯钰前脚走进办公室，郭永旺后脚就跟着进来了，谄媚道："这次国兰在珠海可是出了大名，利润多得很哪。"

麦斯钰听出他话中有话，有些不耐烦："你想说什么？"

郭永旺脸上带笑，心里却十分不满。虽然国兰和华明的合作他没出力，可他好歹也是部门主管。但是整个公司管理有雷梨花，财务有石学举，就连新产品开发，都有戴天宇那群人。郭永旺原本打算回国兰大展一番身手，可是现在麦斯钰却把他给架空了，手无实权，就是一个摆设。他有些不服气："这说起技术，我怎么也比那几个黄毛小子强，我搞技术的时候，他们还在吃奶呢。"

麦斯钰知道郭永旺说的是戴天宇他们，她不想和他一直纠缠，背着包就往外走，临出门前她说："现在的技术根本不是你那一套陈旧理论就能完成的。"

郭永旺还想再说什么，麦斯钰却已经关上门离开了，只剩下他站在原地动着歪脑筋。

二

为了庆祝澳门回归祖国十周年，澳门渔业协会特地举行了一场大型的庆典活动。庆典活动在海边广场举行，室外搭起了大舞台，红色的灯笼挂满了整个广场，十分隆重。

天刚刚黑，观众席上就坐满了人。作为开场表演，麦叔和舞狮团早早就穿好了正式衣服。不过，这次的庆典活动对麦叔来说有些不同，他将代表疍家人上台讲话，所以他显得格外紧张。

见麦叔不停地在嘴里嘀咕着一会儿上台要讲的话，麦斯莲道："阿爸，今晚关键场合，可别怯场了。"

麦叔本来就紧张，听她这么一说，更紧张了，轰着她别打扰自己。

为保险起见，麦叔又对舞狮队的人说："你们再熟悉熟悉动作，别出什么岔子。"

庆典活动在晚上七点正式开始，渔业协会翁会长先致开场词。他对在场的人说："从 1849 年中国丧失在澳门的实际主权，到 1999 年中国对澳门恢复行使主权，历史走过了整整一百五十年。而十年后的今天，我们在这里庆贺，庆贺澳门回归祖国十周年，见证祖国的繁荣昌盛。我们渔业协会在这十年里，创下了很多优秀的成绩，疍家人民也渐渐走上陆地，开始了崭新的、跟上时代步伐的生活……”

台下的疍家人认真地听着他的讲话，不少人感动得流下了眼泪。

麦斯钰到的时候，刚好赶上麦叔的舞狮队登场。顷刻间，舞台上大锣、大鼓、大钹同时响起，舞狮表演中，麦叔宝刀未老，带领着团队经典重现。狮子时而威武勇猛，雄壮威风，时而嬉戏欢乐，幽默诙谐，将喜、怒、醉、乐、猛、惊、疑、动、静、醒等神态表演得惟妙惟肖、出神入化。

最后狮子叠罗汉登顶，从狮口里吐出一副联子，上面写着：雄狮火树耀濠江，庆典欢歌乐安康。十年中华跨大步，一国两制利家邦。见到这一幕，台下响起了热烈的掌声。

表演完毕，麦叔摘下狮头，他的衣服已经被汗水浸湿，心情却是极好。待舞狮团的伙伴退下，麦叔抱着狮头，缓缓走向话筒台前，说：“大家好，我是舞狮团的团长，也是疍家文化的传承人麦广远。”

麦家姐弟激动地看着父亲，心里替他紧张。麦叔站在台上，声音铿锵有力。他对在场的人说：“我们疍家人以海为生，以船为家。但现今我们澳门的年轻一代已然不知疍家为何物了，因为许多疍家人已经上岸定居，跟岸上人融为一体。但在我们渔家码头，生活着一群坚守疍家文化、以江海为家的疍家儿女，我们依然出海打鱼、摇船驳艇，依然织网绞缆，闲暇时哼唱咸水歌。曾经围海造田，滩涂变沃野，疍家人用自己勤劳的双手创造生活。如今，城市化发展却在渐渐吞噬安静的港湾，疍民上岸逐渐转型，一段古老的文化濒临消失。作为疍家文化的传承人，我希望疍家人的文化、习俗、风土人情都能被时间接纳，被人们铭记。澳门回归祖国已有十载，我很感叹祖国的发展突飞猛进，更感叹人们的思想越来越前卫、越来越先进。我的儿子女儿都说我是一个封建的人，但我懂的事情也不少，我不是封建，只是想原原本本地保留疍家最传统的文化，让这些文化的血液继续流淌在年轻一代的身上。最近啊，我在新闻里学到一个词，叫与时俱进，也从一些事情中深深地体会到了与时俱进的重要性。所以，在这里，我想要呼吁我们渔家码头的疍家人，能够在保留文化的同时，与现代和发展共同进步……”

麦家姐弟惊讶地看着台上的麦叔，没想到父亲居然这么能说，而且他越说越动情，不少现场的疍家人都流下了感动的眼泪。

坐在台下的麦斯钰看着台上的父亲，有一刻，竟觉得自己有些不认识他了，她没想到父亲的思想已经这么超前。

最后麦叔建议道：“我们渔家码头打造出渔排大排档，让我们疍家人的饮食成为一种时尚，让我们的渔船成为年轻一代的休闲好去处。我们的鱼汤、咸鱼煲可比西餐汉堡好吃呀！”台下的人都被麦叔的幽默逗乐了。不过，洪俊杰和麦斯华听着他的话，陷入了沉思。

散场后，麦斯钰跑到台上，挽着麦叔的手说：“阿爸，你今晚的一番话，真是让我对你刮目相看。”

麦叔也对自己刚刚的讲话挺满意的，现在听女儿这么说，心里就更高兴了。

这时，洪俊杰和麦斯华走了过来。洪俊杰看着麦斯钰，欲言又止。原来，受金融危机的影响，旅行社的生意每况愈下，洪俊杰只能靠朋友介绍游客才能勉强维持，而高昂的介绍费却让他有些吃不消。没办法，他只能把游客往赌场带，靠着赌场给的回扣赚一点钱。但是，游客越来越不买账。再这么下去，他的旅行社估计撑不了多久就要破产了。洪俊杰没辙了，想问问麦斯钰有什么建议。

不用洪俊杰说，麦斯钰也能从姐姐的精神上看出来，最近他们的日子不好过。麦斯莲是那种什么都写在脸上的人，心里藏不住事。

洪俊杰告诉麦斯钰，由于金融危机的影响，澳门的博彩业受到了很大的冲击，一旦博彩业萎缩，澳门这种比较单一的产业体系就会受到严重的冲击。所以，现在政府也在想办法，呼吁适度发展多元化的经济。洪俊杰的旅行社之前一直靠博彩业创收，如果不赶快找到新的创收方法，问题将非常严重。

麦斯钰没想到，自己还没开口，麦叔先说话了。他看着洪俊杰，抱怨道：“你现在也什么事都问你妹妹，她什么都懂吗？唉，一个个都不立足现有的条件和资源，一天到晚好高骛远。要我说，游客喜欢什么，不就是喜欢新奇陌生的东西吗？越是内地没有的，他们就越喜欢。”

麦斯钰不禁心中一惊，没想到父亲竟然比自己看得还透彻。一时间，麦斯钰对父亲刮目相看，甚至有点肃然起敬。“阿爸，你说的对。你今天在大会上的发言说得太好了。”她看着麦斯莲和洪俊杰，“大姐，姐夫，你们没听懂阿爸的意思吗？”

看麦斯莲和洪俊杰一脸迷茫，麦斯钰解释道：“阿爸一心就想把疍家文化保护发扬，提议做渔排，并不是看重渔排能带来多大的经济利益，他最大的心愿还是希望水上的文化、习俗能够被更多的人了解。阿爸，我说的对不对啊？”

“你说的对，可惜你就不懂得珍惜。”麦叔小声嘀咕着。

“现在不是说我，是说姐夫。”麦斯钰看着洪俊杰，说道，“我觉得现在的渔排规模确实小了，想要吸引游客，甚至是把渔排作为一个旅游项目来做，就得像阿爸说的，扩大渔排规模。让更多的疍家人加入进来，连船成片，改造成大排档。”

一直没出声的麦斯华听明白了，直接举双手表示同意，人还来了精神：“把这一片全部改造成渔排大排档！现在渔船码头只有我们一家大排档，连规模都称不上，挣的钱也零零散散，可是如果这一片都发展起来就能成气候，肯定会有人专门来我们这儿吃饭！”

麦斯莲看着弟弟的模样，觉得他就会异想天开，想一出是一出，提醒道：“你让全部改造就改造啊，大家能同意吗？”

麦斯华解释道：“进货、捕捞、做海鲜、做鱼汤，我们疍家人谁不会？我去给他们做工作！”

洪俊杰也开了窍，恨自己怎么之前没有想到，让游客来渔船玩，费用比去大酒店便宜多了。他激动地站起来说：“对啊，如果渔船码头的渔排搞起来，我就可以开发一条专门的旅游线路，带游客来这里深度体验疍家文化和水上生活。”

麦斯钰笑着道：“没错，疍家文化需要传承，需要更多的人知道。我们可以靠打造这一片区域，加入商业化的元素来引流，而作为引流的最佳人选就是姐夫你，还有你的旅行社。游客来这里不仅可以吃到传统的疍家美食，还能看风景，感受这里的风土人情。这样经营成本低，收益却颇丰，疍家文化也能因此而让更多人的知晓。两全其美。”

“好，就按你说的办！”洪俊杰一脸的兴奋。麦斯华也激动地站起来，要和姐夫握手：“姐夫，以后我搞渔排生意，你负责客源，收益咱们平分！”

麦斯莲看了弟弟一眼：“你还没毕业呢，专心学业才是正经事。”

麦斯华却不以为然。“平时主要是阿爸管理渔排，我利用寒暑假，还有周末的时间总可以的。”说着，他看向麦叔，试探性地问道，“阿爸，你说呢？”

看着孩子们的脸上挂上了笑容，麦叔心里也高兴。他喝了一口酒，十分淡定地说：“这提议是我想出来的，我能不同意吗？既然大家都同意扩大规模，那明天就开始行动起来吧。我去协会走一趟，和会长商量商量。”

看着一家人其乐融融，麦斯钰的心里别提多高兴了，于是她主动提出资金方面，她来想办法。

三

麦斯钰回澳门的这几天，郭永旺主动承担起公司的日常工作，为了证明自己在公司是有价值的，他竟然开始找生意，还直接把客人带回到国兰公司。

看着郭永旺和几位客人居然在办公室里谈起了生意，雷梨花不淡定了。她看在眼里，急在心里。碍于郭永旺之前的身份，雷梨花也不敢太阻拦。不过她还是有些担心，不停地和石学举商量：“你说我们要不要告诉麦总啊，郭主管谈生意到底行不行？我们这公司刚起步，别被他一下子给搞破产了！”

看着雷梨花一副大敌入侵的模样，石学举笑道：“梨花，你也太夸张了吧？”

雷梨花却十分认真：“你又不是不知道，以前这郭永旺都干了些什么事，可把麦总害惨了。”

石学举却认为既然是郭永旺想谈生意，谈不谈得成是他的事，对公司来说总没有害处。

然而，雷梨花的担心最终成为现实，郭永旺太急于求成，太急于在麦斯钰面前表现自己，他接下了一个项目，明明需要两个月的生产周期，他硬是给压到了一个月。其实，他心里也非常清楚，一个月根本做不出来。

不过，他早就想好了对策。他来到灯饰批发市场，找到了朋友介绍的一家名叫“得利”的灯饰店，准备让这家公司帮忙。

虽然名字叫得利，公司却没有一点得利的样子。生产车间里，几名工人在桌子上缠着铁丝和灯线，因为没有专业的生产线，车间看起来有些脏乱。

得利灯饰的黄老板正在办公桌上打着蜘蛛纸牌，一边闲散地接着电话。见郭永旺进来，他挂掉电话疑惑地问道：“你是？”

郭永旺找了把椅子坐下，头仰得老高：“我是国兰公司生产部主管，郭永旺。”

一听是国兰公司的，黄老板心里没底，说话也变得吞吞吐吐：“有，有什么事吗？”

郭永旺直接表明来意：“我手上有批单子，要交给你们车间出一下货。”

黄老板一听有生意，立刻殷勤起来：“郭总，要喝什么吗？我这儿有茶，有大红袍、碧螺春……”

郭永旺摆了摆手：“我很忙，就直接跟你说吧，是小赵介绍我过来的。以前我一直找他出货，这次这批货量很大，而且要求也比较高，他就介绍了你们。你们做照明灯泡这块在行吧？”

黄老板一脸的自信。“在行，在行！我们这生产车间可有十年了，一直搞的就是照明。你看……”他指了指墙上的锦旗，“得利灯饰，照明未来！”

郭永旺看着墙上的锦旗，虽然没好意思说穿，他一眼就看出锦旗是黄老板自己做的。但他顾不上那么多了，直接从包里掏出两万块现金：“行吧，这是定金，算是买材料的钱，一个月内出货，总额十万。这是生产资料和样本，你看一下。”

黄老板连忙接过钱，又看了看生产资料。他疑惑地问道：“郭总，国兰……国兰可是我们珠海知名的照明企业……有专业的生产车间，怎么要找……我们？”

郭永旺打起了官腔。“我们国兰的订货量太大了，每天工人加班加点地赶工，但是这一次的合作伙伴张总是我的好友，我又不好驳了他的面子，只能硬着头皮接了他们商务宾馆的活儿。”说着，他提醒道，“但是货的质量，你得给我保证啊！不要砸了我们国兰的招牌，如果你们的货不错，我以后就找你了。”

黄老板马上收起了笑容，信誓旦旦地说：“没问题啊！郭总，能为国兰办事，是我们得利的荣幸！”郭永旺没想到，他这是自己给自己埋下了一颗炸弹。

横琴新区地处珠海市南部，毗邻港澳，总面积一百零六平方千米，是澳门面积的三倍多，与澳门隔河相望。如此得天独厚的地理优势，自然成为区域发展的重中之重。作为“一国两制”的交汇点，横琴拥有最开放的口岸、实施分线管理的通关政策，兼具了港澳特色和内地特点。2009 年 6 月 24 日，国务院常务会议审议和原则通过《横琴总体发展规划》，并于 2009 年 8 月 14 日正式做出批复。横琴也成为继上海浦东新区、天津滨海新区后，我国第三个由国务院批准的国家级新区。横琴新区的主要功能定位是促进澳门经济适度多元发展新载体、新高地的作用，同时促进珠港澳的联合。

2009 年 12 月 16 日上午，在阵阵热烈的掌声中，珠海横琴挂牌仪式在珠海横琴岛举行。同时，横琴基础设施建设、多联供燃气发电、长隆海洋度假区、十字门中央商务区四个项目正式启动，这标志着珠海横琴新区开发进入实质性推进阶段。

得知这个消息的第二天，麦斯钰就和石学举来到了珠海市政策研究中心谭文智的办公室。此时的谭文智已经晋升为珠海市政策研究中心的主任。

二人开口就叫“谭主任”，叫得谭文智还有些不适应。谭文智笑着说，还是叫老师听着亲切。没等麦斯钰开口，他便大概猜到了她的来意：“是不是想了解横琴新区啊？”

石学举笑着说：“谭主任，新闻我们都看了。横琴新区挂牌，大家很振奋。今天我们来是想听听您的建议。我先跟您汇报一下我们公司现在的情况，您帮着分析分析。”

谭文智一摆手:“国兰的情况我是了解的，你们想听我的建议，就四个字，抓住机遇!”

麦斯钰有些不自信:“谭老师，您觉得国兰有资格入驻横琴吗?”

谭文智很少看到麦斯钰不自信的时候，他笑着说:“麦斯钰，横琴新区奠基建设的时候，你们当时积极投标灯饰设计，可以说和横琴早就有缘分。怎么这个时候反倒不自信了呢?”

麦斯钰不好意思了。当初她只是作为建设单位参与，现在不一样了，这么大的利好，优质企业那么多，她真的有点底虚。

谭文智看着她鼓励道:“你们国兰不是最大的企业，更不是最富的企业，但是你们是优质的、创新的、有很大潜力的企业。你们还记不记得，我在给你们上课的时候曾经打过一个比喻，蜂鸟也能成为独角兽。”

麦斯钰当然记得。当时谭文智说这话的时候，自己在华明正遭遇挫折，那个时候她就想自己能不能成为一只蜂鸟，勤奋、有韧性、有特殊的技能。努力克服了眼前的困难，也许有一天会成长为独角兽。

谭文智告诉麦斯钰，国兰现在已经是独角兽了，国兰拿到了张教授的国家课题的实测合作，这就是很大的优势啊。说到这里，他突然问道:“对了，你们上次说过在和一个技术研发团队合作，现在怎么样了?”

“还在观察，我觉得他们潜力无限。”说起这个，麦斯钰的自信一下回来了，“如果国兰入驻了横琴，对国兰来说就是一次很重要的发展契机。我想收购这家小公司，看重的就是这个团队和他们的技术研发能力，我想在国兰设立专业的技术研发中心。”

谭文智笑了，他看得出，麦斯钰来之前心里已经有了打算，来他这里，无非是想得到鼓励和支持。临走前，他给了麦斯钰一张横琴管委会商务局项目负责人的名片。“你们有什么具体想了解的可以联系他，就说是我推荐的。”说完，谭文智收起了笑容，提醒道，“不过，你们知道我的原则，国兰能不能顺利入驻，还要看国兰的实力和你们双方的沟通。”

麦斯钰接过名片，看到上面写着“罗斌”两个字。

几天后的早晨，罗斌和另一位负责人就来到了国兰公司。

麦斯钰在办公室接待了他们。暖暖的阳光透过窗户照射进来，为办公室带来明亮与温暖。

罗斌一开口直接说明来意——希望国兰入驻新区。他问道：“横琴新区挂牌成立，十分需要优质的领先企业入驻，而商务局经过考察，认为国兰完全满足我们的选择标准。领导这边也都很看重，不知道麦总是否考虑清楚了？”

麦斯钰特地卖了个关子，谦虚地说：“能够被横琴管委会选中，是我们国兰莫大的荣幸，但我们毕竟是新兴企业，在这个行业里的规模不算大，经济实力也不比一些外资企业和国有企业，所以我不知道我们能为横琴新区创造出多大的价值，怕辜负了政府对我们的期待。”

罗斌微笑着摇了摇头。他看得出，麦斯钰是势在必得。他也不说破，而是顺着她的话，十分诚恳地说：“我们横琴新区十分重视半导体照明、生物医药、信息技术、芯片、微电子等领域的发展，国兰的历史虽不算久远，但发展潜力巨大，你们今年上半年利用最新芯片技术推出的自然光台灯，可是一售而空，连帮助华明改装并经销的灯饰，也在珠海照明界引起了不小的轰动。其实公司不在于大小，而是在于人才和创新，国兰正好具备这两点。”

听到罗斌的肯定，麦斯钰笑了，笑得十分自信：“感谢罗副主任的青睐！横琴新区的建立给企业带来了绝好的发展机会，还有最优惠的政策，国兰如果有幸入驻横琴新区，未来的发展一定会更上一层楼。”

听她这么说，罗斌也露出了笑容：“那麦总这是答应了？中央 CBD 的办公用地已经装修好了，国兰随时可以搬进来。”

“不过，罗副主任，我还有一个不情之请。”听麦斯钰这么说，罗斌愣了一下，“我想向横琴管委会推荐我的一个合作伙伴——风行芯片公司。如果没有他们的技术支持，我们国兰很难创造出今天的佳绩。所以，我们国兰愿意拿出一部分办公区域给风行芯片，两家联合为横琴做出更大的贡献。只是不知道管委会这边能否同意？”

罗斌犹豫了一下，坦诚道：“麦总的推荐我们自然很放心，不过我们商务局这边会做一个详细的分析考察，到时候结果一出来就告诉麦总。”

四

横琴岛与澳门隔河相望，澳门妈祖庙、山顶教堂、葡京酒店、观光塔、威尼斯酒店等建筑一览无余。横琴新区高楼耸立，在五彩斑斓的日光照耀下熠熠生辉。

很快，麦斯钰就带着员工搬到了横琴新区。挂牌当天，戴天宇、欧阳小江等人前来祝贺。

待一切准备好之后，麦斯钰宣布，国兰公司正式入驻横琴新区！话音一落，员工响起了热烈的掌声。

麦斯钰清楚，有很多项目和企业都想进入横琴新区，但是横琴管委会的要求太严格，只选择产业附加值高、综合带动力强、凝聚辐射作用大、行业内一流的品牌入驻。这说明，国兰的实力得到了最大的肯定！想到这里，她也感到了前所未有的兴奋。“新年到了，我们也到了新的环境，所以必须要有新的目标。2010年，我们国兰将要推出两款以上的新产品，这需要跟我们的战略合作伙伴风行芯片一起开发。”说着，她看看一旁的戴天宇，“戴总，国兰能有今天的成绩，十分感谢风行芯片的技术支持。”

戴天宇被麦斯钰点名表扬，有些不好意思：“没有国兰，没有麦总，也就没有风行的现在，我们几个可能早就散伙了。要说成就，应该是互相成就。”

“我已经向管委会提出申请，在国兰的区域里开辟联合办公区域。横琴新区有最好的技术交流平台，也有最优惠的政策，如果风行入驻我们的联合办公区域，我们两家的联系会更加紧密，而风行也能得到最有优势的发展。”麦斯钰笑着说。

戴天宇一听激动得不行，对麦斯钰表示万分感谢。

整个现场，每个人都十分高兴，唯独郭永旺板着脸。他冷不丁地冒出一句：“我们这内部的会议，有两家公司的人都在内，甚至是我们的竞争对手华明的股东，也不怕走漏了机密？”

郭永旺的话明显是针对欧阳小江的。欧阳小江毫不客气地回击道：“郭永旺，你是狗嘴里吐不出象牙！今天我是代表风行芯片参会，一来为了祝贺国兰搬迁，二来为了研讨新产品。你在这里挑拨离间，只会显得自己幼稚可笑。”

郭永旺正想反驳，门口一个声音传来：“请问麦总在吗？”

郭永旺听着这个声音很熟悉，脑子里突然迸出一个人——张总。正想着，就见张总带着几个人走了进来。他震惊地看着张总，连忙起身走过去，推搡道：“张总，您怎么来了？有事跟我说就行了，您怎么找到这里来了？”

张总一看到郭永旺，就知道自己找对地方了，瞬间火冒三丈：“我到了你们的旧址，还以为你们卷钱跑路了呢？没想到搬到了横琴来！你们这种黑心企业，还有本事入驻横琴新区，我要找管委会说理去。”

麦斯钰第一次见这个张总，完全一头雾水。

郭永旺脸上的肌肉僵硬了，心怦怦直跳，他拉着张总小声地说：“张总，有事我们出去谈，出去谈。”说着，他就把张总往外拉。

麦斯钰不乐意了：“张总是吗？您这样一上来就指责国兰是黑心企业，我作为企业负责人却根本不清楚发生了什么，您总要先讲清楚。”

张总冷笑一声，一口气把事情的原委全部说了：“我们公司承包的商务酒店，找你们国兰订了一批灯饰，结果工商局来抽检，说我们的灯饰全部不合格，连市面上最劣质的灯泡都比不上。我就好奇了，你们是怎么质检的。现在好了，工商局不仅要求我们停工，还要拆掉我们所有的灯饰。这损失，得你们赔！”

麦斯钰接过张总手里的灯泡察看着。这灯泡并不是国兰生产的，可是国兰的章却真真切切地盖在上面。她把目光投向郭永旺，郭永旺躲闪着。麦斯钰心里猜出了大概。她看着张总，首先表示了歉意，并保证这件事自己一定会调查清楚，给他一个满意的答复。

可张总不依不饶，认为这白纸黑字的合同上，有郭永旺的签名，还有国兰生产部的章。“这有什么好调查的？难道我还会诬陷国兰吗？”最后他索性就不走了，赖在国兰公司门口，并声称一天没得到答复，他就等一天，两天没得到答复，他就等两天。他还大声嚷嚷：“像你们这种没有诚信的公司我见多了，我就不信你们能赖账！”

麦斯钰看看张总，又看看缩着脖子的郭永旺，当即决定：“张总，我们公司您可能还不了解，我们不是那种没有诚信的企业。这样吧，这份合同的损失我们赔！这批灯饰确实不是国兰的产品，但是合同上有我们的章，我们就认。明天我带人到你们未完工的酒店进行拆卸，这批灯饰我们国兰给你们重做。”

一旁的雷梨花急得快哭了：“可是，麦总，这货根本不是我们生产车间出的！”

麦斯钰看了看她，示意她别说了，毕竟这件事情是郭永旺搞出来的，而他是国兰的员工，公司就不可能推卸责任。

原本的庆祝大会最后不欢而散。待大家散去后，麦斯钰把郭永旺叫到了办公室。

麦斯钰看着眼前的郭永旺，恨得牙痒痒，她恨自己当初为什么会心软，让他回来。此刻的麦斯钰悔得肠子都青了，她毫不客气地说：“郭永旺，我一直给你留面子，也保留着给你的机会。但是你一次次挑战我的底线……早知道你在外面招揽生意，我提醒过你，你不仅不知悔改，还变本加厉，捅了这么大的娄子，硬生生地砸了国兰的招牌！”

郭永旺也是一肚子委屈，他觉得在这次的事件中，自己也是受害者：“我是被那个得利灯饰给骗了，哪知道他们家的技术这么差！我给他订材料的钱，够买一等品的了，结果，全给我买些破铜烂铁……”

麦斯钰对他失望透顶。都到现在了，出了问题郭永旺永远不想是自己的错误，永远都是在推卸责任：“郭永旺，你听好，合同的损失我来替你赔，你现在就收拾好你的东西，去人事经理那里领三个月的工资走人。这已经是我能做的最大限度，我不想再见到你！”

郭永旺看到如此绝情的麦斯钰，只能怏怏地走出办公室。

第二天一早，麦斯钰就领着工人来到了张总的商务酒店。

工人拿着电钻拆卸着灯饰，很多灯还没等取下来，就碎了一地。麦斯钰和张总站在酒店房间里，看着工人拆卸。

张总把一款壁灯拿在手里：“你看看，麦总，这款灯罩上还有这么多杂质，拿在手里掂一下，二两不到，说出去别人知道是灯罩，不说还以为是一堆破塑料。”

麦斯钰表达了歉意：“张总，是我们国兰内部没有管理好员工，做了违背行规的事，这批灯饰我们会用最好的材料给您重做。”

张总也是有苦说不出，他们的酒店等着开业呢，现在可好，因为一批灯饰停工，真是让同行笑掉大牙。

麦斯钰向他保证，十五天时间完成所有产品。关于损失，麦斯钰也让财务根据工商局扣除的罚款和这半个月张总酒店的损失来全额赔偿。

张总原本就是想要点赔偿，没想到她竟然这么豪爽。他早就听不少朋友说过麦斯钰的为人，今天算是亲眼见识，心中暗暗佩服。

太阳渐渐升起，澳门的渔船码头整齐地停着一排排渔船，海面随着微风轻轻晃动。

一张张大渔网撒向海里，渔船上的疍家渔民正打捞着海货，鲜活的海鱼在渔船上活蹦乱跳，鲍鱼壳黏附在船沿上，密密麻麻。

麦叔站在渔船上把渔网里的海货全部倾倒在水盆中，鱼虾在水里啪嗒啪嗒地蹦跳。

沿着渔排的陆地上，开了三四家大排档，每家的招牌上都写着“疍家渔排档”的字样。新鲜海货摆放在货台上，渔民有的穿着海鲜竹签，有的刷着鲍鱼壳。麦叔的收获颇丰，他推着推车，车上装得满满当当。可是生意并没有他之前料想的那么火爆，大排档开了有些日子了，来客却稀稀落落。

当初是麦叔建议大家开大排档，说能赚大钱，不少渔民都是拿出了家底，有的甚至卖掉了渔船。如今看着惨淡的生意，很多渔民都坐不住了，跑到麦叔这儿抱怨。

麦叔心里也着急，嘴上劝着大家，说他们这位置不比城中心，生意肯定不是第一天就能做大做强的，让大家要有耐心，要想办法宣传，想办法把口味提升，把品质做起来，一传十十传百，生意总会越来越好。可是这些渔民祖祖辈辈都是靠打鱼为生，哪里懂得经商之道。

不过，让麦叔和大家意外的是，随着洪俊杰带着越来越多的内地游客来这里吃饭，他们的生意渐渐有了起色。心情一好，大伙偶尔还能忙里偷个闲，晒晒太阳，休息一下。

阳光有些刺眼，麦叔眯缝着眼睛，坐在大排档外的塑料椅子上，享受着午后的闲暇。前几天这大排档他还觉得做不下去，自从有了洪俊杰旅行社的支持，生意越来越好，这让麦叔也感到格外高兴。今天他更是一大早就接到洪俊杰的电话，说晚上还要来一批游客，二三十人。

麦叔早早就把晚上的食材准备好了，这才悠闲地坐在椅子上。这时，来了一个中年男人，大声询问："你们这儿谁是老板啊？"

麦叔的午休被打断，有些不高兴："有什么事啊？"

中年男人走到麦叔跟前问："你们的海鲜卖吗？我按鱼市价收！"

"今天不卖。"麦叔直接拒绝道。

这个男人其实是附近一家叫胜天酒楼的采购员，因为最近鱼市收成不好，他这才来这里买货："我听鱼市的老板说，你们这儿也出货。放心，我不少给你们钱，就按鱼市价来。"

麦叔笑着说："不好意思啊，我们这儿要招待一个旅行团，接近三十人的量，我们把货卖给你，今晚就接不了单了。"

中年男人又看向旁边两家大排档的老板。

隔壁的德叔有些心动："要不……我卖一些给你？"

麦叔一听就不高兴了，坐起来，看着德叔："德华，我们可都是说好了的，你现在卖了，晚上又上哪儿去收货？"

中年男人有些无奈，对麦叔说：“你这人，做生意怎么这么死板？”

麦叔更不乐意了，他不卖是有自己的道理：“我们这是大排档，要进货明早再来吧，我们每天早上都会给鱼市供货的。”中年男人无语，摆手离开。

海风吹拂，天色渐暗，大排档外看起来十分冷清。渔民们都围在一起，麦叔正在跟洪俊杰打电话，询问游客的情况。大家都期盼地看着麦叔，心情随着他的话语和神情起伏。令麦叔和所有人没想到的是，洪俊杰带来的竟然是一个坏消息。原来洪俊杰旅行社游览上一个景点的时间被延长了，游客们要求就在那景点周围就餐，吃完继续逛，最后决定不来麦叔这边了。

这下，渔民们炸了锅，海鲜可不同于其他东西，顾客图的就是个新鲜，放一晚上就不新鲜了，明天鱼市也不收，眼瞅着这么多的海鲜就糟蹋了。渔民们不淡定了，大家你一言他一句，吵得麦叔耳根子疼。

一旁的德叔更是抱怨道：“我就说今天卖给那个老板一些，你非不让，现在好了吧？货剩这么多，天气又这么热，明天非死一半不可。”

德叔的话倒是提醒了麦叔，他记得那人说自己是胜天酒楼的，准备带着所有的海鲜去问问，看人家还收不收。

就这样，麦叔带着所有渔民的海鲜，以及所有渔民的期望，来到了胜天酒楼。结果，还真让他找到了中午的中年男人。中年男人看到麦叔，一眼就认出他了。

麦叔满脸欣喜，直接说明来意：“老板，你们还缺货吗？我们这都是今早打捞的海货。你中午来过也知道，我们的货都是最新鲜的！”

中年男人打量着麦叔，猜出了大概，不过他装作一无所知的模样：“说不卖的是你，现在追到门前来卖的也是你。你们什么意思？”

麦叔赶紧道歉：“原本我们的计划是晚上招待客人的，但是客人来不了了……所以……还是鱼市价。最近受潮汐影响，捕捞很难，我们不卖您贵了，跟鱼市一个价。”

中年男人心头一惊，自己果然猜得没错。他故意看了看货车后面的货，确实如麦叔所说，还是很新鲜的。“今天生意好，货倒是需要。”他又看看麦叔，开口道，“要买也可以，最多按冷冻价格。”

麦叔震惊地指着货物：“老板，你看，我们这些海鲜都活着呢。你们这存货区这么高端，放上两三天没有一点问题的。”

中年男人却一点都不让步，态度也十分坚决：“我今天已经进过货了，要进新的还得向上审批。你们这车海货就按冷冻价格，不卖就走。”麦叔和车窗里的德叔对视，德叔无奈地使着眼色，示意麦叔妥协。

麦叔连忙又说：“冷冻价就冷冻价，你们全收了。”

中年男人抬头向厨师示意，厨师前来搬货。

回到船上的麦叔格外失落。麦斯华回来，见他正在灯下记账数钱，好奇道：“阿爸，今天怎么收摊收得这么早？我还说回来帮你搬东西呢，结果去了一看，人影都没有。”

麦叔停下手里的活儿，叹了一口气，说：“你姐夫这旅行团也不靠谱，说不来就不来了。”

麦斯华愣了一下，说道：“今天没生意？”

“不仅没生意，我们还把货按冷冻价卖给了酒楼。”

麦斯华拿起一个苹果吃着，有些后悔：“早知道就不鼓动大家一起做生意了，现在落得一身埋怨，自己也没赚到钱。”

麦叔一听这话就来了气：“埋怨什么？我这是带领大家发家致富。今天只是个意外，货按冷冻价总比死在池子里的好。”

“要我说啊，趁现在还没亏损太多，我们把大排档转让出去吧。”麦斯华开口说道。他没注意到，麦叔脖子上的青筋已经暴起来。不等他再开口，麦叔用攥在手里的头巾，狠狠地抽在麦斯华身上：“当初兴冲冲说要做生意的是你，现在第一个打退堂鼓的也是你！你这样三天打鱼两天晒网，还吹牛说要当下一任首富，我看你真是脑子进了海水，叮当响！”

麦斯华被打得生疼，一脸委屈：“可要靠我姐夫也不行啊，他那儿不确定因素太多了，万一哪天我姐夫的旅行社倒闭了呢？”

麦叔又“啪”的一声打在麦斯华背上：“你个乌鸦嘴，呸呸呸！你这是咒你姐夫还是咒我呢？”麦斯华耸了耸肩，一副无所谓的表情，一屁股坐在椅子上。

麦叔却很是严肃。他觉得麦斯华说的也有道理，这大排档只靠洪俊杰肯定不行。可是他们的规模太小了，不成气候，根本吸引不了更多更大的旅行团。想了一夜，他最终决定，说服大家联合进来，人多力量才大。

这一夜，麦叔彻夜未眠。

第十二章

一

郭永旺的擅作主张，让刚刚入驻横琴的国兰公司一下陷入了危机，麦斯钰一气之下，辞退了他。失业在家的郭永旺意志消沉，整日游手好闲，浑浑噩噩的。他没想到，竟在住处外“意外”见到了欧阳春。

欧阳春听说郭永旺最近在国兰捅了个大娄子，特地来找他“叙叙旧”，一开口就略带讽刺地说道：“当初你从华明出去单干，能力在业界也是得到了好评的，大家看你找了个好妻子更是纷纷贺喜。不过现在看起来，你反倒是人财两空啊，公司被前妻夺走资产重组，婚姻失败，现在还落得一身的坏名声。”

欧阳春话里有话，郭永旺听着很不入耳。他的脸色越加不好看，没好气地说：“春董，你那么忙还有时间来笑话我吗？”

欧阳春看着他，一脸的惋惜。她了解郭永旺，眼看着国兰入驻了横琴，赚钱的日子就要来了，这个时候被踢出局，他怎么可能会甘心？她假模假式地说：“现在麦斯钰把风行芯片那几个年轻人捧上了天。当初，那个戴天宇来找过我，不过我没给他投资，现在想想还真是有点后悔呢。”

想到这个，欧阳春的脸色发生了变化，眼神中充满了愤怒与仇恨。原来，她之前看上了戴天宇团队设计的转换插头，特地去了风行芯片公司，出价一百万，购买风行制作的华明转换插头的授权。可是，戴天宇的态度十分明确，专利是风行的，恕不转让。戴天宇让欧阳春丢尽了面子，欧阳春也要让他尝尝这种滋味，她要下一步大棋，而郭永旺就是入选的第一枚棋子。她看似无意地说：“现在的年轻人，只要给点颜色就能开染坊，其实他们的技术都是在外面抄来的，就说那批转换插头吧，我上周才知道原来韩国早在2007年就有这种转换器，风行只是改了改，就拿来说是自己的专利。”

郭永旺完全震惊了，眼睛瞪得老大：“我就说麦斯钰这个人太容易相信人了！”

“我这个人也是眼里容不得沙子。麦斯钰上当受骗我管不着，但是我们欧阳家的人不能就这么被他骗了。”

郭永旺知道欧阳春说的是欧阳小江，心说欧阳春和欧阳小江的关系还真是复杂，一会儿爱，一会儿恨的。他不解道：“你坐了你叔叔董事长的位置，难道欧阳小江还听你这个堂姐的话吗？”

“我叔叔身体不好，小江是支持我接管董事会的。只是，他做了风行的天使投资人，我不能让他白白地被骗掉五百万啊。”

郭永旺越听越不明白了。欧阳春说了这么多，无非是抱怨两句，但是就算她真想抱怨，也不应该找自己呀！难道欧阳春看上自己了？想到这里，郭永旺不禁打了个寒战。

欧阳春见郭永旺半天没说话，直愣愣地看着自己，也有些不自在。她顿了一下，说道：“我来找你是给你一次雪耻的机会。”绕了这么大一圈，欧阳春才说出找郭永旺的真实目的。她知道郭永旺视财如命，当然心里那口气也还没顺。“只要你把我交代的事情办好了，我不会亏待你的。”

听到“雪耻”两个字，郭永旺心里不禁一颤。欧阳春太狡猾了，弄不好自己就被她给当枪使了。

“你不要紧张，这绝对是对国兰无害的。我爱憎分明，在商场上，我欧阳春绝不公然树敌，除非是别人逼人太甚，我要的只是让风行芯片长个教训。”说着，她从包里拿出一个文件袋，交给郭永旺。

郭永旺看着文件袋里的内容，上面写着“LED芯片技术”。欧阳春告诉他，只要拿着这份文件去找风行芯片的戴天宇，并告诉他，这是日本最新研发的LED芯片技术就行了。

郭永旺看着欧阳春，很犹豫：“就这么简单？”

“就这么简单，我给你这个数，怎么样？”说着，欧阳春伸出了五根手指。

“五万？”

欧阳春不屑地一笑，心想，郭永旺的眼界也就这么高了。她缓缓地开口道：“五十万。”

郭永旺一听，先是激动，再是犹豫。欧阳春竟然愿意出五十万去送个文件？这也太容易了，再说这事找谁不行，为什么非让他去送？他越想越觉得不太踏实，半信半疑地说：“这不会担风险吧？”

欧阳春看郭永旺谨小慎微的模样，从心底瞧不起这个男人。不过，她面上还是笑呵呵的：“你放心，这事是周瑜打黄盖，一个愿打一个愿挨。他如果不需要，你带回来给我就是；他如果自己有贪念，和你无关。”

为了五十万，郭永旺拼了。他怀着忐忑的心情，带着文件来到风行公司的时候，戴天宇正在和自己的团队争执。

此时的风行乱成一团，风行二代已经花了一年的时间，但一直停滞不前。工作室的合作伙伴都是些“佛系”青年，追求一切随缘，这让戴天宇大为恼火。没有风行二代，没有技术突破，他们拿什么跟别的芯片公司竞争，难道真的靠给国兰生产几款新产品就可以了？这违背了他出来单干的初衷。他的担心不无道理，仅仅一年的时间，市场上就有太多因为技术跟不上而公司被淘汰的案例，尤其是像他们这种处于创业初期的公司。戴天宇当初从诚泰出来创业就发誓要成为珠海甚至全国最顶尖的照明芯片公司，可是眼前的现实让他大为苦恼。眼看 2010 年的珠海科技创新大会马上就要举行了，到时候他要拿什么参加！

戴天宇就是在这种压抑、低迷的状态下见到郭永旺的。当时他还不知道郭永旺被辞退的事情，以为郭永旺是来催货的。

郭永旺一看是这种情况，立马摆出一副领导视察的架势，面带笑容说：“我不是为国兰的新产品来的。戴总，不知道有没有时间，跟我单独聊聊？”

戴天宇一脸疑惑地跟着他来到了一间咖啡厅，刚刚落座，郭永旺直接说明来意。他拿出文件推到戴天宇面前，压低了声音：“这是日本东林光电新研发的高显色 LED 资料。他们可以通过紫色 LED 和 RGB 三原色荧光体的组合技术，营造出非常接近自然光的光线。还可以通过定制光谱，营造出在特定水下深度，接近珊瑚和水生植物自然栖息地的光线。”

戴天宇疑惑地接过来，这一看可不得了，他眼睛里立刻放出了光，心说太不可思议了！

郭永旺看出戴天宇对资料十分感兴趣，因为事前做了些功课，他开始侃侃而谈：“不仅如此，这款灯的每个 LED 元件都能发射接近自然光的全光谱光线，营造出亮度均匀、没有颜色分离的光线，适合珊瑚和其他海洋生物的长期生长。这项陶瓷技术会使 LED 灯实现超强的耐久性。另外，他们还利用空气对流实现了空气冷却功能，可以兼顾高显色和高输出。”

戴天宇显得十分兴奋，惊呼道：“太完美了！同一张芯片发光颜色有明显差异主要是因为外延片材料的问题，我怎么没有想到用陶瓷技术。”

郭永旺看得出戴天宇眼里的激动，人在遇到自己喜欢的东西时，是近乎疯狂的。郭永旺喜欢的是钱，而戴天宇喜欢的恰恰就是技术。郭永旺知道眼下戴天宇最需要的就是突破。“这款 LED 灯目前还没有问世，处在保密阶段。”他故意压低声音，“风行二代和国兰的新产品，完全可以依靠这个技术。”戴天宇听后大惊失色，郭永旺的言外之意是让他们抄袭。

郭永旺低声道：“国兰刚刚入驻横琴新区，需要做出一番大的业绩来。而我，你也知道，上次商务酒店的事，给国兰带来了很大的损失，所以，一旦新产品能顺利问世，麦总自然不会再找我的麻烦了。”

戴天宇迟疑，他不明白这么做对国兰意味着什么。郭永旺似乎摸透了他心里的想法，解释道：“这个技术目前还没有问世，如果你能赶在发布之前研发出风行二代，也就不会有质疑。”

戴天宇眉头紧锁，心里七上八下的。片刻后，他起身，直接拒绝道：“这是抄袭，是我们技术行业的大忌。我不能同意！”

郭永旺早就猜到他会这么说，也站起身：“资料我给你，至于你怎么考虑是你的事。”说完，他就离开了。戴天宇呆坐在座位上，看着桌子上的资料，久久没有离开。

二

几天后，风行芯片公司内，戴天宇让大家提前准备好，说让他们看看新产品。一群人围在一个水族箱的展示柜前，期待地看着戴天宇打开开关。这时水族箱的灯光亮起，颜色渐渐转换。

“我们的风行二代把紫色 LED 和 RGB 三原色的荧光体组合在一起，可营造出自然光照射到特定水下深度的效果，能模拟出接近珊瑚和水生植物自然栖息地的光线，适合不同水生生物的生长。”众人看着水族箱发出的光源，露出惊叹的表情，戴天宇顿了顿，继续说道，“而且我们的光学光谱也可以在芯片里进行定制，营造出适合观赏的深蓝色，或者还能实现其他颜色。我们不仅可以用在水族箱，还可以用在酒吧氛围灯、演出照明灯等不同领域。”

众人满眼敬佩，大家都惊讶戴天宇是怎么实现的。说起这个，他没有了平时的自信，语气十分平静：“我们的风行二代一直在显色和输出技术上停滞不前，但我们利用空气对流原理，就能实现空气冷却功能，同时兼顾高显色和高输出。”

大家纷纷叫好，只有戴天宇的眼神显得有些游离：“要不说你们都在实验室里待傻了呢？多出去走走，调研调研，新技术不是靠每天坐在实验室钻研就有了的，创新还是讲究一个灵感。”

此时，麦斯钰和欧阳小江走了进来。不等二人开口，工作人员小卓就激动地说：“小江总，我们的风行二代即将问世！

欧阳小江一听，两眼冒光：“真的吗？这一年多的研究，还是没有白费嘛！赶快让我看看。”

小卓自告奋勇地要给麦斯钰和欧阳小江演示，他围着水族箱走来走去，水族箱的灯光便随着外界光源的强弱而渐强渐弱，颜色也在不断变化。

欧阳小江看着眼前的景象，震惊了："这水族箱里用的照明芯片就是风行二代吗？"

戴天宇连忙解释："风行二代不够成熟，还需要做很多的改良。"

一向高傲的戴天宇一下变得这么谦虚，欧阳小江还有些不适应："我得好好算算，如果风行上市了，我这个天使能赚多少钱。"几个人都笑起来，只有戴天宇的笑容看上去是那么不自然。

很快，戴天宇带着他的风行第二代芯片参加了2010年珠海科技创新会展，风行的展位在比较显眼的位置，戴天宇给来参观的人介绍着风行二代芯片。

他告诉在场的人，LED将是取代白炽灯、钨丝灯和荧光灯的潜力光源。2009年，欧盟率先实施禁用白炽灯计划，目前节能的议题备受关注，所以也就造就了LED室内照明巨大的市场机遇和乐观的前景。而他们风行作为LED核心技术芯片研发公司，也是绞尽脑汁地在节能的基础上不断创新。

说着，大壮掀开红布，风行二代展现在众人眼前。戴天宇继续介绍道："由我们风行二代而研发出的衍生产品，这款氛围灯是紫色LED和RGB三原色荧光体的组合技术，它可以营造出非常接近自然光的光线，还可以通过定制光谱，营造出在特定水下深度，接近珊瑚和水生植物自然栖息地的光线。"

麦斯钰惊讶地发现罗斌也在人群中："罗副主任，您怎么会来这儿？"

罗斌解释道："我们横琴新区管委会自然不会放过科创会这么好的机会，这里科技企业这么多，一个比一个优秀，我总要来挖挖墙脚嘛。不过我一来就发现了您跟我提的风行芯片，听了这位负责人刚刚的介绍，感觉确实是不错。这风行二代的技术真让我眼前一亮啊。"

麦斯钰顺势把戴天宇介绍给罗斌。罗斌对戴天宇说："对风行芯片的考察我们商务局一直在进行，今年我们有几个招商的大项目，我想风行芯片的入驻资格很快就能办理下来。"

戴天宇也十分激动，能入驻横琴新区，是风行莫大的荣幸。

这时，一旁传来大壮惊讶的声音："什么，三百万？"

众人的目光纷纷被吸引过去，原来就在戴天宇介绍的时候，有一位香港老板对风行二代十分感兴趣，出手就是三百万。大壮还以为是自己听错了，满脸惊讶。香港老板却淡定地对大壮说：“年轻人，你没有听错，我们香港博远光电十分需要你们的这款芯片，我们愿意现在就和你们预定三百万的订单。”

展厅另一侧，欧阳春和几个人站在一起，她的目光投向风行展位方向。秘书问她要不要过去看看，欧阳春微微一笑，淡淡地回了一句：“累了，回公司。”她的嘴角却露出一丝不易为人察觉的笑容。

张总自从和麦斯钰接触过一次之后，就对她留下了深刻的印象，这不，他还做起了中介，没事就帮着麦斯钰介绍生意。这天，他特地和麦斯钰到生意伙伴小林总的高尔夫球场打球，麦斯钰顺便把小林总定的货送过来。

晨曦渐渐拉开帷幕，又是一个绚丽多彩的早晨。一大早，麦斯钰就来到了小林总的高尔夫球场。高尔夫球场在一片青山绿水之中，绿茵茵的草地包裹着偌大的会所。由于时间还早，整个球场笼罩在一片静谧之中。

没想到还没开始打球，郭永旺又出现了。张总对郭永旺没有什么好感，心情一下就差了不少。麦斯钰不等张总开口，直接就把他叫到一旁，气不打一处来：“郭永旺，我已经让你离开国兰了，你现在厚着脸皮来送货到底想干什么？”

郭永旺哀求道：“阿钰，你再给我一次机会。你放心，我以后一定好好干。我这就让工人好好安装。”

小林总并不知道几个人的瓜葛，还以为郭永旺就是个普通工人呢，他客气地招呼着麦斯钰和张总去休闲亭休息，说等工人安装好了，正好看看效果。麦斯钰回应说好，无奈地回头看了一眼郭永旺，心生厌恶。

在休闲亭里，服务员在一旁泡着工夫茶，麦斯钰有些心神不宁。

小林总却没注意那么多：“麦总，张总，你们尝尝我们这儿的工夫茶，绝对正宗。”

张总喝了一口，连连称赞。接着，他向麦斯钰问道：“麦总，听说这次你们研发的路灯，具备驱蚊的功效？”

麦斯钰回过神来，介绍道：“这次我们和芬琳生物科技公司还有风行芯片合作，研发出了最新一季的产品——驱蚊路灯。这批只是试验装，后续我们会在横琴新区召开一个发布会，到时候向大家隆重推出，欢迎小林总和张总莅临指导。”

看着麦斯钰弱小的身躯里，竟然储存着这么大的能量，小林总感慨道：“麦总能带领这么优秀的企业，真是让我们这些男人汗颜。”

“男人和女人只是性别上的不同。”说起这个，麦斯钰有感而发，“在商战场上，没有人会因为你是一个女人，而对你心慈手软。企业要发展，需要的是一个优秀的企业家，而不是用性别标签博取怜悯的女人！”小林总和张总对麦斯钰的一番话钦佩不已，连连称赞。

傍晚，终于到了麦斯钰带来的灯大放异彩的时候了。路灯发出黄色的光，装饰了整个高尔夫球场。麦斯钰带着小林总和张总走到路灯边，近距离观看国兰公司的这款新产品。

小林总仔细地端详着路灯光晕外，一只蚊子也没有。他在深圳的高尔夫球场也安装有路灯，晚上只要一开灯，立刻有成群的蚊子围过来，密密麻麻的，很瘆人。可是眼前的灯开了这么久，竟一只蚊子都没有，这简直太神奇了。他惊喜地问麦斯钰是怎么做到的。

麦斯钰微笑着解释：“大家都知道，白天蚊子都躲起来了，晚上才出来咬人，也就是说太阳光中有蚊子害怕的光波。我们这款LED驱蚊灯就是根据蚊虫喜欢靠近灯光这一原理，研究出了一种蚊虫厌恶的特殊光源材料，把太阳光中蚊子害怕的光波做了一部分放到灯中，所以能将蚊虫驱走，而且对人体无害。”

小林总连连叫好：“这真是一项伟大的发明啊。”

麦斯钰内心也是这么想，不过还是要谦虚一点：“发明算不上，只是能帮助大家排除一些生活中的困扰。”

小林总对这次的合作非常满意，麦斯钰也很高兴。就在她准备离开高尔夫球场的时候，郭永旺又出现了。整整一天，他一直躲在不远处，看着麦斯钰和两个大男人谈笑风生，心里别提多难受了。这不，见麦斯钰准备走了，他直接冲上来，拦住她，苦苦哀求道：“阿钰，我也是为了赚钱才有了投机的想法，你就再原谅我一次，最后一次。”

麦斯钰懒得搭理他，这话她听得耳朵都快起茧子了，她已经给过郭永旺太多次机会了。看麦斯钰态度坚决，郭永旺也豁出去了："你为什么总是不信我，宁愿信那帮不靠谱的技术团队。你知不知道他们的技术都是抄来的！我劝你还是早点甩开他们，不要给国兰惹上一身祸。"

麦斯钰感觉郭永旺话中有话，直接问道："你什么意思？你在哪儿道听途说的假消息？"

郭永旺这才发现自己说走了嘴，支支吾吾地说："反正无风不起浪，消息不假，只是你被蒙在鼓里。到时候你就知道谁才是真心诚意地帮你了。"麦斯钰却不想再给他任何机会，驾车而去。没想到几天后，真的出事了。

几天后，国兰的新品发布会在横琴新区举行，会议厅里有多家媒体出席，记者和摄影师长枪短炮地对着会议厅前端的演讲区。

麦斯钰上台，她代表国兰集团，首先感谢大家能来到横琴新区参加国兰的新品发布会，接着她说道："这次我们国兰为大家带来了 2010 年度的新产品 LED 驱蚊灯。这款驱蚊灯是由我们国兰和美国芬琳生物科技研究室，以及风行芯片股份有限公司共同研发的。在这里我要感谢两家合作企业对我们国兰的技术支持。"台下响起热烈的掌声。待掌声散去，麦斯钰继续说道："蚊子是传播疟疾、登革热等传染性疾病的罪魁祸首。为了减少疾病、保证良好的睡眠质量，人们普遍使用各种固体蚊香、电蚊香及气雾杀蚊剂，但它们都是化学制品，在杀蚊、驱蚊的同时也在伤害人类并且污染环境。有人睡觉点一夜的蚊香，第二天早晨就会出现喉干、头昏等症状。而 LED 驱蚊灯则是利用太阳光中对人眼有益而蚊子害怕的光波进行物理驱蚊，实现了既驱蚊又对人无害的环保目标。"麦斯钰话音一落，镜头咔咔咔不断抓拍发布会现场的照片。

接下来，轮到戴天宇上演讲台。他告诉大家，这款驱蚊灯，它的光是黄色的，滤除了紫外线和红外线，不会对人体造成任何伤害。蚊子对不同的光波有不同的反应，对人眼睛最能接受、视疲劳最小、看得也最清楚的 530 ~ 590 纳米波段的光波，蚊子有它固有的逆光生物特性，它是怕这种光，见了就朝相反方向逃；而 500 纳米以下的光，是蚊子的"可见光、喜见光"，蚊子有它固有的趋光生物特性，在这种光波下它看得清楚，而且喜欢在这种光波下生活。LED驱蚊灯把太阳光中蚊子害怕的光波做了一部分到灯中，所以，在LED驱蚊灯下，蚊子很不舒服，它不朝LED驱蚊灯飞来，亮灯开窗蚊子不往室内飞，反而碰上这种灯光就逃跑，室内没逃出的就躲藏，来不及躲的就在空中慢慢乱飞。慢慢飞的蚊子不叮人，这也就不足为怪了。戴天宇介绍得生动有趣，现场时不时传来阵阵笑声。

气氛一下变得轻松活跃，戴天宇自己也十分激动。此时，会议厅的门忽然被推开，两个穿着法院制服的人走了进来。二人拿出身份证件说："我们是珠海市中级人民法院的，请问风行芯片的负责人在现场吗？"

所有人都不知道发生了什么事，戴天宇从演讲台上走下来，说话吞吞吐吐："我……我是……请问有什么事吗？"

法院工作人员严肃地说："国家知识产权局委托我们传唤风行二代芯片的创始人，你们已经被日本专利局举报，风行二代芯片涉嫌剽窃日本东林光电最新专利技术，请你跟我们走一趟吧。"发布会现场瞬间炸开了锅，无数摄像机对准了戴天宇惊恐的脸。

戴天宇脸色铁青，麦斯钰满脸惊愕，欧阳小江蒙了。在众人的议论声中，戴天宇被带走了。

突然，麦斯钰看到一个熟悉的身影隐没在人群里：郭永旺。

见状，郭永旺立刻往僻静处走，一边走着，一边打电话："看来你说的是真的，人已经被带走了，我亲眼……"

"郭永旺！"身后传来麦斯钰愤怒的声音。郭永旺一紧张，手机直接滑落。

麦斯钰冲上前，质问道："郭永旺，你那天跟我说戴天宇的技术是抄袭的，你是听谁说的？"

郭永旺露了怯，赶忙捡起手机，支支吾吾地说："我也是听来的传闻。他们是被日本专利局举报的，我哪有那么大的本事！"

欧阳小江一把抓住他的衣服，质问道："到底是谁？你今天不说出来，我就把你也送进去，让警察审你。"

郭永旺看欧阳小江要动真格的，一下㞞了，赶忙求饶道：“别别，还不是你们欧阳家的人，觉得让戴天宇骗走了五百万不甘心。”

欧阳小江回怼道：“你说什么？我爸瘫痪在家，他能干这事？”

麦斯钰已经猜到了郭永旺口中的人是谁：“不是你爸，是欧阳春。”

郭永旺仍然觉得自己没错，虽然欧阳春给了他钱，但是他这次可是真心帮着麦斯钰的，他觉得戴天宇骗了麦斯钰，不想让她蒙在鼓里。麦斯钰看着郭永旺，曾经的他情商还是挺高的，现在怎么变得这么笨。她告诉郭永旺，风行创立不到三年，就算树敌也不至于让人有这么大动作，除非是欧阳春想风行倒台，借机让国兰也承受巨大损失。

欧阳小江准备找欧阳春问个清楚，却被麦斯钰叫住：“你先冷静一下，我们现在的首要任务是帮戴天宇打官司，而不是像个跳梁小丑一样和欧阳春打口水仗。”

听她这么一说，欧阳小江冷静下来：“东林光电不过是想要钱，我们给钱就是了。”

麦斯钰无奈摇头，欧阳小江把事情想得太简单了：“这件事不是赔钱就行的，风行二代的技术已经用于商业用途盈利了。”

“你是说和香港博远光电的签约？”

麦斯钰点点头：“那张订单和那笔定金汇款，已经让抄袭升级了。我们现在不仅要赔付东林光电，还要支付香港博远光电的违约金。”

欧阳小江心里一沉，说这是风行芯片的事，和国兰其实没有多少关系，麦斯钰完全可以不用插手。

麦斯钰没有正面回答，她知道出了这样的事，对风行的打击肯定不小。她让欧阳小江给自己一些时间，并且告诉他，国兰不会不管这件事，但是不能操之过急。毕竟戴天宇抄袭的行为属实，法律不会讲人情。她让欧阳小江先回家，再做打算。

一路上，欧阳小江找了所有认识的朋友，联系了所有认识的律师，可是最后的结果竟非常一致：没辙。欧阳小江突然感觉什么都完了，仅仅几小时，他像从云端跌入谷底，第一次感受到了无能为力的挫败感。

他意志低迷地回到家，管家告诉他，欧阳东江正在书房等他。欧阳小江有些意外，看二楼书房的灯还亮着，径直上了楼。

书房的门半开着，欧阳东江正坐在轮椅上闭目养神。欧阳小江敲了敲门，走进去，强打起精神，关切道：“爸，您还没睡？”

欧阳东江没出声，等了片刻，看欧阳小江并不打算把事情告诉自己，他冷冷地说：“你以为我整天在家宅里，消息就那么闭塞吗？欧阳春这么做是要和我们彻底翻脸了。”

欧阳小江心头一惊，没想到父亲已经知道了，精神也瞬间垮了。突然欧阳东江从轮椅上站了起来，欧阳小江就这么眼睁睁看着父亲走到书桌边，拉开了抽屉，取出一沓资料。

看儿子呆若木鸡，欧阳东江十分平静地把资料递给他。欧阳小江打开一看，惊呼道：“您的病例报告是假的？这一切都是春姐的计谋。爸，她为什么要这么做？我去找她问清楚。”

“站住！”欧阳东江呵斥道。他无奈地摇摇头，没想到经历了这么多，欧阳小江还是如此沉不住气。这是兵家大忌，敌人就喜欢看对手惊慌失措的样子，欧阳小江却一直改不掉这个急性子。欧阳东江说：“我的心梗并发了脑出血，确实造成了轻微的偏瘫，但是他们为了让我从董事长的位置上下来，竟然夸大病情。我也就将计就计，顺水推舟了。”这件事，欧阳东江并没有告诉任何人，包括欧阳小江，因为他了解自己的儿子，如果他提前知道了，后面的戏就不好唱了。

就这样，欧阳东江设计了一出大戏，坐等欧阳春露出马脚。欧阳小江被诚泰公司陷害，接着被撤职，欧阳东江都没有出手，就是要给欧阳春制造一种假象。

欧阳东江从来没有怀疑过欧阳春的能力，可是她心太大、执念太深。当年欧阳东江和他大哥一起创立了华明，可惜大哥病逝了。董事会里有人挑拨关系，散播谣言说是他为了夺权故意延误抢救，导致大哥病逝。这个谣言在他坐上董事长的位置之后慢慢淡了，在欧阳春的心里却埋下了仇恨。这么多年，欧阳东江养育她、培养她，在公司对她委以重任，所做的一切都无法让她放弃执念。他也终于明白，无论自己做什么，欧阳春都不可能站到自己这一边。但是，欧阳春就是再有野心，凭她一个人的力量想上位也是不可能的。董事会里有人支持她，这次他将计就计，正好借此机会肃清董事会。

要不是因为出了风行这件事，欧阳东江还打算再隐瞒一段时间。说起风行的事情，欧阳小江一下蔫了，此刻他的脑袋一片空白，根本不知道要如何解决。他们要赔付的金额超过了千万，光是给香港博远光电的就要五百万。原本以为风行芯片能够以高价卖出去是风行最大的幸运，现在看起来倒成了最大的祸害。

欧阳东江看着儿子，感慨道："你们真是没有一点防备的心思。香港博远光电是阿春夺走华明时最大的合作伙伴，如果不出我所料，香港博远光电能够出高价购买风行二代，也是她的算计。"

"博远光电怎么会听她的，来蹚这个浑水？"

"风行二代是剽窃的，欧阳春心里早有定论，说服博远用高价购买风行芯片，一旦剽窃的事情被揭发，博远光电就能得到高额的违约金，这空手套白狼的事，博远怎么会不干？"听完父亲的分析，欧阳小江恍然大悟。欧阳东江道："阿春如果能把心思正经放在生意上，其实我想过让她接班。可惜啊，华明不能交到她手里。"

欧阳小江看着父亲，心里充满了愧疚："爸，对不起，我真的不知道您为华明做了这么多牺牲。以后，我会和您一起守护华明。"

欧阳东江颇为感动。他知道，这次的事情对欧阳小江的打击是巨大的，不过这也是这次事件中他唯一觉得欣慰的事情，比起赔钱，一个人的成长更为重要。欧阳东江说："风行的官司我给你推荐最好的律师。不过我有言在先，法不容情，一切按照法律办事。至于赔偿金，如果需要我的帮助你可以告诉我。"

但欧阳小江的反应令他有些意外——欧阳小江不想让欧阳东江参与，这次的事情他想自己解决。

欧阳东江看着眼前的欧阳小江，觉得儿子终于成熟了。

另一边，麦斯钰和欧阳小江分开后，也开始联系朋友，她打电话向梁雯咨询，想知道从法律的角度，这次的事件前景如何。梁雯的回答十分中肯，她告诉麦斯钰，这是涉及日本专利局和国家知识产权局的重案，而且证据确凿。根据《民法》第二百一十七条，以营利为目的，有侵犯著作权情形之一，违法所得数额较大或者有其他严重情节的，处三年以下有期徒刑或者拘役，并处或者单处罚金。违法所得数额巨大或者有其他特别严重情节的，处三年以上七年以下有期徒刑，并处罚金。风行公司除了要赔付高额的赔偿金，戴天宇可能会被判处三年以下的有期徒刑。风行公司的非法营业额度太大了，所以他逃不了牢狱之灾。

听完梁雯的话，麦斯钰叹了一口气。她和梁雯约在第二天见面，准备详细地聊聊这次的事情。

夜渐渐深了，一道闪电突然划过，天空被照亮。几分钟后，沉闷的雷声就响了。仅仅片刻的工夫，下起了暴雨，豆大的雨点伴随着狂风的怒吼，不断地敲击着窗户。

麦斯钰拉开窗帘，静静地看着窗外的暴雨，她不畏惧，反而有一种绝处逢生的感觉。这种雨，疍家人在出海时常常会遇到。每当这时，渔船就只能任由卷起的海浪不断拍打，所以每一次出海都是冒着生命危险。然而，暴雨过后总会有彩虹，还会有意想不到的捕捞成绩。麦斯钰认为做生意也一样，只要挺过去，就能在船板上躺着看风平浪静下的雨后彩虹。

她看着窗外的暴雨，雨滴渐渐变小，风声渐渐退去，自己也渐渐入睡了。

三

众天国际位于澳门塔旁边，大厦的外墙是全幕墙式玻璃打造，远远望去，既气派又时尚。整栋大楼错落有致，浑然一体，在蓝天白云的映衬下，展现出别样的风采。

最近工程部的郑总监却遇到了一个大问题。他们原本接下了一个项目，准备建游艇码头，就在麦叔他们的渔船靠岸的地方。可是协商了几次，都没有成功。想也知道，麦叔他们怎么可能同意？就这样，施工一拖再拖，眼看工期就快到了，可是码头上的渔民一家都没走。这下，郑总监没了主意，无奈之下，他只能另找他法。

此时，麦叔跟大伙围坐在一起商量着大排档下一步的计划，渔业协会的翁会长焦急地跑过来，人还没到，声音已经传来："老麦，出大事了！出大事了！"

麦叔站起身，看见翁会长跑得满头大汗，埋怨道："翁会长，怎么你也来埋汰我，我们这儿能出什么大事？"

"众天国际的拆迁队来了，说是要把我们这里全拆了，修建游艇码头。"翁会长拿起一杯水就往肚子里灌，灌完接着说，"而且……而且拆迁队的队长，是我们的老熟人……迭马猴。"

麦叔震惊了："迭马猴这个死混子，现在又搞起了这些勾当！"他和翁会长带领着渔民快步赶到渔业协会。

隔着老远，麦叔就听到办公室里传来打砸争吵的声音："你们这是要断我们的活路！这是要被妈祖娘娘惩罚的！"麦叔感到不妙，忙推门进去。迭马猴正悠闲地坐在会议室的首席位置，腿放在桌子上，手下几个帮会分子不断推搡着渔民。

麦叔大吼一声："迭马猴，你们给我住手！"

迭马猴被吓得一下把腿收了回来。一看是麦叔，他立马换上一脸赖皮相："哎，你可看清楚了啊，我们可没动手，是你们的人一上来就大吵大闹，差点把我兄弟打了，小心我们告你啊。"

麦叔气得脸通红，脖子上青筋暴起："迭马猴，这儿世世代代生活着疍家人，就连政府都鼓励我们渔民自给自足，打造疍家文化，你们凭什么说拆就拆？"

迭马猴站起身，来到麦叔面前。这次他可是带着文件来的，自然很有底气。"我说麦老头儿，这都什么时代了，啊？商业时代，小康时代。你们这一带脏、乱、差，影响市容的破码头早就该拆了。能被我们众天国际看上，是你们在妈祖庙烧了高香。我限你们三天之内，全部给我搬走，否则就不要怪我们动用武力。”迭马猴悠哉地从包里拿出一份文件，扔在桌上，“你们自己看！”

麦叔走上前，打开文件一看，是一份土地认证书。迭马猴占了理，得意地说：“看见没有？众天国际已经买下了五十三号地皮，你们这一片的渔船码头和海豚湾（中华白海豚是国家一级保护动物，被称为“水中大熊猫”，非常珍贵。伶仃洋海域就有它们的栖息地，疍家人称这一带为海豚湾，也是因为有中华白海豚活动）都得打造成游艇码头。规划已经得到了政府的认可。这破码头是拆也得拆，不拆也得拆。”麦叔看着文件，心里一沉，他跟翁会长对视着，不再出声。

迭马猴觉得自己得了势，说道：“限你们三日之内搬走，不然，我就来亲自——帮、你、们、搬！”说完，他带着人走了。

翁会长还想争辩，却被麦叔拉住。麦叔摇摇头，示意他冷静。

麦叔看着大家，鼓励道：“先别管他，我们兵来将挡，水来土掩。我就不信他们能把我们撵走不成，大家该干什么干什么。”

四

自从戴天宇被关进了看守所，风行入驻横琴的事情也就暂缓下来。麦斯钰之前听罗斌说，风行芯片入驻的审批资格已经下来了，可现在又被商务局给扣了。为此，她特地去了一趟横琴新区产业园区，找到了罗斌。

罗斌一见麦斯钰，就知道她前来的目的。这件事他也很为难：“麦总，现在上面肯定是不会再同意招商风行这样的公司进来了。您也知道出了这么大的事，整个珠海的媒体都在报道，全国都知道了。”

麦斯钰知道罗斌的处境，可是她不能眼看着风行就这么完了。她恳求道：“风行是一个很优秀的企业，这件事确实是他们走了歧路，但是不能一竿子拍到底吧。他们如果失去横琴新区这个机会，以后的发展就更难了。”

罗斌明白麦斯钰的意思，他也说出了自己的理由：“麦总，我们想要招募更多优秀的企业入驻横琴，很多企业也想借我们的平台发展升级，这都是互惠互利的事。我们不能为了帮扶问题企业，把我们的门槛降低，这对其他入驻企业来说，也是不公平的。”通过这次的事情，罗斌开始有些佩服麦斯钰了，这件事情，换作其他任何一个企业，肯定是避而远之，麦斯钰却顶着舆论的压力，动用了所有关系，到处求人。但他也清楚，她做的这些都于事无补。他善意地劝道：“麦总，我知道您心软，也十分器重这家企业，但是你们是做生意，不是做慈善。企业发展优胜劣汰，走错路被打压下去，是行业常态，我们管委会也无能为力。”

“那如果风行成为国兰的一部分呢？”麦斯钰突然说道。

罗斌一听震惊了：“麦总，您的意思是……”

麦斯钰解释说：“如果国兰收购风行，那是不是就可以以国兰的资源入驻横琴新区？”

罗斌颇感意外地看着她。“这可以是可以。”他停顿了一下，“可是麦总，不是我劝您，这块烫手山芋何必要紧握着不放呢？在这个时候收购，只会对国兰的经济造成巨大压力，还会被行业说闲话。抄袭、剽窃是污点，就像学生的处分一样，是要跟档案一辈子的。”

麦斯钰知道罗斌是为了自己好，但是她不在乎这些：“罗副主任，如果没有风行芯片曾经的技术支持，我们国兰不会有今天的成绩。树高万丈不忘根，人若辉煌莫忘恩嘛。再说，风行的潜力可是巨大的，我这是揽贤招兵，为以后的发展铺路呢。”

罗斌看着麦斯钰，敬佩之情再次油然而生。他感叹道：“您真是一个让我每天都刮目相看的优秀女企业家。”

从横琴新区产业园出来，麦斯钰直奔商务局，找到了入驻资料，接着回到了公司。她知道，真正的考验就要到了。之前跟罗斌谈，不管怎样，他都不会太干涉。可是她心里没底，不知道国兰的其他董事会怎么想，她怀着忐忑的心情召集大家开了一次会，特地请来了风行的员工小卓和大壮。麦斯钰第一句话就直奔主题："今天，请大家一起来国兰，就是想和你们商量一下，国兰希望可以收购风行芯片。"

一旁的欧阳小江惊呼道："你疯了？收购一家企业不仅要收购这家企业的资产，还要承担它的负债。现在风行芯片净资产为负数，还有高额的罚金。"

他说的这些麦斯钰当然都清楚，她看似跟欧阳小江解释，实则告诉所有人："如果你们觉得我麦斯钰是一时冲动而要收购风行，那就大错特错了。我是在做企业，不是做侠客。中国企业都有一个从少林小子到太极宗师的过程，少林小子只会打几下，太极宗师有章有法，有阴有阳。中国企业要从第一天就得有精修内功的想法才行，而你们现在处在发展的过程中，好好培养总能成为大师。我们国兰看重的不是一家公司，而是这家公司的人才。"

小卓感动得都快哭出来了："麦总，您真是我们的伯乐，我们创业一路心酸委屈没少受，能有一个像您这样器重、欣赏我们的人，是我们最大的荣幸。"

麦斯钰给大家算了一笔账："风行的罚金是一千一百万，还有五百万的违约金，一共是一千六百万，那我们国兰就以一千六百万的价格来收购风行。如果你们同意，合同现在就可以签……"

欧阳小江打断她的话，拿出一张银行卡："这里面是我筹到的六百万。"话音一落，所有人震惊地看着他。

麦斯钰也很惊讶："你去哪儿筹了这么多钱？"

"你别管了。"欧阳小江掩饰着眼里的失落。说起这六百万，里面的每一分都是欧阳小江的心血，他把自己在俱乐部的爱车全部低价卖了。

麦斯钰看欧阳小江不想说，也就不再多问："好，既然这样，你现在是风行最大的股东。收购风行的事情你点头吗？"

欧阳小江看着一旁的大壮和小卓："你们觉得呢？"这两个人当然求之不得，频频点头。

接着，欧阳小江笑着说："我们一致同意。"

大壮和小卓对视了一眼，拿起笔直接在收购协议尾页签了字，也按了手印。大壮说道："麦总，小江总，我们风行之前的领头人一直都是天宇，他这一走，我和小卓也成了没头的主儿。我们只会搞技术，做生意、谈生意这些，可以说是一窍不通。所以，我们希望小江总能够担任我们风行的总经理。这样，我和小卓心里也有点谱。”

这话让欧阳小江有点受宠若惊：“你们真的相信我能当好这个总经理？”两个人重重点头。

麦斯钰顺水推舟：“那我现在就以总公司董事长的身份，任命欧阳小江为子公司风行芯片的总经理。”话音一落，她带头鼓起了掌。

欧阳小江看着大家，突然觉得那些车卖得值，脸上也露出了久违的笑容。

第十三章

一

烈日炎炎，路面被烤得直冒烟，就连知了也热得在树上不停地叫着。而国兰公司，此刻更是一派热闹景象，大家进进出出，每个人都汗流浃背，脸上却洋溢着幸福。

原来，风行公司正式被国兰收购之后，考虑到今后办公的便利，麦斯钰想要把风行也搬到国兰公司总部。她特地征求了欧阳小江的意见，欧阳小江当即同意。不过说是要把公司搬过来，其实整个风行也就只有欧阳小江、小卓和大壮三人。可是连欧阳小江自己都没想到，他们人虽不多，东西可是不少，尤其是大壮和小卓，把之前公司的东西能拿的都拿来了，恨不得把马桶也给拆了，还美其名曰节约。

不过其中有两样东西是他们最宝贵的，一样是保险柜，另一样则是风行公司前台招财进宝的摆件。从走出原风行公司办公室之后，小卓和大壮就没让这两件东西离过手，他俩谁也不让动，一人带一个，生怕别人给碰坏了。

麦斯钰看到大壮满头大汗，还不让别人帮忙，开玩笑道："大壮，你这是把风行的金条都带来了？"

大壮本身就胖，搬着一个保险柜，加上天气热，累得气喘吁吁："我这里面可都是风行的宝贝，比金条值钱呢。"

这时，小卓抱着招财进宝摆件哼哧哼哧地走进来。麦斯钰看到摆件，觉得有些眼熟，还没开口，小卓就先说话了："麦总，这可是您送我们风行的开业大礼，我每天都擦一遍呢，以后招财进宝就靠它了。”麦斯钰被小卓逗笑了，指着前台说：“那就摆在前台上，给咱们国兰也招招财。”

“好嘞！”说着，小卓小心翼翼地把摆件放到了前台的桌子上，还不忘又仔细擦了擦。

麦斯钰看着眼前崭新的一切，心情格外好。不过，有件事倒是让她有些担心。

欧阳小江之前在华明的办公室是出了名的奢华，她听郭永旺说过，整个办公室的设计是欧阳小江特地从国外学来的，不仅充满现代感，还十分有内涵，单是挂在墙上的一幅画就好几十万，是他从拍卖会上买的。

相比之下，麦斯钰现在给欧阳小江准备的办公室就显得有些寒酸了。不过她也是精心准备了一番，找了一间相对比较宽敞的办公室，让人特地布置了简约的灯光，粉刷了明亮的色彩，安装了纯玻璃隔断，看上去还是很有现代感的。但是屋里的摆设可是愁坏了麦斯钰，几十万的画，她是不可能买的。最后她想到，直接买来实物岂不是更好，所以她特地亲自挑选了一些花花草草，摆在办公室里，不仅净化空气，还防辐射，而且最重要的是美观。

欧阳小江原本也没打算要多好的办公室，有个地方坐就可以了。当他走进办公室时，还是吃了一惊，这比自己预期的好太多了。唯独这些叫不上名字的花花草草，让他觉得和装修有些格格不入，而且也完全不是他的风格。他撇嘴说道：“这花是怎么回事？办公室也弄得和家里一样，花花绿绿的。”当得知这些是麦斯钰亲自去挑选的，欧阳小江心头一暖，有些感动，脸上却没有表现出来，还略显嫌弃地说：“麦总，你对花草的品味还真是独特。”

麦斯钰一听，心凉了一大截：“你不喜欢，我叫人拿走就好。这是你的办公室，按照你的喜好布置吧。”

“哎，哎，不用了。”欧阳小江有些尴尬，故作深沉道，“大家已经够忙了，挪来挪去的多费事，我就勉为其难地接受麦总的一番好意吧。”麦斯钰看着欧阳小江的表情，情不自禁地笑起来。

突然，欧阳小江说：“麦总，一会儿开完欢迎会你有什么安排？”

"今天是欢迎你们的加入，我特意没安排事情。"麦斯钰回答。

欧阳小江眼前一亮："那……我是不是能有这个荣幸，请我的老板共进午餐呢？"

欧阳小江冷不丁的一句话让麦斯钰吓了一跳，如果她没理解错的话，欧阳小江这是要请自己吃饭。在她的印象中，欧阳小江好像从来没有请她吃过饭，不，或者说，他们俩好像就没有单独在一起吃过饭。

看到麦斯钰一脸的惊愕，欧阳小江赶忙解释："风行入驻，你是我的老板，我得巴结巴结你呀。"

麦斯钰笑起来："这样吧，为了表示诚意，我来请客，地方你选，叫上石学举、梨花、大壮，还有小卓他们几个一起。"

欧阳小江不屑道："那和加班有什么区别？这样吧，麦总，今天就不要叫他们几个了，我有些事情想单独和你聊聊。"

麦斯钰有些好奇，不过既然欧阳小江这么说，她也就只好接受了。搬完东西，麦斯钰照例召集大家开了一次欢迎会。她首先开口道："现在风行入驻进来，我们就是一家人了。国兰过去的优势有一部分也是归功于我们坚持新技术的研发，但是因为条件不成熟，我们迟迟没有成立自己的研发中心。现在我们有了一支非常年轻、优秀的技术研发团队，人才有了、专业技术有了，我在这里也代表国兰表个态，我们会尽一切努力，为研发中心提供经费、设备等各方面的保障。"所有人的目光都聚集在麦斯钰身上。欧阳小江带头鼓掌，大壮、小卓等风行团队的人激动地站起来鼓掌。掌声散去后，麦斯钰继续说道："三流的企业做产品、做项目，二流的企业做品牌、做资本，而一流的企业做文化、做标准！一个企业能不能发展，实际上最终的裁判是谁？是消费者。可以说每一个品牌都在很多的商场里面有它的产品摆在那儿，但是为什么最后没有不断地扩大，有的甚至缩小，更严重的可能是退出这个竞争的舞台？实际上我早就告诉过大家，国兰没有太多的诀窍，就是诚信和技术研发两条。"欧阳小江看着麦斯钰，眼睛里充满欣赏。

麦斯钰最后说：有什么样的人，就会有什么样的国家；有什么样的人，就会有什么样的体制；有什么样的人，就会有什么样的企业。一个企业要发展好，人，才是最重要的。她希望国兰的每个员工都能做到诚信、努力、坚强，也能时刻保持清醒的头脑，有一颗敢于挑战和创新的心。最后她说：“国兰的未来，就靠你们了！”

说完，她给大家鞠了一躬，热烈的掌声再次响起。

下面就轮到今天的主角欧阳小江发言了。“今天对我来说是个特殊的日子，对风行来说也是一样，我们正式加入了国兰。风行是一个技术研发团队，我不敢说我们是最优秀的团队，但是我敢说我们是最不怕困难的团队。国产LED芯片从起步发展到今天仍然有很长的路要走，仍然和国际先进水平有着一定的距离。风行从诞生的那天开始就注定道路艰险，我们研发的每一步都走得非常困难，一路坚持到现在甚至付出了惨痛的代价。但是我们没有放弃，坚信技术研发是企业发展的竞争力。我们也很幸运，因为有这样慧眼识英雄的麦总，愿意在风行最困难的时候给予帮助和信任。”说到这里，欧阳小江停顿了一下，“国兰对风行来说是伯乐，但是我希望风行成为国兰的心脏。”话音一落，同事们交头接耳地小声议论起来。

欧阳小江也知道自己这么说可能显得狂妄了，但是他想告诉大家的是，未来国兰要做行业的龙头，要做行业的标准，风行研发实验室一定会成为国兰的心脏，他有这个自信。此外，他提到风行公司入驻后的第一个产品，就是新的灭菌LED照明灯，他已经和张教授的实验室对接了，估计过不了多久，就能问世。如果灭菌灯能够赶在浪潮上研发出来，那对于国兰占领LED市场将会是最大的助力。

麦斯钰看着欧阳小江，觉得他真的不一样了。她相信虎父无犬子，欧阳东江的儿子，一定会大有所为。想到这里，她第一个鼓掌，紧接着同事们也跟着鼓掌。

欢迎会现场，唯独石学举一直很冷静。他有种预感，欧阳小江是个厉害人物，话里话外都有点争宠的味道，他担心以后风行研发中心的投入会非常多，这无疑会影响到国兰原本的产品设计部。想到这里，他感觉到了前所未有的压力。

二

在阳光的照射下，海面泛起一片金色。几只小船悠闲地在海面上游荡，不过更多的渔船则是停靠在码头上，有的渔民正在打捞海鲜，有的渔民在渔船上生火煮着海鲜。

这时，迭马猴带着一帮人朝码头气势汹汹地走来，每个人手里都拿着棍棒。这伙人刚刚站到船边，只听迭马猴一声令下：“给我砸！”话音一落，迭马猴的手下立刻把渔船上的锅碗瓢盆、捕捞晾晒架推到了海里，场面立即陷入混乱。

渔民们惊恐不已。不远处的岸边上，翁会长得到风声，带领着渔业协会的人，手里拿着鱼叉和各种各样的工具风风火火地赶来。

几分钟的工夫，渔排上迭马猴一行人和渔业协会的渔民分成两拨，互相对峙。翁会长气得哆嗦：“我们疍家人绝对不会让你们拆。”这时，听到消息的麦叔带着一帮疍家渔排的老板也冲过来。麦叔一下子跳到渔排上，骂道：“迭马猴，你们又来闹事。以为仗着开发商就能为所欲为吗？我告诉你，不可能！”

迭马猴看着众人，毫无惧色，理直气壮地说：“这块地皮已经被我们众天国际买下来了，你们到底懂不懂法律？闹起事来警察要抓的也是你们，我们依法拆迁，有问题吗？”

“要拆可以，拿拆迁许可证来。”麦叔伸着手要。看迭马猴不给，他威胁道：“你们这是私闯民宅，我可以告你们。”

一听“私闯民宅”几个字，迭马猴仰天大笑：“麦老头儿，我说你是电视剧看多了吧？就你们这破渔排，还民宅？我们不仅要拆你们的民宅，还要拆你们的庙，你们这帮人整天神神叨叨有屁用，看看妈祖娘娘是护着你，还是保佑我？”

麦叔指着迭马猴，气得话都说不利索了：“你你……你这个样子啊，还敢提妈祖娘娘……你不怕天打雷劈啊你……”

迭马猴逼近麦叔，眼神凶狠：“麦老头儿，你再胡说八道，带头闹事，别怪我对你不客气！”说话的同时，他猛地推了麦叔一把。麦叔后退了好几步才站稳了脚，怒斥道：“你敢动这里的一砖一瓦试试！”渔民立刻抄起家伙准备抵抗。这时，几个记者拿着相机跑过来。他们接到热心市民来电，说渔船码头为反抗拆迁的事快要闹出人命了，便匆匆赶了过来。

迭马猴一看到记者，两个眼珠子一转，突然一脚狠狠地踢在一个手下腿上。手下措手不及，腿上一软，一屁股坐在了地上，正准备开口骂人呢，就看到迭马猴使了个眼色，立马换了一副面孔，嘶吼着：“哎呀，渔民打人，渔民不讲道理打人啦！”这手下也是个演技派，越喊声音越大，引来了不少围观者。

这一切都被麦叔看在眼里，他气得脸通红，骂道：“臭流氓，你们这是恶人先告状！”

谁知迭马猴听到麦叔的话后，也一屁股坐在地上，一脸的委屈：“记者朋友，他们、他们不让拆，还打人。我们可是有拆迁许可证的，他们看都不看，上来就打人。”

其中有一名记者站在人群一侧，对着镜头说：“我们可以看到，开发商的拆迁队就在现场，但是渔民依旧有高涨怒气未平，甚至动手打人，场面一片混乱……”

麦斯华越听越不对，一把抢过记者的话筒。“什么动手打人？是他们先打砸闹事的。”他还不解气，冲着记者吼道，“你作为记者，讲话怎么这么不负责？”

记者被麦斯华的举动吓着了，赶忙对着镜头说道：“后续，我们会给大家带来跟踪报道。”记者给摄影师使了个眼色，示意他继续偷拍。

迭马猴连忙抓着另外一个记者，指着自己的脑袋。“记者朋友，你看，我这头上的大包就是那个渔民打的。他们不配合就好好谈嘛，我们真是秀才遇到兵，有理说不清。”说着，他竟然硬生生挤出来几滴眼泪，“这年头开发商也不容易啊！”

麦斯钰赶到码头的时候，正好看到十几个保安把渔民和拆迁队的人隔开。得知事情的原委之后，她冲到了最前面，和迭马猴当面对质。

迭马猴自认为底气很硬，看到麦斯钰更是硬气得不得了，心说，风水轮流转，麦斯钰，你不要觉得我就干不了大事。“我现在是众天国际的人，我们老板让我来负责这次拆迁的具体实施。”说着，他把文件往麦斯钰面前一摔，“这是文件，怎么样，傻了吧？麦斯钰，今天这件事就是你阿爸带头闹事，还打了我们的人，你说怎么办吧？”

麦斯钰拿起文件一看，确实是政府规划部门的许可证和批文，上面盖的也确实是政府的章，她料想迭马猴不敢假冒政府批文。可是，如果一切都是合法的，麦叔这边就没有了优势。她眉头微皱，脑筋一动，态度温和下来：“你这些文件我还需要慢慢看，不过这拆迁也不是一天两天的事，大家世世代代生活在这里，自然是有感情的。今天闹成这样你也不可能强拆，要不你们先走，我回去给我阿爸和大家好好做做思想工作。大家都僵在这儿也不是办法。”

“让我们撤？不行！”迭马猴直接拒绝道，“你知道我们误一天工得损失多少钱吗？”他一副不给说法不罢休的模样。

麦斯钰知道硬来肯定不行，在这件事情上，迭马猴确实占了上风。于是，她转变策略。“你们公司地都买得起，游艇码头都建得成，还差这点人工钱吗？”说着，麦斯钰靠近迭马猴，压低了声音道，“难道你们还非得闹出几条人命来吗？我怕到时候你就是有道理也变成没道理了。”她指着旁边偷拍的记者，“你看看，这么多记者都来了，这事要是闹得再大点，把警察招来，恐怕你想收场也不好收了。”

迭马猴眉头一皱，看着眼前的渔民，个个怒气冲天，都不是好惹的角色。还有那些不怀好意的记者，一副看热闹不嫌事大的模样。他知道再这么僵持下去对谁都不好，再说，这次自己可是拿着政府文件的，到哪儿都不怕。他的目的就是为了拿钱，别最后再把自己给搭进去了。犹豫许久，他最后答应给麦斯钰五天时间，五天后，直接来收地。

看着迭马猴走远，麦斯钰这才松了一口气，不过疍家渔民一个个无精打采的。一回到渔协办公室，翁会长张口就埋怨道：“阿钰啊，你怎么能和他们谈什么五天的期限呢？我们做了这么多抵抗，你一句话，就……就让我们的努力全废了。”

麦斯钰理解翁会长的意思，知道翁会长的抵抗，目的无非是赶走迭马猴，赶走开发商。她解释道：“他们三天两头来闹事，大家这么抵抗只会让我们的渔排和渔船遭受损失，万一起了大冲突，伤了人就更麻烦了。而且他们是有正规的拆迁许可证和澳门规划部门批文的，五十三号地皮的确已经被众天国际买了，他们想要把我们这一块区域打造成游艇码头，也是具有法律效力的。”

“那你的意思是，我们就眼睁睁看他们拆？”翁会长露出绝望的表情。他们这边就数麦斯钰混得好、主意多，现在连她都没了办法，那就是真的没办法了。翁会长重重地叹了一口气，说：“我们世世代代生活在这里，我们的渔民也都靠海吃海。没有了这一片码头，没有了渔船，我们靠什么生活下去？”他的话音一落，渔民纷纷议论起来，现场再度陷入混乱。

麦斯钰看到这种情况，安慰大家说：“我这也是权宜之计，五天的时间也许能想出其他办法。”

不过麦叔不这么想，他看着麦斯钰，痛心疾首道：“你这个不孝女啊，你上岸，到珠海，进工厂，办公司，我都不拦你，但是你怎么能忘本呢？这里是你出生成长的地方啊，你不想生活在船上，不想做一个普通的疍家女人，那是你自己的选择，但是你没有权利替我们这些人作决定。别说是五天、五十天、五年，就算再过五十年，我们也不会搬走！”

麦斯钰解释道：“阿爸，你这套方法只能应付一时，如果开发商手续齐全，你会成被告的！”

“告我？我还没告他们呢！”麦叔在气头上，完全听不进麦斯钰的解释，“这里除了是我们的家，也是白海豚的家。海豚湾有上百只白海豚，修游艇码头，还要填海，难道让这些白海豚也都搬家吗？”

麦叔的话一下提醒了麦斯钰，她突然想到了一件事。她记得黄梓建说过，当时设计港珠澳大桥的时候，就是因为要保护中华白海豚修改了大桥建造的设计。如果开发商填海的方案有环保的漏洞，那就可以做做文章了。

麦斯钰把她的想法告诉大家，翁会长激动地说："阿钰说的对，我在报纸上读到过港珠澳大桥这个新闻。还是阿钰走得远、见得世面广、脑子也转得快呀！"麦斯钰偷偷看向麦叔，麦叔的表情稍有缓解。

接下来就是最关键的五天，他们必须想办法让开发商手中的批文被废除。麦斯钰思索片刻，打算从两方面着手：一方面，收集疍家文化的资料，越丰富越好，同时，也收集一下白海豚的活动水域，出海的时候，尽量把观察到的白海豚出现的海域标记下来，麦斯钰知道收集的资料越多越有说服力；另一方面，她准备向有关部门申请帮助，不过需要准备好上述那些资料。渔民纷纷同意麦斯钰的建议。麦叔看了一眼女儿，没作声。

三

夜晚，疍家渔船停靠在码头，连船成片，船上灯影绰绰。麦叔独自坐着，手里拿着一小杯酒，黯然神伤。麦斯钰走过来，把外衣给他披上："阿爸，少喝点酒，晚上风凉，容易感冒的。"

麦叔没有说话，拿起酒壶又倒了一小杯，正要喝，麦斯钰拿过酒杯，一饮而尽。麦叔有点意外地看着她。"现在这么能喝酒了？"看麦斯钰没有回答，麦叔叹了一口气，他不用想也知道，"做生意，不容易吧？"

麦斯钰轻轻把头靠在麦叔的肩头，她很久没有这么做了，一直以来，她都把自己包裹得像刺猬一样，表面坚强。但是，谁又能明白，她只是个女人。

"后悔了？"麦叔问道。

"不后悔。阿爸，我是一个走出去的疍家女，我骄傲着呢。"麦叔看着女儿，她这哪里是骄傲，简直就是倔。

借着月色，麦斯钰跟麦叔说出了自己的心里话："阿爸，这么多年了，你心里其实一直都没有真正理解我。哪怕是现在，我企业做得大一些了，离成功更近了，可是我感觉不到你以我为骄傲。”

“是啊，可能我是无法真正理解你，就像你也不会懂我的想法。今天的事情我不是想吓唬迭马猴，我是认真的，如果他们真的敢强拆，我真要拼命的。”麦叔十分认真地说，“没了船，就没了家啊。”

麦斯钰看着麦叔，她告诉自己，一定不能让父亲没有家，不能让这些渔民没有家。她站起来，走了几步，回头看着父亲孤单的背影，心里酸酸的。

五天，对一个普通人来说，就是一周的工作日而已。但接下来的这五天，对麦斯钰来说，犹如一场战争。公司虽然有一大堆事情等着她，但是，渔船码头的事情，她不能不管。权衡之后，她暂时放下了公司的事情，交由雷梨花和石学举处理，自己的全部精力都投入到了渔船码头的事情上。

麦叔说的白海豚是她的第一个切入点，她特地找到梁雯，想让梁雯帮忙解答一些法律上的问题。

“众天国际开发商把五十三号地皮买下来了，而在规划书里，我们的渔船码头和海豚湾这一块区域，要被打造成商业性的游艇码头……”麦斯钰把事情的原委介绍了一下，梁雯说自己之前听过这个项目，不过，从她的角度，她认为开发商开发是好事。

看麦斯钰十分惊讶，梁雯解释道：“众天国际这个房产商很有实力，他们主要是做商场和娱乐设施的，等将来游艇码头建好了，这一带就是完整的商业圈，交通便利，基础设施完善，肯定能成为新的旅游地标。”

“表面看是这样的。可是这一片一直世世代代生活着疍家渔民，他们靠海吃海，傍海而居，如果要拆迁，那疍家人的文化就被打散了，疍家人走上陆地，分散在各处，过着现代都市的生活，可能十年二十年后，澳门的疍家就再也没有人提及，疍家文化也将因此而消失殆尽。”作为疍家人的麦斯钰虽然理解，但是从情感上还是无法接受。

麦斯钰的心情梁雯能够理解，可是澳门要发展，老街改造都是这样的一个过程，有得就有失。“你说的这个众天国际，他们已经完成了土地的交易手续，游艇码头和综合商业体的规划应该也拿到了批文，对吗？”她问。

“是的，虽然我没有看到，但是开发商的代表说他们有齐全的文件手续。”

“如果是手续完善，就是合法的。”梁雯看到麦斯钰脸上明显有一丝失落，忙解释道，“你也知道，我是一个律师，一切都是按法律来。”

麦斯钰理解梁雯，可是她不能坐视不理，疍家人现在是遇到了真正的困难了。麦斯钰也是商人，知道开发商肯定是希望利益最大化，可疍家人是坚决地不肯搬迁，双方已经冲突过几次了，如果再这样下去事态可能会变得很严重。麦斯钰问道：“现在众天国际的规划方案里关于环保因素的考虑几乎没有提到，他们填海的范围很大，要在填起来的海域上打造游艇会所、酒店、综合商业群。而这片海域不仅是我们疍家人的生活地，也是白海豚的活动区域。”

“你的意思是他们的开发没有生态环保的措施？”梁雯问道。

麦斯钰点头：“这也是我初步的推断，但是我们还没有拿到证据。”

梁雯思索片刻，觉得如果这件事真如麦斯钰所说，确实是挺棘手的。她建议如果能收集到相关生态环保的资料和数据，就可以向规划处提交申请报告，申请让众天国际修改设计方案。最后梁雯告诉麦斯钰，自己正在准备立法委员的候选，准备的提案恰好也是环保方面的，所以她可以帮麦斯钰找到一些相关资料。不过，一听麦斯钰说只有五天时间，梁雯犯了愁。她又想了想，建议道：“这样吧，你们先准备材料，越详细越好。如果要提交规划处，没有完整、详细的材料，几乎是不太可能让他们改规划的。而且你们准备的这些材料，尤其是生态环保、疍家文化的相关内容，如果没有经过专家论证，也是不具备什么说服力的。现在时间这么紧张，我只能是尽可能帮你想想办法，咨询一下专家，但是最后能不能实现，我也不敢保证。”听了梁雯的话，麦斯钰心里一下变得空落落的。

渔船码头这边的事情一筹莫展，接下来只能等待梁雯的消息了。麦斯钰难得抽出一点时间处理公司的事情，她火急火燎地赶回公司，一进办公室，就看到已经提前得到自己回来消息的石学举等在里面。麦斯钰椅子还没坐热，办公室再次响起了敲门声。

“请进！”麦斯钰说道。

欧阳小江笑呵呵地打开门，一进门看到石学举，脸色微微发生了变化。

“石总也在啊，正好，我有份文件请你和麦总一起过目。”说着，欧阳小江把文件递给了麦斯钰。麦斯钰迅速翻到最后一页看了看就递给了石学举。

石学举认真翻看起来，一边看，一边震惊地说：“这是狮子大开口啊。”

欧阳小江解释道：“石总，这批设备对我们研发中心至关重要。风行二代正在进行升级测试，有了新设备的保障，效率至少提高三倍。我算了一笔账，风行二代一旦测试成功投入生产，市场份额起码能占到百分之六十。”

麦斯钰看着欧阳小江，认真地问道：“你这么有信心？”

“等等，这不是信心的问题，是钱的问题。”没等欧阳小江回答，石学举率先把话接了过来，“研发中心的设备我们评估过，你说的三倍效率有点夸大其词了。”

欧阳小江解释道：“石总，我们就事论事。研发中心的设备有一半都是风行成立之初采购的二手设备，还有三分之一是我投资之后新添的。现在的风行二代进入了测试的最后阶段，风行三代已经在编写了，这份清单上的设备就是团队的需求。”

石学举却坚持自己的观点。他理解技术团队都想用最好的设备，但是作为财务总监，他肯定要严格把关。如果这个口子打开，其他部门也可以提类似的要求。

其他部门的事情欧阳小江可管不了，他只关心风行二代：“风行二代就是在和市场打时间仗，如果我们开发滞后了，丢失了市场先机，经济损失可不是这点设备钱能平衡的。”

石学举急了：“你这是偷换概念。”

“我是实事求是。”欧阳小江依旧不妥协。

看二人争执不休，麦斯钰的脑袋都快被吵大了：“行了，都别吵了。石总，按照这份清单拨款吧。”

“麦总，这……”

石学举还想说些什么，却被麦斯钰打断：“既然我们拿出决心要做这个研发中心，就要舍得投入。”

麦斯钰知道石学举想说什么，凡事都有利弊，但是国兰需要这样一个研发中心，他们花钱买的不是冷冰冰的机器，他们投资的是人、是头脑。麦斯钰认为，风行这个团队他们考察的时间很长，这帮年轻人很有想法，如果不能留住风行，那才是他们最大的损失。

四

阳光明媚，澳门金沙酒店四周被苍翠环抱，宾客来来往往。麦斯钰和麦叔一起疾步走进酒店，准备参加一场至关重要的论证会。麦叔明显有些紧张，心脏扑通扑通跳个不停，突然脚下一滑险些摔倒，幸好被麦斯钰扶住了。麦斯钰看着父亲的状态，有点担心。

酒店会议厅里，密密麻麻坐满了人，梁雯正在给参会的专家学者发放资料，每个人的桌子上都放着三份文件，一份是众天国际的整体地块开发规划书，一份是海豚湾区域的生态调查报告，还有一份是疍家水上婚嫁作为非物质文化遗产的报告。媒体记者也已经就位。

论证会正式开始之前，麦斯钰提出了一个小小的要求。她临时得到了一份资料，希望能够作为三份资料的补充，先给大家说一下。

得到许可之后，麦斯钰打开电脑，投影仪上展示了一幅渔船码头的地图。“通过这几日的调研，我们发现海豚湾的东南侧有一片小岛，那里乱石嶙峋、杂草丛生，很荒凉，也没有开发。”说着，她指着地图上的一个地方，“这里就是这个小岛。如果游艇码头可以改建在这个小岛，同时，现在的渔船码头也进行改造，在保留疍家文化的基础上，把疍家文化特色打造成文化园的形式，这样就能形成一个经济旅游脉。白天人们可以选择在疍家渔排上听歌唱曲、吃海鲜，体验疍家的习俗和文化氛围，也可以在海豚湾看白海豚玩水跳跃，夜晚游艇码头灯火辉煌，派对和夜市也是络绎不绝，这样可以形成古朴与现代的结合。而且，开发商能够利益最大化，而我们疍家文化也能最大限度地保留，同时也实现了生态保护。”

针对麦斯钰的报告，梁雯解释道：“在开发商现在给出的规划书中，有提到会启用填海工程，将渔船码头、海豚湾连接起来，打造成休闲娱乐餐饮的一条龙服务，但他们没有考虑到，或许只是没有提到，这里生活着的中华白海豚。一旦在这个地方填海，白海豚就将失去家园，甚至会因此而死亡。渔船码头的地理位置特殊，水流平缓，可一旦填海，就会造成水流湍急，影响船只出行，海港也会变窄。”

一个支持环保的教授提议：“这个规划方案里确实没有考虑到生态环保因素，开发商如果是忽略了，我们可以提醒他们，重新修改规划方案；如果是根本就只顾利益，我认为这样的项目必须停止开发。”

听教授这么说，麦叔一下激动起来。他对在场的专家介绍道：“渔船码头世世代代生活着疍家人，我们靠海为生，没有大船，无法远航，只能在近海捕鱼。渔港里也没有我们的一席之地，退潮时，我们下笼下网，捕些鱼虾，生活随着潮汐的变化而变化。如果这里被改造，疍家人便失去了所有的生活来源。”

麦叔说得动情，不少专家为之动容，大家都支持将疍家文化保留下来。为了能够更有说服力，梁雯特地请来了珠海斗门的疍家传承人汪先生。

汪先生眉毛花白，古铜色的脸上布满皱纹，他缓缓地站起来，对在座的所有人深深地鞠了一躬。因为已经八十多岁，汪先生的行动稍显迟缓。他开口道：“在 2006 年，斗门区就开始疍家文化申遗。我们对全区的情况进行普查，从七十多个非遗线索中筛选出水上婚嫁，通过村民口述、历史记载、图片资料等形式，进一步挖掘整理。‘花船迎亲’、向‘船太公’‘海龙王’敬拜等十三个繁复多样的过程被重新呈现。而作为民间婚俗，2007 年 11 月，我们的疍家婚礼成功入选省级非物质文化遗产名录，2008 年 6 月又被列入第二批国家级非物质文化遗产名录。”

一位记者深受感动，他之前去现场采访过，原本以为只是普通的拆迁钉子户闹事，没想到开发商存在这么多隐瞒欺骗行为。他当即问道："我们《新华澳报》想做独家报道，可以吗？"

"这么大的新闻热点，独家恐怕是有困难。"梁雯笑着说，"不过首家报道可能还来得及，我们非常感谢和欢迎你们媒体来采访和报道事实真相。"

论证会很成功，但是要形成方案还需要时间。梁雯打算尽快把论证会的结论形成报告，希望能够引起重视，唯一需要的就是时间。麦斯钰能够理解梁雯说的，走程序要有周期，还有一天就到之前和迭马猴约定的时间了，麦斯钰担心他又来找麻烦。

麦叔和麦斯钰担心的一样，他看着梁雯，问道："阿雯啊，有什么办法能让他们先停止开发吗？"

开发商的手续是齐全的，没有办法让他们停止开发。她对麦叔说："从法律的层面来说，我们必须要找到切实的证据，证明开发方案存在重大漏洞。这样，我们才能提出申请要求开发商重新规划。今天这个论证会就是为了进一步完善提供证据。"

麦叔理解梁雯的意思，他却高兴不起来，脸色有些阴沉。他恳求道："好孩子，我听阿钰说你现在是立法委员候选人，你人脉广，认识的人多，一定要帮我们想想办法。"梁雯看着麦叔，有些心疼，她答应他，自己一定尽力而为。

第二天一大早，渔民就集合在疍家渔船码头，果不出所料，八点左右，迭马猴带着拆迁队的人大摇大摆地走来了。见状，渔民拿着工具围堵过去。一声巨响，尘埃漫天，一处房屋的外墙轰然倒塌。

迭马猴拿着喇叭大声喊着："大家都散开点，散开点！"

突然，麦叔冲了过去，挡在残垣断壁前。迭马猴看着他，大吼道："不怕死啊！"

麦叔用手拦住："你这是犯法！我今天就站在这里，看你们还敢拆！"

迭马猴高高举起手里的文件袋。"五天的期限已经到了！麦叔，这一片的地都被我们老板买了，你们这样僵持下去没有用的。”说着，他从包里拿出文件，大声嚷嚷着，“都过来看看啊，这是前天，旺叔还有那个小鱼他们家签的搬迁协议，这是昨天丁家的三兄弟签的协议。”村民们面面相觑，发现迭马猴说的几个人确实没有来。大家有些慌了，迭马猴见状继续喊着：“老板说了，你们如果今天搬，之前谈好的拆迁款一分不会少给，另外还给你们每家准备了一个搬家大红包，图个吉利嘛。”

“呸，谁稀罕你的红包！”麦叔恨恨地说，“这里是我们的家，我们世世代代都生活在船上，要我们搬，不可能！”

迭马猴看着麦叔，气得脸红脖子粗：“你自己不想住好房子，不想要钱，不要挡着其他人的财路。”说着，他就要继续拆。

这时，远处传来麦斯钰的声音：“谁敢动！”几个手下被麦斯钰的气势压住，不敢上前。

渔民也都围上来，站在麦叔一家的旁边。

迭马猴大吼一声：“动手！”话音一落，他带着人强行向前。

渔民被逼得步步后退。麦叔突然向迭马猴冲过去，迭马猴拿起棍子就朝麦叔打过去。

麦斯钰猛地扑倒在麦叔身上，背上挨了一棍子。麦叔惊呼：“阿钰！”就在此时，梁雯带着大批媒体记者赶到渔船码头，大喊着：“住手！”

一看到有媒体在，迭马猴老实了，赶紧让人收手。他也不想把事情闹大，赶紧向记者解释，说什么就是搬迁的那点事，自己是负责执行的，渔民就是想多要钱，发生了点误会。

梁雯才不听他这一套，直接怒怼道：“迭马猴，你作为执行人，威胁渔民，殴打致伤，强拆疍家棚户，随便一条就可以告你。众天国际雇你们来做事，如果惹了事他们只会立刻和你们撇清关系。拆迁的纠纷太多了，你以为你的老板会为你出面吗？不要为了挣一点钱把自己再送进去。”

迭马猴怒目而视：“梁律师，我迭马猴不是被吓大的。公司有手续，我是照规矩办事，你告我什么？”

梁雯微微一笑。“你还不知道吧，众天国际的规划方案存在欺瞒行为，游艇码头的填海区域涉及中华白海豚的活动区域，破坏生态的规划方案是不可能实施的。”她举起手里的一份文件，大声说道，“我这里有一份环保专家的联名报告书，其中有专家指出众天国际如果不优化调整设计方案，游艇码头就绝不能建设。”

迭马猴还是硬撑着：“什么狗屁专家的报告。这块地皮是老板的，想怎么规划就怎么规划。”

梁雯看他还不罢手，便带着威胁的语气说：“这份报告现在已经送到规划处、环保局，还有各家媒体那里。如果你今天强拆，我敢保证你会立刻出名，到时候众天国际的负面新闻铺天盖地，这个后果你承担得起吗？如果我是你，我现在就带着人离开，回去好好跟老板汇报一下，请他重视专家的意见，赶紧重新修改开发规划。”

话音刚落，摄影师直接把镜头对准了迭马猴。迭马猴下意识地伸手遮挡，恶狠狠地看着梁雯：“算你狠！咱们走着瞧！”

看迭马猴走了，梁雯松了一口气。原来，这份文件是需要一段时间才能下来的，昨天论证会之后，梁雯连夜把报告整理出来，请参加会议的几个专家签了字。她一大早就把报告递交上去了，虽然规划处还没有回复，但是梁雯担心迭马猴找事，这才请了媒体，希望借助媒体和舆论的力量引起更广泛的社会关注，同时也给众天国际施加压力。

这下，众天国际的董事们坐不住了，媒体一介入，他们一下子变得被动。公关部的负责人反应很迅速，立即做出了应急方案，毕竟他们手上的手续是齐全的：“可以联络几家平时和我们合作比较紧密的媒体，发布一些正面消息，引导舆论，减轻负面影响。但是我们的设计方案在生态保护因素上确实有漏洞，这方面需要设计公司配合，拿出一套说法来。他们可以请专家，我们一样能请到专家，只要我们的说法合理，再召开记者招待会，局面一定可以有所扭转。”

众天国际的董事长满面愁容，眉头紧锁。他明白，生态环保是一条高压线，再者，他听说那些专家的态度非常强硬，如果真的被抓住什么把柄，那就不仅仅是一块地皮那么简单，很可能直接影响到他们公司的股价。而且他还了解到梁雯的一些情况，知道她是这一届立法委员的候选人，影响力非常大。这些人，他一个都惹不起。最后，他把矛头指向了拆迁队，要求手下人立刻和负责拆迁的盛泰公司解约。

迭马猴最后非但没得到钱，还被狠狠地揍了一顿，而且盛泰公司还放话，让他滚出渔岛。

这下，迭马猴彻底没了退路，像他这种有案底的人，哪儿都没有他的容身之处。他恨死梁雯了，认定是她断了自己的财路。

第二天一大早，梁雯像往常一样开车送女儿上学，接着来到律所的地下车库。梁雯下车，关好了车门，向电梯走去。突然，一辆货车飞驰而来，直接撞上了她。梁雯的手机飞出，在空中画了一条抛物线重重地落在地上，屏幕碎裂……

不远处的货车里，露出迭马猴惊恐的脸。

第十四章

一

当麦斯钰赶到医院的时候，梁雯还在做手术，只有梁教授一个人在手术室外焦急地等待着。麦斯钰看着眼前曾经叱咤风云的梁教授，感觉他一夜之间老了好多。

医生走出来，摘下口罩，摇了摇头："很遗憾，伤者伤势过重，失血过多，脑部出血面积太大，我们已经尽力了。"

梁教授白发人送黑发人，一时难以接受，两腿一软，险些晕倒。麦斯钰上前一把扶住了他，眼眶瞬间红了。

梁教授老泪纵横，失声痛哭："阿雯……我的女儿呀……"

麦斯钰的泪水挂在脸颊上，她拿出手机，拨打黄梓建的手机，却怎么也打不通。一旁的梁教授哽咽道："给他实验室打电话吧……"

黄梓建失魂落魄地来到医院，梁教授见到他，情绪再次激动："梓建，你来晚了，阿雯她，已经走了！"

黄梓建呆若木鸡地站在医院的走廊上，嗓子里像是被什么堵住了一样，发不出一点声音。

另一边，幼儿园门口只剩下了老师和黄旎奥，梁雯早上送女儿的时候，答应中午一定会来接她。可是，黄旎奥眼巴巴地看着一辆辆车从自己面前经过，却没有一个是妈妈。她一脸的委屈，小嘴噘得老高。也许是心灵感应，也许是等待的时间太久，黄旎奥突然哭起来："妈妈撒谎，答应要早点来接我的，又迟到了。"

这时，一辆小车开过来。黄旎奥一眼就认出是爸爸的车，直接冲了上去，却看到麦斯钰从车上下来。老师在接通黄梓建的电话之后，让黄旎奥跟着麦斯钰走了。

车上，麦斯钰看着后座一脸不开心的黄旎奥，眼眶红红的。

这时，黄旎奥突然问道："阿姨，你为什么开我爸爸的车？"

麦斯钰勉强露出笑容，不想让孩子看出什么。她温柔地解释："是你爸爸让我来接你的呀！爸爸的车上有你的安全座位，所以阿姨就开爸爸的车来了。"

可是黄旎奥还是不开心："妈妈为什么不来接我？她答应了要来接我的。"

麦斯钰心头猛地一揪，再也忍不住了。她不知道该怎么回答黄旎奥这个问题，半天没说话。敏感的黄旎奥看到麦斯钰的眼睛红红的，问道："阿姨，你怎么哭了？"

麦斯钰赶忙抹了眼泪："没有，阿姨没哭，是有沙子进眼睛了。"

"阿姨，你带我去我妈妈上班的地方好吗？"黄旎奥嗲声嗲气地说，"妈妈太忙了，她不能来接我，我想去接她下班。可以吗，阿姨？"麦斯钰从后视镜里看着天真的黄旎奥，眼泪再次滑落。

另一边，黄梓建已经回到家，他像丢了魂一样，面如死灰地坐在沙发上，往事像电影片段一样，一幕幕在脑海中闪过。婚礼进行曲还在耳边环绕，结婚好像就在昨天。梁雯身着洁白的婚纱，挽着父亲的胳膊，缓缓朝台上走来。他不敢相信，妻子就这么走了，一个活生生的人就这么没了。前几天回家，梁雯还埋怨他太忙了，对这个家、对女儿照顾太少。黄梓建当时答应她，这个周末就回家，在家里好好地陪她们母女两天，哪儿都不去。面对空荡荡的房间，黄梓建好后悔，后悔没有带梁雯出去旅行一趟，后悔欠下了她蜜月旅行，梁雯最喜欢圣托里尼岛，最爱那里的蓝天碧海，还有白色的民居。他一直觉得以后有的是时间，可是，现在他再也没有机会了……想到这里，黄梓建痛苦地把头深深埋进膝盖，失声痛哭。

这时，电话响了，他稍微缓和了一下自己的情绪，接起。

电话是警方打来的。警方通知他，已经抓到了肇事司机。黄梓建一听，疯了一般地冲向拘留所，却看到迭马猴戴着手铐，坐在凳子上。

警察告诉黄梓建，迭马猴就是肇事逃逸的司机，已经做了酒精检查，醉酒驾驶。

黄梓建冲上前，抓住迭马猴的衣领，情绪几近失控：“这不是意外，是你故意的，是你报复梁雯，是你故意撞死了她！”

警察拉开黄梓建：“干什么，干什么，不要激动。”

黄梓建哪里还能冷静：“这不是什么交通意外，他是蓄意报复撞死了我妻子啊！”就在这时，迭马猴给了黄梓建一个得意的眼色，黄梓建气得扑过去一拳打在他的脸上。

夜晚，昏暗的小区亮着几盏懒洋洋的路灯。梁教授和黄梓建在小区里并肩走着，谁也没有说话。梁教授脚下不留意，险些摔跤。黄梓建一把扶住了他，担心道：“爸，当心。”

梁教授有些心神不宁，满眼都是女儿的模样：“阿雯总爱陪我散步，你看这个井盖，每次走到这里，她总是提醒我当心……”说着，他的声音哽咽了。

黄梓建的眼眶也红了：“爸，对不起，是我没照顾好阿雯……”

梁教授轻轻拍着他的肩膀，继续向前走着。许久他开口道：“你实验室的事情忙，孩子送我这儿来吧。”

对于孩子的问题，黄梓建已经和黄妈商量好了，让她帮忙照顾旎奥。

梁教授问道：“这样可以吗？”

“是我妈主动提出来的，她现在也很清闲，照顾孩子没问题。”说着，黄梓建看着梁教授，一脸担心地说，“爸，您学校的工作也多，现在阿雯不在了，我工作又忙，您要多照顾自己啊。”

梁教授点点头。既然黄梓建已经安排好了，自己也就顺着他的意思。片刻后，他又说：“梓建啊，一会儿你跟我回去，阿雯的房间里还有些东西，你看看，需要的你就收拾收拾带走，不需要的，就留下。”黄梓建忍住眼泪，缓缓地点头。

黄梓建走进梁雯的房间，屋子收拾得井井有条、一尘不染，他这才发觉，梁雯好像一直都很爱整洁。他轻轻拿起书桌上的相框，照片中梁雯的笑容温柔灿烂：浓浓的眉毛、大大的眼睛，还有永远挂在脸颊上的两个小酒窝。黄梓建发现，自己好像从没有这么认真地观察过妻子。

黄梓建放下相框，拉开抽屉。抽屉里也很整齐，有一个小盒子放在最上面，他打开一看，里面放着的是一枚用螺丝做成的戒指。

他的耳边似乎听到了梁雯的声音，记忆里的她拿着戒指，一脸的不满意："黄梓建，你就送我这样的戒指吗？"

黄梓建傻傻地笑着说："这是我用实验室的测试新材料做的，无毒无害，还独一无二。"梁雯笑着把戒指戴在手上，高高地举起来："好看吗？"

黄梓建一看，觉得有点丑："不太好看，扔了吧，我重新给你做一个。"

梁雯也笑了："是啊，真的好丑，我一会儿就扔了它……"

黄梓建没想到，这枚戒指梁雯竟然一直收藏着。他紧紧地把戒指握在手心，忍不住再次失声痛哭。

二

无边的海水荡起波浪，在阳光的照射下，闪着无数光点。为了庆祝麦斯华顺利拿到学位，麦家人都回到了渔船上。麦叔早早地就做好了一大桌子菜，可是十几分钟过去了，既没有人说话，也没有人动筷子。每个人都愁眉苦脸的，麦斯钰更是一点胃口也没有。

麦斯华知道大家都在为梁雯的事情伤心，故意说道："阿爸，大姐，二姐，今天我拿到了学位，你们都不为我高兴吗？"

麦斯莲这才想起这顿饭的真正意义，勉强挤出一丝笑容。"高兴，我们当然高兴。”说完，笑容又很快消失，“只是最近发生了太多事情，实在是……”

麦斯钰回过神来，打断了姐姐的话，问道：“阿华，你有什么打算？”

“我还没想好，想先用半年时间做点社会志愿者工作。”

麦斯钰听到麦斯华这么说，心里安慰，她举起酒杯，轻轻碰了一下他的酒杯：“二姐支持你。”麦斯莲也举起酒杯，三姐弟的酒杯碰在一起。

一旁的麦叔默默地倒了一杯酒洒在地上：“这一杯，敬阿雯。她是个好孩子，可惜了！”话音一落，几个人又陷入沉默。

麦斯钰的眼眶红了，她使劲咬了咬嘴唇，不让泪珠掉下来。自从知道肇事者是迭马猴，她就沉浸在深深的自责中。如果不是自己找梁雯帮忙，梁雯不可能和迭马猴结怨，是自己太大意了，根本没有意识到迭马猴有可能会报复。过去的一个多月里，麦斯钰几乎没怎么吃饭，也很少睡觉，麦叔经常看到她一个人看着大海发呆，最后才发现，麦斯钰是在独自流泪。麦叔看在眼里，疼在心里。他能体会麦斯钰的心情，他又何尝不自责呢？但是他也不能看着麦斯钰从此一蹶不振：“阿钰啊，当初你一定要离开这条船，一定要上岸生活，就算阿爸我坚决反对，也拉不回你，就算这些看着你长大的阿叔阿婶都议论你、指责你也拉不回你。你还记得自己当初的那份坚定和决心吗？”麦斯钰不说话，但红了眼眶。麦叔叹了一口气，接着说：“我相信阿雯和你一样，都是为了理想奋不顾身的孩子，就算前面是刀山火海，你们还是会去，不是吗？所以阿钰，你心里自责、懊恼我都理解，但你有没有想过，如果你当初就告诉梁雯管这件事会有危险，你觉得她会怎么做？她还是会做出同样的选择。因为她是梁雯，她是一个有正义感、有专业度、有责任心的优秀的孩子。”

麦斯钰的眼泪滑落脸颊：“可是梁雯付出了生命的代价！我甚至觉得迭马猴应该报复的人是我，是梁雯挡在了我前面。”她终于把憋在心里的话说了出来。

麦叔知道，在这件事情上，他们三个面对的是同样的困境和危险。他没有退缩，麦斯钰没有退缩，梁雯也没有退缩。他告诉麦斯钰，疍家人一辈子在大风大浪里拼，什么危险没有见过，早就将生死看透了。人生比大海更加澎湃、更加危机四伏，他希望女儿更勇敢一些。麦斯钰看着父亲，泪流满面——她压抑得太久了。

墓园。麦斯钰将一束花轻轻放在梁雯的墓碑前，看着她的照片，眼眶红红的："阿雯，法庭宣判了，迭马猴被判了终身监禁，我也终于能鼓起勇气跟你说声对不起。这句话在我心里憋了太久。自从你出事，我每天都在问自己，如果那天我没有去找你帮忙，你现在一定还活着吧……"

麦斯钰的眼睛里闪烁着泪花，她轻轻拂掉墓碑上的落叶："这个问题就像一块大石头压在我心里，压得我喘不过气来。你出事那天，我去幼儿园接旎奥，看到她那么可爱、那么幼小、那么天真，完全不知道从此以后就见不到自己的妈妈了……你知道吗，那个瞬间，我真的希望出车祸的人是我，我希望迭马猴报复的人是我……"

"阿钰！"身后传来黄梓建的声音，麦斯钰抹去眼角的泪滴，转头看到他身边还站着梁教授。她的心像被撕裂了一样，眼泪再次夺眶而出。

梁教授看到麦斯钰，心里也十分难受。他听到了她刚刚说的话，没想到麦斯钰心里背负了这么沉重的负担。他劝道："阿钰啊，这段时间你真的辛苦了。"

麦斯钰听梁教授这么说，心里更难受了："梁教授，都是我不好，对不起……"说着，她深深鞠躬。

"阿钰，你没有错，我们从来没有怪过你啊。"

梁教授和黄梓建不怪她，可是她不能原谅自己，她比其他人更了解迭马猴，但是她太大意了，甚至都没有意识到迭马猴有可能会报复。她一直在想，如果自己能提醒梁雯注意安全，也许就不会发生这样的事情。想到这里，她觉得自己对不起梁雯，对不起黄梓建，更对不起黄旎奥。

梁教授看着哭成泪人的麦斯钰，又看看梁雯的照片，重重地叹了一口气。"知女莫若父，阿雯的脾气我最了解。她一直都在做环保的提案，就算你不找她帮忙，这个项目的发展她迟早会关注到，她也一定会不惜一切地去维护正义。"说着，梁教授看着麦斯钰，"孩子，这都是阿雯自己的选择啊。作为父亲，我理解她，也支持她。她认为对的事情就一定会不顾一切地去做，哪怕是付出生命的代价。"其实梁教授觉得麦斯钰和女儿在这一点上很像，她们都是可以为了理想坚持不懈的人。有时候梁教授看到麦斯钰，就像看到了女儿。

梁教授拍拍麦斯钰的肩膀，安抚道："不要自责了，孩子。人啊，不能总向后看，应该要向前看。我相信阿雯一定很自豪，因为你们的努力，规划方案得到了优化，这是她最想看到的结果。她也一定希望我们大家能好好地生活。"麦斯钰再也忍不住，失声痛哭。

夕阳西下，映红了天边的晚霞，将大海染成了橙色。麦斯钰望着茫茫的大海，深深地吸了一口气，喃喃自语："阿雯，对不起，谢谢你！"

三

近段时间，欧阳春的日子过得不怎么如意，她一直引以为傲的海外发展战略，从开始施行起，就一直不顺利。先是遇到自然灾害，接着又被海盗给劫了。眼看交货时间就要到了，如果不能按时交货，华明公司就要支付巨额的赔偿金。这下，董事会炸开了锅，大家都把矛头指向欧阳春。

看着眼前一个个比狐狸还狡猾的董事，欧阳春心生厌恶，脸上却依旧带着笑容："各位叔伯，你们冷静一点，货物被海盗劫持那也是我欧阳春不能控制的事情，当务之急，我们应该齐心协力想出应对的办法，而不是在这里相互埋怨，推卸责任嘛！"

"推卸责任？你现在这个态度才是推卸责任。"

"阿春啊，你还是太年轻了，应对这么大的事情你根本就没有经验嘛。我看啊，还是请老欧阳总出山吧，再不把老欧阳总请出来，华明恐怕过不了这一关了。"

董事们你一言我一语，说得欧阳春脑袋都快炸了。

正在这时，欧阳东江出现在门口，他整个人气色很好，满面红光，神采奕奕。看到欧阳东江，董事们下意识地全体起立。

欧阳东江找了地方坐下，声音铿锵有力："我通过中间人和对方沟通了，对方现在同意按百分之二十支付赔偿金。"

欧阳春一脸惊讶："这不可能，我刚刚才和他们通过电话，他们完全不同意和我们谈判啊。"

欧阳东江不予理会，继续说道："对方之所以在违约金上让步，是因为我给他们的条件是，只延迟十五天交货。"一个董事提出质疑，认为十五天根本不可能交出同样数量和质量的产品。关于这一点，欧阳东江早已想好了对策："我已经和国兰的麦斯钰麦总达成了合作协议，他们同意承担百分之六十的产品生产，利润也分走百分之六十。"这下，董事们再次议论起来。欧阳东江看着眼前的董事，各个都有自己的小算盘，都是以自己的利益为重，他直戳到董事的利益中心："大家算一算就知道，如果国兰不出手帮忙，我们华明这一次不仅赔掉全部货，还要承担巨额的赔偿金。更重要的是，华明失去了信誉，在海外市场的份额也会大大缩水，损失难以估量，甚至有可能是致命的。现在只有国兰同意和我们合作，而且在这么短的时间内能生产出百分之六十高质量高标准的产品，整个国内能做到的企业凤毛麟角，我们华明也不过才能完成百分之四十而已。这说明什么？说明国兰现在的实力不容小觑。"

这下董事们不出声了。半晌，一个董事说道："董事长，我们听您的安排。"

"董事长"三个字明显不是对欧阳春说的，欧阳春脸色铁青，说话也不那么利索了："你们，你们别忘了，我才是董事长。"

另一个董事直接说道："我提议罢免欧阳春董事长的职务，同意的请举手。"话音一落，董事们纷纷响应。他们早就想罢免欧阳春了，只是一直没有逮到机会。欧阳春涨红了脸，愤然离席。

欧阳东江看着欧阳春，心中早已没有任何波澜。他在生意场上打拼了几十年，十分清楚生意场就是战场，落井下石的例子比比皆是。这次，麦斯钰没有忘恩负义，而是念在和自己的那份旧交情上同意接下订单。这样的人是值得合作的，能和这样的企业合作也是华明的荣幸。这几年欧阳春在董事长这个位置上肆意妄为，他不能再任由她胡闹下去。

就在此时，欧阳小江也终于如愿。他没想到，一顿饭，竟拖了半年多，真是应了那句老话——好事多磨。

西餐厅，舒缓的音乐回荡在耳边，欧阳小江和麦斯钰举起酒杯。这次二人竟格外默契，同时说道："这一杯敬国兰和华明的合作。"

欧阳小江打心底感谢麦斯钰，麦斯钰也很高兴，欧阳东江终于重回董事会，她相信华明在他的带领下一定会再次崛起的。

"还记得上次我说有事想和你单独谈吗？"

"记得。那顿饭没吃成，到底什么事啊？"麦斯钰问道。

欧阳小江有些欲言又止，这反倒激起了麦斯钰的好奇心："其实是我爸想请你吃饭，但又怕你当面拒绝他的提议，所以让我来当炮灰了。"说起这个，欧阳小江就一肚子的火，他根本不想直接跟麦斯钰说这件事，而且这件事和他半毛钱关系都没有。可是欧阳东江自己抹不开面子，非让他先来探探麦斯钰的口风，没办法，他只好硬着头皮说道："我爸想让我问问你，国兰有没有兴趣收购华明？"

麦斯钰很是惊讶。欧阳小江马上解释道："其实华明现在的情况不是很好，但是你也知道华明是老牌的企业，经验多，基础扎实，渠道也成熟，只是面对创新发展的市场，确实是准备不足。如果，我是说如果，国兰收购了华明，我想华明可以承担一些中低端产品的生产，这样国兰就可以腾出空间和精力来主打高端市场。"

听完欧阳小江的话，麦斯钰没有直接给出答复，而是说想和欧阳东江好好谈谈。

湛蓝的天空万里无云，几只小喜鹊不停地在树上叽叽喳喳地叫着。监狱门口，欧阳小江显得有些着急，不停地看手表。

这时，监狱大门缓缓打开。戴天宇提着一个布袋子走了出来，感受着自由的阳光。欧阳小江的脸舒展开来，眼睛里闪烁着喜悦的光。他走过去，两个人紧紧拥抱在一起。

为了给戴天宇接风，欧阳小江特地驾车带着他来到酒吧，小卓和大壮早就等候在此了，大家见到戴天宇，一阵欢呼。

欧阳小江很激动："今天说好了，不醉不归。"

戴天宇看着满桌子的饭菜和酒水，馋得口水直流："我在里面都忘了酒的味道了。"说着，欧阳小江起头，四只酒杯碰在一起。戴天宇一饮而尽，享受着久违的味道。

看到戴天宇出来了，欧阳小江打心底里高兴，他让戴天宇先休息几天，什么时候想上班了，就什么时候再来。不过戴天宇没有接话，举起酒杯自己又喝了一杯。

大壮感觉不太对，猜测着他的心思："天宇哥，你不会是不想回来上班了吧？"

看戴天宇没有否认，欧阳小江心头一颤。他瞪大眼睛看着他："天宇，麦总收购了风行，但是给了我们足够的空间和资金啊。现在风行是国兰的心脏，你这样的技术男不就追求好平台，能施展自己的技术吗，你想啥呢？"

戴天宇知道风行被国兰收购是最好的选择，可是他真的没脸去见麦斯钰。在监狱的这几年，他每天都在反省和自责中度过。他想好了，他要重新创业，从头开始。他对在场的人说："这次的教训很深刻，虽然是个圈套，但是我中招了，这就是我的问题、我的弱点，也是我应该得到的惩罚。所以，我不想一出来就掉进安乐窝，那样我会看不起自己。我要重新创业，我要靠自己的本事东山再起。"大壮和小卓有些失落。

反倒是欧阳小江能够理解戴天宇此时的感受，这才是他认识的戴天宇。他举起了酒杯："大家把杯子倒满，干了！不管以后在哪里，我们都是一辈子的兄弟！"四只酒杯再次碰撞在一起。

四

自从梁雯走了之后，麦斯钰和黄梓建很少见面。黄梓建把女儿送到母亲家，自己则整日关在实验室里，希望通过工作麻痹自己。反倒是麦斯钰，没事的时候经常去看黄旎奥，黄梓建见女儿的次数还没有她多。

这天，麦斯钰约黄梓建见一面。一见到他，麦斯钰的心就凉了大半截。眼前的黄梓建眼窝发青，满脸络腮胡子，一看就好久没收拾自己了。麦斯钰竟然在黄梓建的鬓角发现了不少白头发。

看着他的模样，麦斯钰的鼻子酸酸的，试探性地问："梓建，你，还有旎奥，心里好受些了吗？"

"要说完全没事了那是骗人的。我还好一点，如果心里不舒服就去工作呗，实在不行就算数学题。对旎奥来说，肯定更难过。说实话，我自己都自顾不暇，加上工作也确实忙，就全靠我妈了。"对于女儿，黄梓建内心充满了愧疚。

说起旎奥，麦斯钰也一阵阵心疼，不知道为什么，黄旎奥见到她总是很排斥，有时候甚至会说些不中听的话。这些黄梓建都听黄妈说了，他心里也觉得有点对不起麦斯钰。但是女儿大了，越来越有自己的想法。他也曾试着问旎奥不喜欢麦斯钰的原因，但是女儿总是避而不答，这让黄梓建十分苦恼。

麦斯钰看着黄梓建，知道他心里也不舒服。她换了个话题："对了，港珠澳大桥那边还那么紧张啊？"

说起大桥，黄梓建更是一脸的无奈。港珠澳大桥从 2009 年开工到现在，已经建了三年多，可以说，每一步都是披荆斩棘，到年底主桥墩终于要开钻了。

"你们的技术不是早就过关了吗？"

黄梓建解释说："开工前我们研究成功的涂层系统已经在建设中使用了，后来的遭遇战是阴极保护系统。”

麦斯钰好奇道：“为什么是遭遇战啊？”

说起专业，黄梓建开始侃侃而谈：“因为阴极保护在基础结构设计确定之前是无法进行的。港珠澳大桥的钢管复合桩的阴极保护给耐久性设计提出了很大的难题，这是由于其结构、安装方式与以往的大桥钢桩差别很大。”

麦斯钰努力想听懂黄梓建说的是什么，可是听了一会儿，她就放弃了，只是微笑地看着他一直说。

说着说着，黄梓建就把自己逗乐了，他的老毛病又犯了，就爱跟别人说些专业的东西。他知道，这些东西别人听起来，跟天书差不多，不过麦斯钰说自己喜欢听。二人说着说着，竟忘记了时间，聊了很久。

经过几年的努力，国兰公司完成了蜕变，正式上市，变成了国兰集团公司。此外，麦斯钰也完成了欧阳东江的心愿，顺利收购了华明公司。这下，曾经小小的国兰公司，下属便分成了三个子公司，分别是国兰灯饰有限公司、华明灯饰有限公司、集团财务有限公司。

为了能够更好地发展，麦斯钰任命雷梨花为国兰灯饰有限公司的总经理，石学举担任集团财务有限公司的总经理，而华明公司的总经理则由欧阳小江担任。

各分公司的任命完成后，麦斯钰开始对国兰集团公司的未来发展进行规划，她认为财务公司是集团未来发展的重要资金平台，可以通过集中资源、统筹协调，建立以财务公司为支撑点的资金借贷新体系，实现全集团资金计划一盘棋、结算业务一中心，这样将大大提高集团的融资能力，为国兰、华明的发展提供有力支持。此外，国兰、华明是集团的两大主力军团，考虑到两个品牌的传统优势，她决定让国兰努力打造高端品牌，而华明则主攻中低端市场。

一切安排就绪，其中一个环节却出现了小小的插曲，“谱曲者”正是戴天宇。

原来，戴天宇出狱之后，凭着自己的能力，果真重新创办了科技公司。麦斯钰相信他的实力，计划给他们公司投资，却遭到了不少反对，其中，反对声音最大的要数雷梨花。

自从戴天宇出狱后，雷梨花就一直对他有成见，反对公司和戴天宇再有瓜葛。她看着麦斯钰，严肃地说："麦董，你还坚持给他投资，我到现在也还是不同意的。这也有一段时间了吧，他干出什么来了？对了，他现在在搞什么玩意？"

欧阳小江回答："是 3D 打印技术。"

"对，我听了几次都记不住，那到底是个什么东西，有什么用啊？"一说起戴天宇，雷梨花就自带厌恶。

麦斯钰看着雷梨花的态度，知道再这么讨论下去也不会有结果。她终止了有关天宇科技的议题："各位，天宇的事不是今天我们这个会讨论的重点。"

会议结束后，麦斯钰专门把石学举叫到办公室，希望他的财务公司来负责这件事情。她也清楚，这件事情给石学举增加了不少工作量。

"工作量什么的不是问题，我担心的是收益率的问题。"说着，石学举面露难色，"麦董，当初戴天宇刑满释放，你鼓励他重新开始，他也决定换一个领域，这些我都是很赞成的。后来他选择了 3D 打印技术这个新兴领域，我是不太懂，麦董你力主给他提供资金上的支持，尽管当时大家普遍不看好，尤其是雷总坚决反对，但我觉得从天使投资的角度，也是一个正常范围内的选择。"

石学举的担心并非没有道理。天宇科技公司成立以来，确实运行平稳，但是作为新兴产业的创业公司，这种平稳其实是有问题的，说白了就是发展非常缓慢。现在已经过了挺长时间，他仍处于前期科技研发阶段，至今没有过硬的新成果问世，更不用说转化为利润了。石学举认为这种新兴科技行业，如果从现成的科研成果进行产业转化还好说，但是这种边干边研究，要靠那点初级水平的利润支撑科研，资金链是很脆弱的。最后的结果可能会直接导致国兰投资的危险系数越来越高。

麦斯钰突然想到什么，问道："我听说戴天宇后来还找到一笔新投资，现在咱们已经不是他的第一大股东了。"

"是的。"说起这家公司，倒是减轻了石学举的压力，"麦董，你知道给天宇科技投资的是哪家公司吗？”见麦斯钰好奇，他说道，“香港恒盛投资有限公司。”

“香港恒盛？”麦斯钰在记忆中搜寻着，她记得弟弟大学毕业后，就是进的这家公司。

石学举告诉她，负责办理天宇科技投资的投资经理，就是麦斯华。

此时，香港恒盛董事长办公室里的气氛并不太好，自从麦斯华进到恒盛以后，连续做成了好几单非常成功的投资，受到了恒盛董事长马智的赏识，一跃成为恒盛的头牌投资操盘人。不过，作为天宇科技的大股东，麦斯华的压力却不小，加上马智对他寄予厚望，麦斯华这个刚刚步入职场的青年饱受压力。

这不，因为投资了天宇科技，麦斯华第一次在公司受到了马智的督促：“麦斯华，你给我清醒一点，你资历虽然很浅，但已经是我们恒盛投资的头牌投资经理人了。你以为我这么提拔你大家都服的吗？尤其是老员工，还不是看你前面那几个大单做得漂亮，收益率压所有人一头，才不好说什么。现在这个天宇科技可就没那么漂亮了，大家的冷嘲热讽已经出来了。”

马智说的这些麦斯华当然清楚，可是他也没办法，只能向马智解释。“董事长，天宇科技现在不是还活着嘛，这种高科技公司，得多给它点时间嘛。”麦斯华换了一副面孔，谨慎地说道，“当初我向您汇报的时候，您不是也认为他们还是很有潜力的，所以咱们公司才决定投资的嘛。”

一听麦斯华把责任推到自己身上，马智不乐意了，怒怼道：“那时候你连续建功，对公司贡献大，又拍着胸脯给我打包票，连年终奖都不要了，我也是给你这个当红炸子鸡一点面子。”

麦斯华依旧笑呵呵的：“谢谢马董，那您就再支持我一下嘛。”

马智也没办法，天宇科技这个火坑他已经跳进去了，现在撤出来，也是赔钱。他确实很欣赏麦斯华的能力，跟他说这么多也是好心提醒他。像这种高科技项目，他接触得多了，那就是个无底洞。要是研发成功了，没准真能造福人类，那样他自己也能跟着载入史册。但是一旦没成功，就是白白烧钱。那些钱都是自己一单一单赚出来的，可不能白白糟蹋了。

虽然工作时间不长，麦斯华却清楚地明白一个道理：他们做投资的就是要看收益。可是天宇科技的投资收效太慢了，麦斯华表示会加倍努力，多做一些别的单子，帮忙分担一下。马智一听，立刻喜上眉梢。

看马智变脸比翻书还快，麦斯华一脸的苦笑。

欧阳小江最近也遇到了一件烦心事。自从成为华明公司的总经理，他是打算干出一番名堂的。一家叫 RYG 的公司却阻碍了他前进的脚步。

欧阳小江对 RYG 公司并不陌生，RYG 是欧洲老店，跨国灯饰巨头，他们的实力业内都十分清楚。之前的老华明公司就和这个公司有过几次交手，结果是胜少败多。不过，让欧阳小江不太理解的是，RYG 公司之前的定价是比较高的，走的是高端产品路线，可是如今在低价位也这么积极。想到这里，他有些隐隐的不安。虽然麦斯钰安慰他说“胜败乃兵家常事”，不过欧阳小江并不服气，在他心里，“胜败乃兵家常事”这种话都是失败者的自我安慰，他必须要找到问题的所在。

为此，欧阳小江特地找到麦斯钰，向她汇报了具体的情况。就在汇报期间，麦斯钰接到了雷梨花从新加坡打来的电话。

雷梨花在电话那头哭丧着调门：“麦董，对不起，我刚刚得到消息，新加坡这边的客户被欧洲的 RYG 抢走了。”

麦斯钰心中一颤：“又是 RYG？”说着，她看了一眼欧阳小江，欧阳小江也紧张地端坐起来。

电话那头的雷梨花心情低落，抱怨道：“可不是！按说这是咱们的老客户了，但听说是他们的一个重要股东强烈建议，必须用 RYG 的产品，给管理层施加了很大的压力。”

“你看那边的情况，还有挽回的空间吗？”麦斯钰问。

“我看希望不大，对方居然连我们的会谈要求都取消了。”

听雷梨花这么说，麦斯钰也知道多半是没有希望了。她让雷梨花尽快赶回来，好好商量一下应对 RYG 公司的策略。

雷梨花从新加坡回到公司的时候，欧阳小江已经把 RYG 公司的所有资料准备好了。国兰高管会议上，PPT 展示着 RYG 的资料，最后停在了 RYG 总裁的照片那页。

欧阳小江介绍道：“要说这几年 RYG 公司最大的变化，就是它把大量的生产线布局到了东南亚地区。这样，不仅其生产成本大大降低，而且因为邻近东方市场，连运输成本也降低了。”

雷梨花满脸不悦地说：“不仅如此，由于有许多投资和建厂活动，RYG 在当地的政治影响也越来越大，很多地方议员都成了他们的说客。”

石学举感到一丝担忧：“RYG 家大业大，又深谙国际经商之道，每年的政治投资可是不少。”

雷梨花接过话茬儿：“其实我们已经仔细调查比对过了，要论产品质量、品种，咱们与 RYG 不相上下。”

麦斯钰看大家都有些泄气，便鼓励道：“但是价格就不一样了，咱们珠三角，起家就是在外贸上打开局面，价格优势不容撼动。”

没想到她话一出口，就被欧阳小江泼了一盆冷水：“可现在这种优势已不复存在。目前在中低端市场，RYG 的价格确实比我们有优势。”

麦斯钰更担心的却是高端领域，国兰在核心技术上与对方还存在不小的差距。最后，她看向众人：“现在，RYG 的扩张力度很大，大家有什么应对的建议吗？”众人沉默，神色严峻。

见状，麦斯钰微笑道：“那就先散会。”

这句话让众人始料未及，大家面面相觑。麦斯钰合上笔记本说：“这些国际巨头的成功不是没有理由的，要承认差距，尊重这种成功。当然，不战而降从来不是咱们的风格。不过，想对策也不能靠闭门造车，大家都开动脑筋吧。”

五

天刚破晓，空气里还弥漫着前夜的寒气，黄梓建终于结束了一夜的工作。他把日历撕掉一页，显示出2013年6月1日。他答应了女儿，六一儿童节要陪她一起过。

麦斯钰专门换上了运动装，一大早就来到黄家，准备陪黄旎奥一起过节。可是一开门，黄妈就告诉她，旎奥正在为黄梓建没有回来陪她过节闹别扭呢。

麦斯钰知道港珠澳大桥的建设已经接近尾声，黄梓建连睡觉的时间都没有，根本不可能有时间陪女儿，所以才特地过来的。没想到黄旎奥一看到她，就闹别扭，非说："除非我爸带我去，否则我哪儿也不去。"

正僵持着，黄梓建进门。麦斯钰看着他布满血丝的眼睛，心疼地问："你是不是又一夜没睡啊？"黄梓建笑而不语。

黄旎奥一下扑到黄梓建的怀里："爸爸，你今天要带我出去玩吗？"

黄梓建抱起女儿："当然了，爸爸今天可以陪旎奥玩一整天。"

"我要去澳门大学玩，因为那是爸爸和妈妈认识的地方。"黄旎奥一脸期待。

黄梓建想劝说，被麦斯钰制止："旎奥，阿姨也想去澳门大学，因为那也是阿姨和旎奥的妈妈认识的地方。"黄梓建看着麦斯钰，没有再说话。

一到澳门大学，黄旎奥就撒了欢，在校园里到处跑起来。

黄旎奥跑到了麦斯钰第一次见到梁雯的地方，麦斯钰追了上来，指点着说："那就是阿姨第一次见到旎奥妈妈的地方。你妈妈站在那里，你爸爸就在这儿。那时候我就站在这儿，我心里说，哇，那是谁，可真美啊！而且肯定也是澳门大学的学生，我完全比不了啊。"

黄旎奥一下想起了妈妈，麦斯钰赶忙转移话题："对了，你爸爸告诉你了吗？当初还是我鼓励你妈妈追求你爸爸的呢。”

黄旎奥很意外，看着黄梓建：“爸爸，真的吗？”黄梓建表情复杂地点点头。

这时，梁教授从教学楼里走出来，黄旎奥看到他，兴奋地直接扑了上去。梁教授也好久没有见外孙女了，满脸的宠溺。

几个人一起来到梁教授家，一进屋，麦斯钰就自己找到厨房去了，黄旎奥也找自己熟悉的地方玩去了。

客厅里，只剩下黄梓建和梁教授。梁教授看着黄梓建充满血丝的眼睛，关切道：“我常看你们实验室的灯一直亮到早上。”

黄梓建解释：“毕竟是世界级的工程，不能懈怠啊。后天，首个承台墩身要整体安装到位。”

梁教授相信黄梓建的实力，但也更担心他的身体：“你也要保重啊，大桥建得结结实实，身体却垮了，这种事在科学界可不少，要引以为戒。”

黄梓建点头：“咱们的工作地点近在咫尺，您有什么需要做的，叫我一声就行。”

梁教授摆摆手。“你专心搞研究，我这边就算有事，学校、学生都能帮忙。你的工作我知道，能替你的可不多。”他顿了顿，缓缓说道，“还有，阿钰可是个好姑娘，尤其难得的是，看得出她是真心喜欢旎奥的，还不仅仅因为旎奥是你的女儿。”

梁教授话里的意思黄梓建听明白了，他摸摸头，有些不好意思。

梁教授看得出黄梓建对麦斯钰的感情：“孩子，科研难，但人生、家庭、感情有时候比科研难得多呢！不过关键点是一样的，就是不能放弃。”梁教授话中有话，黄梓建听了，半天没说话。

这时，麦斯钰从厨房出来。“两位大教授，喝茶。”说着，她看向黄旎奥，“旎奥，你的果汁。”

梁教授尝了一口茶：“嗯，阿钰，好手艺啊。”

麦斯钰有些不好意思：“您过奖了，可惜没做准备，要不可以给您泡杯疍家咸茶。”

梁教授笑道:“哦，那我一定要补回来。”

“那咱们说定了！不过，我没有我爸泡的好。”说着，麦斯钰突然有个想法，“梁教授，您有空的时候可以到我家开的大排档去坐坐，我爸看到您一定很高兴。”

梁教授笑着答应，说一定去。

这天，麦斯钰接到谭文智的电话，说深圳准备举办一次疍家文化节，特地邀请她一家参加。而且谭文智牵线，让国兰成为这次疍家文化节的协办方。

作为疍家女儿，麦斯钰当仁不让，她特地回到家里，向麦叔说了这件事情。此外，文化节的灯饰选用国兰和华明的，也是难得的宣传机会。国兰集团成立以来，业务开展并不太顺利，她正好借着这次机会提振一下士气。

洪俊杰一听来了兴趣，试探性地问道:“那我们旅行社能不能也参与一下呢?”

麦斯钰笑着说:“这我做不了主。姐夫，你得自己去和深圳方面谈，我可以帮忙联系。”

他们说的这些麦叔都不感兴趣，他就想好好去看看这个疍家文化节。他一直想要在澳门也举办一场疍家文化节，这次去深圳，主要是学习。他像安排任务似的说道:“光我这一双眼不够，你们都得帮我看，还得记下来。”

洪俊杰笑道:“我明白，阿爸，放心，我们一定把真经取到。”

麦斯钰没想到，RYG 公司的拓展速度比她预想的还要快，整个竞争中，国兰一直处于劣势。她特地约了阳光灯饰的老总叶志飞，咨询一下关于 RYG 公司的事情。

天渐渐暗了下去，悠扬的钢琴声中，麦斯钰若有所思地坐在餐厅座位上，在灯光的照射下，宛如一幅画。

叶志飞走进来，看到此景，不由得停下脚步欣赏。麦斯钰发现了他，微笑着站起身。

麦斯钰一上来就直奔主题:“叶总，这段时间国兰和 RYG 的竞争不是很顺利。我想问问你，阳光灯饰的情况怎么样？我现在最关心的就是这件事。叶总，还请不吝赐教啊。”

说起这个，叶志飞也是头疼得不行。他一脸无奈地道：“还能怎么样？你们国兰都败下阵来了，我们能好到哪儿去啊？”

“那你们有什么对策吗？”麦斯钰问道。

说起这个，叶志飞重重地叹了一口气：“市场是很残酷的，难哪！”

麦斯钰犹豫片刻，靠近了叶志飞一些，压低了声音：“其实，欧阳东江给我提了个建议。”

餐厅外，黄梓建和黄妈、女儿吃完晚饭出来遛弯，黄旎奥一眼就看到了餐厅里的麦斯钰，叫道：“麦阿姨。”

黄妈和黄梓建朝着旎奥指的方向看去，正好看到麦斯钰在叶志飞耳边说着什么，动作有些亲昵。

黄妈脸色大变，她不顾黄梓建的反对，悄悄地摸到麦斯钰附近，听到“郭永旺”什么的。餐厅外面的黄梓建看到母亲的举动，十分尴尬：“旎奥，你快去把奶奶叫回来。悄悄地，别让他们发现了。”黄旎奥不去。

这时，黄妈出来了，黄梓建这才松了一口气。“我就听到‘郭永旺’什么的。”黄妈十分严肃地问道，“梓建，阿钰和她前夫还有联系吗？”黄梓建心里一颤，神色恍惚了一下，说自己也不清楚。他一边说，一边拉着女儿往另外一边走去，走了几步，不由自主地朝麦斯钰的方向又看了一眼。

此时，麦斯钰对外面发生的事情一无所知，她确实是在和叶志飞聊郭永旺。原来郭永旺找过叶志飞，还告诉叶志飞不管是国兰还是阳光，反正都不是那些国际巨头的对手，不如早早掉转船头。

听完叶志飞的话，麦斯钰的目光穿过玻璃窗，投入黑暗的夜。

第十五章

一

深圳，疍家文化馆外的小广场上。长条桌排成两排，上面摆满了各类海鲜干货，琳琅满目，令人眼花缭乱。游客们大包小包，满载而归。

突然，距离文化馆不远处的天空被照亮，一座摩天大楼的幕墙亮起了璀璨的灯光。紧接着，密密麻麻的灯光布满天空，犹如钻石般点缀着夜空。待灯光散去，“RYG 集团向深圳疍家文化节致贺”的广告标语出现在夜空中。见到 RYG 突如其来、近乎挑衅的宣传，麦斯钰不禁皱起眉头。

谭文智看到眼前的情况，眉头也微微皱了起来，文化节的灯光全部是由国兰负责的，RYG 公司突然来这么一手，明显带有公然挑衅的意味。他看看身边的麦斯钰：“RYG，这是你们国兰的竞争对手，对吧？”

“有竞争才能有进步嘛！”麦斯钰看似不在意地说。

谭文智看得出麦斯钰眼里的压力，马上转移了话题。“这文化节忙完，我还有一件事情要找你谈。”看她好奇，谭文智解释道，“要征询你们这些市里主要企业的意见，是否愿意参加广东省按照中央最新的精准扶贫要求，对西南省份进行对口帮扶行动。”

“扶贫？”这两个字麦斯钰连想都没想过。

几天后，珠海市政府会议室，谭文智特地找了几个企业负责人，开了一次关于扶贫的座谈会，主要就是贯彻落实习近平总书记在湖南湘西考察时做出的“实事求是、因地制宜、分类指导、精准扶贫”的重要指示。珠海也不能落后，珠海市政府准备积极开展对口帮扶行动，在“精准扶贫”工作中做出实实在在的成绩。已经成为珠海市副市长的谭文智告诉参会的企业家，从市委、市政府的角度，当然希望市里的各主要企业积极参与进来。当然，这里面绝没有强迫和摊派，只希望企业家们能够认真考虑，积极决策。

会议结束后，叶志飞走到麦斯钰身边，笑着说：“麦董，今天坐我的车吧。”麦斯钰看出他似乎有事，便答应下来。

果然，一上车，叶志飞连问题都没说，直接问道：“你怎么想的？”

麦斯钰明白他话中的意思，回应了四个字：“响应号召。”叶志飞像是早就猜到她会这么说，笑着说：“那 RYG 那边呢，你又是怎么想的？”

“叶总，你还记得上次我跟你说过的欧阳总的建议吗？”

叶志飞怎么可能会忘记？麦斯钰之前告诉他，欧阳东江建议她把生产线迁到内地省份去。他当时就觉得欧阳东江疯了，内地省份的环境对他们来说太过于陌生。

之前麦斯钰的想法和叶志飞一样，也觉得欧阳东江的想法太冒险，不过就在刚刚开会的时候，她的思路一下打开了。内地省份劳动力便宜，更重要的是发展空间巨大。扶贫更是给了她这个机会，她有个想法，想要响应政府的号召，顺着这扶贫的势头，把生产线往大西南迁。

“刚才谭副市长不是说了吗，现在的扶贫和以前可不一样。”麦斯钰想了想，说，“叫‘精准扶贫’没错吧。把生产线迁过去，可以带动一整条生产和服务链条，那才是有效的产业扶贫嘛。”

叶志飞苦笑。领导的话，肯定是站在对社会有益的角度说的，但是他们作为商人，最重要的是要考虑利益。他知道麦斯钰和谭文智的关系不错，这些话就没说出口。不过他也好心劝麦斯钰一定要考虑清楚，毕竟国兰起家就是在珠三角，更不要说华明在澳门已经这么多年了，不是说迁就能迁的。

叶志飞说的这些，麦斯钰当然清楚，但她没想到，单单是解决大家的感情和情绪问题，就已经不是一件容易的事了。

关于搬迁生产线这件事，国兰集团主要分为两大阵营。一类是以欧阳小江为代表的反对派。他们倒不反对搬迁生产线，只是感觉现在时机不太对，主要是国兰现在处处受到国外公司的冲击，已经自顾不暇。另一类是以雷梨花为代表的支持派。雷梨花认为从永旺灯饰到国兰集团，这么多年，困难天天有，哪能有点困难就退缩？而且她就是从内地西南地区过来的，她觉得扶贫西南地区很好。麦斯钰没想到大家的意见这么不一致，只好以后再议。

这边的事情还没解决，另一边，戴天宇又出事了。这天，一大早，天宇科技公司门口就围满了人，他们大声喊着"退款""退货""戴天宇，小偷！罪犯！骗子！"等口号。戴天宇狼狈地被人群围在中间，不停地解释着："各位，我们已经检查了所有账目，和在场各位的生意往来都没有任何问题。无论欠款还是交货，都没有超过期限，大家为什么要提没有道理的要求？"

"什么叫没有道理的要求？你是罪犯为什么不告诉我们？我们不要和骗子做生意！"人群中有人大声喊道，"我们要退款！我要退货！我要解除合同！"

戴天宇百口莫辩。这时，石学举走了过来，在保安的帮助下，他跟着戴天宇走进了办公室。

一进门，石学举就看到有人已经比自己先到了。

"石哥，你也来了。"麦斯华见石学举来了，原本正在看账目的他直接起身。石学举没想到麦斯华来这么早，心说，闹这么大动静，我怎么才知道？

一旁的戴天宇看到两个大股东都到了，一脸愧疚，不停地道歉："对不起，惊动两位领导，是我的责任。"

"谁的责任稍后再说，到底怎么弄成这样的？"石学举不解。还没等戴天宇开口，麦斯华掏出了一封打印的信件。这封信没有什么实际内容，就是把戴天宇的底细说了个彻底。尤其是他当年被判刑的事，说得真详细，而且添油加醋，把戴天宇的人品贬得一文不值。麦斯华告诉石学举，这封信不仅他们公司收到了，所有的供货商和投资公司都收到了。

一旁的戴天宇抱着头蹲在地上。其实到昨天为止天宇科技公司一切运转正常，虽然资金链吃紧，但公司并没有出大的状况。谁知道今天一早没来由的，上下游的供货商、投资公司全都找上门来，嚷嚷着要退款、退货、解除合同，一直闹到现在。他没想到自己曾经的一次错误，竟会有这么大的影响。想到这里，他懊恼不已。

不过最令戴天宇想不通的是，这件事情到底是谁干的！而且最奇怪的是，国兰集团是天宇科技公司的第二大投资方，但石学举没有收到这封信。

“难道寄漏了？”麦斯华有些疑惑。

“你看看外面的阵势，我想连给你们公司修打印机的都通知到了。对方明显蓄谋已久，怎么会出现这种遗漏？”说着，石学举陷入深思，他有种感觉，这件事情恐怕不简单。

回到公司，石学举就把天宇科技的事情告诉了麦斯钰，并且也向大家表明了自己的看法。他的言下之意就是，有人表面针对天宇科技，但很有可能是冲着国兰来的。

石学举看到麦斯钰的表情发生了微妙的变化，便安慰道：“不过也不用太紧张，就算对方真的别有所图，从天宇下手也太外围了，动摇不了咱们国兰的根基。”

不过，石学举说的这点，是麦斯钰最为担心的，目前他们的根基本身也不够稳固。到底是谁，麦斯钰在记忆中搜索，可是最终无果。她叹了一口气，眼下，再多的猜测也只是猜测，只能静观其变了。

麦斯钰转移了话题：“我决定参加市政府组织的考察团了，不过还是希望你帮我看着大本营，今天这件事也希望你费心盯着点。”

“放心吧，我会注意的。”石学举犹豫了一下，建议道，“麦董，最好让欧阳总陪你去。”

“我也这么想。不过，他有一件非常重要的事情要去办，我支持他。”麦斯钰故意卖了个关子，反倒引起了石学举的好奇。

二

几天后，麦斯钰准备出发去西南地区考察。雷梨花既依依不舍，又感到莫名的兴奋："麦董，我老家那边比这儿凉，你衣服带够了吗？"

麦斯钰拍拍雷梨花的肩头，说道："放心吧。集团这边，我不在时一般的事情你就可以决定，重要的事随时给我打电话。"正说着，一辆车停在了她们旁边，麦斯钰觉得车眼熟，正想着在哪儿见过呢，就见叶志飞拎着行李箱从车里下来，接着关门并对司机说："把路让开，你可以回去了。"

麦斯钰起先有些纳闷，但看到叶志飞手中的行李箱，顿时明白了。

叶志飞走到麦斯钰身边，笑呵呵地说："麦董，搭个便车，行吗？

一坐上车，麦斯钰故意逗叶志飞："叶总，你要去哪儿？"叶志飞一脸迷茫："麦董，你不是要去机场吗？"麦斯钰继续逗他："对啊，我们考察团今天出发，你不是来送行的？"

"不是啊，我也是考察团成员，你去哪儿我去哪儿。"叶志飞一副绝不下车的模样。

麦斯钰笑道："叶总，这次考察是以产业扶贫为目标的，你不是没有兴趣吗？"

听她这么说，叶志飞还有些不好意思。他呵呵一笑，说："以前没有，但人是会变的嘛。这段时间我越想越觉得你说的对，而且先去看看嘛，大不了捐点钱，又不会少块肉。"看着叶志飞的模样，麦斯钰一脸苦笑。

不过，麦斯钰记得叶志飞好像没报名，她收到的团员名单里也没有叶志飞的名字。说起这个，叶志飞满口的抱怨。原来，为了这个名额，他可是没少费劲。出发前一天的晚上，他给谭文智打电话，说了几筐的好话，可是谭文智还是不松口，理由是所有的事情都安排好了，塞不下他了。最后叶志飞没辙了，承诺一切费用自理，就是想跟着去看看，想为珠海做点贡献，这才勉强获得批准。麦斯钰听后，笑着对他说，希望这笔钱花得值！

几小时后，谭文智、麦斯钰和叶志飞已经走下飞机，坐上了前往工业园区的中巴车。中巴车穿过悠长的现代化穿山隧道，行驶在宽阔平坦的高速公路上。不远处，高速铁路上列车疾驰而过。

麦斯钰坐在车内，不禁感慨西南地区的发展之快。她问身边的一个当地领导："这条高速是什么时候通的？"

"去年通的。"领导自豪地答道，"这条线路原来有一条高速，但是这条新路修通以后，我们与省会的车程又缩短了五小时。不仅高速公路网比以前强多了，周边新机场也已经建设完毕，就快要通航了。还有水运，三峡工程建成运行以来，长江黄金水道的水位提高，流速减慢，航运的发展非常迅猛。到2011年，也就是三年前，三峡船闸过闸运量已超过一亿吨，这几年还在不断增长。"

"不仅如此，还有高铁。"谭文智补充道。他告诉麦斯钰高铁主要用于客运，但是客货分运以后，既有铁路线的货运能力将得到极大的释放，原来绕道次级干线的货运，将逐步回归到干线上来，优化了运输组织，全面提高了货运效率。

"而且，铁路货运服务的种类和品质也和以前不一样了。现在有大型集装箱列车、重载运输列车，还有双层货运列车，物流成本降低了非常多。"谭文智话音一落，地方领导马上补充道。

一旁的麦斯钰自言自语："物流、成本……"

接着，地方领导又带着他们来到工业园区进行考察。麦斯钰看着眼前一台台先进的机器，感慨道："硬件设施也很不错啊。"

叶志飞说得更为形象："对啊，差不多相当于拎包入住啦。"一句话把大家都逗乐了。

经过了解，麦斯钰才知道新建的工业园区，无论作为新的创业基地还是承接产业转移的目的地，都是很有优势的。一个陪同人员介绍道，以大工业电价为例，珠海的标杆电价是0.453元每千瓦时，220千伏的目录电价是0.6893元每千瓦时，而这里的标杆电价则是 0.235 元每千瓦时，220 千伏的目录电价是 0.3455 元每千瓦时。

看到参观者露出惊叹的表情，陪同人员补充道：“这还只是一个例子。身处祖国的西南腹地，我们这里土地肥沃、资源丰富，在土地租金、劳动力、原材料等方面，价格都比沿海地区更有优势。”

麦斯钰突然想到了什么，问道：“这里的人工素质怎么样呢？过去我听说，当地的年轻人都到东部去打工了。”

“以前青壮年确实出门打工的比较多，但是形势都在发展变化，现在越来越多的人更倾向于回家乡工作，毕竟赚的钱差不太多，而花销却低了很多，生活状况也更理想。而且，随着教育事业的发展，我们这里的人才水平也在逐年提高。”一个政府官员解释道。

自费来的叶志飞笑道：“看来，这机票买得值啊。”

麦斯钰也跟着笑道：“的确，不虚此行。”

三

就在麦斯钰在西南考察期间，欧阳小江也有一件非常重要的事情要做——他要和父亲欧阳东江一起寻找东江纵队的遗址，完成爷爷的心愿。

罗浮山位于广东东江之滨，常年雨量充足，植被茂密。山顶是低矮的灌木林，山腰则被灌木林和松木林覆盖，而山底却常年被常绿阔叶树包围，山顶、山腰、山底，呈现出不同的景象，别有一番风味。欧阳东江和欧阳小江来的地方是位于罗浮山附近一个不知名的小山村。

进村的道路崎岖不平，加上山上树木繁茂，车根本开不进来。没办法，欧阳小江和欧阳东江只好走路进山。两人一走就是一个多小时，欧阳小江累得上气不接下气。

欧阳东江看着儿子狼狈的模样，笑道："你以前只在大城市，要不就是旅游胜地转悠，哪会到这么基层的地方来呢。"

欧阳小江一听就不乐意了。"爸，你不要老揪着我过去那些事不放嘛。"他看着眼前荒无人烟的地方，有些好奇，"真的在这附近吗，爷爷得到的消息准确吗？"

"不仅你爷爷得到了消息，我也查到了些新的资料，都指向这附近。"说着，欧阳东江打开地图，指着上面的位置，"这里虽然离县城很远，但是从大的区域来说，仍然属于罗浮山区。根据记载，这里在当年东江纵队抗日的主要战场范围内，离东江纵队的司令部所在地也不远。"

正说着，草丛中传来狗吠声，欧阳小江吓了一跳，下意识地躲到了欧阳东江身后。一位老农牵着狗路过，看到他俩的打扮，疑惑道："你们在这儿干吗？"

"老伯，我们在找东江纵队的遗址。"欧阳小江看到狗原来有主人，这才松了一口气。

"东江纵队？"老农回忆了半天，"打仗那时候的事我是不记得了，不过你们要找死在这附近的当兵的，我知道一个地方。"

欧阳父子眼前一亮，跟着老农，沿着小路爬上一座山，来到了一座很大的土坟前。土坟无碑，也没有什么修饰，但是明显有人照管，坟前很干净，附近还有清扫工具。老农顺手拔掉了坟上的杂草。

欧阳小江不解道："老伯，这是？"

"你们不是找死在这儿的当兵的吗？这里面都是。"

欧阳小江仔细找了半天，好奇道："这墓怎么没有碑啊？"

老农笑了："又不知道是谁，咋立碑啊？"

欧阳东江问老农知不知道这坟是哪年造的，老农想了半天也没想出具体的日子。记得父亲曾请人把时间刻在了一块砖石上，费了好大的劲，他才从坟边找到一块老青砖。

欧阳小江把上面的泥土抹去，只见上面隐隐约约写着：民国三十四年。他一算日子，惊呼道："爸，没错，就是1945年！"

欧阳东江满脸惊喜："快，小江，回去叫人，拿机器。"

片刻的工夫，同欧阳父子一起来的工作人员使用各种仪器，开始在土坟四周勘探、测量。欧阳东江刚刚跟老农聊过，才知道眼前的坟正是老农的父亲建造的。他好奇地问道："老乡，您贵姓啊？"

"我姓曾。"老农缓缓地说。

欧阳小江眼前一亮，忙问："那您和曾生将军是一个家族的吗？"

老曾笑呵呵地说："你都说了那是将军，我只是个农民。"

欧阳东江告诉欧阳小江，曾姓本来就是惠州这边的大姓。他又问道："曾老哥，这坟修了快七十年了，照管得挺好啊，一直是您父亲和您照顾的吗？"

说起这个，老曾回忆起来："是啊，早些年，我父亲说这些当兵的为老百姓打仗，死在这里连个名字都没有，咱们就逢年过节来祭拜祭拜。后来，我父母亲也埋这边上了，我就一起祭拜了。"

欧阳小江听后心中不由得有些敬佩，快七十年了，他们是怎么坚持下来的呢。

老曾却不以为然："时间长了，也就习惯了，几天不来还有点惦记呢。"

这时，工作人员初步勘测的结果是，下面应该有三十多具骸骨。

欧阳东江激动地说："人数也对得上！我父亲告诉我，这支牺牲的部队就是三十多人。"

这下，一旁的老曾有些好奇了，问道："你们父子俩真知道这坟里埋的当兵的是什么人吗？"

欧阳东江缓缓说道："曾老哥，我们姓欧阳，我的名字叫欧阳东江，就是从东江纵队这儿来的。我父亲是早年下南洋的华侨，一辈子都很爱国，后来日本人打过来，占了香港，我父亲就在香港，差点没了命。多亏了当时广东的游击队把他转移出去了，后来那支部队又到了这一带，就是东江纵队的一部分。可惜的是，就在抗战胜利前，他们为了掩护群众，全部牺牲在这里了。我父亲每次回忆起来，都泣不成声，他就想找到他们最后埋骨的地方。我们找了好几十年，最近又听到个消息，这不就过来了。"

听完这个故事，老曾不禁感叹道："您父亲也是个重情义的人哪。"

欧阳小江赶忙说道:“曾老伯，你们父子也不简单哪，能为了不认识的人守七十年的墓。你们是怎么做到的?”

老曾哈哈笑了起来:“我小时候也不明白。那时候我问我父亲，我说，咱们自己种粮食，自己吃，这些已经死了的人，又不认识，和咱们有什么关系啊，为什么给他们扫墓?”

“他怎么说的?”欧阳小江好奇。

老曾回忆起当初，至今记忆犹新:“他，他马上一巴掌打了过来。他说啊，你喝这东江水长大的，你以为这东江水天生就该流到这儿给你喝的吗?”欧阳小江突然感觉老人说的话，和他爷爷曾经说的很像。他继续听下去，老曾也接着说:“他说，没有这些当兵的，没有他们的死，你以为有你的活吗?你还有粮食吃?吃小鬼子的枪子儿去吧。所以，他活着，他要来扫。他死了，我接着。今天啊，也是缘分到了，如果你们真能弄清楚这里面都是谁，能送他们回家更好。但记得告诉我一声，我也可以了了我父亲的一个心愿，也了了我自己的一个心愿，我就不用带到墓里去了，对不对?所以，我还得谢谢你们。”

说这些话的时候，老曾的狗一直趴在他身边，也像在认真地听故事似的。欧阳东江的眼眶红了:“曾老哥，您让我们受教育了。”

“教育?那是老师的事，我哪能干那个。”老曾笑着说。

欧阳小江抹去眼泪，起身朝老曾深深一鞠躬，接着他转过来，整理衣装，郑重地向无碑墓鞠了一躬。

四

另一边，麦斯钰从西南地区考察回来后，当即做出决定，要将公司的生产线迁到西南，建立新的生产基地，发展生产的同时，利用产业带动当地的发展，对口支援当地建设。

对于麦斯钰的决定，雷梨花当然是举双手赞成，石学举则是不表达意见，于是大家都把目光投向欧阳小江。

片刻后，欧阳小江说："我赞成。"这次的罗浮山之行，让他的观念发生了很大的转变，老曾的坚持，让他想了很多。老曾父子能那样对待烈士，公司这些困难又算什么呢？

麦斯钰看到欧阳小江的变化，微微一笑，当即决定："具体的选址我们还要再仔细考察、商量。我初步选择了三个地方，还需要认真比较，详细资料马上发给大家。需要说明的是，我准备搬迁的，不只是国兰或者华明的部分生产线，而是我们集团全部的生产线。"

这下，雷梨花瞪大了眼睛。她之前一直以为是重新建立分厂，怎么要全部迁走，一点不留？

一旁的石学举也觉得麦斯钰的动作有点太大了："华明的老厂址颇有历史，全部迁的话……"

麦斯钰打断他们的话，在她看来，生产线迁出，反而有利于对华明老厂厂区的保护。

反倒是欧阳小江，这次竟表示自己完全支持，并建议在华明老厂址建立国兰集团的博物馆、展览室，还可以建一个职工俱乐部。

雷梨花看着他，竖起大拇指："欧阳总，好提议啊！不过，你真舍得？"

欧阳小江笑了："是变好了，又不是变差了，有什么舍不得的？"

接下来的问题就是，由谁来主持生产基地的建设工作。这可是个苦差事，不仅要统筹整个生产基地的建设，还要协调好各方面的关系，弄不好，就是出力不讨好。

刚刚还热闹的现场一下变得安静下来。这个任务太重了，每个人都在心里掂量着自己是否能够胜任。

看大家都不出声，雷梨花毛遂自荐。"麦董，我推荐我自己。"说着，她看向石学举和欧阳小江，解释道，"石总，欧阳总，你们别介意啊，我并不是要抢功劳。”

石学举没想到雷梨花竟主动提出：“怎么会呢，这可是个苦差事，要统筹协调这么巨大的工程，老实说，我都没有自信能承担。”

雷梨花也不藏着掖着，有什么说什么：“我是觉得，我本身就是那边的人，对当地的情况和办事习惯还是比较熟悉的。坦白说，我也想回去为家乡做些贡献。而且除了早年跟着麦董闯营销，后来我一直都主抓生产，要建生产基地，还要搬迁生产线，这些也是我应尽的职责。”雷梨花分析得十分有道理，而且无论从哪个角度看，她都是最佳人选。

麦斯钰也清楚，雷梨花确实有别人无法超越的优势，她心里却有其他人选。所以，她犹豫了片刻，说道：“我提议，由集团董事、华明公司总经理欧阳小江担任新生产基地建设工程的总负责人。”话音一落，原本安静的会场，一下变得躁动起来。

雷梨花更是一脸的惊愕。“雷总，我后面还有重要的工作任务要交给你。”说着，麦斯钰看着欧阳小江，“欧阳总，你怎么看？”

欧阳小江简直不敢相信自己的耳朵，他没想过麦斯钰会把这个重任交给自己，一时间有些蒙圈。他停顿了几秒，看看麦斯钰，又看看其他人，深深地吸了一口气，说出了内心真实的想法。“麦董，各位，我过去的人生阅历和工作履历都比较单薄，蒙集团管理层信任，担任华明灯饰有限公司的总经理，到目前为止，甚不称职。我对于祖国内地，尤其是西南地区，包括咱们新基地的选址更是不熟悉、不了解的。”他突然站起身，眼神中充满了坚定，“但是，我现在迫切地希望重新认识我工作、生活的世界，对祖国进行全方位的深入了解，并且以实际行动为国兰集团的全新发展、精准扶贫的宏伟事业做出贡献。麦董，雷总，石总，还有各位，我向你们保证，一定完成好这项艰巨任务，为国兰，为国家，建成一个高标准、能战斗的新生产基地。请大家相信我。”说完，他朝着在场的人深深地鞠了一躬。

麦斯钰向他投去赞许的目光。雷梨花却疑惑地看着欧阳小江，有所保留。

就在他们开会期间，麦斯钰得知，RYG 集团的总裁卡洛斯·席尔瓦，马上要到大中华区总部视察了。知己知彼，才能百战不殆。麦斯钰想要看看这个让国兰屡遭失败的人，究竟是个什么角色。她得知席尔瓦来中国的第一站是接受电视台的采访，所以特地让秘书帮自己弄了一张电视台的入场券，想要近距离地看看席尔瓦，听听他对中国的看法。

录制当天，麦斯钰早早地来到了深圳电视台。不多时，席尔瓦走了进来，在场的观众一下就被他吸引了。席尔瓦有着蓝灰色的双眸，平静下藏着如鹰般的眼神，一张英俊脸庞宛如雕琢过，英气逼人。

整个采访过程，全部是用英文进行的。席尔瓦告诉主持人，RYG 目前的重要目标就是进入中国市场，他认为，中国的市场潜力太大了，每一个世界级的企业都不应该忽视，但是能否做得成，就要看领导者的头脑了。主持人发问："那么在中国国内是否有 RYG 的竞争对手呢？"席尔瓦直接回答道："中国的企业已经比以前强大太多。比如说，离这里很近的国兰集团公司就是一个强有力的竞争对手。"

听到自己公司的名字，观众席上的麦斯钰心头一惊，她眉头微微一皱，想要听听席尔瓦对国兰的看法。这时，主持人追问道："您刚刚提到了国兰集团公司，您觉得他们会威胁到 RYG 的地位吗？"主持人的问题也正是麦斯钰想问的。席尔瓦嘴角露出轻蔑的笑容，语气中也明显带着轻蔑："坦白说，他们还没有成长到那个水平。"

台下的麦斯钰心头又是一紧，表情复杂。采访结束后，她原本想静静地离开，没想到刚走两步，身后传来一个声音："Miss Mai！"麦斯钰下意识地回头，看到席尔瓦和主持人朝着自己走过来。

主持人笑着说："麦女士，席尔瓦先生说想和您说几句话。"

这是麦斯钰之前没想到的，她直接用英文回复站在主持人身边的席尔瓦："Mr Silva, you know me？"

她的回答让主持人和席尔瓦都有些吃惊。席尔瓦反应很快，主动上前说："麦女士，我可以邀请您喝一杯吗？"

麦斯钰婉转地拒绝道："席尔瓦先生，很感谢您的邀请，但是我知道您的行程表是很满的。"

席尔瓦却不死心："我可以调整它啊，现在就可以。"

麦斯钰再次表示遗憾："我不希望那样，如果因为我破坏了很多迫切想和您见面的人的愿望达成，我会很不安的。"

席尔瓦没想到麦斯钰的态度这么坚决，也就不再勉强。"好吧，那么咱们就在这里谈话吧。"他问道，"您觉得我刚才的访谈怎么样？"他的语气里满是自信，明显是在等待麦斯钰的夸奖。

麦斯钰直言道："我很欣赏您的智慧和坦率。"

席尔瓦对她的回答很满意："那就让咱们更坦率一点！麦女士，我希望我们可以合作。国兰集团是一家优秀的企业，你们可以加入 RYG 下一步的计划。"

"我们当然可以合作。"麦斯钰停顿了一下，礼貌地说道，"但是现在还不是时候。"

席尔瓦的表情从惊喜迅速变为疑惑。他问道："那么，合适的时机是什么时候呢？"

"当 RYG 可以加入国兰的计划的时候。"麦斯钰主动伸出手，"席尔瓦先生，我们很快就会再见面的。"

这次，席尔瓦的表情从疑惑转变为震惊。他伸出手，不失礼貌地说："我很期待。"

找到东江纵队部队牺牲烈士的墓之后，欧阳小江找人将烈士墓翻修一新。此外，他还特地新修了一条土路直达这里，之前空荡荡的墓前立起了崭新的石碑，上面盖着红布。

村里一下来了这么多人，引来不少当地群众。这时，一辆中巴车驶来，欧阳东江陪着坐轮椅的父亲抵达，欧阳小江忙上前帮忙抬轮椅，接着，梁教授也从中巴车上下来。

欧阳老先生看到老曾，激动地与他紧紧握手，众人也都热泪盈眶。欧阳小江首先对大家的到来表示感谢，接着他介绍了面前的这座烈士墓："经过我们的仔细检测和考证，埋骨于此的是我们英勇的东江纵队第三支队一部的三十二位烈士，其中有将领也有战士。他们牺牲于1945年，抗日战争胜利前夕。他们是为了阻击侵略者，掩护群众转移而把最后的热血洒在这青山之上的。他们生前曾经援救过我的祖父，可以说，没有他们的舍生忘死，我今天就不会站在这里。他们牺牲后，曾老伯和他的父亲近七十年来，守住了烈士的埋骨之地，让我们终于得见。我提议，让我们首先感谢曾老伯的大义！"话音一落，众人鼓掌，欧阳老先生再次与老曾紧紧握手。

梁教授看着眼前的一切，感慨颇深："各位，作为一名教师、一名澳门特别行政区的居民，也作为一名中国人，我由衷地感谢曾老先生，还有欧阳老先生，是他们让我们今日得以到这里来祭奠烈士的英灵。"

老曾已经感动得热泪盈眶，他到今天才知道他们父子两代守护的是谁。想到这里，他觉得他们这两辈人没白活。

说起东江纵队，梁教授如数家珍：这支孤悬华南敌后的抗日武装，在长达八年的抗战中，无法得到来自中共中央的直接支援，最困难的时候，他们甚至连一部电台都没有，仅靠收音机来收听延安新华广播电台的消息。最惨烈的时候，战至仅剩一百余人。但就是在这样的艰苦环境中，东江纵队独立发展壮大为拥有一万一千多人的抗日武装力量，其开辟的华南敌后战场成为"敌后三大战场"之一。据战后统计，东江纵队先后作战一千四百多次，毙伤日、伪军六千多人，牵制了日军两个半旅团的兵力。1945年，朱德总司令在'中共七大'军事报告中将东江纵队、琼崖纵队与八路军、新四军并称为"中国抗战的中流砥柱"。就在几天前，2014年8月24日，经党中央、国务院批准，离这里很近的罗浮山东江纵队纪念馆，已经正式列入第一批八十处国家级抗战纪念设施、遗址名录。这座烈士墓，经组织认定，也正式成为东江纵队的纪念遗址之一。纪念馆还要请曾老伯亲自给更多人，尤其是出生在和平年代的年轻人，讲述烈士们的光辉事迹。

音乐声中，曾老伯和欧阳老先生为墓碑揭幕。欧阳东江、梁教授以及现场的群众，向烈士墓敬献花篮，众人庄严地三鞠躬。

五

夜幕降临，城市中大大小小的灯同时亮起。从城市上空俯瞰，高楼林立，街上的车辆川流不息，一盏盏霓虹灯耸立在街道两旁，绽放着自己的光彩，为珠海这座美丽的城市增添了几分别样的风采。

雷梨花来到生产车间，打开灯，整个车间瞬间亮了起来，只不过眼前的车间空空如也，里面的东西已经全部搬迁到西南新生产基地了。虽然雷梨花对麦斯钰做出的这个决定很支持，但是车间一下被搬空，她还是有些惆怅。

这时，麦斯钰走进车间，她猜到雷梨花就在这里，这里有太多她们的共同记忆。

雷梨花看到麦斯钰，有些惊讶。没等她开口，麦斯钰说道："梨花，咱们一起走走吧。"

雷梨花点头，和麦斯钰漫步在空空的车间里。雷梨花问道："阿钰，你还记得咱们一起建了国兰，有了第一个车间，第一条生产线的时候吗？"

"当然记得，永远也忘不了。"麦斯钰的记忆一下回到了当初，"那天，咱们表面上要装得像个老板的样子，实际上心里都高兴得像小孩一样。"说起以前的事情，仿佛就在昨天。

"我当时就想，哇塞，我居然有了一条自己的生产线。"说完，雷梨花觉得自己说的不太对，赶紧纠正道，"哦，这话说的不对，你是老板，是你的生产线。"

麦斯钰看着雷梨花，这么多年，她好像一点都没变，还是直言直语，不过，又好像变了很多，比之前在华明的时候沉稳了许多。麦斯钰缓缓地说道："你说的一点都没错。国兰怎么可能只属于我一个人呢？那是属于你的生产线，就像你的孩子一样，别人抢不走的。不仅那个时候是，现在，在几千里之外，那些生产线也是你的。”

雷梨花嘟着嘴：“你就哄我开心吧。”

“你开不开心，是我哄得了的吗？世界日新月异，生产线会变，企业会变，地方会变，人也会变，我们只能让自己控制一些东西保持不变而已。”麦斯钰又问道，“梨花，你还记得咱们迁入横琴的时候吗？”

“当然了。那时候我又觉得，哇塞，我们居然鸟枪换炮了，好牛啊。”

“用今年的流行语来说，就是‘高端、大气、上档次’啊。咱们的路是一步步走过来的，只是现在走得更宽、更远了。”

麦斯钰说的这些，雷梨花都懂，一开始她就支持麦斯钰把生产线迁到西南去。只不过，看着自己曾经奋斗的地方，她心里还是有些空落落的。

麦斯钰又何尝不是呢？她搂住雷梨花的肩膀：“梨花，我们的人生绑在一起会觉得踏实，是因为我们每一步都走得很实在。”

就在二人正惆怅的时候，欧阳小江那边已经快忙疯了。生产线调试得差不多了，他估计到月底应该可以试运营。建设新基地，整体搬迁这么多条生产线，还有人员的重新配置，想想都是个吓死人的大工程，麦斯钰没想到欧阳小江还真的撑下来了，而且干得很好。

接下来就是要等第一批产品下线，看看效果怎么样，麦斯钰要他好好测算一下成本和利润。自从之前在电视台见过席尔瓦之后，席尔瓦轻蔑的眼神就经常出现在麦斯钰的脑海中，退让这么久，她也该反击了！

办公室里，麦斯钰与欧阳小江一起，仔细审看西南生产基地生产的灯饰产品。麦斯钰边看边问：“生产过程中有没有出现什么障碍或者问题？”

“目前还没有出现任何问题。”欧阳小江一脸认真地说，“咱们的新基地毕竟是按照国际上最新、最高的标准设计建造的，实用、安全、有效，雷总组织的拆卸运输也毫无纰漏，现在所有生产线的运作都非常顺畅。当地的工业基础也不错，我以前根本不知道什么叫‘三线建设’，去了才发现，实际上当地本身就有工业配套服务的产业链。”

麦斯钰点了点头，又问：“工人的情况怎么样？”

说起工人，欧阳小江更是连连称赞："当地劳动力的素质很不错，甚至很多都在大厂干过，本身就是熟练工。咱们的入职培训在业内是领先的，再加上有老技术工人带着，上手很快。而且，还有一个意外之喜。"

麦斯钰一脸好奇地看着他，欧阳小江笑着说："当地好吃的东西真的是很多，自然环境也好，基地周边就和公园差不多，大家的士气可高昂了。"

欧阳小江的话一下缓解了紧张的气氛，麦斯钰笑着说："我还没有享受过呢。"

"随时欢迎啊。"

这时，雷梨花风风火火地进门，满脸的兴奋。她是一路小跑过来的，有点上气不接下气。

不过从她的脸上，麦斯钰已经知道雷梨花带来的肯定是好消息。她缓了口气，激动地说："麦董，经过检验，这一批生产的所有产品都绝对合格，完全没有问题。欧阳总，干得漂亮！"

麦斯钰也很激动："现在就等石总那边了。"

说曹操曹操到，话音一落，石学举就敲门而入。他欣喜地说："麦董，咱们最新的生产成本已经核算出来了，保证准确。"

麦斯钰接过细看："太好了！工贸科，这第一步，成了！"全部准备就绪，接下来，他们就要上真正的战场了。

香港舒氏酒店集团的招标会现场，雷梨花、叶志飞、RYG大中华区总经理等人正在等候结果。

叶志飞凑到雷梨花面前，想要打探消息。他低声道："雷总，你们国兰现在情况怎么样？我刚想一想的工夫，谁想得到你们国兰那么大手笔，居然把所有生产线都迁到内地去了。咱们两家是统一战线，给通个气呗！效果怎么样，成本到底能降多少？"

雷梨花微微一笑，故意卖了个关子："降，确实是降了一些，至于效果怎么样嘛……今天的投标就是试金石了，看看能不能过这道关吧。"

叶志飞点头："香港舒氏酒店集团既是大客户，又是圈里出了名会压价的。"

雷梨花话音一转："听说叶总的阳光灯饰这段时间过得不错。"

叶志飞没想到雷梨花在这儿等着自己呢，恭维道："不过是托了你们国兰的福，你们重新布置生产基地，有这么一段时间的空档期，我们正好填补一下空白。但是现在你们又披挂上阵了，我担心我们阳光的好日子也到头了。"

"那你怎么不跟着迁啊？"雷梨花有些好奇。

叶志飞呵呵一笑，没有回答。他当然有自己的心思，国兰的实力比较强，他想让国兰当领头羊，探探路，自己再作决定。

雷梨花看着叶志飞一副老奸巨猾的模样，也不想跟他聊了。这时，她突然看到了一个熟悉又厌恶的面孔，郭永旺谄笑着走到RYG的高管身边，两个人交头接耳。

"那不是郭永旺吗？他又没有产品可投标，来这里干吗？而且，他怎么和RYG搞到一块去了？"雷梨花疑窦丛生，问身边的叶志飞。

叶志飞根本瞧不上郭永旺，但是他也不得不佩服郭永旺还是有些渠道的资源："苍蝇也算肉嘛！RYG有这个传统的，到一个国家先找个二传手，毕竟上手快些。"看来郭永旺就是这个人选。

雷梨花不屑道："在旧社会这就叫买办。"

"珠三角这边可不喜欢这个词哦。"叶志飞笑道，他看得出郭永旺还是很想当这个二传手的。

这时，香港舒氏集团的董事长舒志奇出来了，招标会现场一下安静下来，所有的公司代表都屏住了呼吸。

舒志奇用浑厚有力的声音说道："各位代表，本次灯饰产品的采购招标，中标的是——国兰灯饰集团。"

RYG代表和郭永旺都很意外，众人齐齐看向雷梨花。雷梨花忍不住微笑，叶志飞起身："雷总，恭喜你们。"

雷梨花谦虚道："同喜，都说了咱们是统一战线嘛。"

拿下了香港舒氏酒店集团的订单，国兰新生产基地的车间机器全开，有条不紊。

不过欧阳小江还是很紧张，这是西南生产线的第一批订单，数量巨大，而且涵盖了国兰和华明的产品。尽管两方面的档次不同，但质量要求是一样的。他生怕出现纰漏，天天待在车间里，检查产品。

石学举拎着公文包走进车间，一见面就恭维道：“欧阳总，劳苦功高啊。”

“石总，你什么时候来的，怎么也没有通知，是不是搞突然袭击啊？”欧阳小江开玩笑地说。

石学举也笑了，不过他不是搞突然袭击，他这次是带着麦斯钰布置的任务来的。“咱们新生产基地的建设已经基本完成了，要尽快开始项目整体的核算和审计，所以就把我派过来了。”石学举抱拳，笑着说，“欧阳总，打扰了，我需要在这里住一段时间了。”

欧阳小江开玩笑地说：“还说不是突然袭击呢，这么大工程的核算审计，你集团财务公司的石总亲自出马，是想看看我有没有做假账吧？”

“那我第一个不信哪，更不要说麦董了。”石学举压低了声音，十分认真地说道，“麦董是希望你继续专心抓好生产。香港的这批订单一定要保质保量地完成，如果时间上能够提前一点最好。当然，不要勉强，我们要为下一步打好坚实的基础。”

听他这么说，欧阳小江知道麦斯钰已经有下一步的计划了。他向石学举打听，石学举也表示不太清楚，不过他带来了一些麦斯钰给自己的资料。欧阳小江接过一看，满脸惊讶，上面写着“一带一路”四个字。

第十六章

一

麦斯华一直是一个十分自信的人。尤其是工作之后，他的事业太顺利了，不到一年的时间，直接从一名普通的实习生连跳几级，一跃成为恒盛投资公司的金牌经理人。但是面对天宇科技有限公司收入支出利润统计表，他开始怀疑自己了。戴天宇公司的支出水平一直维持高位，但是收入和利润不断走低。麦斯华的心情，也随着收入和利润的曲线，持续下滑。这让谁看都会说天宇科技的经营不善，入不敷出。他不知道天宇科技还能撑多久，也不确定自己还能撑多久。

他正发愁呢，老板马智打来了电话，让他去一趟办公室。麦斯华猜测多半是因为戴天宇。他低垂着脑袋，无精打采地走到门口，努力打起精神。敲开了马智办公室的门，他竟看到马智起身迎接自己，脸上还堆满了笑容。

麦斯华有点纳闷，这时，他才注意到，马智的对面坐着一个女人，因为是背对着麦斯华，所以麦斯华只能看到她的背影。不过观察人是他们这行的入门课，他仔细观察着女人的背影，浓密的大波浪长发随意地披在肩头，穿的是香奈尔春季最新款的长裙，身边放着价格不菲的爱马仕包包。凭着职业经理人的敏感，麦斯华猜测，眼前的这个女人身价不菲。

马智走到麦斯华身边，带着些谄媚的笑容介绍道：“舒女士，这位是我们的金牌投资经理——麦斯华。他可是慧眼独具，业绩一向是相当的好啊。”说着，他看着麦斯华，依旧保持着笑容，交代道，“阿华，这位是舒一雅女士，现在是我们尊贵的客户。公司已经决定，后面就由你来为舒女士服务，你要全力以赴，千万不能怠慢哦。”

女人缓缓转身，麦斯华这才看清她的脸。她有着清澈明亮的双眸，长长的睫毛微微地颤动，白皙无瑕的皮肤透出淡淡的粉红色，一看就知道保养得很好。麦斯华主动伸出了右手：“舒女士，您好！请问有什么我可以为您服务的？”

舒一雅上下打量麦斯华，手却动都没有动，语气高傲地说：“好吧，我希望你像董事长说的一样能干。”

麦斯华尴尬地收回了手，但他依旧保持着自己作为职业经理人的绅士风度，侧身让出道路：“舒女士，这边请。”

像舒一雅这种投资人，麦斯华见过不少，无非是三种情况。第一种，家底丰厚，父母有钱，也就是俗称的富二代，从小养尊处优惯了，从不把别人放在眼里。但虽然有钱，还想自己挣钱证明自己，只要赚到了一点钱，就自认为了不起，有时候甚至赚的还没投资的多，但是他们也不管，他们只看最后的收益，完全不顾前期的投入，说白了，千金难买我乐意。第二种，老公有钱，天天在家闲着没事就想捯饬点啥，趁着婚姻期间想靠着老公的钱给自己赚点家底，万一哪天真离婚了，自己最起码还有点存款。第三种，就是靠自己的能力成了大老板，就像他二姐麦斯钰这种，手头上宽裕，想再弄点其他的投资。钱嘛，谁不喜欢，多多益善。不过，凭麦斯华的推测，舒一雅应该是第一种，从她的举手投足间，他能够感受到她受过良好的教育，傲慢是骨子里带出来的，可能连她自己都没意识到。见到舒一雅的第一面，麦斯华一定想不到自己的后半生将和这个女人紧紧地捆绑在一起。

舒一雅前脚刚踏出门，马智就悄悄在麦斯华耳边说：“这个姑奶奶是舒志奇的千金。小心伺候着吧。”麦斯华心中一怔，心说，果不其然。还没等麦斯华开口，马智很快又说：“要是弄得好了，我就多给戴天宇那边一些耐心，够公平吧？”

麦斯华的心情一下跌落，没想到还是没逃过这个。他叹口气说：“好吧，我尽力。”

一到贵宾室，麦斯华直接问道：“请问您是想对外投资，还是需要资金支持？”

舒一雅却十分傲慢：“哼！笑话，我怎么可能需要什么资金支持？”

这话说得麦斯华很尴尬。他沉住气，又问道：“那您想投资什么项目？我们这里也有可供选择的项目目录。”

可是舒一雅根本看不上麦斯华介绍的这些项目，她把项目目录直接推到一边，完全靠想象地说：“简单地说呢，我就是想弄一个漂亮的、光彩夺目的，能成为全香港，哦不，最好是全亚洲都关注的焦点。你懂我的意思吧？”

麦斯华从舒一雅的眼睛里看到了亮光，可是他压根就没明白她想要的是什么。他继续问舒一雅想要什么主题或者内容，只希望能够从舒一雅这里多得到一些信息，好继续下面的问题。

可是舒一雅的回答还是一样——没想好。最后，舒一雅只留下了一句话：“钱不是问题！”

这下，麦斯华头大了。他经手过不少客户，哪怕是刚刚说的那三种女性，她们的目的也十分明确，说白了就是赚钱。像舒一雅这种只想要华丽，不考虑收益的，麦斯华还是头一回见。他觉得舒一雅来错地方了，她应该去经纪公司，狠狠砸钱，当个女主角啥的，那可比投资来的夺目得多啊！戴天宇的事情还没处理好，又来了一个这么难伺候的姑奶奶，想到这里，麦斯华想死的心都有了。他心里默默骂了戴天宇好一阵，要不是因为天宇科技公司的事情，他怎么可能会受到马智的压迫。想到这里，再看看眼前高傲的舒小姐，麦斯华感到头痛欲裂。

2015 年 10 月 12 日，由澳门特区政府社会文化司主办的第四届世界旅游经济论坛在澳门开幕，这次论坛主要以配合建设“二十一世纪海上丝绸之路”为纲，以加强与沿线国家和地区的旅游发展合作为领，聚焦旅游和文化领域的合作。论坛由浙江担任主宾省，邀请秘鲁、墨西哥、智利、哥伦比亚、柬埔寨、韩国等国旅游部部长以及来自全球的旅游业界领袖参加。作为本次论坛的东道主，澳门特区政府表示将积极发挥澳门在“二十一世纪海上丝绸之路”的节点作用，希望利用这个重要契机，推动澳门文化和旅游产业协同发展。

洪俊杰作为旅游业的企业家代表参加了这次论坛，没想到竟意外地见到了麦斯钰。他之所以感到意外，是因为参加论坛的大部分是旅游业界的人。

麦斯钰笑着解释道："主办方给我们其他行业留了一些名额。毕竟是本地做企业的，我们国兰和旅游业企业的合作也挺多的。"

洪俊杰一拍脑门："对啊，深圳疍家文化节也是请你们去的，以前怎么没想到，咱们一家人，其实可以直接合作嘛。"

洪俊杰的建议不错，不过，麦斯钰还没想过要跨行做旅游业。这次她来会谈的主要目的，是想听听关于"一带一路"的议题。

论坛上，各行各业的专家都在发表着自己的意见，会场时而掌声雷鸣，时而又发生热烈的讨论。麦斯钰认真地听着，完全没注意到前排的企业家中，有一个人一直在回头看她。论坛结束后，这个人走到麦斯钰面前，笑着说："怎么？国兰也准备进军旅游产业了？"

麦斯钰一脸的迷茫，在她的印象中，眼前的这位个头不高的中年人，自己似乎不认识。

反倒是洪俊杰一脸兴奋，他赶忙介绍道："阿钰，这位是香港酒店业的翘楚，舒氏酒店集团董事长舒志奇先生。"

麦斯钰恍然大悟，赶忙说道："原来您就是舒先生，我们承接了舒氏的订单，正在给您打工呢。舒先生，恕我眼拙，请您多多包涵。"几句话，既给舒志奇台阶下，又表达出来歉意。

舒志奇看着麦斯钰，心中暗暗赞许，他笑道："包涵不敢当，我以前主要和贵公司的雷梨花雷总接洽，能在这里见到麦董，实属意外之喜。不过麦董还没有回答我的问题呢，国兰是准备进军旅游业了吗？"

麦斯钰尴尬地笑了，看来误会的不止洪俊杰一个人。她解释道："我真是让企业界的前辈看笑话了。舒董，对旅游产业您是内行中的内行，而我确实不太了解，国兰目前的定位仍然集中于制造业，尤其是灯饰领域。不过，听了今天论坛的高端发言，我感觉现在旅游产业真是商机无限哪，连带着我们也有机会的。"

舒志奇一副愿闻其详的表情，麦斯钰继续道："远的不说，就说眼前的，在

‘一带一路’的一系列重要节点上，肯定有一批新的旅游项目即将兴建。有新旅游项目就会有新酒店，有新酒店就得用灯啊。舒董，您说对不对？”

麦斯钰一下把话抛给了舒志奇，舒志奇感觉到麦斯钰果然如传闻中的那般厉害。这次的订单，他原本的意向是 RYG 公司。可是看过投标书后，他犹豫了，国兰的价格真的太令他心动了，以他们设定的标准，能给出这样的价格，连他都有些不太敢相信。可是没想到的是，首批产品交货后，国兰产品的成色却一点也不输给 RYG 公司，这令舒志奇大为震惊，也让他对麦斯钰多了一些好奇。他对麦斯钰说：“我希望我们能一起抓住这个难得的巨大商机。”

听舒志奇这么说，麦斯钰也说出了自己的想法：“我一直在想，RYG 紧盯着中国市场，但我们不能只在家门口防御。有来无往，终归不好，我们也得到他们的传统市场那里去，看看能不能分一杯羹。”

舒志奇看着眼前的这个女孩，似乎和自己的女儿差不多年纪，却能想到跳出包围圈，打到外线去。如此眼界，很有战略眼光，真是巾帼不让须眉。舒心奇不禁有些佩服，他看着身旁的洪俊杰说：“洪总，你也加盟吧。”

洪俊杰受宠若惊：“我这小打小闹的，也入得了您的法眼？”

“洪总客气了，贵公司主打文化旅游品牌，在澳门旅游界也是响当当的一块招牌了。”说着，舒志奇面露遗憾，“要是我女儿能有麦董的一点风范，我也就不用担心接班人的问题了。”

洪俊杰奉承道：“千金正值妙龄，在粤港澳的社交界很有名啊。”

一说起女儿，舒志奇挥挥手：“别提了，太贪玩，这两天借口说要考察什么项目，又跑去坐东方快车了，还带了一个你们澳门的小伙子一起去。唉，怪我教女无方啊。”

麦斯钰还是头一次听到“东方快车”这个词，洪俊杰也笑着说，自己只知道《东方快车谋杀案》。

“差不多就是那个，曾经是横贯欧洲大陆的国际列车，不过 2008 年美国金融危机以后路线就很短了，也就从巴黎到维也纳，是个旅游项目。”

麦斯钰突然眼前一亮，满脸的激动，嘴里嘀咕着：“横贯大陆……国际列车……就是这个!”麦斯钰正愁怎么把产品销往海外，运输渠道是令她最头疼的，空运价格太高，水运时间太长，没想到竟然在聊天中，得到了意外的收获：中欧列车。

二

中欧班列是从 2011 年开始运行的，最早的线路起始点是重庆，终点是德国的杜伊斯堡。这趟列车货运的规模增长非常快，从最初十七列到三百多列只用了不到三年的时间。这趟车是按照固定车次、线路、班期和全程运行时刻开行，往来于中国与欧洲以及“一带一路”沿线各国的集装箱国际铁路联运班列。它采用标准集装箱运输的方式，全程运费与同等运输量的国际空运方式相比，平均可以节约百分之七十左右。

回到公司，麦斯钰就把自己的想法告诉了大家，其他几个人一听，也都兴奋起来。

欧阳小江早就想让大家见识见识西南生产基地的真正实力了，他摩拳擦掌道:“咱们已经在西南建立了新的生产基地，不需要再到出海口，可以就近直接上班列运输了。”

“没错，对于咱们的产品来说，重庆和成都的两条线路都可以选择，最合适的，我看就是从成都始发的蓉欧快铁。这条线路全长九千八百二十六千米，十二天从成都到欧洲，然后可以在一至三天内，通过欧洲铁路或公路网络快速分发至欧洲任何地方。”麦斯钰分析道。

雷梨花举起双手赞成，满脸的兴奋:“这样，我们的产品就直达欧洲了，而且销售价格还将比 RYG 便宜。关键是，我们就是要卖到 RYG 家门口去。”说起这个，雷梨花光是想想都觉得带劲。

麦斯钰看到大家兴奋的模样，知道大家都支持，所以她开始分配任务：雷梨花负责欧洲及沿线的市场开拓，欧阳小江负责与铁路方面的联络和组织运输。

看着大家干劲十足的模样，麦斯钰心中欢喜，眼下“一带一路”建设风生水起，她绝对不能错过这个好时机。而国兰地处横琴，原本就在“海上丝绸之路”的重要节点上，如果中欧班列此举能够成功，那就等于打开了在“丝绸之路经济带”的局面。到那时候，国兰的境界就不一样了。这次的欧洲一仗，她一定要打得漂亮。

另一边，麦叔自从参加完深圳疍家文化节之后就没闲着，他要举办澳门人自己的疍家文化节，而且要把澳门的疍家文化节办得比深圳更好，影响更大。他已经安排好了，麦斯钰负责出钱，洪俊杰负责出力。不过令麦叔最高兴的是，一直关注疍家文化的梁教授也参与到了他们中间。

也许是因为年纪差不多，麦叔和梁教授的话题特别多，经过几次的接触，两人成了好朋友，梁教授没事就来找麦叔聊天。渐渐的，连附近的居民都对梁教授熟悉了，每次遛弯的时候，都会不断有疍家渔民和他打招呼。

之前，洪俊杰参加完世界旅游经济论坛后，给了麦叔一大堆资料，还一脸兴奋地跟麦叔说，他们这次的澳门疍家文化节，正好是踩到点上了，可是麦叔继续问他具体的内容时，洪俊杰因为太忙，让麦叔自己先看资料，说回头再跟他具体解释。这一回头，两个多礼拜就过去了，洪俊杰连个人影都见不到。麦叔只好自己看，但是越看越迷糊，这不，正好梁教授来找他聊天，麦叔就直接把资料交给了梁教授，想让梁教授帮忙分析分析。

梁教授接过来，看到材料的第一页就写着“探讨‘新常态’下如何通过合作进一步推动文化和旅游产业协同发展，把文化旅游产业资源转化为拉动经济增长的新动力”这段话，大概浏览了一遍之后，梁教授用十分通俗的语言解释道：“简单说吧，旅游业重要大家现在都知道了。而旅游怎么发展呢，以前大家都围着那个几个著名景点做文章，比如咱们澳门的‘澳门八景’，那些地方每天都游人如织，对吧？现在呢，游客的欣赏水平都高了，不是只看表面了，即便是著名景点，也开始注意发掘其内在的文化价值。”

听梁教授这么说，麦叔才算是明白了一点："也就是说，以前旅游就跟我似的，只是走一走看看热闹，现在还得说出个一二三来。"说着，麦叔不禁感慨道，"这有知识的人说话就是不一样啊。"

梁教授笑道："麦老哥，你过谦了，你哪是看热闹啊！"梁教授指着桌子上的笔记本，"你这笔记本，到旅游景点参观还记笔记的，我就见过你一个啊，你可能是全中国最有文化追求的游客了。"

说起这个，麦叔有些不好意思："我这是傻人傻办法。那咱们这个文化节，本来就叫'文化'，应该就是他们说的这个'文化旅游产业资源'吧？"

说到起名的问题，梁教授倒是没有直接回答，他想得更深入一些："目前呢，咱们还只是徒有虚名，内涵框架都没搭起来呢。这上面不是也说了，要'通过合作'，要'推动文化和旅游产业协同发展'。咱们呢，现在有俊杰的旅游公司牵头，但是还不太够，还需要和更多企业、社会组织建立联系，才能把事情真正搞起来。"

麦叔一边听，一边记录，然后说道："这事斯钰、斯华都指望不上了，可以问问斯莲。"

"我的学生不少，也可以帮帮忙。"说着，梁教授提醒道，"麦老哥，其实你不用只盯着这几个孩子，你在渔会的影响还是很大的，这周边的疍家居民也很尊重你，你可以号召大家一起来干嘛。"

经梁教授这么一提醒，麦叔一拍脑门："对啊，哎呀，我真是死脑筋。"

不过梁教授却说出了一个比较担心的问题："要说动各个企业一起参与合作，那可不是容易的事情。咱们这个文化节，它的核心竞争力是什么呢？"

"核心竞争力？"麦叔生平第一次听到这个词。

"就是，最大的亮点，最出彩、最让人印象深刻的会是什么呢？"

这下麦叔犯了难，他想了半天说："应该就是说的那个……疍家文化吧。"他说着，连自己都不太敢肯定。

"对，要把疍家文化充分地提炼一下，鲜明地表现出来。"梁教授引导着麦叔的思路。

麦叔有点跟不上梁教授的思路："那说文化，梁教授，只能靠您了。"

梁教授笑着说："你才是疍家的代表呢！至于内容上的问题嘛，我可以帮忙。不过需要找一个确实新颖、有冲击力的形式，把咱们的文化内涵展示出来。这应该就是咱们澳门疍家文化的最大亮点了，也是核心竞争力。"

麦叔想了半天："那，应该是个什么啊？"

梁教授也陷入沉思："是啊，应该是个什么呢？"这下，两个人都犯了难。

三

青白江集装箱中心站，工人们将产品一箱箱地装上火车，这是国兰集团公司发往欧洲的第一批产品。货物首先发往成都，再从成都乘坐"蓉欧国际快速铁路货运直达班列"发往欧洲。蓉欧快铁从成都青白江集装箱中心站出发，经宝鸡、兰州到新疆阿拉山口出境，途经哈萨克斯坦、俄罗斯、白俄罗斯等国直达波兰罗兹站，所用时间只有传统海铁联运的三分之一。

刺骨的寒风呼呼地刮着，肆无忌惮地吹进人们的每一寸肌肤。之前一直在珠海享受"暖冬"的欧阳小江，第一次感受到了大西南刺骨的湿冷。他哪里知道成都的冬天居然这么冷，所以连件羽绒服都没有添置。最后，他从工人那儿借了一件超厚的军大衣，裹在身上，可似乎一点用都没有，整个人还是冻得瑟瑟发抖。当地工作人员调侃道："成都比起珠海、澳门来是冷了点，但还是南方，你看这树叶都还绿着呢。咱这车货还要经过新疆的阿拉山口和俄罗斯呢，你应该到那儿去试试。"

欧阳小江一听，情不自禁地打了个冷战："唉，还是饶了我吧。"

接着，他询问道："都检查到位了吗？"

"保证没问题，到点就可以正式出发了。"

就在此刻，雷梨花已经在欧洲等着了。

秘书告诉欧阳小江，从快铁终点站波兰罗兹到欧洲各地的转运交通已经安排就绪，欧洲及沿途各站的合作商也已经做好接车准备了。

一切准备就绪，欧阳小江振奋了一下自己的精神，对所有的人说："各位，今天是值得纪念的日子，这是咱们国兰集团通过中欧班列中的蓉欧快铁发往欧洲的第一批产品。"话音一落，现场爆发出雷鸣般的欢呼声。

这些产品将带着国兰集团的信念，乘着"一带一路"的春风，快捷畅通地穿越亚欧大陆桥，直达国际市场。这标志着，国兰集团建成了对外输出平台，打开了全新的局面。

让麦斯钰没想到的是，这批货物不仅按时到达欧洲，而且到达零售环节的时间比她预想的快了将近一周，她不禁感慨作为欧洲经济中心的物流产业，竟然效率这么高。

正在欧洲考察的雷梨花更是一脸的兴奋，她走进一家零售商店，国兰生产的LED节能灯已经被摆在了柜台上，她抬头看向窗外，RYG总部的标识赫然耸立在对面的大厦顶端，她第一时间把这个消息告诉了麦斯钰。

这一仗打得太漂亮了，虽然有点公然挑战RYG公司的嫌疑，但是麦斯钰并不后悔。她推测席尔瓦马上就会有动作，所以已经做好了迎接下一轮挑战的准备。

麦斯钰猜的没错，当国兰攻入RYG大后方的时候，席尔瓦坐不住了，他立刻进行了绝地反击。

首先，席尔瓦把RYG的高端品牌产品大幅降价。高端产品选材好，但是价格高的主要因素是科技含量高，因此高端产品的附加值高，相对利润率也就特别高。由于掌握了不少高端产品的核心技术，RYG公司拥有自主知识产权，所以对他们来说，高端产品降价只不过是少赚一点钱，降低一些利润率而已，并不会伤及根本。但是对竞争对手而言，这可是致命的打击。麦斯钰明白，这就好比田忌赛马，原本RYG无论是高端、中端还是低端产品都比国兰有优势，后来国兰下了大决心，把全部生产线迁到内地，还搭上了中欧班列的快车，等于在中低端领域凭借价格优势扳回了一局，但是在高端领域还是无法撼动RYG的统治地位。RYG非常了解这种情况，不仅用他们的“上马”直接压制国兰的“上马”，还把国兰“中马”甚至是“下马”的跑道也给抢了，让国兰完全招架不住。

其次，RYG公司凭借着自己的产业老大地位，联系了其他西方大企业，开始对国兰实行核心技术和关键原材料的全面封锁。这样，原本国兰生产线上的衬底材料、芯片等需要进口的部分，购买变得越来越困难。麦斯钰知道，就算国兰找到新的渠道，成本估计也不会低，毕竟，对于生意人来说，雪中送炭的少，趁火打劫的多。

最后，在终端的销售环节，RYG公司利用其行业的优势地位，再加上下游盟友的力量，在各主要销售渠道同时阻击国兰，让国兰的产品无处可销。眼下，国兰已经进入了欧洲市场，哪怕RYG公司有再大的本事，也很难一手遮天将国兰再彻底挤出去，不过，RYG公司可以进行正面打压，让国兰集团的产品在欧洲的销售举步维艰。

席尔瓦自以为经过生产和销售两个环节，国兰公司肯定就要垮了，但是他忘了，他面对的对手是倔强的疍家女麦斯钰。

生产线被迁往西南地区之后，曾经的华明生产车间变成了展览馆，而国兰本身的厂房就一直闲置着。

这天，麦斯钰特地把雷梨花叫到了这里。看着空空如也的厂房，雷梨花好奇道:“斯钰，你又带我来这儿干什么？”

麦斯钰没有正面回答，而是说:“你不是说咱们的总部都搬空了吗？现在，咱们要把它再填满。”

这下，雷梨花就更搞不懂了:“填满？用什么填啊？”

“梨花，你想一想,RYG为什么总压我们一头，总能保持竞争的优势地位？”麦斯钰反问道。

雷梨花想了半天，回答道:“不就是因为他控制了产业的核心技术吗？”

“一点不错。”麦斯钰看着车间说。在她看来，现代企业的竞争力，核心技术是最重要的，能不能够彻底翻盘，也就看核心技术了。她告诉雷梨花，如果核心技术这关一天不过，国兰就没办法与 RYG 公司并驾齐驱，更不用说超过他们了。

雷梨花听出麦斯钰话里的意思，她是想在这里建科研基地，研究核心技术。

麦斯钰之所以有这个想法，还是黄梓建给她的建议，毕竟黄梓建最了解科技的重要性。麦斯钰看向雷梨花："其实，小到咱们一个企业，大到整个国家都一样，这是一场激烈的竞赛。人家已经在跑道上跑了很久了，我们是后发的，所以科技方面的劣势是客观的。然而没有'工'和'贸'作为基础和积累，'科'就没办法实现逆袭。"

雷梨花突然明白了，这就是麦斯钰近几年常说的，属于国兰的工贸科战略。

麦斯钰点头："'工'，也就是生产，原本就是咱们的优势。本来我们以为已经没有上升空间了，但是通过转移生产线、降低成本，同时加强设计，又提升了这个传统优势，成为我们国兰第一步的战略突破口。"

雷梨花接话："然后，通过海上和中欧班列，走'一带一路'的路线，把'贸'，也就是销售大大地扩展了，这就是第二步。"

"没错，通过这一步，我们有了更广阔的基本市场，有了更大的国际影响力，同时回笼、积累了比较充足的资金流。而现在，就是走第三步的时候了。"

麦斯钰告诉雷梨花，黄梓建从一开始就提醒自己，这个工贸科战略，最关键的就是要执行到底，一定要把第三步走完，付再大代价也要走完。否则，前两步就是没有意义的，已经取得的优势也迟早要失去。经过这次与 RYG 公司的正面冲突，麦斯钰深刻地领会到核心技术的重要性。同时，她也做出了一个重要的战略性决定：将横琴国兰总部基地全盘转换成科研基地，而负责建设、主持工作的人，就是雷梨花。这也是她之前为什么不让雷梨花去西南地区的重要考虑。

雷梨花一听，瞪大了眼睛。让她跑跑销售没问题，可是，建科研基地，这对她来说太过于陌生了！

麦斯钰却一点都不担心。她看着雷梨花，十分认真地说："梨花，这是咱们国兰与 RYG 之间的决战，是决定生死的时刻，当然要由你来出马了。毕竟，你是我们国兰的主将嘛。”

看麦斯钰都这么说了，雷梨花也不好拒绝，吞吞吐吐地说：“那……我……我试试看吧。”不过，她的心里却一直在打鼓。

自从接下了建设科研基地的任务之后，雷梨花常常感到身心疲惫，成夜成夜地失眠，整个人恍恍惚惚的。眼看时间越来越紧，雷梨花的压力也越来越大。

雷梨花找到了麦斯钰，先是把自己几十年的经历说了一遍：“二十多年前，我才十几岁，从老家来到广东打工，一开始在广州，后来来珠海进了华明，就碰到了你。咱们俩出身都比较低，脾气也合，所以特别投缘，就这么一路走到了今天。”这些情况麦斯钰都知道，但她不太明白雷梨花说这些话的意思，也没打断，而是静静地听雷梨花说下去。接下来，雷梨花的表情开始变得越来越痛苦：“可这次不是拼的事情，那可是搞科研啊！我原来就是个生产线上的普通女工，后来跟着你跑销售，再后来你让我主持生产，还督促我学习设计，最后还把整个国兰公司都交给我管了。回想起来，难是难了点，但是都过来了。但你也说了，这次是咱们和 RYG 的决战，是关系最后谁站着、谁趴下的关键时刻啊！你把主持建设科研基地的事交给我，我知道这是对我的信任。可是你也知道我是个没读过什么书的人哪！搞科研我也见过呀，最近的就是你的发小、同学黄梓建，黄博士、黄研究员，对了，还有梁教授，对吧？那都是什么素质的人啊！”最后，雷梨花说出了自己犹豫了多日做出的决定，“阿钰，我的文化水平实在太低了，最多当个技工，要搞科学研究，实在不可能啊！”

麦斯钰没想到雷梨花居然承受着这么大的压力，她缓缓地说：“梨花，我之所以委托你来主持建设集团的科研基地，不是出于别的什么原因，就是因为你是最合适的人选，甚至还可以说，你是咱们国兰集团里唯一可以完成这个关键任务的人。”

听麦斯钰这么说，雷梨花不可思议地看着她，有些不敢相信自己的耳朵，因为无论从学历还是能力上来说，欧阳小江和石学举都比她要强得多。麦斯钰看出雷梨花的心思，笑着说道：“因为你是我们集团这么多人里执行力和意志力最强的那个，也是最有责任感、最有拼搏精神、最有担当意识的人。”说着，麦斯钰顿了顿，“对啊，我想世界上所有做企业的都读过一本书——《致加西亚的信》。雷梨花，你就是我们国兰集团的罗文中尉啊。”

那本书雷梨花也读过，她最喜欢的就是罗文中尉，现在麦斯钰竟然把自己比作罗文中尉，让雷梨花有些不好意思。她吞吞吐吐地说：“可是……”

麦斯钰知道她要说什么，一下打断她的话：“学历不高是吗？我也一样啊。可是我从来没有放松过学习，一天也没有。你也一样啊。你想一想，咱们这些年干成的事，哪一件是从开始就会的？又有哪一件是顺顺利利的呢？”

“可是，这回不一样啊。这个，我肯定学不了啊！”

麦斯钰安慰道：“关于搞科学研究的问题，我想你确实有点没想明白，我让你主持建设，将来管理集团的科研基地，并没有说要你自己成为科学家啊！”

雷梨花一想，好像麦斯钰说的有些道理。不过，雷梨花转念一想，又觉得不太对：“可是，大家不是都反对外行领导内行的吗？就像以前做工的时候，我就喜欢听你管，但讨厌死那个欧阳春了。”

麦斯钰笑道：“反对外行领导内行，是因为所有人都不喜欢乱发指令、瞎指挥。如果你能当一个虚怀若谷、从善如流的领导者，给一线的科研人员服好务，没有人会不拥护你的。”

雷梨花点点头，心说，这个自己应该可以。

看到雷梨花已经有些动摇，麦斯钰继续说道：“你上次说过，珠海很多地方都写着‘科学技术是第一生产力’，黄梓建还告诉我，说这句话的大领导还说过，他要给科技工作者当好‘后勤部长’。”

雷梨花一听，连这么大的领导都能干起后勤部长，那她还在这儿矫情啥。她猛地站起来：“阿钰，我懂了。”

自从这次谈话之后，雷梨花的心理负担解除了，工作起来也有劲了，硬件方面的改造很快就完成了。接下来，就是最难的部分了，硬件说白了只要舍得花钱就行，可是人才队伍组建可不是那么容易的。

不过好在现在终于种下了梧桐树，他们可以招金凤凰了。雷梨花投入巨资，从全球范围招聘优秀的科技人才，很快就吸引了一些名校毕业生。不过千军易得，一将难求，国兰公司一直没有真正的 CTO（首席技术官）。当年麦斯钰有心培养戴天宇往这方面发展，但是没有成功。时间这么仓促，培养肯定来不及了，只能花高薪聘请空降队伍了。

这个任务最后还是落到了雷梨花的身上，她从澳门跑到深圳，又从深圳跑到北京，可是一直没有收获。

麦斯钰分析其原因，推测是因为国兰公司生产的是最前沿的 LED 技术，而中国企业赶超国际巨头的最大障碍不是专利，而是人才。中国的 LED 产业发展的时间不长，总体上国内有经验的 LED 人才比较缺乏。一方面是因为国内对新技术、新产品的投入没有发达国家大，企业都想在短期内追求利益最大化；另一方面，国内 LED 行业发展过快，资深专业人才供不应求。与产业高速发展不相适应的是，国内大专院校相应对口的专业设置刚刚起步没几年，相关人才暂时还无法由相关院校批量输送，高端人才就更稀缺了。

没办法，雷梨花只能出国找人。可是她接连从日本飞到美国，依旧一无所获。这下，雷梨花彻底没辙了，她对电话那头的麦斯钰说："麦董，情况很不乐观啊。我从日本来美国以后，已经大大小小跑了几十个企业园区，且不说资深的技术专家们愿意不愿意来，大部分连见面的机会都不给咱们。"

"这么严重吗？一点机会都没有？"麦斯钰也明显有些焦虑。

"至少目前是这样的。我在想，这些专家已经在各大企业供职，是不是因为这边的企业管得严，他们怕影响不好，想避嫌？后面啊，我觉得我还是到著名的高校去碰碰运气。"雷梨花解释道。

"好，就这么办，尤其是那边有很多华人科学家，你辛苦点，多花些心思。"

"不辛苦，家里就全靠你们了。那我挂了啊。"

麦斯钰突然想到什么："等一下，梨花，你就留在北美。欧洲那边，我亲自去。"

雷梨花一头雾水，不过她知道麦斯钰肯定有自己的想法："也好，那你也多保重。"

四

麦斯华最近忙得焦头烂额，一方面要研究天宇科技公司迁址的相关事宜，另一方面还要陪着舒一雅这个大小姐。

说起舒一雅，麦斯华光是想想都觉得头疼。她想干什么就干什么，完全不考虑别人的感受。这个大小姐一会儿想去欧洲，一会儿又想去坐东方快车，每次还美其名曰：去谈投资。可是每次谈投资的最后结果，都是麦斯华成了最敬业的“拎包”人。麦斯华索性横下心，直接关机，这不，刚刚才抽空和戴天宇见个面，又被舒一雅给逮着了。

“大小姐，我和你不一样，你是含着金汤勺出生的，可以每天想干什么就干什么。我是很忙的，每天都有很多工作要干的呀！”面对舒一雅的百般纠缠，麦斯华只有用一脸无奈来应对。

舒一雅一听，满脸委屈，带着很大声的哭腔说：“可是，我打你电话你不接，发微信你也不回，你要我怎么办啊？你忘了你原来是怎么答应我的了？”

麦斯华一听，冷汗直流，连忙看周围：“哎，哎，哎，你小点声，我原来答应你什么了？”

“你答应我，一定全心全意做好服务的。”舒一雅说得理直气壮。

“拜托，那是在工作方面嘛，你要谈投资的事，我什么时候怠慢过？”面对舒一雅的无理取闹，麦斯华完全没有招架之力。

“我现在找你也是要说投资的事嘛。”

麦斯华一脸无奈。每次舒一雅只要说投资的事情，对他来说，准没好事。

接下来的一小时，舒一雅侃侃而谈，将自己的想法一一告知麦斯华。麦斯华也插不上话，只能点头，结果越听越困，最后直接把脑袋沉重地落到咖啡旁的笔记本上。

“斯华，你怎么了？我说的不对吗？”舒一雅问。

麦斯华勉强睁开了眼，有气无力地说道：“何止是不对，完全不着调嘛。我已经完全搞明白了，你是想投资搞一个大型的活动，就是一个秀，对吧？不求经济回报，只求全民关注，换句话说，只要叫好，不用叫座。是这个意思吧？”

舒一雅笑了：“斯华，还是你能理解我。”

麦斯华赶紧打断她：“先别这么说，但是你的这些选题都是什么啊？”说着，他拿起舒一雅手中的笔记本，念道，“奢侈品破坏大奖赛？”

这是舒一雅从《红楼梦》里得到的灵感，也是她最自豪的部分：“你想啊，晴雯撕把扇子都能成为千古佳话，如果大家把自己的名牌包包、首饰拿出来，用刀割，用火烧，还可以泼硫酸，想想都觉得过瘾。破坏得最有创意的就是冠军，可以得到一个由我亲自提供的最新款限量版奢侈品包包，不是很有意思吗？”

麦斯华努力让自己不要发火，耐着性子给她分析：“且不说那些奢侈品大品牌到时候都会来起诉你，那些用来破坏的奢侈品由谁提供啊？”

“弄坏别人的东西总归不好吧，还是参赛者各人自备吧，反正旧的不去新的不来嘛。”说着，舒一雅又开始在本子上修改起来。

这下，麦斯华彻底汗颜了：“我不多说了，这个淘汰。还有什么，‘二次元相亲大会’？”

“对啊，我看电视上的相亲综艺节目不是都很火吗？让大家扮成喜欢的动漫人物，以此配对。”舒一雅边说边幻想着，“比如说，扮成‘春野樱’的，就被‘佐助’领走，扮成‘毛利兰’的就要找‘工藤新一’。”

麦斯华无奈道：“那如果‘女神雅典娜’和‘要成为海贼王的男人’看对眼了怎么办？”

舒一雅想了想，眉头微微一皱：“这，不太合适吧？坚决拆散。”

麦斯华的眉头紧跟着也皱了起来：“唉，我说舒小姐，我倒不是说这些活动绝对搞不成，但你找个幼儿园玩玩就行了，怎么还要弄成全国瞩目呀？”

这下，舒一雅不乐意了。她一脸严肃道：“斯华，你干什么呀，我不是在玩。”

“还说不是在玩，我看你就是只知道玩。”这下，麦斯华彻底没了耐性，“你找别人玩去吧，我很忙，不奉陪了。”说着，他直接起身要走。

舒一雅忍了两秒，委屈地哭了出来：“你和我爸一样，每天嫌我只会玩，没办法帮他分忧解难，没法继承公司，我也想做件轰轰烈烈的事给你们看看啊。可是，小时候连系鞋带都不让我自己干，后来上学也是每一步都安排好的，突然之间，让我怎么学会做生意、管酒店嘛？”麦斯华一听，赶忙回身，递上纸巾，安慰道：“别哭了。”

舒一雅抢走纸巾：“你别管我，我丢的又不是你的人。”

麦斯华赶忙解释：“丢人我倒是不怕，在外面讨生活的人，谁还没丢过人呢？其实我以前比你更不懂事，丢人可丢大了。”

舒一雅嘟着小嘴，满脸委屈：“说到底，你还是觉得我不懂事。”

“舒小姐，我知道你一直是被捧在手心里的，可能确实没人会当面说你有缺点，但他们会在背后说的。其实公司接下你的这个委托，我也可以那样，只要哄着你，让你继续自我感觉良好，只要我把钱混到手就好嘛，你这个项目搞不搞得成和我又有多大关系呢？”

舒一雅不解：“那你为什么又……”

麦斯华打断了她的话，他知道舒一雅想问，那他为什么又不哄着她。麦斯华解释道：“因为那样做只是在浪费你和我的时间而已。我以前已经浪费了很多时间，现在我希望自己干的每件事都实实在在，对得起公司、对得起客户，也对得起我自己。我在恒盛、在香港立足，别无所据，靠的就是这一点。”

舒一雅的眼泪凝固在脸上：“阿华，这么说，你是真心帮我的，对吗？”

麦斯华举起右手，做出发誓状：“我保证，请你相信我。我向你保证，一定让你爸对你刮目相看。”

舒一雅破涕为笑：“谢谢你，斯华。”麦斯华不好意思地把目光转向其他地方。

第十七章

一

华灯初上，一盏盏彩色的霓虹灯装点着欧洲寂静的街道。萧萧的夜风轻轻拂过麦斯钰的脸庞，她在欧洲待了一周，别说找专家了，连想见的人的面都没见到。不过还好，功夫不负有心人，雷梨花那边有了进展，终于在美国的一所大学里找到了一位姓李的教授。这个李教授一心想归国工作，正好雷梨花找上了门，给的待遇不错，工作环境也符合他的预期，所以很爽快就答应了。

这下，麦斯钰心里的石头总算落地了。没想到，早上刚刚确定，下午，她就接到雷梨花的电话，说李教授可能来不了了。

原来，李教授的女儿是一名芭蕾舞演员，在美国一家芭蕾舞团工作。本来华人在美国的芭蕾舞团没有什么优势，李教授的女儿却凭借着自己的努力，在芭蕾舞团赢得了一席之地。没想到，芭蕾舞团的赞助商和 RYG 公司竟然有着千丝万缕的联系。赞助商给李教授的女儿施压，说如果李教授回中国，那么她在团里的位置就不保了。

李教授在美国待久了，这种事情他见的不少，只不过没想到竟然发生在自己身上。为了女儿，他只能选择继续留在美国。

挂上电话，麦斯钰无力地蹲在欧洲老城狭窄街道的街边，感到心力交瘁。

另一边，港珠澳大桥的施工进入后期，对于技术的需求逐步减少，黄梓建慢慢地清闲下来。忙的时候他每天都想着能闲下来，或者要好好睡个三天三夜，然后要补偿补偿自己，尝试各种没见过、没玩过的东西，可真的闲下来了，他又觉得浑身不自在。

朱教授是过来人，非常理解他的感受。朱教授找到黄梓建，说了一个大胆的想法："梓建，咱们实验室作为服务于港珠澳大桥建设的科研机构，主体工作已经完成了。但是，咱们的研究力量不能闲置下来，闲置是对国家公共资源的浪费。"说到这儿，他顿了顿，"中央早就说过，港珠澳大桥产生的科技创新成果，应该运用到引领产业发展、支援经济建设上去。"

"老师，您的意思是，咱们应该找下一个突破口了？"

朱教授微微一笑："不，我的意思是，你应该找下一个突破口了。"黄梓建听后，有些不太明白朱教授的意思。

几天后，黄梓建接到朱教授的电话，让他去趟办公室。黄梓建一进办公室才发现，谭文智竟然也在。

原来朱教授自从在澳门大学建立了自己的实验室之后，一直在科研方面服务于港珠澳大桥的建设。现在，大桥建设进入后期的收尾阶段，虽然全部完工还需要两三年的时间，但他们的科研已经是后续部分了。所以，朱教授希望把他们的成果尽快运用到引领产业发展、支援当地的经济建设上去。正好，澳门大学的主体已经迁到横琴岛的新校区去了，校园的面积几乎是老校区的二十倍，地方有了，研究的资料也有了，下面就差人了。

黄梓建一听，满脸惊喜："老师，您的意思是，咱们实验室也跟过去？"

朱教授摇头："不，我和实验室还留在这里，继续为大桥建设提供技术支持。"

看朱教授一直卖关子，一旁的谭文智忍不住了，笑着对黄梓建说："我们已经谈得差不多了，要在横琴建一个全新的材料工程实验室，准备报上级批准。"

朱教授看着黄梓建，充满笑意地说："而这个新实验室，则是以你为首了。"朱教授的意思很明显，让黄梓建牵头，成为实验室的负责人。

这事要是换作另外一个人，肯定早就高兴得不行了，可是黄梓建却犹豫了。

不过，让黄梓建没想到的是，他们在珠海建新的材料实验室的设想一公布，立即就得到了很多公司的热烈响应。

几天后，梁教授也应邀来到了朱教授的实验室，和朱教授、谭文智一起为黄梓建庆祝。

梁教授一见到黄梓建，便鼓励道：“梓建，你的实力已经得到了大家的认可，现在就剩你自己重新认识自己了。”

谭文智赶忙补充道：“对啊，黄研究员在我们珠海学术界很有名望的。”

面对大家的信任，黄梓建心里越发没底：“我的资历实在太浅了。”

朱教授鼓励道：“虽然积累对于科学研究很重要，但要看的是质量而不是数量，无论人文科学还是自然科学都是如此。”

“这才是内行说的话。”谭文智笑着说，“梓建，这方面你要学学斯钰，关键时刻必须当仁不让。”

谭文智的话一下点醒了黄梓建，他想到了麦斯钰，如果换成是麦斯钰，她会怎么做。这样一想，黄梓建豁然开朗，三日来的困扰终于有了答案。他的眉头舒展开来，心里的压力一下舒缓了不少，他当即向谭文智和朱教授保证，一定会尽最大努力搞好这个实验室。

很快，黄梓建的实验室就建成了。第一个提出申请的居然是国兰集团公司。原来石学举得知了这个消息，立即给身在欧洲的麦斯钰打电话，麦斯钰大喜过望，这正是她此刻最缺少的东西，这次无论如何她都要让新建的材料工程实验室落户国兰的科研基地。为了这个目标，整个国兰集团上下通力合作，全力以赴。

到了约定的日子，麦斯钰带着公司高管一起，来到了黄梓建的实验室。一进到会议室，麦斯钰先向大家表示了感谢，接着对在场的人说道：“各位老师，我们国兰集团把在横琴新区的总部全盘转换为科研基地，已经进行了全套的硬件改造工作。这是目前基地情况的详细介绍。”雷梨花、欧阳小江等给在场的每个人都分发了一份图文资料。

趁着大家看资料的工夫，麦斯钰继续补充道：“不仅是硬件，我们在软件、人才引进方面也已经做了不少工作，还刚刚紧急制定了为咱们实验室量身制作的，以全力支持科研工作为目标的配套制度。”说着，麦斯钰稍微谦虚道，“当然，其中肯定还有不完善、不妥当的地方，老师们都可以提出来，我们一定竭尽全力，配合各位。我们带着满满的诚意而来，就是希望让新建的材料工程实验室入驻横琴新区，更准确地说，就是进驻到我们国兰总部的科研基地里来。”话音一落，众人安静下来，都把目光投向朱教授，等待最后的结果。麦斯钰和雷梨花更是屏住呼吸，气氛变得十分紧张。

麦斯钰满满的诚意，朱教授都看在了眼里，而且，综观申请的企业，又有哪个比国兰更合适呢？不过朱教授还是故意卖了个关子，开玩笑道：“麦董，你们已经做了这么多工作，如果我们还推三阻四的话，你们还不得说我们这些知识分子太酸腐了？”

麦斯钰一听朱教授的言外之意就是国兰如愿了。但是，她不敢相信自己的耳朵，再次确认道：“这就是说，成了，对吗？”

“是的。”朱教授点头，“当然，我们最后还要等中国科学院和港珠澳大桥管理局的正式批复。不过，从我们实验室的角度，我可以明确地答复国兰集团的各位，新建的材料工程实验室，就选址在贵公司的科研基地里。双方开展深度合作，用我们的科研能力，支持你们的产业发展……也为地方建设做出我们应有的贡献。”朱教授话音一落，现场响起了雷鸣般的掌声。

这时，朱教授转向身边的黄梓建，笑着说道：“还有，麦董，我们已经决定，由梓建主持新实验室的工作。我只是摇旗呐喊，后面要冲锋陷阵都是他的事了。”

麦斯钰和黄梓建走到一起，几乎同时伸出了手。

“黄研究员，谢谢你！”

“麦董事长，以后还请多多关照。”

二

阳光暖暖地洒向大地，预示着又是一个好天气。

一大早，国兰总部材料工程实验室门口就围满了人，锣鼓喧天，爆竹连连，每个人都满面春风，盛装出席，简直比过年还热闹。

掌声中，谭文智走上台阶，代表市政府缓缓地拽下实验室牌子上的红绸，只见牌子上展示出“珠海市横琴新区材料工程实验室”一行大字。谭文智同时宣布：“今天，由港珠澳大桥工程材料系统实验室与国兰灯饰集团有限公司共同建设的‘珠海市横琴新区材料工程实验室’正式成立了！”话音一落，现场响起了热烈的掌声。

待掌声散去，谭文智继续说道：“这是入驻我们珠海市横琴新区的第一个国际一流水平的科学实验室，这是具有里程碑意义的一件大事。我希望，以此为契机，我们的优质企业和科研单位进一步加强务实合作，打造出灯饰材料先进制造领域内有特色、高水平、示范性的实验室。希望你们借助港珠澳大桥建设过程中积累的科研及人才优势，依靠多方面的紧密合作，早日攻克技术难关，建设国家级、世界级的灯饰专项材料领域新的技术高地，为企业的跨越式发展提供强有力的科技支撑，也为国家的相关学科发展、科技进步，以及地方经济的发展做出更大的贡献！”话音一落，现场爆发出了雷鸣般的掌声。

这时，谭文智把话筒递给黄梓建。黄梓建接过话筒，稍微有些紧张。他首先对谭文智和各个方面为他们实验室的建立提供的无私帮助表示感谢，接着说：“实验室的建立标志着新的开始，也意味着更大的挑战、更艰苦的攀登和更多的责任。我们一定刻苦努力，做出成绩，绝不辜负大家的厚爱……”

雷梨花听得满脸的兴奋，不停地鼓掌。这时她突然发现了坐在嘉宾席上的戴天宇，脸色瞬间难看起来。

戴天宇是石学举请来的。揭牌仪式后，国兰的高层会议上，石学举告诉大家，原来在香港恒盛投资和国兰财务的资金支持下，天宇科技有限公司从事 3D 打印产业的科研和经营已经有几年的时间了。根据他的跟踪和调查，戴天宇这些年的经营完全合规合法，讲规矩守诚信，这一点戴天宇所有的合作商都承认。其次，戴天宇围绕 3D 打印展开的科研攻关，已经取得了一定进展，并得到了权威机构的认可，只是目前在投入应用方面还有一点障碍。石学举认为 3D 打印技术是前途无量的技术领域，所以他和恒盛投资的代表，也就是麦斯华，都希望把天宇科技有限公司也纳入国兰的科技园区里，一方面作为旗下产业通过房租方面的优惠降低它的运营成本，另一方面通过新实验室科研高地的辐射帮助戴天宇尽早实现技术突破，提升投资回报率。

最后，石学举对众人说："当然，这是一种概率的提升，只能降低咱们的风险，而不能消除。"

石学举刚说完，雷梨花第一个站出来反对。她承认石学举说的有道理，但是她还是觉得不合适，给出的理由是："关键是这人吧，他江山易改本性难移。"话音刚落，欧阳小江拉了拉雷梨花的袖子，然后指了指自己。

雷梨花知道欧阳小江的意思，她也不藏着掖着，直接说道："欧阳总你不一样，你以前是花花公子，贪玩，可你本性不坏啊。"这下众人没了辙。

麦斯钰了解雷梨花，一旦她认定了某事，是很难改变主意的。麦斯钰决定让雷梨花亲自和戴天宇交流一下，希望能够改变她的态度。

此时，主角戴天宇正在会议室外，如坐针毡，他盯着眼前的水杯紧张地等待着，杯子里的水一口也没喝。这时，会议室门打开，麦斯钰、欧阳小江走出来。欧阳小江拍拍戴天宇的肩膀，以示安慰。石学举是最后一个出来的，他让戴天宇进办公室，说雷总要单独和戴天宇谈谈。

这下，戴天宇的心一下提到了嗓子眼。他忐忑不安地走进会议室，迎面而来的就是雷梨花冷冷的一瞥，让他情不自禁地打个冷战。

戴天宇努力平复了一下，把一份资料递给雷梨花："雷总，这是关于我们公司现状的一些介绍，我们的 3D 打印技术已经……"

可是雷梨花根本不听，直接打断："戴天宇，你为什么要害麦董？"

气氛瞬间凝固。戴天宇看着雷梨花带有怨恨的眼神，冷静地回答道："雷总，您说的是当年还是现在？"

"两次都包括。"雷梨花语气冰冷。

戴天宇知道雷梨花对自己有偏见，他十分诚恳地说："当年那事我承认，我也付出了代价，这次我绝对没有。雷总，我确实犯过错，我也知道无论自己做什么，都无法抹去这个污点。但您真的不肯给我改过的机会吗？”

“给不给机会不是我说了算的。”雷梨花的态度依旧很坚决，“你出来以后又去开公司，还让麦董给你投钱。我虽然打心眼里不愿意，但也没有去找过你的麻烦吧？”这一点，戴天宇很感谢雷梨花，他也知道雷梨花只要一见他就恨得牙根痒痒。“雷总，您相信我，我真的是不愿意回到您眼前的。我有一百个理由放弃，但是我必须坚持走到这里来。”说着，戴天宇坐了下来。不知道为什么，他反而觉得雷梨花是可以与之说真心话的人：“我出狱以后，重新开了这个公司，麦董、石总，包括麦董的弟弟斯华，还有欧阳总，大家不计前嫌，都是想帮我，我也真心诚意地感谢他们每一个人。但是他们都不知道，或者说没有人想知道，我为什么要办这个公司。用最好听的话说，也就是我想使已经基本毁掉的人生翻盘，或者说重新证明自己，诸如此类吧。”

雷梨花反问道：“难道不是吗？”

戴天宇摇摇头：“不是。我这样做，每一天、每一步感受到的痛苦，都远远大于我找个地方躲起来，被人一辈子看不起所能带来的不堪。每时每刻，包括现在，都有个声音不停地告诉我，放弃吧，你做不到的。但是我很清楚，我必须坚持下去，哪怕不得不回到您的面前，承受这如芒在背、如火焚身的感觉。”

雷梨花死死地盯着戴天宇的眼睛，试图从中找出演戏的成分，很可惜，戴天宇的眼神太过于真诚。但是雷梨花还是不放心，她继续问：“就算我相信你说的话，那你又是为了什么呢？”

戴天宇的嘴角微微上扬：“很简单，就像雷总您说的，我给麦董、给你们造成了实实在在的伤害，不管你们是否原谅我，那都是永远不能磨灭的事实，是一种可怕的真实。老实说，刚进监狱的时候，我觉得那堵围墙确实是一种惩罚，我也愿意接受，但后来它就变成了一种保护，让我可以躲避这种可怕的真实。直到我出狱，可怕的感觉又回来了。我懂了，我再也躲不了了，我只能再回到这条路上来，让你们反复地把伤口撕开，不停地让它流血，我才能感觉到踏实。所以，我还不能放弃，只要有任何一点希望，我都要去争取。”

听完戴天宇的话，雷梨花的脸色缓和了很多，她没有再问，不过心里却暗暗地想，戴天宇，你真的是这么想的吗?

三

材料工程实验室正式成立的当天，黄梓建连夜准备了实验室未来科研路径的规划，想就科研路径问题征询一下国兰公司股东们的意见。他顶着两个大大的黑眼圈，来到白板前，写下了“灯饰”两个字，接着缓缓说道:“国兰集团是以灯饰生产销售为主要经营范围的大型企业，产品布局非常全面，质量出众，设计也处于领先水平，在最新的发展中，物流方面也有很大的提升。那么，我们目前的短板，也可以说还有很大提升空间的领域，就是LED照明的核心技术领域。”

黄梓建告诉大家，LED利用固体半导体芯片作为发光材料，能直接发出红色、蓝色、绿色的光。在此基础上，利用这个三基色原理，再添加荧光粉，就可以发出任意一种颜色的光了。因此，LED适用范围非常广泛，是灯饰产业的前沿技术阵地。如果把LED看作一条产业链，他们目前主要经营的LED封装和应用，其实是产业链的中下游，其利润只占行业利润的百分之十到百分之二十。而LED照明产业的上游阵地，主要是衬底材料和外延片生长、芯片加工，占行业利润的百分之七十。因此材料是半导体照明产业技术发展的基石，突破并掌握LED衬底材料的核心技术，这就是他们在科研方面要达到的最终目标。

雷梨花笑着接话:“所以，我们请来了黄研究员担任实验室的主任，还有各位科学家，现在就是要攻克这个难关。”

“不，我现在并不准备做这件事。”

雷梨花听得一头雾水:“黄主任，你是什么意思啊? 你不就是材料学方面的专家吗?”

黄梓建看到雷梨花着急的模样，笑着说:“雷总，你听我慢慢说。正因为我从一开始学习的就是材料工程学，到现在已经快二十年了，所以我非常清楚，这是一个技术壁垒很高的领域。掌握LED衬底材料核心技术这个终极目标，并不是我们马上就能企及的，其间要花多少时间，谁都说不准。”

麦斯钰问道：“是不是像我们的工贸科战略一样，由易及难呢？”

黄梓建微微一笑，麦斯钰说出了他想说的话。他建议，先不要急于对衬底材料这颗金刚石动手。他把整个计划分成几部，第一步，先将他们在港珠澳大桥建设过程中已经取得的科研成果进行产业化，这是他很有把握的一步，而且一定会有效果。

不过，麦斯钰有些担心，港珠澳大桥的技术国兰是否可以拿来用，会不会有什么侵权的问题。关于这一点，黄梓建表现得很自信，他告诉麦斯钰：“根据我国专利法第八条，港珠澳大桥建设委托项目的相关规定，以及新建实验室与原实验室签订的协议，这是我们拥有自主知识产权的专利技术，可以在生产中使用。而且，港珠澳大桥从立项伊始，就是把产生具有前瞻性、突破性的科技创新，用于引领行业和产业的发展作为目标的。”听黄梓建这么说，麦斯钰才放下心。

不过欧阳小江却有另外的想法，他问道：“黄主任，港珠澳大桥项目使用了领先于世界的先进技术我们都知道，可是你也说了它并不是LED产业领域的核心技术，那它对于我们会有用吗？”

黄梓建解释道：“欧阳总现在主管生产，你很清楚，我们产品的生产包括很多环节，每个环节都需要相应的技术支持。比如一个LED照明灯具，衬底材料技术是它的核心，但是还需要外延片生长技术、芯片加工技术和器件封装技术等。每个环节的技术优势虽然重要程度不同，但都是技术优势，可以为我们带来实际的效益。”

欧阳小江这才明白，就是说虽然RYG有的，他们现在还弄不出来，但是他们也有一些RYG没有的，这样就把双方的差距拉近了。对于黄梓建说的第一步，大家都表示赞同。

黄梓建继续说道：“第二步，就是建立更多的技术优势点，再拉近一些双方的技术差距，争取更大的市场优势。”黄梓建边向每人分发资料边说，“我分析了一下国际国内 LED 产业的发展现状和走势，尤其是技术方面的发展情况。我的判断是，我们可以率先实现超越的技术领域，是……”黄梓建在黑板上写下“智能照明”四个字，接着解释道，“‘智能照明’就是智能照明技术，是指利用互联网技术、有线或者无线通信技术、电力载波……”

黄梓建话中的好多词，雷梨花都是第一次听到。她听得一头雾水，打断道：“那个，黄主任，你太专业了，能不能说点我能听得懂的？”

黄梓建想了想，解释说：“这么说吧，你回到家里，想看书，你会开桌子上的台灯；想看电视，你会开客厅的灯；想去卧室拿东西，你又会去开卧室的灯。但是如果你的房子很大，房间很多，忘了关灯，或者灯光亮度不好调节，是不是容易浪费电？”他把目光投向雷梨花。雷梨花频频点头，黄梓建接着说：“所以啊，你把一个城市想成一座房子，道理是一样的。一座城市里有这么多照明设备，如果我们通过计算机和互联网，就可以监控灯具的开、关和亮度，这样一来不但可以延长灯具的有效寿命，减少灯具更换次数，节约资源，还能减少有害气体排放。再比如说窗外的路灯，智能路灯，可以进行自动巡检，向监控中心自动查报故障，并自动生成报修单。”

雷梨花大概明白了，她感觉黄梓建说的这些都是她在国外的科幻电影里才见过的东西。黄梓建告诉她，不远的将来，这都是可以成为现实的。

麦斯钰突然问道：“黄主任，你为什么认为智能技术可以作为我们的突破口呢？那也不是你的专长啊。”

“因为专利。”

麦斯钰好奇道：“专利？”

黄梓建点点头：“对，目前，智能照明技术是研究热点，很多外国企业在太阳能运用、智能系统等技术领域进行了专利布局，对我国企业构成专利壁垒。但是就在现在，我们国家在 LED 智能照明技术申请专利数量上超过全球总量的一半，我们应该以这种优势为基础，同时利用国兰的技术优势及市场规模，进行专利布局。”

麦斯钰明白了黄梓建的意思，她看着雷梨花：“雷总，再制订计划，有针对性地引进一些人工智能方面的科技人才，协助黄主任开展研究。”

黄梓建眼前一亮：“我还没提出来呢，麦董已经想到了，太感谢了！”黄梓建在白板上写了“技术壁垒”四个字，然后又说，“最后的第三步，我们将要正面突破芯片、外延片，以及衬底材料的技术壁垒。如果真能走到那一步，企业、行业、国家的局面都完全不一样了。我们回到眼前的当务之急，把已有的研究成果尽快产业化，我准备从海洋环境下的金属或者陶瓷涂层防护材料开始……”

说干就干，接下来的一段时间，黄梓建带领科研人员研制出了防护涂层，并且开始给 LED 灯饰的外装材料上添加。

很快，就到了测试阶段，黄梓建突发奇想，直接把新制作的灯具安在了国兰总部的园区里。他认为实验室里的环境模拟再逼真，也不能取代在真实环境里实际测试。

一连几天，黄梓建都在忙一件事，把整个国兰园区布置上测试灯。雷梨花看着眼前的灯具，感叹道：“要布置这么多点进行测试啊？”

黄梓建点头：“这是咱们的头一炮，一定要起到出奇制胜的效果，不容有失，否则就会影响下一步的计划。”

雷梨花有些激动和兴奋：“对，也会影响整个集团的士气。不过我见过你们的实验效果了，感觉没问题。黄主任的这个头炮，一定会成为我们的拳头产品的。”

经过了严格的测试之后，国兰生产的 LED 灯具开始进入到量产的阶段，车间里机器轰鸣，新产品源源不断地从生产线上生产出来。经过工人师傅们的不断调试，新的防护涂层环节与原有生产流程可以说是无缝衔接，现在已经基本不影响生产速度了。质量就更不用说了，次品率很低，完全符合要求。

车间里，机器的运转声、锤头敲打的叮当声、锯齿拉扯的吱吱声混成了一首最美的交响乐曲。工人们干得热火朝天。

看着眼前的景象，黄梓建终于明白为什么雷梨花对国兰的生产技术那么有信心了，国兰的生产工艺真的是世界领先水平。

欧阳小江笑道：“有了你的加盟，我们才是真正的世界领先。”

“科技上现在还不是，一步一步来吧。”黄梓建提醒欧阳小江，这批产品还是作为样品，包装上要特别标注。

“都已经安排好了。”欧阳小江突然问，“这批样品是要跟着麦董一起到中东去的吧？”

黄梓建告诉欧阳小江，在“二十一世纪海上丝绸之路”的沿线，一大批新项目要上马，尤其是海滨旅游景观的建设，咱们的新产品很适合他们。说完，黄梓建顿了顿，“不过到底实际效果怎么样，我还真是很紧张啊，毕竟我和市场没怎么打过交道。”

说着，黄梓建显得有些忧心。

四

2016年9月27日，港珠澳大桥进入到最后一道工序——“伸缩缝”的安装。所谓“伸缩缝”，是为了防止建筑物因为气候的变化而产生裂缝，特地在建筑物中预留的缝隙。一旦“伸缩缝”完成，就意味着全长22.9千米的港珠澳大桥桥梁主体工程贯通了。为了见证这一历史性的辉煌，麦斯钰和雷梨花跟着黄梓建一早就来到施工现场。

面对港珠澳大桥，黄梓建颇为骄傲，他告诉麦斯钰，大桥接下来就要全面进入桥面铺装阶段。这也是当今世界上单体工程规模最大的铺装作业。说着，他指向桥体：“阿钰，你看，港珠澳大桥的桥面总铺装面积要达到七十万平方米，其中钢箱梁桥面积五十万平方米，组合梁桥面积二十万平方米，总铺装面积相当于九十八个标准足球场。”

朱教授在一旁补充道：“是的，按设计要求，这大桥的沥青混凝土路面使用寿命要达到十五年，是普通高速公路路面使用寿命的三倍呢。”

麦斯钰惊叹，如此浩大的工程，到底要怎么才能做到。

说起这个，黄梓建还是有小小的骄傲的。他介绍道："我们的大桥路面铺装有'三高'的特点。"

雷梨花不解："'三高'？那不是要上医院了吗？"一句话把大家都逗乐了。

黄梓建也笑了："此'三高'非彼'三高'。比如，其中'一高'是'温度高'，也就是沥青混合料的温度高。一般路面铺设的沥青只有180摄氏度，而这里的沥青混合料温度达到了220摄氏度到235摄氏度之间。高温度的沥青混合料可以使路面黏合度更高，抗变形。还有其他的，沥青含量和矿粉含量比例，分别比一般路面使用沥青混合料含量高出百分之十和百分之二十，这样做就是为了使防水精度达到毫米级别。"

麦斯钰感慨，这么巨型的工程，细节上又要达到毫米级的要求，实在是太不容易了。

朱教授笑着说："伟大工程的背后，魔鬼都在细节当中，只要想做就要坚持。"

麦斯钰被朱教授的话感染，她知道，做企业的，也应该学习这种精神。站在港珠澳大桥上，麦斯钰看着眼前伟大的工程，不禁肃然起敬。港珠澳大桥的建设已经进入最后阶段了，该到政府决定使用哪家的灯饰的时候了。在港珠澳大桥上用上国兰生产的灯饰，这是她多年来的梦想。这件事，她志在必得！

麦斯华自从遇到了舒一雅，突然变得成熟了不少。但是他无论如何也没想到，舒一雅竟然对澳门疍家文化节感兴趣。起初他也就是那么一提，没想到舒一雅看了疍家文化节的资料之后，竟觉得很"高大上"。这下，舒一雅找到事情做了，整天忙得不亦乐乎，这可苦坏了麦斯华。突然有一天，舒一雅告诉他，说舒志奇要见他。

麦斯华一听，惊呼道："什么，你爸要见我？"话音一落，周围同事投来异样的眼光。

舒一雅看了看周围，压低声音："你小点声啊，你不是老嫌我爱咋呼吗？怎么自己也这样。"说着，舒一雅还有些不好意思。

“问题是，我只是你的投资顾问，你爸要见我干什么啊？我又没有骗你的钱。”麦斯华感到十分无语。

舒一雅一听，不乐意了：“谁说你骗我钱了？我爸他一向说一不二，他想见你，就让他见见嘛。”

看麦斯华还是不想去，舒一雅转移战略：“你算是我的工作伙伴哪，你不是知道的嘛，咱们一起做的这个项目，也就是想给我爸看的呀。”

“问题是，文化秀的事，刚刚有个雏形，也拿不出手啊。”麦斯华打心眼里抵触这件事情。他还从来没有见过哪个客户的家人呢，这事说出去还不得让人笑掉大牙。

舒一雅拍拍胸脯，保证道：“这你不用担心，我爸他说了，就是想见见你这个人，项目的事不着急的。”

麦斯华一听，越发感觉不对劲了。舒一雅见状，眼珠子一转，使出了撒手锏：“阿华，你不是一直鼓励我要有负责任的意识吗？事到临头了，你就别推辞了。要知道，这是很关键的。”最后，看麦斯华依旧不为所动，舒一雅直接表现出一副可怜相，“唉，我实话跟你说吧，咱们的事情归根到底，还是要他来出钱的。”

这下，麦斯华震惊了——合着自己跟着舒一雅忙乎了这么久，眼前这个大小姐居然连钱都没有！他暗暗骂了无数遍自己笨，一个投资经理，居然连投资人的底细都没有调查，就开始瞎忙活，这说出去又是一件让同行笑掉牙齿的事情。他想不通，怎么一到舒一雅这儿，事情就这么难呢？他自语道：“唉，果然哪，钱不是问题，问题是没有钱。”

为了不让自己之前的努力白费，麦斯华极其不情愿地和舒一雅一起来到了她家。虽然他早有思想准备，但是当真正站在门口的时候，还是一下被吓到了，映入眼帘的是一栋三层的中式别墅。

舒一雅看着麦斯华的表情，笑着说：“别在意，习惯就好了。”麦斯华呵呵一笑，表示自己是没习惯的可能了。

舒一雅心里却有其他的想法，她安慰道：“别这么说嘛，我爸说他小时候住得也很狭窄，后来他搞酒店发达了，我们才搬到这儿来住的呢。”说着，舒一雅看了下麦斯华，满意道，“嗯，很帅！”

麦斯华觉得舒一雅今天怪怪的：“帅有什么用，我们讲究的是专业。”

舒一雅坏坏一笑：“用处可大了，咱们进去吧。”

一见面，麦斯华拿出自己的名片，做自我介绍：“舒董事长，您好！我就是令爱舒一雅女士的投资顾问——麦斯华。我供职于香港恒盛投资有限公司。”

舒志奇看了一眼名片，放到一旁：“嗯，你的情况我都清楚。”麦斯华一听，不是很理解舒志奇的意思。事实上，舒志奇对麦斯华的情况真的了如指掌，他特地向马智要了麦斯华所有的资料，还曾经去过渔排找麦叔，只不过，这是他们第一次见面。

麦斯华并没想那么多：“那为了节约您的时间，我就闲话少说，重点介绍一下令爱准备投资——或者说代表您投资——的文化秀项目。这是我准备的策划案，请您过目。”舒志奇接过来大致浏览了一下。麦斯华继续说道：“这个项目完全根据令爱提出的要求规划，结合了已经在筹备中的澳门疍家文化节的方案基础，目标是……”

突然，舒志奇打断了他：“先等一下，这个项目的事不着急说。”

麦斯华一听，整个人蒙了：“那，舒董事长希望我汇报什么？请您明示。”

“说说你的想法吧。”

麦斯华一头雾水：“我的想法？”

“对，你和一雅，到底是怎么想的？”

这下，麦斯华被问蒙了：“我和一雅？”

舒志奇看着麦斯华呆若木鸡的模样，气不打一处来，质问道：“你不会真的以为，我这个宝贝女儿会只把你当投资顾问吧？她会真为了办一个文化秀天天追着你跑？”

“我？”

麦斯华还是有些不太明白舒志奇的意思，他看向舒一雅，只见舒一雅把目光移开，红着脸咬嘴唇不说话。

麦斯华迅速整理了一下思路，这才明白，原来今天的见面，就是舒一雅设的一个局，只有自己还被蒙在鼓里：“舒董事长，这件事，我还没想过。”

“好，那我帮你梳理一下。”舒志奇缓缓地说，“我是做什么的，你肯定很清楚，我就这么一个独生女儿，招女婿也是招事业的继承人。我已经调查过你的情况，你早期的经历虽算不上有劣迹，但也说不上有多么光彩。”

麦斯华一听，就知道舒志奇指的是什么。他严肃地说：“舒董事长，我的简历很容易调查，我也没有什么可隐瞒的，但是初次见面，您就这样怀疑我有什么特别的动机，我还是不能苟同的。”

舒志奇看到麦斯华的样子，笑了：“这样就急了？你的脾气倒是和你阿爸很像啊。”

麦斯华皱眉：“您见过我阿爸？”

“对啊，我刚才说了调查过你，当然包括你的家庭。”

麦斯华不再忍耐，他站起身，十分认真地对舒志奇说：“舒董事长，既然您到过我家，我也就很容易说明了。我是疍家人，从小生活在船上，出身比起一般的普通家庭还要差一些，所以我也从来没打算高攀什么。”

见状，舒一雅急了：“斯华，我爸说话一向比较直接，你不要激动。”

“一雅，其实令尊说的对，有些话说到前面比较好。”麦斯华看着舒志奇，“舒董事长，令爱——一雅——是贵府的千金大小姐，有些公主病，但她本性很好，我对她并没有什么反感。不过，像贵府这样的豪门金龟婿，我没兴趣当，也当不了。”

舒一雅的眼睛红了：“斯华，你别这么说。”

麦斯华态度坚决：“一雅，对不起！舒董事长，我明天会向马总提交申请，给舒小姐换一个投资顾问，请您相信我们恒盛投资的专业性。打扰，告辞了。”麦斯华停了一下，把手里的文件交给舒一雅，“舒小姐，这份项目的策划案，你还是留着吧。我是认真做的，应该可以达到你想给令尊展示的效果。再见了。”麦斯华甩开舒一雅的手，头也不回地走出房门。

舒一雅看着麦斯华的背影，哭泣道：“爸，你为什么要这样……”说完，她哭着跑上楼去。

舒志奇拿起麦斯华的名片，突然露出微笑。

五

自从实验室建好以后，黄梓建又回到了曾经的那种生活，整日整夜泡在工作室，很少回家。黄旎奥因为有课外实践，正好到横琴，结束后直接来到了国兰的实验室找他。

办公室里遍布演算纸和没有喝完的咖啡，黄旎奥看着父亲憔悴的面容，有些心疼："爸爸，你这段时间是不是特别辛苦啊？为了麦阿姨的公司，没必要嘛。麦阿姨也不会在意的。"孩子的思维都是如此的简单。

黄梓建没想到黄旎奥会这么说，他看着女儿，十分认真地说："旎奥，你这句话说的可不对。你觉得爸爸的工作只是为了一个公司服务的？不，绝对不是。"

看黄旎奥有些不解，黄梓建告诉女儿，他这么做首先是为了国家。有些技术外国的企业有，但是咱们国内没有，所以人家可以卡咱们的脖子。不管是麦阿姨的公司也好，别的公司也好，都只能花大价钱买别人的东西，可那只是便宜货，人家不想卖给你就没有了。咱们老百姓买东西也是一样，没有国产的，就只能买进口的，人家标什么价就是什么价，有时候还得整夜排队。还有更高的一层，有一些技术，是全世界都没有发明出来的，如果他能做出来，真的有机会可以造福全人类，哪怕只是一点点。

黄旎奥还是不太懂："可是，这都是你做的，和她也没关系。"

黄梓建笑着说："怎么没关系呢？要完成发明，除了科学家的努力，还必须投入大量的资金和物质。具体到这间实验室，这都是由你麦阿姨的公司提供的，一分一毫都是他们的劳动成果，所以，他们的贡献绝不可抹杀。"

“好吧。”黄旎奥自知说不过父亲，不过她突然问道，“问题是……爸爸你的身体弄坏了算谁的呢？”

黄旎奥冷不防的一句话，让黄梓建的心里猛地一揪，酸酸的。是啊，他一直考虑别人，却忘记考虑他最亲近的人。他抱起女儿，眼眶泛红：“旎奥，这个我可以答应你，爸爸搞科研工作也十几年了，懂得这个平衡的道理，我会注意自己的身体的。”

结束工作后，黄梓建带着黄旎奥走到实验室门口，问：“旎奥，咱们是回家，还是去别的地方？”

黄旎奥笑着说：“我要去外公家玩。”

“去澳门啊？行，你去了外公肯定高兴。”黄梓建看看手表，“倒是还来得及，那咱们去搭穿梭巴士吧。”

这时，一辆车停在他们面前。郭永旺从车上下来，一脸笑意地看着黄梓建：“黄研究员，你们父女俩要去澳门吗？我送你们去吧？”

黄梓建直接拒绝道：“好意心领了，不用麻烦了！”

一旁的黄旎奥哀求道：“爸爸，我想坐叔叔的车，这样不就可以早点见到外公了吗？”

“旎奥，不要任性。”说着，黄梓建转向郭永旺，“郭总，真的不用。”

黄旎奥闹着他：“不要，爸爸，就坐一下嘛。”

郭永旺一听黄旎奥说的是外公，眼前一亮，在一旁说道：“就是，就是，正好我也要去澳门，顺路，你看，孩子也累了，黄研究员就不要推辞了，不会有事的，来来来，上车。”说着，郭永旺把黄梓建拽上车开走了。

这时，恰好麦斯钰带着叶志飞走来，看到了这一幕。

叶志飞好奇道：“刚刚那辆车，是郭永旺的吧？”麦斯钰也很奇怪，黄梓建怎么上了他的车呢？

车内，郭永旺假意看着前方，试图找机会跟黄梓建说话：“黄研究员，你看到澳门还有一会儿时间，咱们聊一聊呗。”

黄梓建却不想搭理，故意闭目养神：“郭总，我工作一天，已经挺累的了，不太想说话，不好意思啊。另外，麦董那边的情况我也不是很了解。”

郭永旺赶忙解释：“哦，和阿钰没有任何关系，我就是想咱们两个男人之间交流交流。”

黄梓建不屑地一笑：“是吗？郭总，作为男人，咱们一个离异一个丧偶，都挺失败的，应该没有什么成功的经验好交流吧。”

“不不不。我就不说了，但是黄研究员确实是出类拔萃的人才，现在在海内外已经声名鹊起了。”

黄梓建一听，疑窦丛生：“海内外？郭总，你到底是代表谁来找我的？”

郭永旺没想到竟被黄梓建套进去了，心里暗暗骂了自己一百遍，既然黄梓建看出来了，他索性摊了牌：“黄研究员，咱们明人不说暗话，我连间小庙都没有，更请不动您这尊大神。RYG 公司您听说过吧？”

“RYG？郭总的事业发展得很快嘛，已经和国际巨头建立合作关系啦，真是可喜可贺。”黄梓建讽刺道。

郭永旺听出黄梓建话里的意思，他倒也不在意：“黄研究员不用拿话揶揄我，我这几年经受得多了。RYG 那边的总裁席尔瓦先生，是个知人善用的商界领袖，我想黄研究员也应该听说过。他通过 RYG 大中华区总部的总经理找到我，让我给您捎句话，如果黄研究员愿意到 RYG 工作，无论阿钰那边给您什么待遇，他们都翻倍，而且给您全家办理移民。像小姑娘这么聪明的孩子，现在就可以到欧洲最好的学校留学，那前途不可限量。”

黄梓建看着女儿，问：“旎奥，你想去欧洲留学吗？”

“不要，不要，我的好朋友都在珠海和澳门呢。”

黄梓建微笑地抚摩女儿的头：“知道爸爸为什么不让你乱上车了吧？”说着，他看向郭永旺，“郭总，一句话倒了这么多手，真是辛苦你们了。”

这时，郭永旺发现后面有车一直跟着他。黄梓建回头一看，一眼认出：“那是阿钰的车。”

黄旎奥一脸惊喜地问：“爸爸，是麦阿姨来追我们了吗？”

郭永旺的脸色微微一变，没想到麦斯钰竟然要破坏他的好事：“应该只是顺路碰巧而已，阿钰她家也在澳门嘛。”说着，他再次看着黄梓建，“黄研究员，咱们接着说——要知道，大中华区总经理是 RYG 内部的第一高手，他都出马来邀请您，确实是很有诚意啦。”

“谢谢你们盛情邀请。但是 RYG 已经有世界顶级的科研团队，并且掌握着行业的大部分核心技术，我这个半吊子，弄去了也没有什么用啊。”黄梓建已经有些不耐烦了，不停地往后看。

“不不不。席尔瓦总裁说，你黄研究员是一只灰犀牛，很珍贵的那种，必须请过去，到了那边你也能更好地发挥才能。”

“郭总，RYG 说‘灰犀牛’，意思是没想到我们真的会给他们带来这么大的威胁。你替我谢谢他的肯定，并告诉他们，我们一定会再接再厉，不负他们的希望。至于换工作的事嘛，我刚搬到横琴不久，箱子才刚打开，不想再搬了，也请郭总替我谢谢席尔瓦总裁。前面马上到口岸了，郭总这辆不是双牌车，还要办手续，我们还是坐后面那辆吧。旎奥，你说呢？”

黄旎奥心领神会，开始吵闹：“我要下车！现在就要下车！快点停车！快点！”郭永旺不得不停下车。一下车，黄梓建牵着黄旎奥向后面招手，麦斯钰的车直接开了过来。

郭永旺气不打一处来：“麦斯钰，你追过来想干什么？麦斯钰，你下来，别人不知道我还不知道你吗？”

麦斯钰的司机下车：“黄主任，麦董她没有来，她只是说估计你们会在中途下车，这里打车不方便，让我送您和孩子去澳门。”

郭永旺一听，麦斯钰这简直就是没把自己放在眼里：“什么？麦斯钰她说什么？”

上车前，黄旎奥看着郭永旺：“郭叔叔，我以后再也不会坐你的车了。”

郭永旺还是不死心，拉着黄梓建：“黄研究员，咱们有误会可以慢慢说嘛，黄研究员……”黄梓建父女上了麦斯钰的车，车开走了。

郭永旺生气地一脚踢到车轮上，却把自己的车漆踢掉一块，他心疼地赶忙去查看。

第十八章

一

为了尽快攻破智能照明技术，黄梓建常常连续多天住在实验室里。麦斯钰清楚地在他脸上看到了“过度疲劳”四个字，可是连续工作了几个月，毫无进展。

麦斯钰看着黄梓建的模样，有些心疼：“你也不要把自己逼得太狠，灵感这东西很玄妙的。”

尽管麦斯钰这么说，黄梓建的心理压力却很大，他太想帮麦斯钰了，担心拖麦斯钰的后腿。

黄梓建这边迟迟没有进展，而国兰集团也遇到了一个巨大的困境——出口总量首次出现了下滑，资金链一下变得紧张起来。

导致这种情况的主要原因是整体市场环境发生了变化。石学举分析，在经历了多年的高速增长以后，全国 LED 照明产品出口总额从 2015 年开始增长趋势放缓，到 2016 年首次出现了负增长。出于职责所在，石学举提醒麦斯钰，在资金链趋紧的情况下，如果继续保持科研方面的持续高投入，会显著增加公司的风险系数。

石学举说的麦斯钰都明白，但麦斯钰分析，从总体来看，市场整体的变化趋势很难改变，所以必须做好过苦日子的准备。不过，她向来有一个信条：逆水行舟，不进则退。所以，她认为科研工作绝对不能停，在这个节骨眼上也不能减少投入，否则对士气的打击难以估计。思前想后，她决定在其他环节上开源节流。

这次的会议麦斯钰没有让黄梓建出席，黄梓建的压力已经够大的了，所以资金链的这个问题，她和其他部门一起设法解决。

另外一边，澳门疍家文化节初具雏形，麦斯华以梁教授整理的疍家文化的资料为基础，把策划书做得有模有样。梁教授也听洪俊杰说，香港的舒氏酒店集团已经主动联系他，愿意加盟文化节。这样，再算上麦斯钰的国兰集团，他们就等于有港珠澳三家企业提供支持。

说着说着，麦叔突然看到黄梓建垂头丧气地坐在长椅上，无精打采的。

一了解才知道，原来是黄梓建的智能照明技术研发不太顺利，所以他请了半天假，准备去找朱教授咨询一下。但朱教授因为港珠澳大桥建设技术的问题，没有见他。一说起这个，黄梓建就有些懊恼："我也真是没有用，快四十岁的人了，遇到困难解绝不了，还往老师办公室跑。"

梁教授安慰道："梓建，你做得没错，你老师做得也没错。你老师他并不是拒绝你，而是相信你，就像我们相信你一样。"

麦叔也在一旁安抚他："你也不要那么大压力，不就是暂时没进展嘛。我像你这么大的时候，遇到台风，出不了海，打不了鱼，全家饿肚子的时候都有呢，不是也过来了？"

梁教授点点头："没错，搞研究必须得有耐心。还有，心里有事不要自己扛着，你们这几个孩子都喜欢这样。找人说说，会有帮助的，没准也会有灵感。"

告别了二老，黄梓建拨通了麦斯钰的电话，约她在园区门口见面。麦斯钰放下手上的工作，来到园区门口，看到精神不振的黄梓建。

黄梓建有些不好意思："对不起啊，我不光在这么紧要的时候自己翘班，还把老板也叫离岗位了。"

麦斯钰开玩笑地说："对啊，咱们两个目标太大了，赶快离开园区吧，被他们发现得扣工资了。"

"好啊，去哪儿呢？"

"先跑出去，等会儿再说。"

麦斯钰特地没开车，而是和黄梓建坐出租车来到了海边。

夜色渐浓，月亮高高地悬挂在深蓝色的夜空中，向大地散射银色的光华，海风轻拂，大海浩瀚无边，一道道波浪不断地涌来，撞击在岩石上，发出阵阵嘶吼声。

虽然每天上班黄梓建都会从海边路过，但是从未停下来好好欣赏眼前的大海，他这才知道，自己错过了太多美好的东西，尤其是此刻，他的身边站着麦斯钰。

麦斯钰的想法也和他一样。她不经意地说："确实，比如同样的路、同样的桥，不同的时候，和不同的人走过去，感受是完全不一样的。"

黄梓建突然有个想法在脑子里一闪而过："感受完全不一样，不一样……阿钰，你再说一遍？"

麦斯钰一头雾水："啊？再说一遍？"看黄梓建点头，麦斯钰想了想，说道："梓建，你还记得我们上中学的时候吗？每天上下学的路上，担心一些鸡毛蒜皮的小事，也不觉得有多开心。后来长大成人，算得上尝遍愁滋味了，才知道每一个人、每一条路，带来的感受都是独一无二的，必须得去珍惜。"

黄梓建自言自语道："带来的感受……独一无二……"黄梓建突然兴奋起来，"就是这个，阿钰，就是这个！"黄梓建兴奋得语无伦次，麦斯钰则是一脸茫然。

黄梓建顾不上解释，赶忙拿起电话："喂，是我，通知大家明天一早开会，我想到新方案了……嗯，今天我不回实验室了。你们也养精蓄锐，准备明天开始奋战。"

麦斯钰一听，惊喜道："你想到新方案了？"

"对，阿钰，多亏了你啦。"黄梓建看向大海，兴奋地说："咱们今天玩个痛快吧！"

几天后，麦斯钰收到黄梓建的邀请，请她去曾经的横琴生产车间。

麦斯钰怀着好奇的心情走进车间，刚一进门，车间的灯一下灭了，她有些害怕，不停地叫着黄梓建的名字。

这时，黄梓建的声音传来："阿钰，别害怕！顺着我的声音往前走。"

听到黄梓建的声音，麦斯钰这才安心。她走了几步，突然有路灯亮了，麦斯钰看到路灯是在她前方不远处的上方，面前是一条步道。麦斯钰沿着步道往前走，发现在前方不远处总有路灯闪亮，走过不久，背后的路灯则自动熄灭。

麦斯钰一下明白了什么，她加快脚步，路灯也相应加快了照亮的速度，熄灭时间则不变。麦斯钰一直跑到步道尽头，黄梓建在那里等她，二人的手牵在一起。麦斯钰激动地说："梓建，你成功了！"

黄梓建也格外兴奋："不止这样，你来坐坐这个。"说着，黄梓建拉着麦斯钰来到边上一辆儿童玩具汽车旁。

麦斯钰有点不敢相信，再次问道："我开这个？"

黄梓建肯定地回答道："往回开。"

麦斯钰疑惑地坐上了玩具汽车，按照黄梓建说的往回开，她突然发现刚才的路灯都不亮了，而另一排车道路灯依次闪亮和熄灭。麦斯钰震惊了，这就等于说，路灯具有识别功能，能够分清人和车，然后分别亮起不同的灯。

黄梓建带着麦斯钰在灯下来来回回好多次。他们笑得像孩子一样，翩翩起舞，一如当年的上学路上。

二

自从把舒一雅的案子交给其他人负责之后，麦斯华就没怎么见过她了。这天，麦斯华正在电脑前忙碌着，同事走到他桌前告诉他："麦斯华，这位舒小姐还是点名要找你。"

麦斯华抬头一看，只见舒一雅笑呵呵地站在他面前。麦斯华瞬间感觉脑门充血，抱怨道："舒小姐，您怎么又到我这儿来了？我已经报告马董了，以后都由我这位同事负责您的案子。”

舒一雅脸色一变：“阿华，我求你啦，你不要再说这种话了，行吗？”

麦斯华把舒一雅拉出办公室，解释说：“一雅，我并不是针对你，但是我们的生存方式不一样。”

“那咱们就不说生存方式什么的啦，这个是你的，还给你……”舒一雅把策划案交给麦斯华，麦斯华接过文化秀的策划案，无奈道：“看样子，这个你们已经不需要了，也好，我……”

舒一雅打断了他的话：“我爸说，不，舒董事长说，你这个策划案做得确实不错。如果你不想再和我合作，他可以代表舒氏酒店集团，联合令尊代表的澳门疍家文化委员会，正式向恒盛投资有限公司提出委托，继续执行这个项目，并且指定你为负责人。”说着，舒一雅把一份委托协议书递到麦斯华面前，“喏，这是舒董事长和你们马董亲笔签署的委托协议书。”

麦斯华接过协议书浏览着，感叹道：“一雅，我发现，你爸和你一样任性呢。”

舒一雅露出甜甜的笑容：“对，他随我。”说着，她拿出另一份文件，“不仅是你，我也有一张，这是舒氏酒店集团给应聘人舒一雅的委托书，委托我全权负责这个项目。工作要求，必须与贵公司的项目负责人朝夕相处，亲密合作，同心协力把这个项目完成好。”

麦斯华瞪大了眼睛，心说，酒店都是你家的，你想当董事长也可以。

舒一雅突然想到了什么，赶忙说道：“还有，我已经给你的策划案配上图了，既然是文化秀，没有形象的东西怎么行？”说着，舒一雅从包里掏出一份画稿。

麦斯华接过来一看，眼睛瞬间亮了，他发现舒一雅画得还挺好。他不知道的是，舒一雅本来就是学美术的。

麦斯华突然对眼前的舒一雅有种刮目相看的感觉。不过，他还是有些质疑：“天天挤在我的小格间里干活，你真受得了？”

舒一雅倒不以为然：“工作不就是这样的吗？这么多人都受得嘛！何况，我和你在一起呢。”

麦斯华一听，瞬间一身冷汗。他马上严肃地说："一雅，咱们这段时间，真的是除了工作别的什么都不要说。"

舒一雅很配合："你只想谈工作，咱们就只谈工作。我可不敢说别的，万一你又跑了怎么办？"

麦斯华看着舒一雅，内心是矛盾的。舒一雅的条件太好了，他无数次告诉自己，绝不要往那方面想。"咱们俩根本就不是一个世界的人。"

但是舒一雅不这么认为，她的道理是，既然咱们都在香港这么大点的地方，还不是一个世界吗？你这都是老调重弹了。想到这里，舒一雅问道："你到底多大啊，怎么跟我爸一样呢？"

麦斯华显然不这样想："你爸可不是一般人，他的话也不是没道理。当然，我并不是怕被看不起，以前受得也不少了。只是……一雅，你怎么会选择我？你是认真的吗？"麦斯华终于说出了自己一直想问的问题。

"认真？你以为我是在玩吗？"舒一雅瞪大了眼睛，"这是我听到过的，最恶劣的指责了。"说着，舒一雅转身就要走。

麦斯华见状，一把拉住舒一雅："对不起，我并不是怀疑你。只是……只是有太多的事情让我觉得不可思议。"

舒一雅看着他："阿华，不是你告诉我的嘛，人是会变的，而且是可以变好的。就像你肯定听说过的传闻里的我，会和你挤在格子间里吗？"

麦斯华："嗯，你的传闻可夸张了，要不是咱们认识这么久了，我都怀疑你是冒充的舒家大小姐啦。"

舒一雅反倒不在乎这些："那你就当我是冒充的好了，那就没那么多负担了吧。"

感情是感情，工作归工作，一回到办公室，麦斯华和舒一雅便投入到了疍家文化节的设计上。经过几天的努力，最终的策划方案放到了舒志奇的桌子上。

看舒志奇合上方案，舒一雅紧张地问道："爸，怎么样？"

舒志奇没有说话，看了看舒一雅，又看了看麦斯华。

麦斯华深深吸了一口气："舒董事长，您不用客气，有什么不妥之处，请您给我指出来。"

舒一雅马上纠正："不，是给我们指出来。"

舒志奇缓缓地说："架子还不错，不过，这预算可是不低啊。"

舒一雅一听是钱，不屑道："爸，你又不缺……"

还不等舒一雅说完，麦斯华直接打断了她的话。他看着舒志奇，说道："舒董事长，如果只作为商业活动，这个预算确实是比较高的。但是，我们的目标是打造一场能在大家的记忆中留下印记的文化秀，确实需要这样的投入。同时，还有一个最新的变化——我们的演出中，将采用国兰集团最新的 LED 技术呈现的灯光展示，从设计上，我们必须选择最前卫的，其费用也相对较高。"

"国兰的部分已经谈好了吗？"

麦斯华点头："是的，我姐……麦董事长已经明确表示，所有的灯光系统硬件都由她们提供，就作为国兰的投入。"

舒志奇眉头微皱："你说的最新技术，在方案里完全没有体现嘛。"

麦斯华解释说，这是最前沿的重大创新，属于保密内容，不能轻易公开。

舒志奇也理解，但是毕竟自己也是国兰的合作方，舒氏酒店集团正在中东建设的新酒店，还准备继续选用国兰的产品呢。凭着这种关系，难道连他都不能告诉吗？

麦斯华有些为难，说："舒董事长，不是我信不过您，实际上麦董事长连我，还有我爸都没有详细说明。"

舒志奇质疑道："那就凭她一句话啊，这靠谱吗？"

麦斯华却异常坚定："我姐说的话，从来都是可靠的。"

三

为了让大家能够真切地感受到黄梓建的新技术成果，麦斯钰特地在总部试验场组织了一次内部的成果展示。

当黄梓建把智能照明技术展示给大家的时候，大家都惊呆了。

雷梨花惊呼道："这太神奇了。到底是怎么控制灯亮和灯灭的呢？"

黄梓建解释道："这就是智能照明技术的控制系统，我们这次的创新是采用了感应照明。就好像大家所说的两个人之间有特别的感应，我们也给灯建立了人体感应。"

人体感应，也可以叫红外感应。一般来说，人的身体都有恒定的体温，在37摄氏度左右，所以会发出特定波长的红外线，而人体感应照明，就是通过捕捉这种特定波长的红外线来控制灯具明灭的。

而关灯，则是利用了延时照明，因为人体不可能一直站在开关前来保持灯具发亮，一旦离开红外感应范围也不能立即关闭灯光，那么打开灯具后如何熄灭呢？黄梓建想到了用延时照明来控制照明时间。这是红外线人体感应照明的最大特点，也是与遥控开关通过按键随时控制灯具明灭的不同之处。在延时时间段内，如有人在有效感应范围内活动，开关将持续接通，待人离开后，延时自动关闭负载，这样就实现了"人来灯亮，人走灯熄"的智能控制功能。

此外，黄梓建在设计上还有一个很大的突破。他采用最新型的太阳能设备，在户外完全不需要电线供电，最大限度地实现了能源的节省。

这就好比说，如果在户外，每个灯上都有USB接口，以后手机没电了可以就近找台路灯充电。此外，这个灯的智能系统可以自动检查故障，通过无线网络上报，并且装有监控系统，可以和交通、公安系统联网，甚至还可以监测风速和空气质量。

黄梓建的设想是先把这套系统用于城市道路和社区照明，等进一步成熟和完善，这套系统可以应用于室内，甚至可以走进居民普通住宅，打造真正的科技住宅。

麦斯钰掩饰不住兴奋，她准备马上开展配套工作，争取早日实现这一新技术的产品化！不过黄梓建特地提醒大家，这件事情仅限于集团管理层知晓，千万注意保密。

黄梓建没想到，为了之前避而不见的事情，朱教授竟亲自来到了横琴，这让他有些不好意思。

朱教授开玩笑道："我是怕你再也不到我那儿去了呀。"

黄梓建赶紧表示，不能不能。不过，他也确实有一段时间不好意思露面了。

朱教授笑着说："中年了，脸皮要练得厚一点才行。当实验室的负责人，当一个学科的带头人，肯定都是很不容易的。当遭遇真正的瓶颈的时候，你必须坚定地相信自己，才能熬得过去。"那次朱教授让黄梓建吃闭门羹，原本也是希望能够让黄梓建自己打磨打磨。看着眼前的黄梓建，朱教授还是很欣慰的，其实这次他亲自来横琴，还有一件事情。

朱教授告诉黄梓建："中央首次提出'大湾区'这个概念，还提出了'要推动内地与港澳深化合作，研究制定粤港澳大湾区城市群发展规划'。"

黄梓建好奇地问道："这个规划没有那么快吧？"

"我也说不准。不过，我有一种感觉，你看看这周围。"黄梓建转过身去，看向环境优美、灯火通明的园区。

"'粤港澳大湾区'比咱们的大桥还宏伟得多啊，大桥只是他的一根脊椎而已。这不得了！这片土地，还有海洋，很快又会有令人难以想象的变化啊！"说着，朱教授看着黄梓建，"梓建，你们啊，又赶上一个好时候啊。继续努力吧。"

送走了朱教授，黄梓建在园区里意外见到了戴天宇。说是"意外"，其实是戴天宇特地在等他。

关于戴天宇的事情，黄梓建之前多少听麦斯钰说过一些，于是问道：“怎么样，来横琴还适应吗？公司的发展达到你们的预期了吗？”

戴天宇回答道：“嗯，我觉得，不，我可以确定，靠着多方的帮助，天宇科技有限公司已经渡过了最困难的时期，我们已经活过来了。”

黄梓建一听，说：“那太好了，斯钰也一定会为你感到高兴的。我一向认为，3D 打印的前景不可限量。”

“谢谢！现在，作为最基础的部分，我们天宇科技的 3D 打印技术可使用生产级别的热塑性塑料，来构建坚固耐用、高精度、可重复使用并且稳定可靠的零部件。这种基本产品已经在市场上闯出了名堂，我们的资金流终于稳定了，可以保证下一步的研发。”

黄梓建说：“好啊，那你今天来找我是为了……”

“黄主任，我们都知道，您是材料工程学方面的大专家、学科带头人……”说着，戴天宇欲言又止。

黄梓建看着戴天宇，接话道：“那谈不上，是有什么材料学方面的事我能帮忙的吗？”

戴天宇点头：“是的，在我们这个 3D 打印技术方面，材料的选择也是一个非常重要的问题。”

黄梓建说道：“据我所知，在 3D 打印领域中，主要应用到的材料，包括工程塑料、光敏树脂和类橡胶材料，对吧？”

“完全正确，黄主任果然是绝对的内行。”戴天宇开始侃侃而谈，“我们作为 3D 打印企业，必须致力于根据客户不同的需求，包括成本、外观、细节、力学特性、机械性能、化学稳定性，以及特殊应用环境等因素，为他们提供最适合的材料选择。经过这些年的反复实验和应用，我们发现有一种材料，一种光敏树脂——当然，这种树脂并不是我们首先发明的，但是以前业界的使用确实不多。我们发现这种材料有一些特性，如果利用恰当，充分发挥其潜能，或许可以突破 3D 领域的现有极限。”

黄梓建一愣，说：“哦，是哪种光敏树脂？我可以见识一下吗？”

戴天宇显然是有备而来。他打开携带的手提箱，里面是他带来的一些样本和前期数据。他就是想请黄梓建帮他们作更高水平的专业分析，看看他们的发现是否准确。

黄梓建带着戴天宇来到了实验室，通过显微镜观察戴天宇带来的材料。片刻后，黄梓建的眉头微微皱了起来，“这种光敏树脂材料，确实是不太一般啊。”

戴天宇紧张地问道：“黄主任，你也这么觉得？”

黄梓建点点头，说道：“光敏树脂都是由高分子组成的胶状物质，遇光会改变其化学结构。在紫外线照射下，它的分子会结合成长，由胶质树脂转变成坚硬物质。”

戴天宇说：“所以，在 3D 打印方面它通常被用来印刷感光版和微晶片电路图模。具体操作的时候，先把底片放在光敏树脂上，用紫外光照射。底片透明部分下的树脂光照后变硬，而暗区仍然柔软。清除掉柔软区，就留下了明显的凸形条纹，便可以复制底片图像。”

黄梓建点点头：“对。但是我发现你这种光敏树脂比起一般的又有一些特殊的性质。首先是黏度低。树脂一层层叠加成零件。当完成一层后，由于树脂表面张力大于固态树脂表面张力，液态树脂很难自动覆盖已固化的固态树脂的表面，必须借助自动刮板将树脂液面刮平涂覆一次，而且只有待液面流平后才能加工下一层。这就需要树脂有较低的黏度，以保证其较好的流平性，便于操作。而你这种树脂在 30 摄氏度环境下的黏度始终保持在 400 毫帕 · 秒以下，比一般的规格要低 200 毫帕 · 秒左右，确实很不错。”

戴天宇认真地把这些都记录下来。黄梓建继续说道：“第二是固化收缩率低。液态树脂分子间的距离是范德华力作用距离，距离约为 0.3 ～ 0.5 纳米。固化后，分子发生了交联，形成网状结构分子间的距离转化为共价键距离，距离约为 0.154 纳米，显然固化前后分子间的距离减小，而且固化前后由无序变为较有序，因此固化后必然出现体积收缩。收缩对成型模型十分不利，会产生内应力，容易引起模型零件变形，产生翘曲、开裂等，严重影响产品的精度。而这个树脂具有低收缩性，因此可以保证 3D 打印的高精度。第三呢，就是这种树脂的光敏感性很高。这种感光树脂的吸收波长范围非常狭窄，这是非常好的，可以保证只在激光照射的点上发生固化，匹配激光也容易，从而可以有效提高产品的制作精度。”

戴天宇记录完毕之后，问道：“黄主任，还有别的吗？”

黄梓建想了想：“主要是这三点。其他方面，比如固化速率、溶胀、固化程度，还有湿态强度等指标，也都还不错，就是说目前没有发现明显的短板。”

“太好了！我会带领公司尽量围绕这种材料完善配套的3D打印技术。”戴天宇满脸兴奋。

黄梓建鼓励道：“基础是不错，但不要太心急，肯定还有我们没有注意到的方面，在实际运用中多总结吧。”

“一定一定，我还会再来向您请教的。”戴天宇有种感觉，打开新局面近在眼前。

黄梓建也同意戴天宇的看法，这种光敏树脂确实可以打印高精度细节，呈现出非常高的真实度。他甚至觉得，传说中的打印人体器官，都可以依靠它来实现。他轻轻地拍拍戴天宇的肩膀，鼓励道：“天宇，苦尽甘来，恭喜你啊！”

戴天宇点头，他告诉自己绝不能辜负麦斯钰的信任和帮助。

关于文化节举办的地点，一直让洪俊杰有些头疼。他头疼倒不是因为找不到地方，而是可选择的地方太多。澳门一直是中西文化、商业的交流平台，拥有超过十九万平方米的会展场地和软硬件配套设施，办会展的条件和接待能力已达到国际级水平。还有一个重要的优越条件——各主要设施的距离不远，不用担心天气问题，也不用把团队分散到不同酒店入住，便于管理，也很安全。但是，舒家在澳门的酒店不止一个，洪俊杰选择了许多，最终准备定在路氹城金光大道上的舒家酒店。这里的威尼斯人综合馆是全澳门最大的室内活动场馆，可以容纳一万五千人。麦斯莲却觉得澳门蛋也不错，也能容纳一万人。

就在大家商量的时候，一旁的梁教授突然开口道：“要我说，咱们不一定要局限在室内场馆嘛。”

麦叔也说，深圳也是在户外，户外地方大，不受限制。

如果选择在户外，梁教授倒是有一个好的推荐："澳门历史城区。毕竟这是咱们中国境内现存最古老、规模最大、保存最完整和最集中的东西方风格共存的建筑群，符合我们的文化特色，一定会给大家留下深刻的印象。"梁教授和麦叔想到一块去了。

洪俊杰说："对了，咱们不要忘了，文化节项目可以参加澳门贸易投资促进局的专项扶助计划。"

洪俊杰说的专项扶持计划，是贸易投资促进局主持的项目，叫"会展竞投及支持一站式服务"。作为活动主办单位，贸易投资促进局可以给洪俊杰他们提供免费咨询及支持，还可以帮他们制订完整的活动方案，甚至根据他们的要求和预算，协助寻找场地和特色景点，在各出入境口岸设立特快专用入境柜台等。

麦叔一听，眼睛亮了："这么好的事情，怎么不早说啊？"

麦斯莲笑着说："阿爸，不能光靠人家，咱们自己也得先准备得差不多才行啊。"

几个人说得热火朝天。这时，麦斯华神情黯淡地走进家里，完全没有和大家热闹的气氛融到一起。麦叔看到麦斯华，也没多想，只是他没想到，麦斯华这次回家，一住就住了好几天。在他的印象里，麦斯华很多年都没有在船上待过这么长的时间了。这次回来以后麦斯华哪儿也不去，连话都不怎么说，就那么在船上躺着。

这下麦叔有点不淡定了，麦斯华这次回家来就跟失了魂一样，看得他心里直发毛。他问了斯华几次，猜测应该还是舒家那个女孩的事。但是麦斯华又说人家没欺负他，反而是他对不起人家了，到底怎么回事，麦叔是弄不明白了。麦斯莲和洪俊杰都试探过了，效果也不大。麦叔知道，麦斯华最信赖的就是麦斯钰，没办法，他只好把麦斯钰叫了回来。

麦斯钰是在船顶棚找到弟弟的，麦斯华就这么躺着，一句话也不说。

"还是家里最舒服吧？"麦斯钰走过来，缓缓说道。

麦斯华没想到父亲竟然把二姐都叫回来了，有些惊讶，无奈地叹了一口气：

“怎么把你也惊动了？”

“这不叫惊动，是一家人的关心。”麦斯钰纠正道。

麦斯华知道大家对他很关心，可是他不想给大家添麻烦。麦斯钰直接问道：“二姐问你，你心底觉得舒一雅这姑娘怎么样？”

原来，麦斯钰在回家前特地给舒志奇打了个电话，大概了解一下情况，也知道了麦斯华担心的是什么。

麦斯钰这么一问，反倒问得麦斯华有点不好意思：“说实话，挺好的，甚至可以说，现在的她对我有点好过头了。”说着，麦斯华的脸颊微微泛起了红晕，不过紧接着又是一阵失落。他这次回来就是因为和舒一雅接触的时间越久，他对舒一雅的感情越强烈，他担心自己会越陷越深，所以索性逃避。

“那，一雅她爸呢？”

“也、也还好。”麦斯华吞吞吐吐地说，“在他那个位置，算是很给我留面子了。而且，工作方面，舒董的确是打拼出来的，很专业。”

麦斯钰看得出来，麦斯华对舒一雅是有感觉的，但是应该是碍于舒志奇的权威：“既然这些都不是问题，阿华，那我就说得直接点了。看来问题出在你身上，为什么拒绝一雅的感情，你是怕了？”

麦斯钰这句话直戳进麦斯华的心口。这两天他躺在这儿，就是在想这个问题，既然姐姐猜透了他的心思，他索性一股脑把心中的困惑都倒了出来：“二姐，这么跟你说吧，我就是觉得，如果我站在舒董和一雅的位置上，为什么要选择我这么一个资质一般、成绩没有，甚至连人生履历都不太合格的人呢？完全没有必要嘛！如果是一时冲动，以后一定会后悔的。”

麦斯钰突然感觉麦斯华长大了，有了担当。“阿华，你和一雅认识的时间不短了，一时冲动可以排除。要说选择呢……咱们是在海上出生长大的，从小就知道海有多大。后来，你走出去了，也知道祖国有多大、世界有多大，个人和这些比起来，都太渺小了。”她指着海水，继续说道，“你看这海上的浪花，他们来自多么伟大的地方，但是为什么就这一滴海水，进到我们家了呢？”

麦斯华一脸疑惑地看着麦斯钰。麦斯钰解释道：“很简单，这就是缘分哪。

阿华，你现在是搞投资的，肯定天天和数字打交道吧，我知道你干得很不错。但是感情的事，哪有那么多评估，哪有那么多必要性呢？”

说着说着，麦斯钰竟从弟弟身上看到了曾经的自己。当年她不就是因为自卑，觉得自己根本没法去跟梁雯比，甚至靠近梁雯和黄梓建的身边都自惭形秽，恨不得赶快躲起来，才选择了放弃吗？过了这么多年，她才懂得，人生里确实有很多人很多事，一转眼就成为过去了。她看着弟弟，问道：“阿华，这几年你很努力，和以前完全不一样，我们看到了，老天也看到了，所以才会给你这样的奖赏。难道幸福来了，你真的不敢接吗？”

听完姐姐的话，麦斯华豁然开朗，眼睛中突然有了神。他一下爬起来，朝着岸上跑去。麦斯钰大喊道：“小心一点！”

当舒一雅来到公园的时候，麦斯华已经等了大半天了，他有些紧张，也有些焦虑。

“阿华，我还以为你为了躲我，就赖在家里，连香港都不愿意回了呢。”舒一雅抱怨道。

“一雅，对不起，你瞧我这不是回来了嘛。”

“今天是什么日子啊，你愿意主动约我出来？你是不是要走了？”

麦斯华赶忙摆手：“不不。一雅，之前都是我不好，但那时候我也是没办法。不过这趟家回得值，我终于想明白了。”说着，他牵起舒一雅的手，“一雅，尽管我到现在还是想不明白你为什么会选择我，但我知道你肯定有自己的理由，我也决定不再让这个问题困扰自己了。我现在要说的是，一雅，你也是我的选择，我们认真地在一起吧。”

舒一雅的脸红扑扑的：“是吗？那我得重新考虑一下了。”

麦斯华明显一惊：“啊？我考虑好了，你怎么又变卦了？”

舒一雅忍住眼泪：“那也不能怪我啊，谁让你总是不知好歹的。不知道吗？It's now or never。换句话说就是，过了这个村就没有这个店了。”

麦斯华赶紧安慰道：“好好好，姑奶奶，我知道错了，我不是承认了好多次了嘛。一雅，我这辈子，最后悔的事就是浪费了好多时间，我不想再浪费我们难得的共同时间了，哪怕一分一秒。”

“那我答应你，我不会再跑掉。”两个人紧紧拥抱在一起。

四

这天，麦叔接到舒志奇的电话，说是要开个会议，讨论一下疍家文化节的细节。麦叔兴致勃勃地去了，没想到，他一打开项目书，上面竟写着“岭南音乐节”五个大字。

麦叔露出不解的神色，问：“我们今天来不是要讨论疍家文化节的细节吗？”

舒志奇解释道：“疍家文化节项目确实已经在我们公司立项了，我们公司的目标就是通过文化节做文旅的联动。疍家文化节是一个好的项目，但是我觉得还不够。”话音一落，麦斯钰和洪俊杰对视了一眼，

麦斯钰反问道：“舒董，您的意思是想用岭南音乐节来代替疍家文化节，是这样吗？”

“准确地说我们做的仍然是文旅项目，只不过内容上我们从疍家文化拓展到更广义的传统文化。”舒志奇说出了自己改变的理由，“岭南音乐中有些已经是非物质文化遗产，同时有一部分又融合了世界级最时尚的音乐元素，因此岭南音乐节这样鲜活的文化形式，更有受众基础。”

这下，麦叔的脸色更难看了。

看情况不太对，麦斯华赶忙开口：“我也想发表一下我的看法。之前想做疍家文化节，有一部分原因确实是因为我是疍家人，我觉得推广疍家文化责无旁贷。再加上这几年澳门发展旅游业，确实有不少的游客对渔家的码头、生活、美食都很感兴趣。这个洪俊杰先生最有发言权。但是在推动这个项目的过程中，我

们又接触到了一些新的人和事，有了一些新的概念的碰撞，同时也深层次地作了市场大数据的分析……”

麦叔有些沉不住气了：“阿华，我听出来了，是你给舒董提的新方案是不是？”

麦斯华承认道：“是的，新方案是我做的。”

麦叔有一种被儿子出卖的感觉。他一巴掌拍在桌子上，站了起来：“你还知道你是疍家人啊，你怎么能做这样的事呢？你们年轻人，思维活跃，音乐节也更热闹，但是不能这么说改就改、说换就换吧？”

麦斯华解释道：“岭南音乐不仅是中国多民族原生态的音乐，同时与世界流行、现代、时尚的音乐元素融合，成为非常具有包容性、多元化的世界级音乐。有一句话叫‘民族的才是世界的’。阿爸，做岭南音乐节，我们也会把疍家的音乐和文化元素融合进去。如果疍家的音乐能在世界级的舞台上展示，你会是什么感受？”

麦叔听后，说：“我当然是骄傲的。但是这和疍家文化节的差别太大了。”

一旁的梁教授赶忙劝道：“老麦，今天舒董事长找我们来开会，就是让大家畅所欲言、充分讨论，你先不要激动。”

待麦叔坐下来后，梁教授继续说道：“文旅项目一半是要实现经济效益，不赚钱的项目是没有商业价值的，但是另外一半一定是实现文化和社会价值。如果只是赚钱，我们今天都没有必要在这里浪费时间，有大把的更赚钱的项目可以做。所以我想在座的各位都是热爱文化，有文化推广情怀的人，这也是大家能合作的基础。”

舒志奇对梁教授的理解表示感谢。其实他们选择音乐节这种形式基于几个原因：第一，音乐没有国界，能吸引更多的受众，办成一次世界级的音乐节；第二，岭南音乐富含中国传统文化的精髓，民族性独特，又能融合世界音乐元素，是一张国际名片；第三，过去包括深圳在内的一些沿海城市都举办过疍家文化节，他们的独特性和创新性是有欠缺的，所以在形式上需要突破。音乐节从某种角度来说是更多元化的，可以涵盖疍家音乐文化。从这个角度来讲，他们其实并不是放弃之前的疍家文化节项目，而是在项目的内容上和形式上做了大胆的突破和扩展。

麦斯钰听后也理解了舒志奇所说的，之前因为他们对疍家文化有着情感的投入，所以有些时候会过度感情化。虽然今天这份新的项目书让她感到很意外，甚至很难接受，可是麦斯钰也不得不承认，手中这份项目书更加细致完善，有市场大数据的分析支撑，也有对音乐节后续文旅的开发计划。如果现在就要投票，她的这一票是赞成。

一直没出声的麦叔再也忍受不住了，他的脸涨得通红，一下子站起来，径直走了出去。回到家，麦叔坐在桌边，一语不发。麦斯钰知道，父亲今天已经相当忍让了。她给麦斯华使了个眼色，接着故意说道："阿华确实太不像话了，之前疍家文化节的方案做得那么仔细，还请了梁教授做顾问，没少下功夫。我们和舒董的合作也谈得差不多了，这突然就变了，确实是令人生气。"

没想到，麦叔却语气平和："阿钰，你今天这话说得还有点道理。但是在开会的时候，你是投了赞成票的啊！"

麦斯钰一听，赶忙站起来，走到麦叔身边，一边给父亲按摩肩头，一边说："阿爸，我记得小时候你给我梳头，嘴里总哼着一首小调，我觉得太好听了，后来缠着你让你教我，你说教不了，因为每次哼唱出来都不一样，那是我们疍家人在海边咸水之中的生活。我到现在都还记得你这句话。我一直在想啊，我们疍家人一代又一代在大海边生活，我们是不是在用音乐、用歌声来记录我们的水乡情怀呢。所以阿爸，今天在会上我对舒董提出的音乐节项目投了赞成票，我就是想用音乐节这样一种更新鲜、更多元化、更受欢迎的形式来推广我们的文化。我们不只是要推广疍家文化，我们要推广的是岭南的文化，是我们中国的传统文化啊。通过音乐，让世界了解我们的文化，我真的没有理由反对。"这时，一旁的麦斯华露出敬佩的眼神，对着姐姐竖起了大拇指。

麦叔缓缓地叹了一口气。其实哪怕他们不来劝，麦叔也已经想通了："你们都是好孩子，我对你们的决定是有信心的。"

麦斯华激动道："阿爸，你真的同意了？"

麦叔点点头："同意了，同意了。阿华，你要多向你二姐学习，好好干。"

“嗯，我会努力的。”

2017年7月7日，港珠澳大桥海底隧道贯通，这是国内首条外海沉管隧道，也是中国建设史上历程最长、投资最多、施工难度最大的跨海桥梁，被誉为桥梁界的“珠穆朗玛峰”。这座大桥从动工建设到主体贯通，用了整整八年的时间。这八年间，全体建设人员攻克了一个又一个难关，才有了眼前的成功。

港珠澳大桥施工现场，彩旗飘荡，众人欢呼鼓掌。黄梓建和参与建设的科研人员也在庆祝人群中。

朱教授看看周围，问：“梓建，你们国兰的那几位呢，不是每次都来的吗，怎么今天缺席了？”

黄梓建笑着说：“老师，您还记得他们啊？”

“当然，他们给我印象很深，也很好。”

黄梓建告诉朱教授：“他们也确实想来，不过今天国兰有个重要的新闻发布会……”

此时，国兰新闻发布会的现场热闹非凡。麦斯钰看着众人，说道：“就在此时此刻，被誉为‘现代世界七大奇迹’之一的港珠澳大桥已经实现主体贯通，并计划于今年年底前完成全线供电照明系统的施工，实现主体全线亮灯。港珠澳大桥将成为全球LED产品应用量最大的单项超级工程之一，我们国兰灯饰集团也有幸参与了这项伟大的工程。通过与项目业主方、工程设计方和机电总承包商等单位频繁沟通，充分考量该项目的高标准严要求，以及海洋盐雾侵袭、振动、大温差、台风雷暴等恶劣的应用环境，并经过反复论证、测试和比较后，我们的研制终获成功，为大桥建设重点提供LED陶瓷路灯、LED隧道灯、LED可变情报板、LED景观照明灯、RGB变色探照灯、LED日常照明检修球泡灯等系列产品，以及相应的智能控制系统，这都是符合实际需要的、最优质的智能LED照明系统，具有领先世界的技术水平。”

电视机前的欧阳春看到这个消息，脸都快气绿了，她之前找过欧阳小江，晓之以理，动之以情。欧阳小江告诉她，要在 7 月 7 日把国兰所有最新产品的信息都告诉她。她就一直等着，没想到，居然等到了国兰的发布会。这时，正在国兰新闻发布会现场的欧阳小江给她打了个电话：“春姐，我没有骗你啊！咱们约好的，‘7 月 7 日，把国兰所有最新产品的信息告诉你’，你现在不是已经都知道了吗？如果你觉得麦董的介绍还不够详细，可以上我们国兰集团的官方网站，上面都有。好，春姐，姐弟一场，你也不用谢我。我在新闻发布会现场，比较吵，先挂了啊。”

欧阳春受到了莫大的羞辱，她狠狠地摔了电话，发誓此仇不报，誓不为人！

站在她身边的郭永旺这才缓过神来：“好了，已经让人给耍了，就别再让他们看笑话了。想想怎么跟 RYG 那边交代吧。”

欧阳春定定地看着窗外。

郭永旺调侃道：“你被刺激得神志不清了？”

欧阳春回道：“你才是神志不清的那个！你过来看。”

郭永旺来到窗口，看到对面的 LED 大屏幕上展示出大海报：“粤乐集结号，岭南音乐节，就在这个夏日与您不见不散！”郭永旺大惊失色。

珠海一处酒店的会议室，门口的水牌上写着“岭南音乐节筹备委员会”几个大字。大门推开，麦斯钰、舒志奇、梁教授等人走进来。媒体记者举着相机，闪光灯不停闪烁。

麦斯钰说道：“各位媒体朋友，大家下午好！‘粤乐集结号’岭南音乐节是香港舒氏集团、珠海国兰集团、澳门大学、澳门俊杰文旅等联合主办的系列岭南音乐会及音乐文化论坛，它荟萃广东、香港、澳门音乐之精髓，同时完美融合民族、流行、古典、爵士等曲风，横跨五大洲十几个国家的二十多支大师级音乐团队将登陆本次音乐节。同时，我们的论坛及音乐会将在澳门、珠海、香港、上海四大城市巡回表演，上演盛况空前的视听盛宴……”记者们纷纷拍照，发布会现场热闹非凡。

发布会结束，舒志奇、舒一雅、麦斯华三人刚出门，郭永旺就迎面怪叫："舒志奇！你不是赌咒发誓，说再和麦斯钰合作，你女儿就跟她姓吗？"

"哦？原来是郭总。"舒志奇面色平静，"我说话算数啊，我女儿和麦斯钰的弟弟情投意合，等他们结了婚，按我们香港的规矩，我女儿也要随丈夫姓的，也就是跟麦斯钰一个姓啊。有什么问题吗？"

郭永旺被怼得说不出话来："你！……我……"

舒志奇看了一眼舒一雅和麦斯华："你们快去吧，这个人交给我对付。"

舒一雅狠狠地瞪了郭永旺一眼，拉着麦斯华走了。一看二人离开，舒志奇傲然地看着郭永旺，郭永旺却心虚了，不停地退缩。

第十九章

一

经过三年多的努力，岭南音乐节终于顺利举办。音乐节开幕式当天，从世界各地来了二十多万游客，一时间，岭南音乐节成了整个澳门的焦点，疍家咸水歌更是在音乐节上大放异彩，一下成了网红歌。

不过，要说音乐节上最大的亮点，要数现场灯光和音乐的完美结合了。绚丽多姿的灯光配上时尚动人的音乐让整个音乐节惊喜不断，网上甚至还出现了网红热词，叫作“追光人”。

这次音乐节最激动的人要数麦叔了。当年，他去深圳看到了疍家文化节，就落下了一个心病，希望能在澳门也举办一个疍家文化节，他觉得这是疍家人以及世世代代渔民共同的心愿。虽然最后疍家文化节变成了岭南音乐节，让他一开始有些难以接受，但在音乐节上他真切感受到了传统文化的魅力。他感慨音乐真的是国际语言，尤其是疍家的咸水歌也在世界级的舞台上表演，他感到太骄傲、太幸福了。

说起这个，舒志奇也颇为感慨，他们把文化节变成了音乐节，麦叔非但没有提出异议，还组织渔民们为音乐节奉献了咸水歌，他打心眼里充满感激。音乐节的举办，让他看到一个普通渔民身上的那种坚韧，二人也更加融洽。

音乐节顺利结束了，麦叔的身体却出现了一些问题。他经常感到喘不上气，肚子隐隐地疼。

在麦斯钰的坚持下，麦叔才答应来医院，进行了一次全身检查。结果很快出来了，令所有人都没想到的是，麦叔的肝脏上长了一个肿瘤，而且体积很大。麦斯钰当即决定进行手术，但是麦叔的肺部动脉和门静脉有三处变异，所以必须非常精确地进行切除平面的手术，同时要在切除肿瘤的同时，保证不切断重要脉管。但是人体组织太复杂了，又很脆弱。医生已经计算过，如果按照常规的切除方法，清除麦叔的肿瘤起码要切去肝脏的将近百分之六十。而这又是行不通的，因为麦叔伴有肝硬化，像麦叔这样的病人做肝脏手术最少必须保留百分之五十，如果少于百分之五十，术后一定会发生肝脏衰竭，危及生命甚至导致死亡。

听完医生的表述，麦斯莲急得直掉眼泪，一旁的洪俊杰也紧皱眉头，紧握住妻子的手。屋内一下安静下来，时间仿佛静止了。

许久，麦斯钰才开口："不管怎么样，咱们都不能放弃。"她看着众人，"咱们家的每个人，都去找、去问。去问你们认识的每一人，不管是在全世界的哪个角落，打听有没有适用的新医疗技术、新治疗手段。打电话、发微信、寄邮件。"

麦斯华的文笔最好，负责将麦叔的病情写成简短的信件，黄梓建则去找科技界的朋友，舒一雅也参与其中，把麦斯华写的信件翻译成英文，询问国外的朋友有没有办法。麦斯莲则留在医院，代表家属处理一些事宜。

2017 年 10 月 18 日，党的十九大在北京召开。会议上，习总书记特别讲到香港、澳门的发展同内地发展相联系的问题。他提出，要支持香港、澳门融入国家发展大局，以粤港澳大湾区建设、粤港澳合作、泛珠三角区域合作等为重点，全面推进内地同香港、澳门互利合作，制定完善便利香港、澳门居民在内地发展的政策措施。

习总书记继续讲："我们呼吁，各国人民同心协力，构建人类命运共同体，建设持久和平、普遍安全、共同繁荣、开放包容、清洁美丽的世界。要相互尊重、平等协商，坚决摒弃冷战思维和强权政治，走对话而不对抗、结伴而不结盟的国与国交往新路。要坚持以对话解决争端、以协商化解分歧，统筹应对传统和非传统安全威胁，反对一切形式的恐怖主义。要同舟共济，促进贸易和投资自由化便利化，推动经济全球化朝着更加开放、包容、普惠、平衡、共赢的方向发展。”收看着电视直播，麦斯钰若有所思，随即在笔记本上写下“对话、共赢”四个字。她的脑海中突然闪过一个想法。

秋高气爽，蔚蓝色的天空中飘动着洁白如雪的云朵。

RYG 公司总部大楼下，麦斯钰、雷梨花、石学举和欧阳小江四人从车上下来，RYG 大中华区总经理刘博已经来到了门口，亲自迎接。他从没想过，有一天他会亲自在 RYG 的大门口迎接麦斯钰他们。有这种想法的不止他一个人，雷梨花从来不敢想，自己有一天竟然会以这样的身份走进 RYG 总部的大门。

算起来，雷梨花和刘博也算是老相识了。他们经常在各种竞标会上见面，不过之前都是竞争对手，而此刻，他们的关系变得微妙起来。

在刘博的带领下，四人来到了 RYG 公司的会议室，席尔瓦已经等候在里面。见麦斯钰进门，他马上起身，主动上前和她握手。

席尔瓦从来不是个优柔寡断的人，他的想法十分明确，也很简单，就是为公司获取最多的利益。之前他一直把国兰公司视作对手，没想到，麦斯钰居然主动给他打电话，要求和他洽谈两个公司合作的事情。席尔瓦虽然有些怀疑，但还是同意了，于是才有了这次的会面。

席尔瓦首先对麦斯钰一行的到来表示欢迎。与第一次不同，麦斯钰这次并没有说英文，而是用标准的普通话说：“席尔瓦先生、RYG 的各位高管，能来到这里我们也很荣幸。”

席尔瓦一愣，他能明显感受到麦斯钰身上的强势。刘博给他翻译完之后，他马上表现出一副很熟悉中国文化的模样：“据我所知，中国人很讲究客随主便。”

麦斯钰听出席尔瓦话中有话，微微一笑：“是的，我早就知道席尔瓦先生是智慧和坦率的人，请您有话直说。”

席尔瓦见状，带着高傲的语气说：“三年前，麦女士告诉我，只有到了 RYG 可以加入国兰的计划的时候，我们才可以合作。”

麦斯钰却表现得十分平静，笑着说："席尔瓦先生，请原谅我当年的冒犯。"

麦斯钰的谦虚反倒让席尔瓦有些拿不准："只是我必须要问一下，到今天国兰确实已经强大很多。现在是时候了吗？"

"不，席尔瓦先生。我们这次来，并不是要 RYG 加入国兰的什么计划。"

席尔瓦面露疑惑，他记得麦斯钰在电话里主动要求和他们合作，现在又不合作。他没说话，表现出一副洗耳恭听的模样。

见席尔瓦不解，麦斯钰解释道："RYG 在 LED 核心技术方面仍然具有绝对性的优势，当然国兰也有自己的特点。我们不一定要谁吞并谁，或是谁加入谁。世界的发展很快，我们都应该加入其中。"

这下席尔瓦更疑惑了："但是，你知道，中国有句古话，叫'一山不容二虎'。"

麦斯钰看得出，席尔瓦很喜欢中国的文化，尤其是成语和谚语，只不过精髓掌握得不怎么样。她微微一笑："但很明显的，相较于高傲的虎，善于合作的狼群生存能力更强。席尔瓦先生，您不觉得吗？ RYG 和国兰的特点都很鲜明，我们完全可以在技术和市场领域开展广泛合作。"

席尔瓦觉得麦斯钰说的非常有意思，不知不觉这次的会议就开了三个多小时。最终席尔瓦被麦斯钰说服，二人都很期待他们未来的合作。只是席尔瓦还有一点遗憾："我们为什么不能共进晚餐呢？"因为麦斯钰再一次拒绝和他一起吃饭。

麦斯钰哪里有心情吃饭，麦叔还在医院里，她感到抱歉："对不起，请您原谅。我有一些家里的私事，必须尽快回国。"

见麦斯钰坚持，席尔瓦不好勉强，他希望麦斯钰能像中国人说的，事不过三。

麦斯钰笑着答应了他。不过，刚走了几步，麦斯钰又返回来："说到家里的私事，席尔瓦先生，我有事想向您咨询。"就在刚才转身的一刻，麦斯钰突然有个想法，她一直在想办法和国外的朋友联系，眼前不正有一个现成的吗？

在得知麦斯钰父亲的事情后，席尔瓦深表同情。

"我们正在努力想办法。欧洲的医疗水平很高，我可以请您帮我打听有什么新的治疗手段吗？"

席尔瓦确实认识不少好医生，他答应会马上向医生咨询。不过，他突然想到什么："我听一些朋友说过，解决手术精度的问题，要么把大的变小，要么把小的变大。"虽然他也不太清楚到底什么意思，但是还是希望能够帮上麦斯钰。

二

从 RYG 会议室出来后，麦斯钰一直在想席尔瓦刚刚的那句话："要么把大的变小，要么把小的变大。"雷梨花对麦斯钰把家里的事情告诉席尔瓦，表示很不理解："刚刚才化敌为友，就把这么重要的事情告诉对方，阿钰是不是有点病急乱投医啊？"

欧阳小江倒是觉得没什么问题："多个人就多种可能，何况席尔瓦先生是这么有能力的人物。"

这时，还在大厅的刘博听到雷梨花的话，不屑道："不要以小人之心，度君子之腹。"

雷梨花一听就不乐意了，怒斥道："阁下的汉语说得很不错嘛。其实，今天见面，我觉得席尔瓦先生确实是有大企业家风范的，但派欧阳春和郭永旺来捣乱，不像是他干出来的事啊。"说着，雷梨花故意看着刘博。

刘博的表情瞬间僵硬，底气不足，明显有些心虚："你什么意思？"

"没什么，用我们中国话说，阎王好过，小鬼难缠。"雷梨花狠狠地回怼了他一下。

刘博愤怒地逼近，欧阳小江和石学举挡在雷梨花面前，雷梨花示意他们不用管。刘博怒道："不要以为你们已经赢了，RYG 和国兰，到底是敌是友，谁胜谁负，还不一定呢。"

坐在车里，麦斯钰有些心神不宁，她的脑海中还在重复着席尔瓦的那句话，她嘴里嘀咕着："解决手术精度的问题，要么把大的变小，要么把小的变大。"

一旁的雷梨花听着，觉得这句话似乎很有哲理。突然她想到了一件事，大喊道："阿钰，快，用你的手机给黄研究员打电话。"

麦斯钰一脸疑惑："给梓建打电话？你不是也有他的手机号吗？"

雷梨花有些不好意思，解释道："这会儿国内是半夜，显然你打更合适，赶快赶快。"

麦斯钰虽然不理解，但还是拨了电话。一接通，雷梨花就把手机抢了过去，对电话那头的黄梓建说："黄研究员，对不起打扰了。是这样，明天一早，你带着斯钰爸爸的病情资料去找戴天宇。对，咱们把他给忘了，好，我们也马上赶回去。"

麦斯钰接回电话问："戴天宇？"

雷梨花满脸兴奋："对，我去参观过他的公司。阿钰，我们也快回国吧。"

欧阳小江在一边说道："麦董，医院那边我帮不上什么忙，跟我爸也说了，让他也听候您的调遣。我回国就直接飞西南吧，我放不下生产基地那边。"

"不，小江，你再等两天，我们全体要好好讨论一下参加粤港澳大湾区建设和打造智慧城市群的事。"

一回到珠海，麦斯钰和雷梨花就找到了戴天宇，黄梓建也跟着过来了。在飞机上，麦斯钰通过雷梨花的介绍，已经查阅了不少资料，一见面，她赶忙问道："我听说过 3D 打印人体器官，是不是可以打印一个新的肝脏给我爸换上呢？"

黄梓建摇摇头："到今天为止，通过 3D 打印技术制造的肝脏组织刚刚实现在动物体内存活，短期内还不可能做到打印完整的肝脏器官进行移植。"

麦斯钰明显有些失望："那我们要用的是什么办法呢？"

戴天宇的思路突然被打开："或许我们可以 3D 打印一个麦叔叔的肝脏模型。"

"模型？能用吗？"雷梨花满脸疑惑。

戴天宇解释说："只是模型，就像是汽车的模型一样，不可能让人体直接用的。”

雷梨花一听急了，说了半天，还是假的：“那有什么用啊？戴天宇，你是不是忽悠我们？”一句话说得戴天宇满脸的尴尬，气氛一下凝固了。

黄梓建见状，帮忙缓和道：“雷总，你不要着急。麦叔病情的最大困难是手术的难度太大，如果在切除肝脏肿瘤的时候，把好的肝脏组织切除得太多，就会危及生命。但是，如果天宇可以根据麦叔肝脏部位的实际数据，采用超高精度的 3D 打印技术，成功打印出麦叔肝脏的仿真立体模型，就可以协助医生在手术时，极大地加强对关键部位的识别和定位，引导进行重要脉管的分离和肿瘤病灶的切除。”

黄梓建解释得很清楚，戴天宇赶忙接话：“对，就是这个办法。”

雷梨花还是有些疑惑：“咱们的模型可大可小是吗？”

“不但想多大就多大，还可以进行实时模拟，到时候我们可以直接把高精密度模型带到手术室，给医生现场提供帮助，随时进行手术的模拟试验和方案调整。”戴天宇解释着。

麦斯钰突然明白了：“这样手术后也可以给我爸爸保留百分之五十以上的肝脏，就能避免肝脏衰竭了。”

“没错，就是这样。”黄梓建说。

“但是……”戴天宇仍然紧皱眉头，有些犹豫。雷梨花一看，急了，“但是什么？戴天宇，关键时刻你是不是还想提条件？你忘了麦董以前是怎么帮你的？你信不信我收拾你啊？”

戴天宇一脸委屈：“当然不是！正因为麦董对我恩重如山，我才更感到责任重大。刚才说的这些方案，从理论上、技术上来说，都是可行的，但是还从来没有实践过。”

麦斯钰心头一颤：“就是说，我阿爸这个，可能是第一例？”

戴天宇点头，面露疑虑：“对，此前别说人体的临床实验，连动物实验都没做过。所以虽然我对自己的 3D 技术很有信心，但是……”后面的话他没有说完。不过，麦斯钰知道他要说的是什么，这对戴天宇、医生以及麦叔来说，都将是一次史无前例的挑战。

三

黄梓建一直有个梦想，就是把自己所学的东西，切切实实地用到老百姓的生活中。他听说国家要重点建设粤港澳大湾区，所以萌生了一个想法，他想在大湾区建设智慧城市群。

粤港澳大湾区是由香港、澳门两个特别行政区和广东省的广州、深圳、珠海、佛山、东莞、中山、江门、肇庆、惠州九座城市组成的城市群，每个城市都有自己各自的风格和特点。虽然只是中国的一个地区，但是GDP总量规模已经与韩国持平，即使放在世界国家排名中比较，也能排到第十一位，是全国经济最活跃的地区和重要增长极 。此外，在世界四大湾区中作比较，粤港澳大湾区经济总量居第二位，而人口、土地面积、港口和机场吞吐量均居四大湾区之首。可以说，粤港澳大湾区是一个世界级的超级城市群。

黄梓建的想法是，把各个城市的优势整合起来，把来自新旧方面的需求结合起来，这样形成这个大片区进一步发展的强劲动力。但是，要在这个已经高度发达，人、财、物都已经在高速流通运转的区域里完成这个使命，相当于在百尺竿头更进一步，真正有效地整合资源，不是一件容易的事情。他和麦斯钰商量后，一致认为建设智慧城市可能是其中的突破口：一方面利用以物联网、云计算、移动互联网为代表的新一代信息技术；另一方面在知识社会环境下逐步孕育开放、创新的文化生态，实现信息化、工业化与城镇化的深度融合，通过精细化和动态的管理提升城市发展效率，改善市民生活质量。二人一拍即合，黄梓建花费几个月的时间，完成了“关于在粤港澳大湾区建设智慧城市群的建议”的建议书。谭文智是第一个看到这份建议书的人，看后非常满意。

最近这段时间，谭文智的工作重点也是大湾区的建设。他发现，虽然大家的积极性很高，但是还有很多没有真正想清楚的问题。他特地请政策研究室的李国强主任给大家开个讲座，好好聊聊。

麦斯钰和黄梓建也应邀参加了这次讲座。讲座上，李国强提道："建设粤港澳大湾区是习总书记亲自谋划、亲自部署、亲自推动的国家战略，是新时代推动形成我国全面开放新格局的重大举措，也是推进'一国两制'事业的实践创新。中央对粤港澳大湾区的战略定位有五个：一是充满活力的世界级城市群；二是具有全球影响力的国际科技创新中心；三是'一带一路'建设的重要支撑；四是内地与港澳深度合作示范区；五是宜居宜业宜游的优质生活圈。"

会后，谭文智、李国强二人在市政府大院漫步，刚聊了两句，就看到麦斯钰和黄梓建迎面走了过来。谭文智一见到他俩，就笑着说："我就说吧，要说我们市里，缺了谁也少不了这两位。"

李国强也笑道："他们是科技界和企业界的精英，按现在的热词，那是站在C位的人，咱们两个老家伙该靠边站了。"

麦斯钰被说得不好意思，赶忙解释："两位老领导，别开我们的玩笑了，我们确实有事情要汇报。"

李国强一副愿闻其详的表情。麦斯钰说道："刚才李主任已经介绍了，中央对粤港澳大湾区的五个战略定位，我们认为，实现这五个目标，都少不了智慧城市的建设。"

麦斯钰话音一落，黄梓建马上补充道："为应对城市化带来的挑战，过去十多年，各国不断大力投入建设智慧城市，而智慧城市所蕴含的智能互联、协同创新、宜居宜业等理念，亦是粤港澳大湾区建设的应有之义。"

谭文智笑着说："看看，他们比我们还着急。"

"我们当然着急。"麦斯钰也笑了，"上次座谈会之后，我们和南海电网公司交流过好几次，他们对智能路灯建设非常有兴趣。"

谭文智点头，表示很欣赏麦斯钰："是啊，你们国兰是LED灯行业的龙头企业，现在正是你们该亮剑的时候了。不过，目前还有一个比智能路灯更迫在眉睫的题目摆在面前。”看麦斯钰充满好奇的表情，李国强解释道：“大湾区涉及两种制度、三个关税区，同时粤港澳三个地区的经济发展程度以及社会管理模式都有差异，在粤港澳大湾区规划和建设过程中，怎么处理这些差异带来的问题？”

这些问题麦斯钰根本没想过，她看向黄梓建，黄梓建两手一摊，表示自己也没想过。

李国强看着二人的模样，笑着说：“这个题目有点大是吗？咱们具体一点，国兰是城市 LED 照明领域的领军企业，等港珠澳大桥通车了，粤港澳一小时生活圈就将建立，大湾区基础设施必须实现连通，完成世界级港口群、机场群和轨道交通网，其中新的技术和管理难题可是不少。比如，三地的交通规则就不一样，对这一点你们有什么高招吗？”这下，又把麦斯钰给问住了。

回到公司，麦斯钰和黄梓建在园区里溜达，麦斯钰问黄梓建，觉得智慧交通照明系统有几成把握。

“这两天实验室的数据分析就快完成了，等数据出来我再回答你这个问题。”

麦斯钰看着黄梓建，他永远都是这样，用数据说话。她问道：“我就想知道你对这个事情的直觉判断？”

“直觉靠不住，没有基础的数据，我还真不能乱说话。”

听了黄梓建的话，麦斯钰有些不高兴。她之所以这么问，是因为最近这段时间，她的心理压力真的很大。她看得出来，对于国兰公司的研发重心从之前的智能路灯转到智慧交通的建设，石学举和欧阳小江都有犹豫。毕竟智能路灯已经相对成熟了，而智慧交通却是一个新兴的概念。麦斯钰担心万一出了什么事，到时候很可能会危及整个国兰公司的前途。可是这个黄梓建，就是不开口，弄得麦斯钰心里很是烦躁。

正在这时，雷梨花快步追上来：“麦董、黄主任，我是想问问，为什么智能路灯系统的研发不做了？”

“不是不做了，是暂缓。”麦斯钰感到头都要大了，“公司要上马新的项目，时间太紧，我们的研发人员都要调到这个项目上来。”

雷梨花还是不太理解："可是麦董，智能路灯系统已经进入关键期，现在搁置会不会太可惜了。花在研发上的经费我们先不说，未来两至三年的市场，那可是了不得的呀。"

看雷梨花一脸激动的模样，黄梓建安抚道："智慧城市建设是大趋势，而我们的智慧交通照明系统是一个很庞大的体系，未来智能路灯只是这个庞大体系中的一个分支。你说的损失确实存在，但那是暂时的，从长远来看，我们不但不会有损失，还会有很广阔的市场前景。"

雷梨花看着黄梓建，将信将疑："黄主任，你是专家，你说的话我从来都不怀疑，你可不能诓我。"

黄梓建笑起来："雷总，你这么厉害，我哪敢骗你呀。"

看到雷梨花终于露出笑容，麦斯钰这才松了一口气。

黎明的曙光揭开夜幕的轻纱，渐渐地，东方地平线出现了一抹红晕。过去的这一个月，黄梓建吃住都在办公室，终于做好了智慧交通照明系统的最初方案。

国兰公司会议室里，黄梓建通过 PPT 向大家展示着智慧交通的初级方案，最后他说道："从这个草案来看，我们对技术、材料等方面都有一定的信心。当然，这个草案只是为集团是否上马这个项目做一个前测，一旦上马，困难是显而易见的。"

黄梓建话音一落，麦斯钰马上说道："我接着黄主任的话说两句。打造符合大湾区实际需要的智慧交通照明系统，这是我们国兰集团的光荣使命，也是比我们之前制造的所有城市智能照明系统都要复杂得多的艰巨任务。这个草案已经给了我们信心和决心。各位，这对我们来说是一次巨大的挑战，更是一次前所未有的机遇。"她看向众人，"大家投票吧，赞成的请举手。"说完，麦斯钰自己第一个举起手来，紧接着是黄梓建。欧阳小江看了看石学举，有些犹豫。

雷梨花突然站起来："我赞成！"看到雷梨花的态度，石学举和欧阳小江也先后举手。

麦斯钰很激动："好，全票通过！从'智能'到'智慧'，要完成这项任务，必须最大限度地调动整个集团的资金和技术力量，各位都要开动脑筋，群策群力。”说着，她看向黄梓建，“黄主任，谈一下你的最新想法吧。”

黄梓建点头，他告诉大家，所谓的智慧就是“感知、记忆、预测和执行”。智慧城市，首先需要的是智慧感知，然后通过各种手段进行互联，最终要做到协同，增强各个部门之间的互相沟通和配合。他大概的设想是，在大湾区智慧城市群的概念中，LED 将不再以产品的形式，而是以系统方案的形式出现。国兰的智慧照明系统，应当以提升照明的舒适化、人性化和智能化为出发点，包含 LED 照明，信息的采集、传输和发布，最重要的是，还要有数据的迅速处理和控制的有效执行。

雷梨花听得头都快炸了：“听起来都很复杂，这到底要怎么实现啊？”

麦斯钰解释说：“千里之行，始于足下。从现在开始，国兰将调动整个集团的科研、管理和生产力量，并与上下游产业、国内外企业，还有政府有关部门通力合作，目标是建设集照明、监控、管理为一体的 LED 智慧交通照明系统。首先第一步，我们计划在华明老厂区建设大型的交通试验场，大家对此有没有异议？”众人摇头。

麦斯钰看着欧阳小江：“欧阳总，你的意见？”

“我举双手赞成。”

四

临近春节，麦斯华和舒一雅拎着红色的年货来到医院。病房里，洪俊杰、麦斯莲已经把麦叔的病房布置得喜气洋洋。

麦叔看着孩子们忙活，开玩笑道：“今年在病房里过年，怎么感觉比以前在家里还热闹。”

麦斯莲赶紧说："阿爸，今年不用你张罗，等着吃现成的就好。"

"唉，我不想吃现成的也不行啊，你们又不能把船上的厨房搬过来。"麦叔抱怨道。虽然马上要过节了，可麦叔的心情并不怎么好，上午渔协的几个人来看他，说他们已经开始为端午节龙舟赛训练了。以往每年的龙舟赛，麦叔的舞狮队都是要去表演鼓劲的，可是现在，他怎么就住院了呢？想到这里，麦叔心里很不是滋味。

这时，麦斯华和舒一雅推门进来，一看到麦斯华，麦叔赶忙问道："阿华，我到底什么病啊，什么时候能出院，你们都不告诉我，我这心里也没个底。"

麦斯华敷衍着："阿爸，你不是什么大病，就是需要卧床休息，一切听医生的，你就踏踏实实地在医院住着，其他事情都别管。"

舒一雅把鲜花插进花瓶，捧着花瓶凑过来，岔开话题："麦叔叔，香不香？"

对于舒一雅，麦叔是越看越喜欢。他真不知道儿子上辈子到底做了什么好事，居然能讨到这么好的媳妇。他赶忙说："香，香！还是一雅懂事，每次来都给我带花。这医院干净是干净，就是一股药水味，我闻不惯。有了你的花香，我老头子舒服多了。"

舒一雅一听，更开心了："麦叔叔，你喜欢，我天天都带花来看你。"

"好，好！"麦叔笑道，这时他突然发现麦斯钰不在，好奇道，"对了，阿钰是不是还忙着呢？"屋里的人相互看看，都表示不知道麦斯钰去哪儿了。

此时的麦斯钰、黄梓建和戴天宇都在医生的办公室。麦斯钰拿出自己做好的建议书，交给医生："由于没有先例，不敢冒昧，已经论证了一段时间，详细资料都在这里了，您觉得怎么样？"

医生一个字一个字地把建议书看完，赞叹道："用3D打印的肝脏模型辅助手术，真没想到还有这种方法。你们准备得很充分，说实话，我觉得完全可以一试。但是……"医生犹豫了一下，"话要说在前面，这对我们医务工作者来说也是破天荒头一回，确实没有十足的把握啊。"

不过医生也提醒麦斯钰，在这件事情上亲属之间要商量好，大家要有面对各种结果的思想准备。麦斯钰听着医生的话，忧心忡忡。

最难的时刻终于要来临了，之前麦斯钰一直对麦叔隐瞒着病情，可是眼下，为了能让他配合手术，麦斯钰只好把真相告诉麦叔。

也许是早就有所感觉，麦叔知道了自己的病情之后，表现得很平静。他沉默了许久，开口道："这件事还是由我自己来做主——阿钰、梓建，就用你们的办法吧。"

麦斯钰一直忍着眼泪："阿爸，确实是有风险的。"

麦叔挥挥手："怎么都有风险，不试一下风险更大。"

"阿爸，要不要再考虑考虑，让梓建他们再多做几次实验？"一旁的麦斯莲早已泣不成声。

麦叔的态度却异常坚决："这种事啊，越拖越不利；要试验，就从我这儿开始。你们放心，我不是自暴自弃，就像阿华说的，你们这几个孩子都没有放弃希望，我这个当阿爸的怎么能当个反面典型呢？"一句话，把大家都逗乐了。

接着，麦叔看着儿女，一个个善良、有出息，又孝顺，他很知足。片刻后，他缓缓地说："你们不要有太大压力，我这一辈子过得还是很值得的。这里的每个人都闯过了很多坎，我也一样。这次的鬼门关难不住我的，我一定活下去给你们看。"

麦斯钰原本打算安慰父亲的，没想到却被父亲安慰了。紧接着，麦斯钰让戴天宇带着专业团队为麦叔做测量。结果出来后，戴天宇眼里爆发出欢喜的火花。他分析说，如果是这种精度的要求，他们完全可以实现，可以在模型上准确地呈现病变范围与邻近脏器组织的三维空间关系。

医生也很激动："那我们就可以在术前精确定位病灶、血管，进行精确规划，必须切除的部分就少很多了。很有希望！"

听着戴天宇和医生的话，麦斯钰脸上露出了久违的笑容。

与此同时，国华公司却遇到了成立以来最大的困境。

五

临近春节，华明老厂张灯结彩，到处都呈现着节日的喜庆。准备用于实验智慧交通的试验场已经建设完成，车辆从一排路灯下开过，大量的实时数据汇总到计算机上，科研人员正在进行操作。欧阳小江和雷梨花在现场统计着实验数据。

突然一声巨响，雷梨花惊呼："出什么事了？"她脑子里出现的第一个想法是车辆出事故了。

欧阳小江环顾四周，问："试验场里好像没什么，是咱厂里的声音吗？"他看看周围，没发现什么状况。

雷梨花眉头一紧，听上去感觉不远。突然，不远处有浓烟往外冒，紧接着又是一声巨响。这下二人不淡定了。

这时，保安队长一脸慌张来报："两位老总，出事了！刚才爆炸声响，马上有一群自称是记者和新媒体人的人，拼命往厂子里闯。我们人少，实在拦不住。"

欧阳小江心头一惊："其他地方无所谓，这个试验场不能让他们拍。"话音刚落，有不少拿着照相机、摄像机和手机的人冲进来，有的对着试验场和雷梨花、欧阳小江等人拍摄，有人在拍已经渐渐散去的烟，还有的人在直播。

几小时之后，"国兰智慧照明建设工地发生重大事故"的新闻就传遍了互联网，但雷梨花和欧阳小江已经检查完毕，并没有发现明显的火源。按照常理来说，是不可能有那么大的烟的。可是到底是为什么，他俩也说不清楚。

麦斯钰和黄梓建接到消息，马上返回公司，他们还没进门，就被两位身着正装的检察院的同志给截住了，其中一位见到黄梓建和麦斯钰，上来说："我们是市检察院反贪局综合科的，我叫周正，这位是我的同事孙洪，这是我们的证件。"说着，周正拿出二人的证件。

黄梓建接过证件，看了看，有些蒙。

周正解释道："我们接到举报信，你们涉嫌一起行贿案件。根据《中华人民共和国刑事诉讼法》第一百一十九条规定，传唤你们到珠海市人民检察院接受询问。"

黄梓建和麦斯钰震惊了，他们随两位检察院的同志上了检察院的车。看着检察院的车离去，欧阳小江和雷梨花一时不知所措。

不远处，一个相机镜头一直在暗处拍摄。

一到检察院，黄梓建和麦斯钰就被安排到了两个房间进行询问。和他们一起来的还有南海电网公司的董事长程楠。原来，检察院收到一封匿名举报信，说麦斯钰和黄梓建行贿南海电网公司高层，这才把他们三个叫了过来。因为没有实质性的证据，麦斯钰和黄梓建很快被放了回来。

但是，经过这么一闹，国兰公司的形象一落千丈，股价也是一直下跌。最让欧阳小江头疼的就是网上，其中，一名主播的相关视频在网上有了几百万的点击量。在视频中，主播说什么"事故的伤亡情况不明，我们到达现场的时候，还遭到国兰工作人员的无理阻拦和人身攻击"之类的话，更是让欧阳小江哭笑不得。此外，各种"键盘侠"也不放过这个机会，个个都跟自己是当事人似的，说得绘声绘色、义愤填膺。不过最让欧阳小江不理解的是，网上居然有人传国兰公司泄露国家机密。RYG 和国兰才刚刚签订战略合作协议，现在这个屎盆子就扣到了他们头上，说他们和 RYG 有内幕，什么核心技术交易，什么智慧交通系统成为国家信息安全隐患……这完全是恶意造谣，很明显，就是要破坏国兰竞标南海电网项目。

欧阳小江无奈地说："竞标就在眼前，出这样的事情对我们很不利。如果我们不能顺利参加这次竞标，前期那么多试验研发就都白费了，我们的损失可是无法估量的呀。"

雷梨花也是第一次感受到了舆论的厉害："公关部没有一点办法吗？"

石学举摇头："现在咱们国兰的舆论环境非常恶劣。公关部已经查到有一家境外的媒体，打出跟踪详细报道的招牌，不断放出许多似是而非的所谓'内部资料’，他们居然连麦董和黄主任被传唤的照片都有，我感觉是早有预谋的。”

说到早有预谋，雷梨花和石学举想到一块了。她和欧阳小江根本就没有找到明确的火源，她怀疑那些记者、媒体人都是假的，早就在厂子门口埋伏好了，要不怎么能那么快就冲进厂里呢？可是她不明白，这事到底是谁干的呢？

“不管是谁早有预谋，现在他已经得逞了。”欧阳小江叹了一口气，“我们确实是火烧眉毛，媒体上骂咱们的文章已经铺天盖地，尤其是针对目前的智慧交通系统，已经有人在网上收集签名，要迫使政府对我们国兰采取行动。”

“我们真金不怕火炼，身正不怕影子斜，都是捕风捉影的事，谁敢造次？”雷梨花一脸正气地说。

作为曾经被舆论侵袭的受害者，欧阳小江看着雷梨花，无奈道：“雷总，别小看这个，三人成虎、众口铄金，口诛笔伐的网络暴力，那破坏力是很强的，他们刀下的冤魂可不少。”

石学举赞同欧阳小江的说法。眼下，尽管没有定论，但集团上下已经人心惶惶了，还有上下游有合作关系的几百家企业，都快把国兰公司的客服电话打爆了。网络暴力，真的没有那么简单。

欧阳小江感慨道：“现在最可怕的是舆论，我们的负面新闻在网上就像病毒一样，传播速度太快了。”

雷梨花建议说：“能不能开一个记者招待会，澄清一下事实？”

麦斯钰摇头：“不行，现在我们不能轻易发声。咱们自己都搞不清楚情况，贸然发声，只怕越描越黑。”

“不过，我赞成在咱们的官网和主流媒体上发一个声明，说明我们国兰集团一向奉公守法、谨小慎微，现在只是有些误会，很快就会水落石出。”石学举建议道。

看着大家都有些着急，麦斯钰却平静了下来。虽然舆论的呼声很大，可都是莫须有的罪名，根本没有实质性的证据。眼下，背后的主使是谁并不重要，重要的是他的目的已经达到了——干扰国兰的招标计划，以及扰乱人心。麦斯钰看着众人，分析道：“现在检察院已经介入调查，我们一方面要积极配合协助调查，一方面要先稳定集团内部。如果我们自己先乱了，那才是中了圈套。”

“没错，这件事肯定是蓄谋造谣，其手段极其低劣。”黄梓建补充道，“但是调查是需要时间的，而竞标在即，他们的目的就是想让我们国兰方寸大乱，被迫退出竞标。这样一来必然是对国兰的重创，而智慧交通系统的项目我们也就错过了。”

雷梨花听明白了二人的话，赶紧擦擦眼睛，努力让自己平静下来：“我们不能乱，我们不能乱。”说着，她提议道，“这样，给集团的全体员工发通知，尤其是管理层，让大家明白我们遭遇了危机，但是一定可以克服，让大家恪尽职守，共度时艰。”

欧阳小江立即响应：“我来负责和我们的合作方作沟通，尽量减少误解。”

麦斯钰补充道：“好，梓建你这边还是盯着研发，西南基地那边正常的生产和这里智慧交通系统的研发，都不能停。”黄梓建应声说好。

安排好了公司的事情，麦斯钰和黄梓建接下来的任务就是等。很快，他们就接到检察院的通知，说已经有了结果，经过鉴定科的鉴定，举报照片是合成的。举报信里提到的麦斯钰向程楠行贿的一百万元人民币，通过调查也证实是造谣。所以，检察院特地把麦斯钰、黄梓建和程楠请到检察院，正式通知他们，行贿受贿案不予立案。

对于这个结果，程楠早有预料。身正不怕影子斜，看着周正，他既感激，又担忧：“我们南海电网是国企单位，这件事对我们的影响非常大。”说着，程楠看向黄梓建和麦斯钰，“还有国兰，国兰是市里照明行业的龙头企业啊，本来这次参加竞标是理所当然，如果有人因为恶意的商业竞争造谣诽谤，那真是太恶劣了。周科长，请你们一定要抓住造谣的人！”

程楠的话正是麦斯钰想说的，她又说道：“行贿受贿的事情虽然调查清楚了，但是我们国兰和RYG的合作被诽谤成威胁国家信息安全，这直接导致了我们国兰还将继续接受进一步的调查；同时，我们国兰很有可能会被取消参加竞标的资格。”

程楠看着麦斯钰，充满了愧疚：“竞标会的时间迫在眉睫，在没有调查清楚之前，恐怕国兰不能顺利参加竞标。说实话，这对国兰的影响非常巨大啊。”

他们三个的担忧，周正都明白，但是眼下检察院这边也没有什么线索，调查一直进行不下去。他询问道：“请你们都好好想想，如果能提供有效的线索，对我们侦破案子会很有帮助。”

麦斯钰解释道：“我们做企业，都会有商业竞争，我也想过会不会是竞争对手试图干扰国兰参加这次的竞标，但是我没有具体证据。”

黄梓建也说：“据我所知，这次参加竞标的都是业内的一些大企业，我们不相信为了商业竞争他们会做出这样卑鄙的事情。”

周正突然问道：“那你们有没有什么私人恩怨呢？”

程楠想了半天，摇摇头。这时黄梓建看向麦斯钰，麦斯钰愣了一下，没有说话。

第二十章

一

纵火事件陷入僵局，欧阳小江一边等待警察的消息，一边动员全厂职工在厂里找线索。没想到，还真被他发现了一些蛛丝马迹。

在老华明厂区一个僻静的角落，有一堆明显的火堆燃烧的痕迹，距离火堆不远处，欧阳小江还发现了一个烧过的毡垫，找到的时候，上面还是湿的。他推测这就是冒烟的原因，而且纵火的人当时应该很着急，所以没来得及销毁这个证据。欧阳小江赶紧打电话报警，同时还拨通了欧阳东江的电话。

欧阳东江是从电视上得知国兰着火消息的，他挂上电话，直接来到了欧阳小江描述的地方，发现是一处早已不再使用的废弃工地。

欧阳小江长这么大，第一次知道厂里还有这么个地方，另外，厂里的几个老员工还在厂区的西南角找到一处跟这里情况差不多的地方。欧阳小江推测，这两处应该是同时生的火，为的就是制造着火的氛围，但是又不让人太快发现火源在哪儿。根据现场的情况，警察分析，这次的纵火犯绝对不是一个人，此外，这两处着火之后，马上有一堆人扛着摄像机冲进厂里，目的就是试验场。这么一算下来，这场火灾的制造者，最少有三个人，两个在厂里负责放火，另外一个在厂外面负责把风，一看到烟，就带着记者往里冲。

事件的经过虽然清楚了，可是问题来了，到底是谁放的火，幕后黑手又是谁？欧阳东江和欧阳小江的脑海中几乎同时闪过一个人的面孔：欧阳春。

只有推测肯定不行，警察要的是证据。欧阳东江和欧阳小江决定先从有可能隐藏在厂里的两个内奸入手，以期一点一点地揪出幕后黑手。为了稳定人心，避免打草惊蛇，民警、欧阳东江和欧阳小江没有告诉任何人。很快，他们在监控里发现了蛛丝马迹，把目标锁定到两个华明的老员工身上。

在这件事情上，欧阳东江所承受的痛苦，是常人难以想象的。毕竟是自己带出来的人，最后做出这种事情，这不是狠狠地打他的老脸吗？作为受害一方，他并不想声张，也不想追究这两个老员工的刑事责任，他要做的是挖出幕后的指使人，并将之绳之以法。

两个老员工一个姓张、一个姓李，大家平时都叫他们老张、老李。他们被带进了欧阳小江的办公室，二人像是提前商量好的，彼此相互作证，都具有不在场证明。欧阳小江看两个人嘴硬，直接把两个火堆照片放到两人的面前。这时候，欧阳小江发现，老张明显有点紧张，脑袋压得很低，脸都红到了耳朵根了；老李比较淡定，而且一口咬定，什么都不知道。

这下，欧阳小江急了，欧阳东江对他们有感情，他可没有，他毫不客气地说："我请你们也看看监控好了。真以为拍不着啊？现在的厂区和当年的可不一样了……"说着，他就要去开监控拍摄的画面。

这时，欧阳东江突然开了口："小江，先不急着放监控。你先出去，我想亲自跟他们谈谈。"

欧阳小江看着父亲，一脸的不情愿。欧阳东江朝着他点了点头，让他放心。欧阳小江看着二人，气得半天说不出话来，临出门前，狠狠地瞪了二人一眼。

欧阳小江出去了，可是两个人的脸上却没有放松的表情，相比欧阳小江，欧阳东江才是他们最不愿意面对的人。欧阳东江看着两个人，想到了从前的华明公司。记忆一下回到当初，那些画面就像印在他的脑海里，即便过了很久，还是清晰如昨。他缓缓地说："我记得，你们两位最早就在一个车间吧。"

话音一落，两个老员工相互对视了一下，已经四十多岁的人，眼眶却已然发红。

欧阳东江叹了一口气。他之前听到不少人在背后风言风语，说华明被收购了，不复当年的景象了，这些话对新员工可能没什么，但是对老员工来说，心理上一时很难接受也可以理解。他看着二人，语重心长地说："华明还是华明啊，华明的招牌没倒啊。"说着，欧阳东江又拿出几张照片放到桌子上。二人凑上前来，欧阳东江继续说："你们看看这几张照片，这是麦斯钰董事长发给我的，这是在欧洲的超市，这是中东城市的路灯，这有国兰标识的，还是咱们华明牌子呀。回想当年，咱们被外国货挤得利润都快被榨干了，想到过能有今天这番景象吗？还有现在新修的试验场，那是最新的高科技，比西方的都先进。你们回家可以说，那就是在我们华明厂里造出来的。你们，真的想把这样有前途、有希望的华明弄垮吗？"这下，老张和老李沉默了。

欧阳东江知道，两个人的心理防线已经动摇了。他继续说道："还有，咱们华明最惨的时候，你们不是不知道，就是欧阳春管事的时候嘛。"

一听欧阳春的名字，老张老李同时抬起头，神色慌张，有些不知所措。

欧阳东江却十分平静："你们不用觉得奇怪，我们知道，这就是欧阳春让你们干的！"

这下，二人的心理防线彻底被击垮，尤其是老李，鼻子一酸，哽咽着说："我们也不是非要给欧阳春卖命。只是过年了，想赚点外快，而且只以为点两堆火而已，也伤不了人，没想到闹那么大。"

欧阳东江看着二人，无奈地叹了一口气。

另一边，麦斯钰和黄梓建也回到国兰公司。一进办公室，黄梓建就问麦斯钰为什么在检察院的时候，不把心里的怀疑对象说出来。

"我不确定是谁，不能乱讲啊。"麦斯钰掩饰着。

黄梓建太了解麦斯钰了，这明显就是在说谎嘛！黄梓建说："郭永旺，你心里真的没有怀疑过他吗？"

其实，周正问他们的时候，麦斯钰的脑海中第一个闪出的就是郭永旺，但是她努力不让自己这么想。一来，她觉得郭永旺也没那么大的本事；二来，她从心底不愿意相信这件事情和郭永旺有关。在检察院的时候，她把整个事情梳理了一遍，华明老厂前脚出事，检察院的同志紧跟着就来了，先是举报他们行贿程楠，举报刚刚澄清，又炒作他们和RYG的合作，一步步就好像有一只手在后面推着。他们的诡计一环扣一环，目的无非就是想让国兰退出南海电网的竞标。智慧交通照明系统是一个多大的市场啊，他们的竞争对手个个都眼红得不行。所以这件事情，是对手所为也不无可能。

面对黄梓建的质问，麦斯钰答道："可是就算我们被迫退出，郭永旺和欧阳春也没有能力吃下这个大蛋糕啊。"这也是她没有说出郭永旺的原因之一。

黄梓建不这么认为，他想不通麦斯钰为什么会帮着郭永旺："就是因为他们没有能力，所以如果国兰真的中标了，他们就更没有机会了。但是如果中标的不是国兰，他们也许还能在这个蛋糕里分那么一小块。你别忘了，郭永旺曾经是RYG的代理商！"黄梓建分析得十分到位。麦斯钰明白，也许自己已经有了答案，只是还不愿意相信。

正在这时，欧阳小江走进来，气喘吁吁地说道："工人已经交代了，是欧阳春指使他们在工厂搞破坏的！"

麦斯钰心头咯噔了一下，还没开口，欧阳小江就接着说："你们想想，工厂一出事，就来了那么多媒体，紧接着检察院就来调查了，媒体铺天盖地的报道一下子让国兰的股价下跌。"

黄梓建补充道："没错，这都是一环扣一环的。他们知道技术分析需要时间，但也知道这个时间不会太长，所以就在检察院查不到新的证据的时候，他们又爆出国兰和境外企业交换核心技术的料。这才是要命的一击，无论真假，国兰都要接受调查，直接导致国兰被拦在了竞标场外。就因为一系列的造谣诬陷，我们的损失太惨重了。"

证据摆在眼前，一种说不出的感觉涌上麦斯钰心头。

欧阳小江看着麦斯钰，急得不行："麦董，你还犹豫什么，报案吧，只要抓住郭永旺和欧阳春，一切就水落石出了。"麦斯钰看着欧阳小江急切的眼神，又看看黄梓建肯定的目光，终于做出了决定。

第二天一大早，检察院的工作人员就在郭永旺的住所找到了他。

郭永旺像是早就预料到一样，表现得十分淡定，他用沉默来回应检察院工作人员的问题。工作人员把照片和匿名举报信摆在他的面前，同时还说出了一个令郭永旺心虚的名字：“鬼影”。

这个名字郭永旺再熟悉不过了，“鬼影”是著名的网络黑客，郭永旺就是给他钱，让他在网上散布谣言，把国兰公司推向风口浪尖的。

看到郭永旺已经有些心虚，工作人员继续问道：“你可能以为这个鬼影在境外，遗憾的是，他前几天刚刚潜回国，已经被我们抓捕了。你和他应该没见过面吧？”郭永旺一听，脸色惨白。

在工作人员的进一步逼问下，郭永旺终于交代了：“是……是欧阳春让我这么干的，举报信和照片都是她交给我的。”此时，问询室幕墙外，麦斯钰看着这一切，痛心不已。

郭永旺最终因为故意纵火，被抓进监狱。无论如何他也想不到，第一个探视他的人，居然是麦斯钰。

麦斯钰打开带来的饭盒：“快过年了，给你带点家里做的饭菜。”

郭永旺看着眼前冒着热气的饭菜，不禁心里一酸，一时有些哽咽。麦斯钰微微叹了一口气，说：“你家里，我已经去拜过年了，大家都还好。等你出去，就没什么大事了。”

郭永旺抹了一把眼泪，懊悔不已：“唉，哪出得去啊，诬告陷害罪，不是三年以上就万幸了。”

“没有那么严重，我和梓建都去录了笔录，提供了证词，我们都相信，那张照片不是你伪造的，而且你也不知道它是伪造的，在信以为真的前提下，你不算是有意诬陷，而是错告，或者叫检举失实，可以不按诬告陷害罪处理。”

郭永旺一听，两个眼睛瞪得老大：“真的？”他没想到麦斯钰和黄梓建竟然会帮着自己。

“当然是真的。最近我们也恶补了好多法律方面的知识呢。所以，你应该不会关太长时间的，很快就能和家里人团聚了。”麦斯钰安慰道。

郭永旺看着麦斯钰，终于说出了一直不敢说的话：“阿钰，你要明白，如果我不是有意诬陷，就是相信你会违法犯罪，那你难道不怪我吗？”

说不怪那是骗人的，但是郭永旺都已经这样了，麦斯钰还去记恨他，又有什么用呢？麦斯钰告诉郭永旺，人不能一直活在仇恨中，要往前看。郭永旺听完，心中多年的郁结一下解开了，原来他才是那个一直没有看明白的人。这一刻，郭永旺感到无地自容，不禁泪流满面。

事情终于水落石出，检察院通过正式的官方平台向公众公布了整个案情，尤其特别说明，国兰的确是奉公守法、技术先进的良心企业；此外，还狠狠地整治了水军和假记者。这下，国兰的舆论环境彻底反转了。一时间，很多媒体自发发表支持国兰肯定国兰的文章。国兰公司通过这次的事情，因祸得福，反而变成正面典型。

二

失之东隅收之桑榆，连麦斯钰自己都没想到，经过这次的事情，她竟成为网红，所以她无限感慨网络真是一把双刃剑。雷梨花还开玩笑，让她以后出门戴个墨镜，免得被认出来。

经过这次的风波，麦斯钰因祸得福，不过，她最高兴的是，无论国兰的总部机关，还是国兰、华明、财务三个子公司的同伴们都是恪尽职守的，在国兰陷入危机的时候，没有一个人当逃兵。尤其是雷梨花、石学举和欧阳小江，三人在关键时刻的担当，更是令她感佩。

忙完了公司的事情，麦斯钰又马不停蹄地赶往医院。一进医生办公室的门，她就看到戴天宇和医生围绕着 3D 打印制成的肝脏模型，正在对麦叔的手术方案进行最后的确认。

“打扰你们了，下午要辛苦各位，我先代表病人亲属表示感谢。”麦斯钰面带微笑地说，想要缓解一下办公室紧张的气氛。

“还是手术成功以后再说吧。”医生缓缓地说道。说实话，医生还是有些压力的，不过更多的是激动。医生看着麦斯钰，说道：“其实我们也有感谢的话要说。我们都是学医的，以前还真没想过，还能在 3D 打印技术的辅助下做手术。在戴总他们团队的帮助下，下午手术的时候，我们有把握可以避开所有重要的血管，而且经过精确计算，只需要切除病人肝脏的百分之四十多一点，不会危及生命的。要知道，尽可能多地保留肝组织对患者术后正常恢复，有非常重要的作用。”

麦斯钰一听，格外兴奋：“那太好了！”她看着戴天宇，满脸感激，“天宇，你帮了我们天大的忙，我代表全家人感谢你。”

戴天宇有些受宠若惊，不停地摆手：“麦董，您千万别这么说。我能从一个罪犯重新开始，走到今天，又有了一番事业，全靠您、黄主任，还有斯华和国兰各位的帮助。今天能让我以这种形式报恩，是上天的恩赐，对我来说就像做梦一样。我只希望手术顺利，麦叔叔早日康复。说实话，我现在就像进高考考场之前一样紧张，进监狱前都没这样过。”

其实，连戴天宇自己都没想到，3D 打印在临床医学上能有这么好的应用前景。他们的技术已经可以 3D 打印活体组织了，非常有助于对人类疾病的深入研究。此外，这种 3D 模型，可以应用于术前讨论，对年轻医生进行培训，同时还方便患者和家属详细直观地了解病情，正确认识手术风险，从而形成良好的医患沟通，降低纠纷的可能。

时针一分一秒地过去，五个多小时后，“手术中”的灯灭了，手术室门打开，穿着手术服、戴着口罩的医生和护士推着麦叔出来。

麦斯莲第一个冲了上去，不停地叫着：“阿爸！阿爸！”可麦叔一点反应都没有。麦斯钰紧张地问：“医生，我阿爸他怎么没反应啊？”

医生摘下口罩，解释道：“不用担心，麻醉效果还没过。手术非常成功，我们顺利地把巨型肿瘤切除，肝脏保留比例也完全落实了方案，而且因为‘下刀’

精准，患者术中出血很少。总之，你们的父亲没事了。”

众人欢腾庆祝，向医生和戴天宇致谢。

另一边，逮捕欧阳春的计划正式启动。根据郭永旺、老张和老李提供的信息，警察发现了欧阳春藏匿的地点，不过，在现场只找到了欧阳春的犯罪证据，却没抓到人。这可气坏了雷梨花，她发誓要把欧阳春给揪出来。但是，抓捕工作并不顺利，一直没有结果，警察推测欧阳春已经逃到了国外，于是启动了海外追逃行动。不过，欧阳小江却有不同的看法。

他认为，欧阳春这辈子待的时间最长的就是澳门，在犯罪过程中还多次出现在华明厂，所谓“狡兔三窟”，他在想，欧阳春在华明附近会不会还有秘密基地。还有，她办这些事单纯为了报复，损人不利己，肯定花了不少钱，又没有牟利。那么，她被华明驱逐以后，好像也没有什么正经工作吧，她的钱从哪儿来的？

几天后，石学举按照欧阳小江提示的方向，果然在欧阳春主持华明工作时期的账目上发现了一个漏洞——当时是负责人的欧阳春从华明公司转移了五百万美金。石学举马上追踪了资金流，发现是一批出口产品的货款。根据这个线索推断，欧阳春应该早有预谋，所以对方付款后，她没有让钱入账，而是直接取走了。账目显示，这批钱已经入境，欧阳春都是在国内操作的。石学举同时告诉大家，按照中国的外汇管制政策，每人每年只能往境外汇出五万美元，要合法地转出五百万美元，需要一百年的时间。

欧阳小江一听，有些震惊：“那她是？”

“现金。”一旁的欧阳东江接话，“如果她早就在为今天做准备的话。”

欧阳小江震惊了：“五百万美元的现金？”

石学举也赞同欧阳东江的说法，他咨询了在公安局刑侦大队工作的朋友，虽然美元现金在国内无法使用，但是对主要依靠偷渡的犯罪分子而言，现金无疑是最合适的。而且考虑到欧阳春案发的情况，这五百万美元现金，除了她已经用掉的，大部分应该还在国内。

欧阳小江感慨道:“欧阳春果然还有秘密基地，她把这么多钱堆在哪儿了?”说着，他又想起自己在电影里看到的画面，“哎呀，难怪电影里的强盗都要现金，还要不连号的，不经汇兑，不过银行，这是没法找啊。”

欧阳东江却和他的看法完全相反:“我倒觉得，这样的话，咱们抓住欧阳春的概率就大大增加了。”

“为什么?”欧阳小江一脸疑惑。

欧阳东江解释道:“欧阳春现在亡命天涯，可以说她后半辈子就指望这五百万了。儿子，如果你是欧阳春，你会干什么?”

欧阳小江想了想:“无论如何得想办法把钱偷运出去啊。”

“没错，欧阳春肯定还要潜回国来的。

三

2018 年 10 月 24 日，港珠澳大桥开通仪式即将开始。黄梓建一身正装，坐在朱教授的身旁。

上午九点半，伴随着欢快的迎宾曲，习近平等中央领导人步入仪式现场。朱教授和黄梓建与全体同志一起起立鼓掌。港珠澳大桥开通仪式正式举行。

上午十点，习近平走上主席台，大声宣布:“港珠澳大桥正式开通!”话音一落，现场爆发出热烈的掌声。

港珠澳大桥跨越伶仃洋，东接香港特别行政区，西接广东省珠海市和澳门特别行政区，总长约五十五千米，是“一国两制”下粤港澳三地首次合作共建的超大型跨海交通工程。大桥开通对推进粤港澳大湾区建设具有重大意义。

港珠澳大桥通车后，马上就要进行粤港澳三地联合试运。与此同时，上广深港高铁也同时开通，从此，粤港澳一小时生活圈正式建立起来。此外，大湾区在交通方面，重点是共建“一中三网”。“一中”指的是世界级国际航运物流中心，“三网”则是指多向通道网、海空航线网、快速公交网，形成辐射国内外的综合交通体系。可以说，这是世界级的宏大工程。

对于国兰来说，当务之急就是把智慧交通照明系统的试点工作做好，为大湾区建设添砖加瓦，履行应尽的责任。想到这里，麦斯钰问身旁的雷梨花：“现在的试点进展怎么样？”

一说起这个，雷梨花就格外激动，她告诉麦斯钰非常顺利，新系统投入实际道路的试点以来，运行效果非常好，也得到了各方面的肯定和称赞。最后，她说道：“麦董，我想请你和集团的同事们亲临我们的两个试点现场视察。我个人认为，我们的智慧交通照明系统距离走向全世界，已经为时不远了。”

与此同时，身体逐渐康复的麦叔也出院了。他特地赶在端午节之前回家，其实是有自己的目的的。住院期间，他一直打听着，是不是有舞狮和龙舟赛，一听说今年照常举行，麦叔的身体一下就恢复了一大半，非要报名参加。

老邻居看到他这副模样，哭笑不得，劝说道：“老麦，你我的年纪都大了，没资格报名了。这些竞技的事情还是让年轻人去吧，我们啊，就在旁边看看热闹，给孩子们加加油。”

“你老了，我可没老呢！想当年我们什么风浪没见过，驾船这种事情对我们来说没什么难度。”麦叔打心里不服老。

“你还真说错了，龙舟的划法和我们的船可不一样。”老邻居看麦叔不信，非要拉着他去看看。

渔村龙舟练习场，参加训练的都是二十出头的小伙子，他们穿着紧身的衣服，胳膊上的肌肉都是一块一块的。他们排成两排，练习划桨的动作。

教练喊着口号：“1，2，1，2，1，2……停停停，一定要整齐，再强调一下，我们当中有些是新人，一定要注意听节奏。整齐，整齐！再来！”

麦叔看了看，有些着急：“不在船上，怎么练啊？动作都不整齐！”

老邻居看他着急的样子，笑着说道：“老麦，都说大病初愈，脾气会变化，我看你这急脾气是一点没改。”说着，他手指着正在训练的人，“看见没有，人家教练是专业的，训练计划都好多呢。”

麦叔却有些质疑：“马上就要比赛了，他们行吗？”

“这不是参加今年比赛的选手，这些是为明年庆祝澳门回归二十周年的龙舟大赛做选拔呢。”老邻居指着其中一个正在训练的年轻人，满脸自豪地说，“老麦，你看，第二排第三个，我儿子，精神吧？”

麦叔这才明白老邻居为什么非要把他给叫过来，原来是为了炫耀自己的儿子。麦叔不服气：“瞧把你们几个乐的，我去问问。”

说着，麦叔就朝教练走过去：“教练！教练！”

教练听到了麦叔的声音，停了下来。

麦叔一脸期待地问：“教练，我能报名吗？”

教练上下打量了一下麦叔，回应道：“大叔，我们有年龄限制，您超龄了。”

麦叔却还是不服气：“你别看我年纪大，我身体很好的，我过去是船长，那在海上……”

“大叔，大叔。”教练打断了麦叔的话，“我们这龙舟和您在海上驾船完全是两回事。我们讲究的是团队的合作，整齐划一。再一个呢，还有很多技巧，因为是竞技，所以非常考验爆发力和耐力。”

“爆发力和耐力？”这两个词麦叔都是第一次听说。

教练耐心地解释道：“我这么跟您说吧，您这个年龄基本上没有什么爆发力了。而且呢，赛龙舟也有一定的安全风险。您的热情我知道，但是我真不能让您报名。”

麦叔还想再说，几个渔民拉着他：“走吧，老麦，别打扰人家训练了。”

回到家中，麦叔独自坐在床上，比画着划桨的动作。

这时，门外传来麦斯钰的声音：“阿爸，睡了吗？”

麦叔赶紧坐好，说道：“进来吧。”

原来麦斯钰看到麦叔屋里的灯一直亮着，有些不放心：“阿爸，你怎么还不休息啊？

麦叔没有回答，而是问了一句：“阿钰，你觉得阿爸是不是老了？”

麦叔冷不防的一句话，让麦斯钰心里酸酸的：“谁说的，我阿爸还是小伙子呢。”

麦叔想起白天的事情，一脸的失望：“胡说，什么小伙子，今天我想去报名，人家都没让我报。”

麦斯钰疑惑：“报名？什么报名？”

“就是……龙舟赛啊！明年是澳门回归二十周年，要举办大型龙舟赛，澳门参赛队正在选拔。”说到最后一句话，麦斯钰明显看到父亲眼里闪着光。

这件事情麦斯钰之前听说过。她还听说为了庆祝澳门回归二十周年，珠海正在争取主办明年的龙舟文化节，到时候龙舟赛绝对是盛况空前。不过想到麦叔的身体，麦斯钰有些担心：“阿爸，你可别添乱，你这个年纪的人了，这都不是你能参加的活动了。”

麦叔反问：“你刚刚不还说我是小伙子吗？”

麦斯钰没想到自己竟然掉进麦叔提前设计的陷阱里了，有点哭笑不得：“阿爸，你做了手术，一定要好好养着身体。你看我工作忙，也不总在你身边，阿华现在也是香港澳门两边跑，只有大姐平时照顾你多一点，但是大姐也有老公孩子，家里的事情一大堆。你呀，把自己照顾好，就是我们当儿女的最大的安慰了。”

麦叔听得不耐烦：“好好好。我睡了，你也快去睡吧。”说着，他躺下去，转身背对着麦斯钰。看着麦叔孩子气的模样，麦斯钰无奈地摇了摇头，转身走出去，轻轻关上了门。

第二天，麦斯钰起了个大早，特地给麦叔做好了早饭，却发现麦叔不在房间，家里的船桨也没了。麦斯钰心说不好，拿着衣服就往外跑。

她跑到渔村龙舟练习场，大老远就看到麦叔正在和教练争执。

“阿爸……”

麦叔听到麦斯钰的声音，感觉一下找到了靠山：“阿钰，你来得正好，你来评评理，他不让我报名就算了，也不让我跟着训练。”

麦斯钰一脸尴尬：“对不起啊，教练，我这就把我阿爸带走。”说着，她就要拉着麦叔走。但是麦叔十分倔强，就是不走。

“阿爸，你到底想干什么呀？”

“明年是澳门回归二十周年的龙舟赛，我就想能参加，能代表澳门队。”

麦斯钰一转念：“阿爸，你看这样行不行，让阿华报名，让他代替你参加，这样可以吗？”

麦叔有些不太确定地问：“阿华……他愿意吗？”

“愿意，当然愿意了。”麦斯钰心想，就算他不愿意，我也得把他打到愿意。

安抚好麦叔，麦斯钰赶紧给麦斯华打电话，谁知麦斯华竟然和舒一雅在日本玩得兴致正高。见他们玩得那么开心，麦斯钰不忍心打扰，话都到嘴边了，又被她给硬生生咽了下去。

这下麦斯钰犯了愁。她走进麦叔的房间，刚一进门，麦叔就满脸兴奋地问：“阿华答应了？”

麦斯钰摇摇头：“他和一雅出国了。”

麦叔一听，笑容瞬间在脸上消失：“算了，我们家不参加也没什么，阿爸给你们添乱了。”

麦斯钰看着麦叔，有些心疼，但是公司的一大堆事情等着她。犹豫了片刻，她试探性地说道：“阿爸，我最近挺忙的。集团智慧交通照明系统已经试验成功了，接下来有很多事要做，我今天就得回珠海。”

与以往不同的是，麦叔这次并没有发火，而是语气平淡地说：“去吧，去吧，忙去吧。我生病也耽误你们太多时间了。”

麦斯钰看着麦叔这副模样，更心疼了，眼眶瞬间红了起来：“阿爸，你答应我，一定好好养身体。”

麦叔敷衍道：“知道了。你变得比我这个老头子还啰唆了。”

麦斯钰勉强地笑了笑：“阿爸，那我一会儿就走了，你有什么事给我打电话啊。”

四

麦斯钰连夜从澳门回到了珠海。此时的国兰公司里，多部车辆行驶在模拟道路上，黄梓建正在督战，科研人员正在操作计算机。

麦斯钰匆匆赶来，气喘吁吁地问："怎么样？"

"没问题，这套系统已经很成熟了。"黄梓建一脸的自信，"从反复试验得出的数据来看，确实可以有效地降低交通事故和交通堵塞发生的概率，还可以进行智能的主动疏导，把交通效率提升百分之十五左右。如果遇到一些特殊情况，比如紧急救助，马上可以自动生成最佳方案，并且执行下去。"

听黄梓健这么说，麦斯钰非常欣喜："下面就要看在实际道路上的表现了，不知道什么时候能批下来。"

"批下来了！批下来了！"雷梨花人还没到，声音就已经传过来了。她一看到麦斯钰，更加兴奋，就差跳起来了："市委、市政府对咱们的研发成果非常满意，经过第三方机构多重实验的检验，表明咱们国兰的智慧交通照明系统已经达到相关要求，可以投入试运营。市政府正式批准，在保证安全和不影响正常交通的前提下，我们可以与路政、城建和城管部门相协调，就近在横琴园区和华明老厂周边的真实路况中率先进行实际检验。"

黄梓建狠狠地拍了一下自己的大腿："好啊，足够了，这已经覆盖了新旧城区、各种类型的道路，也有来自粤港澳三地的车流，我们的新系统可以走出试验场，来到真实世界了。"

麦斯钰按捺不住内心的兴奋："组织上考虑周全，这两个区域都非常方便我们施工和操作，接下来就是要把这份试卷答好。梓建，还是由你主管系统的技术试点工作；梨花，施工以及与各部门的协调工作就交给你了。"

黄梓建、雷梨花同时说道:“遵命!你就放心吧。”

对于欧阳春的追捕问题,欧阳小江一直比其他人更上心一些,除了工作时间,他几乎天天泡在监控室。他一直在思考,欧阳春究竟会躲藏在哪里,她带着那么多的钱,肯定会把钱放在最放心的地方。他把公司的监控全部看了个遍,但是一直没有线索。最后还是警察在国兰最新研发的智慧交通系统的监控中,发现了蛛丝马迹。警察告诉他,有一辆车,每天晚上都会来到华明厂区附近破旧车库。他对照地图,找到了这个地方。

这一天,欧阳小江带着麦斯钰来到监控上的地方:“就是这里了,好像是一间废弃的房间啊,麦董,你看,门把手上都积了这么厚的灰。”。

麦斯钰观察着,房门确实像很久没有人出入的状态,但是一旁的铺面卷帘门,却压着新鲜的落叶。

麦斯钰问道:“警察说系统显示这里什么时候会有车来?”

欧阳小江想了想:“好像是凌晨两三点。说得好像闹鬼一样。”

麦斯钰突然明白了什么:“说的没错,确实是有鬼。”

这天夜里,一辆车停在废弃车库前。

一个黑影下车,环顾四周后用遥控器打开卷帘门,钻了进去。卷帘门关闭。

黑影打开灯,果然是欧阳春。她看起来很憔悴,长舒一口气后,她挪开隐蔽物,打开保险柜,把美元钞票往手提袋里装。

这时,身后传来一个声音:“藏得真不错啊。”

欧阳春吃惊得跳起来,头撞到保险柜上。她定定神,才看清来人是麦斯钰:“是你!你是怎么进来的?”欧阳春满脸惊恐。

麦斯钰笑道:“是该说最危险的地方最安全呢,还是你对华明是真的执着?你把钱藏在这里,我们还真的是不好找。”

欧阳春无论如何也想不到,自己竟然是被国兰新研发的智慧交通系统的监控给找着的。麦斯钰对欧阳春说:“我去查了,一张全新一百元面值的美元,重量是 1.05 克，算起来五百万就要五十多公斤呢。欧阳春一个弱女子，年纪也不轻了，加上黑灯瞎火、担惊受怕的，确实不花上四个晚上运不完哪。也真是难为你了。”

欧阳春反正也无所谓了：“这么说，你是专门来等我的？”

“没错，十多年的老交情了，你想走却还没和我告别呢。”麦斯钰笑着说。

欧阳春笑了：“如果我派别人来取这钱，你不就扑空了吗？我告诉你，我可认识不少穷凶极恶的亡命之徒，要是碰上一个，你这条小命现在已经没了吧。”

麦斯钰早已把欧阳春摸得透透的：“这我信。不过啊，欧阳春，我还是了解你的，这可是你的养老钱，派别人来取？你信得过哪个人呢？”

麦斯钰一下说中了欧阳春的心思，欧阳春笑道：“没想到，你还是我的知音了。”

“是啊，始终不愿意和我做朋友，可能就是你这辈子的一个失误吧。”

突然，欧阳春的眼睛里闪过一丝凶狠的眼神，她厉声道：“麦斯钰，你少来这套，我这辈子最大的失误，就是没在十几年前除掉你！”说着，欧阳春从手提袋中掏出匕首。

麦斯钰却格外镇定：“放心，我在这脏兮兮的小黑屋里熬到半夜，不是来和你动手的。我和你不一样，我知道很多人在乎我，我会保重自己的。”说着，麦斯钰从兜里掏出一个类似汽车钥匙的东西。

“那是什么？我告诉你，别耍花样。”

麦斯钰微微一笑：“你不是问我怎么进来的吗？我给你普及一下，用现在的科技，这种老式卷帘门的钥匙，是很容易破解和复制的。”

说着，麦斯钰摁下按钮，卷帘门升起，射入耀眼的灯光，欧阳春被刺得睁不开眼睛。麦斯钰笑道：“太亮了是吗？不好意思，我就是个卖灯具的。”

欧阳春的眼睛稍微适应，发现两辆汽车堵住了自己的车，大灯正照向自己。

欧阳春知道不妙，想拼个鱼死网破，直奔向麦斯钰。旁边雷梨花冲过来，一脚踢飞了欧阳春手中的匕首。紧跟着欧阳小江和石学举也冲了上来，与欧阳春扭打在一起，黄梓建则挡在了麦斯钰的前面。

欧阳春很快被制伏，她在地上大叫："麦斯钰，你等着瞧！我不会放过你的！"

欧阳小江一旁回应道："放心吧，春姐，有人招呼你！"

这时巷口传来警笛声，几辆警车开到。在众人的见证下，警察给欧阳春戴上手铐带走了。麦斯钰说道："欧阳春，你说的不对，咱们还要再见一面，就是在审判你的法庭上。"

按理说，欧阳春被捕是一件大快人心的事情，但麦斯钰一点都开心不起来，她突然想回家了。

麦叔日盼夜盼，终于把麦斯华给盼回来了，没想到才训练了几天，麦斯华就意外受伤。

五

黄昏时分，霞光映着大海，渔船点点，如浪花上的花蕊，在斜阳的陪伴下，格外美好。

不过，麦斯华的心情却不如眼前的景色美好，他的手包扎着，垂头丧气地坐在家里。麦叔看着他，十分心疼："幸好骨头没断。但是伤筋动骨一百天，你好好养吧。"

麦斯钰安慰道："阿华，我已经跟教练说过了，你退出。反正他们也有后备队员。你就安心养伤吧。"

但是麦斯华心里并不这么想，他知道麦叔想让自己参加，内心充满了愧疚："对不起，阿爸，我真是太不小心了，偏偏这个时候受伤。医生也说了，等我伤好了，龙舟赛也都结束了。"麦叔看着儿子，无奈地叹了一口气，他觉得这就是命。他背着手走出房间。麦斯钰见状，跟了出去。

麦叔和麦斯钰并肩站在海边。麦叔望着大海，沉默不言。

海风吹着麦斯钰的头发，她轻声问：“阿爸，你在想什么？”

麦叔看着眼前的大海，感受着海风轻轻拂面。他缓缓地说：“没什么，就是这大海真的太大了。想起年轻的时候……现在离出海的日子已经很遥远了……不提了……”这时，麦叔捡起一根树枝，在沙滩上写了“遗憾”两个字。海水上涨，冲刷沙滩，“遗憾”两个字也消失了。

麦斯钰看着父亲，她知道他是因为弟弟受伤退出，觉得遗憾。她突然闪过一个想法：“阿爸，我回来参加渔协的龙舟队，代表澳门参赛。”

麦斯钰话音一落，麦叔惊讶地看着女儿。

麦斯钰肯定地说：“真的，我想好了，国兰的‘龙舟队’人才济济，有没有我这个队长，我对他们都有信心。你说的对，无论走到哪里，我都是澳门的疍家女。”

麦叔欣慰的表情：“阿钰，你真这么打算？”

“就这样办！不过我有个条件。”

“什么条件？”

“我要当舵手，我要带领龙舟前进！”

麦叔惊讶地看着女儿。麦斯钰笑着说：“阿爸，请你相信我！”

麦叔眼睛里闪烁着晶莹的光。他拍了拍麦斯钰的肩头，许久才说出一句话：“你是阿爸的骄傲！”

2019 年夏，国兰集团自主研发的智慧交通照明系统正式投入运行。麦斯钰计划未来三年在大湾区投放十万套集成照明系统，让智慧灯光点亮生活。此外，国兰在主营的 LED 领域，已经掌握部分核心技术，百分之六十的芯片和外延片产品已经达到国际先进水平，有个别产品甚至超越了国际水平，而且这个比例还在不断扩大。麦斯钰相信，他们的产品一定可以享誉世界、遍布全球，还将攀登更高的巅峰，创造更多的辉煌。

公司的事业越来越顺利，黄梓建的心里却越来越着急。这天，他把麦斯钰约到了澳门大三巴牌坊。麦斯钰看上去十分疲惫，她每天除了去公司，就是在训练，困得上眼皮打下眼皮。此刻，她一脸疑惑：“梓建，那么着急约我出来，什么事情啊？”

黄梓建却略显紧张，笑着说：“你都好久没有自己的时间了，今天就放松一下吧。”

麦斯钰点点头，距离大湾区龙舟赛只有十几天了，麦叔每天都在监督他们练习，要不是黄梓建说有急事约她，她的练习还结束不了呢。

黄梓建看着麦斯钰，有些心疼：“我知道你辛苦，要为澳门夺冠军，但是我心疼你啊，所以特地给你个休息的机会。”

麦斯钰露出甜蜜的笑意：“知道你对我好！这样吧，我请你吃盛记白粥。”

黄梓建一看麦斯钰要走，一把拉住了她。他指着前面，几个气球飘了起来：“阿钰你看，空中飘着这么多气球。”

“真的！哎，梓建，你发现没有？这气球上面还有字呢，‘黄’‘梓’‘建’，‘黄梓建’？为什么气球上会有你的名字？”

黄梓建装傻：“碰巧了吧。”

麦斯钰满脸狐疑地看着他：“哪有这么巧的？”突然，她发现后面还有字，后面的气球上是一个桃心的图案，然后是麦斯钰的名字。

麦斯钰明白了，两人对视一眼，羞红了脸。

“那个，还没完呢。”

不远处，黄旎奥正在指挥着：“效果不错，快，放下一组。”黄妈手忙脚乱地遵从孙女的命令：“好好好。”

麦斯钰念着气球上的字：“你们快……”最后一组气球飘过来。

黄梓建感觉都快急死了，直接说出口：“阿钰，我们结婚吧！”说着，黄梓建牵住麦斯钰的手，“阿钰，这么多年，你闯荡出一片广阔的天地，也吃了太多的苦，从今天开始，能让我一起分担吗？”

麦斯钰看着黄梓建，一股暖流从心底喷出：“梓建，其实你早就在我身边支持我、帮助我了，我的这片天地，从来都少不了你。”

“我之前做得还不够，以后我要真正地在你身边照顾你。”说着，黄梓建掏出戒指，“阿钰，其实这个我早就买好了，每次单独见面的时候我都带着，但是一直没找到机会拿出来。”突然，他单膝跪地，“阿钰，嫁给我吧。”

麦斯钰微笑着，眼里闪动着晶莹的泪花：“我愿意。”二人紧紧相拥在一起。

不远处，黄旎奥开心地鼓掌，黄妈欣慰地看着两个人。经历了那么多，麦斯钰和黄梓建终于在一起了。

晨光徐徐为城市披上美丽的炫彩。蓝天白云下，光影投射在大桥上，勾勒出桥身迷人的影子。透过车窗看大海，美丽的晨光仿佛将一串串明珠洒在海面上。

这时，一辆货车通过港珠澳大桥闸口。货车上是装饰一新的龙舟，货车后面紧随着一辆大巴车。车厢内是前往珠海参加比赛的疍家水手代表队。麦叔坐在前排位置，他痴迷地望着外面的风光，心情很好，不由得轻轻哼唱起疍家咸水歌谣。随着麦叔的哼唱节奏，其他人也随声打击着节拍。合奏的歌声越来越大，越来越欢悦，咸水歌声回荡在港珠澳大桥上。

大巴车开到了岭南水乡斗门，这里河道纵横交错，黄杨河岸边彩旗飘扬，人潮如织。“2019 年大湾区龙舟文化节”在黄杨河畔启幕。

大型气球悬挂着“庆祝澳门回归二十周年”“绘制中国梦，共筑大湾区”“世界大湾区，时代中国梦”等标语，一派热闹的景象。这次比赛共有来自粤港澳大湾区城市群的十一支龙舟队伍、数百名龙舟健儿同河竞技。

观礼台上，来自广州、深圳、佛山、顺德、东莞、中山、江门等粤港澳大湾区“9+2”城市群的啦啦队各具特色，挥舞着城市的标识。黄梓建、麦叔等带着家人加入了国兰集团拉拉队队伍中，他们充满了期待，不断地挥舞着国旗和澳门区旗，为麦斯钰和澳门代表队助阵加油。

开赛前夕，斗门多条水道上已是鼓声铿锵，号子阵阵，一条条“蛟龙”在水面蓄势待发。

这时，谭文智举起发令枪，扣动扳机。随着发令枪响，百米河道上展开激烈角逐，成千上万的游客站满滨河水岸，呐喊助阵，一时山呼水应，气势磅礴。

鼓槌落，船桨起，鼓声齐响，水花四溅，各队队员呼号铿锵，各色龙舟你追我赶，争先恐后地冲向终点线。

澳门代表队服饰鲜艳，气势如虹，船头麦斯钰挥舞鼓槌，吹着哨子，奋力击鼓。船尾麦斯华担任舵手，挥舞着澳门区旗。水手们有节奏地呐喊着口号，澳门龙舟代表队一船当先。“千帆竞渡，百舸争流”的画面在黄杨河精彩上演。

美丽的大湾区走向新时代……